Lukas Hartmann

Ein passender Mieter

ROMAN

Diogenes

Die Erstausgabe
erschien 2016 im Diogenes Verlag
Covermotiv:
Foto von Philipp Keel,
›Winter, 2011‹

Dieser Roman ist zum Teil von Ereignissen inspiriert, die fünfzehn Jahre zurückliegen. Aber die Handlung nimmt einen anderen Verlauf als in der Realität, und die Personen sind samt und sonders erfunden.

Veröffentlicht als Diogenes Taschenbuch, 2017

www.diogenes.ch
70/17/44/1
ISBN 978 3 257 24401 4

I

Margret

Ein Abschied

Nun zog Sebastian also doch aus. Es war ein stürmischer Tag, früher Herbst, die Birken vor dem Haus bogen sich unter den Windstößen, Blätter wirbelten herum und fleckten den nassen Rasen. Sebastian hatte zwei Freunde aufgeboten, einen Lieferwagen gemietet. Sie trugen Möbel, Schachteln, Kleidersäcke vom Anbau durch den Garten und füllten den Laderaum des Autos. Es war mehr, als Margret gedacht hatte. Wie viel sich doch im Lauf von vier Jahren angehäuft hatte! So lange erst gab es ihn, den kleinen Anbau, doch der Sohn, für den er bestimmt gewesen war, verließ ihn nun. »Hast du denn gedacht, Sebastian bleibe ewig hier?«, hatte Gerhard am Morgen gesagt, als er ihre Tränen bemerkte. Pünktlich um sieben ging er weg. Es wäre ihm nicht eingefallen, sich Sebastians wegen im Institutsbüro zu verspäten; immerhin hatte es am Vorabend ein Abschiedsessen zu dritt gegeben. Man werde sich schon nicht aus den Augen verlieren, hatte Gerhard gesagt. Die zwei Männer prosteten sich am Esstisch verlegen zu, für einen Moment schienen sie ihre Konflikte vergessen zu haben. Später, beim Grappa, fragte Gerhard ein weiteres Mal, warum Sebastian jetzt nach bloß drei Semestern die Medizin aufgebe, und was er überhaupt in der Theologie suche. Und Sebastian entgegnete, er nehme sich eben die Zeit herauszufinden, was er wirklich wolle. »Gewiss«, sagte Gerhard, »das klappt bestens, solange dein Lebensunterhalt garantiert ist.« Sebastian schaute sein leeres Glas an, dann stand er auf: »Ich habe noch nicht alles eingepackt, sorry.« Schon war er weg, drüben, in seinem Refugium, und ließ die Eltern in einem aufgeladenen Schweigen zurück.

Sebastian verdiene ja eigenes Geld, hätte Margret gerne entgegnet, er habe doch einen Nebenjob beim Sozialarchiv. Aber sie wollte keinen Streit und zog es vor zu schweigen.

Jetzt stand sie auf der Schwelle der Terrassentür, schaute den jungen Männern zu, die mit ihren Lasten über den Plattenweg gingen, und kam sich nutzlos vor.

»Ach nein, Mama«, sagte Sebastian, als sie ihre Hilfe anbot, »das schaffen wir schon allein. Entspann dich, ja?«

Dieses fragende und leicht gedehnte Ja kannte sie von beiden, vom Vater und vom Sohn. Sie rieb sich die kalten Hände. Sebastian war der magerste der drei Jungen, der schwächste; er mühte sich mit einer schweren Bücherkiste ab, die ihm beinahe aus den Händen glitt. Es hatte zu nieseln begonnen, seine Haare waren feucht. Margret hatte den Impuls, ihm die Regenjacke aus der Garderobe zu bringen, ließ es aber bleiben; vielleicht hatte er sie ja schon eingepackt. Der Gedrungene, der Sebastian auf den Fersen folgte, begnügte sich mit zwei übereinandergestapelten Wiener Stühlen, er nickte Margret freundlich zu.

»Soll ich euch einen Tee machen«, fragte sie den Sohn beim nächsten Vorübergehen, »oder einen Cappuccino?« Sie verschwieg, dass sie am frühen Morgen in der Bäckerei gewesen war, um frische Croissants und Schokoladenstengel zu kaufen; es sollte eine Überraschung sein.

Sebastian, der jetzt ein in Zeitungspapier eingeschlagenes Bild trug, blieb einen Moment stehen. »Lieber nicht, Mama«, sagte er, »wir wollen bei diesem Wetter so schnell wie möglich vorankommen.«

Es gelang ihr nur halb, ihre Enttäuschung zu verbergen. »Ich dachte bloß, etwas Warmes ...« Sie stockte, deutete aufs Bild, das Sebastian neben sich abgestellt hatte. »Das ist der Escher, nicht wahr?«

Er lächelte und zwinkerte dazu, dann strich er sich eine feuchte Strähne aus der Stirn. »Ja, der kommt mit.«

Es war die berühmte schwarzweiße Lithographie mit den vielen Treppen, die gar nicht zueinander passen, teils in die Quere und in die Leere führen, teils auf zwei Seiten betretbar scheinen, so dass die Leute, vom Betrachter aus gesehen, aufrecht oder kopfunter gehen. Eine verwirrende, schwindelerregende Welt. Margret mochte das Bild nicht, hatte aber wissen wollen, was Sebastian daran anzog, und er hatte sich die Zeit genommen, ihr zu erklären, dass es um unterschiedliche Perspektiven gehe, die Escher ineinandergeschachtelt habe, was den Betrachter dazu zwinge, immer wieder seinen Standpunkt zu wechseln. Auch danach war ihr das Bild fremd geblieben, abweisend.

Der Sohn ging weiter, mit leicht schleppenden Schritten, als ob ihm die Schuhe – knöchelhohe Turnschuhe mit orangefarbenen Streifen – zu schwer wären.

Schnell war alles aufgeladen, was er mitnehmen wollte. Er verabschiedete sich draußen vor dem Kleinbus. Eine kurze Umarmung, zwei angedeutete Wangenküsse. Margrets breitkrempiger Regenhut behinderte die Annäherung.

Der Gedrungene saß am Steuer, Sebastian auf dem Beifahrersitz, der Dritte hinten, im Laderaum, eingezwängt zwischen Bett und Schachteln. Wenn sie genau hinschaute, war es nun doch nicht so viel. Sebastian kurbelte, bei laufendem Motor, die Scheibe herunter. Sie sah, dass er nicht angegurtet war.

»Wiedersehen, Mama«, sagte er. »Sobald ich eingerichtet bin, lade ich euch ein.«

Sie nickte, hob die Hand zum Winken, als der Wagen anfuhr. Dann rief sie noch: »Die Sicherheitsgurte, denk daran!«, und bereute ihre Ermahnung im gleichen Augenblick. Eigentlich hatte sie erwartet, dass sie nun, nachdem der Kleinbus verschwunden war, weinen würde; aber die Augen blieben trocken, sie brannten bloß, und es brauchte keinen Blick in den Spiegel, um zu wissen, dass sie gerötet waren. Sie blieb eine Weile stehen und nahm den Regenhut ab, so spürte sie doch etwas Nässe auf der Haut. Wohin er fuhr, der Sohn, war ihr nicht klar, ein Zimmer in einer kleinen Wohngemeinschaft am anderen Ende der Stadt hatte er gemietet, fast dreißig Quadratmeter in einem Altbau, Parkettboden, Gasheizung und Gasherd, so viel hatte sie ihm doch entlockt, zwei gleichaltrige Mitbewohner, Kunstgeschichte und Jus, das klang ja ganz gut. »Margret!« Im ersten Stock des Hauses auf der anderen Straßenseite hatte sich ein Fenster geöffnet, Angelika, die Nachbarin, schaute heraus, Angelika, das Urbild der schönen reifen Frau, durchtrainierte Tanzlehrerin mit eigenem Studio, Mutter zweier erwachsener Kinder, die ohne Umwege ihrem Master entgegenstrebten, Hundehalterin, dazu die schönsten Dahlien weit und breit.

»Ich hab's zufällig gesehen. Er fährt jetzt in sein eigenes Leben, dein Sohn.«

»Es wurde ja auch Zeit«, sagte Margret.

»Wie alt ist er denn schon wieder?«

»Zweiundzwanzig, knapp.« Und darauf, dachte Margret, würde die Nachbarin gleich erwidern: Wie doch die Zeit vergeht. Aber sie sagte: »Da war Fred schon lange weg. Wir Eltern müssen ihnen manchmal eben Beine machen.«

»Nun ja«, wehrte Margret ab. »Eigentlich habe ich ja genug zu tun.«

Der Labrador bellte, Angelika verschwand vom Fenster und wies ihn schroff zurecht; das Bellen ging in ein Winseln über.

»Ich muss, tschüss«, rief Margret hinüber, ins dunkle Viereck hinein, in dem sich niemand mehr zeigte; sie merkte, dass sie ihren Regenhut zusammengeknüllt hatte, glättete ihn und setzte ihn wieder auf; nun waren auch ihre Hände nass. Sie ging die paar Schritte zur Haustür, die offen stand, streifte die Überschuhe im Flur ab, ließ sie achtlos liegen. Es zog sie hinüber in den Anbau, ins Studio, wie Gerhard sagte. Die doppelte Verbindungstür zwischen ihm und ihrem Wohnraum war nun nicht mehr verschlossen. Sie hatten bei der Planung damals darauf geachtet, dass es möglich war, den Anbau direkt, vom Haus aus, zu betreten, aber auch vom Garten her durch einen eigenen Eingang. Nach anderthalb Jahren hatte Sebastian darauf bestanden, die Verbindungstür abzuschließen, eher: abzusperren. Das war vorgesehen gewesen für den Fall, dass irgendwann ein Mieter das Studio bewohnen würde, aber nicht bei einem Familienmitglied.

Sie klopfe doch an, hatte Margret entgegnet. Er hatte sie mit schräg geneigtem Kopf angesehen: Klar, aber er brauche einfach mehr Privatsphäre. Sie empfand dies als Vertrauensverlust; Gerhard indessen schlug sich dieses Mal auf Sebastians Seite und war sogar einverstanden, die Verbindungstür mit einer aufgeklebten Dämmplatte besser gegen Schall zu isolieren, damit Gespräche und Musik von drüben kaum noch hörbar wären. So war Margret eben die letzten zweieinhalb Jahre auch bei Wind und Wetter durch den Garten gegangen, wenn sie dem Sohn etwas mitteilen oder ihn zum Essen einladen wollte. Auch da hatte er manchmal abweisend reagiert, deshalb hatte sie in letzter Zeit angefangen, ihm jeweils über die Distanz von wenigen Metern eine SMS zu schicken. Das kam ihr zwar absurd vor, aber es schien ihm so lieber zu sein.

Nun betrat sie den Anbau ohne Umweg. Es war ein heller Raum mit drei Fenstern, beinahe leer jetzt. Nur der Lederhocker aus Marokko, ein Geschenk von ihr, war noch da, und darauf lag seine Querflöte. Dass es sie gab, hatte Margret beinahe vergessen. Sebastian war talentiert, und er hatte während einiger Zeit so viel geübt, dass sie gedacht hatte, ihr Sohn könnte Musiker werden. Das war längst vorbei. Wo hatte er die Flöte die ganze Zeit aufbewahrt? Vermutlich im Schrank, der nun zerlegt und wegtransportiert worden war. Ein Bild von Klee hing noch an der Wand, eine kleiner roter Fisch, schwimmend in blau-brauner Steinblocktiefe. Das Bild hatte Sebastian einst gefallen, sie hatte ihm den teuren Druck gekauft, er hatte ihn die letzten Jahre wohl noch aus Pietät hängen lassen. Es begann, sie in der Kehle zu würgen. Dort, wo das Bett gestanden hatte, entdeckte sie Staubflusen, die sich beim geringsten Luftzug bewegten, und ein paar gebrauchte Papiertaschentücher. In der Küchenecke stand schmutziges Geschirr, das Sebastian bei ihr ausgeliehen hatte. Sie hatte ihm gesagt, das Saubermachen übernehme sie, und ein Schimmer von Dankbarkeit war über sein Gesicht geglitten. Plötzlich dachte sie an die Nachbarin, an ihre straffe Figur, sie machte ein paar Tanzschritte über den Parkettboden, den Sebastian damals ausdrücklich gewünscht hatte. Sie hatte Platz, drehte sich mehrmals um sich selbst; wie lange hatte sie nicht mehr mit Gerhard getanzt? Mit sechzehn, siebzehn war sie sicher gewesen, dass aus ihr eine Tänzerin würde, eine neue Margot Fonteyn, sie hatte der Mutter abgetrotzt, Ballettstunden zu nehmen, die Posen vor dem Spiegel geübt, sich mit Dehnen und Strecken abgequält. Aber ihr schon fast erwachsener Körper hatte sich gegen Spitzentanz und Spagat gewehrt, sie hatte ihren Traum begraben müssen. Dennoch glitzerte von Zeit zu Zeit etwas davon wieder auf. Vor Jahren hatte sie Gerhard zu einem Tangokurs überredet, bei einem argentinischen Paar, von dem in ihren Kreisen geschwärmt wurde. Nach den ersten Lektionen stieg Gerhard aus, die Bewegungsabläufe waren ihm zu theatralisch. Mit dergleichen beschäftigte er sich lieber in der Theorie. Ihr schien, er sei beim Studium von mittelalterlichen Festivitäten, von Pest und Klosterbau immer mehr vertrocknet, und der Sohn, überaus ernsthaft und in sich gekehrt, wandle schon jetzt auf Vaters Spuren, obwohl er sich ihm in so vielem widersetzte. Beide waren in gewisser Weise unberührbar geworden. Und sie selbst vielleicht auch. Dabei war die Haut ja noch schmiegsam, nahezu faltenfrei, die Männer hielten sie für jünger, als sie war. Und dass sie die Haare gefärbt hatte, musste keiner wissen; sogar vor Sebastian hatte sie es verborgen. Einige Male war sie noch, ohne Gerhard, zum Tanzkurs gegangen, hatte die Hände von Unbekannten an ihrer Hüfte in Kauf genommen. Doch die Momente des Rausches, der schwerelosen Beschwingtheit waren ausgeblieben. Sie tänzelte ein wenig hin und her, drehte sich mit angewinkeltem Bein um sich selbst. Es ging ja noch, besser, als sie gedacht hatte. Sie durchmaß einige Male in allen Richtungen den Raum, erprobte Pirouetten, bis ihr schwindlig war. Jetzt stand ihr eine leere Tanzfläche zur Verfügung. Sie wurde kühner, versuchte sogar einen Sprung. Lange hatte sie sich nicht mehr so leicht, so beschwingt gefühlt. Doch bald geriet sie außer Atem und musste innehalten. Ein hartes Training unter Anleitung, dachte sie, das wäre nötig, um zumindest einen Teil der ehemaligen Beweglichkeit zurückzugewinnen. Manchmal beneidete sie Angelika um ihren Job als Tanzlehrerin. Aber wäre sie glücklicher, wenn sie sich abmühen würde, unbegabten Mädchen etwas tänzerische Eleganz beizubringen? Denn für eine Solokarriere hätte ihr Talent, wie das von Angelika, nicht gereicht. Da zog sie es doch vor, dem Jungen aus Somalia und den beiden Kindern aus dem Kongo, die ihr ein Hilfswerk vermittelt hatte, unbezahlte Deutschstunden zu geben; außer Atem brachte sie das nicht, höchstens ab und zu an den Rand der Geduld. Es war jedenfalls sinnvoller, als in ihrem Alter noch dem Traum vom Tanzen nachzuhängen. Die beiden Männer im Haushalt hatten sie immer ein wenig belächelt, wenn sie ihre Auftritte als Statistin im Stadttheater erwähnt hatte.

Sie ging zurück in den Wohnraum mit dem Cheminée, den beiden hellen Berberteppichen auf den großen zinnoberroten Tonplatten, dem ovalen Esstisch aus Kirschbaum, der Sitzgruppe mit dem Corbusier-Sessel, dem Designergestell, auf dessen Glastablaren Foto- und Kunstbände standen, dazwischen eine kleine holzgeschnitzte Madonna aus dem Südtirol, von Gerhard ersteigert. Es war ihr Reich. Gepflegt sei es, sagten Besucher, stilsicher, eine Wohltat fürs Auge. Die Tür zum Anbau ließ sie weit offen, das gab dem Raum ein ganz anderes Aussehen.

In der Küche aß sie, über die Granitablage gebeugt, zwei Croissants, sie ließ große Brosamen fallen und wischte sie mit der Handkante in den Papiersack, in dem sechs weitere Croissants lagen, dann schälte sie einen Schokoladenstengel aus der Folie und aß auch ihn. Einer ist genug, maßregelte sie sich, als sie schon nach dem zweiten greifen wollte, und trank ein Glas Wasser. Danach trug sie die Putzutensilien hinüber in den Anbau, in dem noch ein Hauch von Sebastians Geruch hing. Der Duft der Kleinkinderhaut war Vergangenheit, auch die schweißige Ausdünstung in der Pubertät, und wenn sie ihm in der letzten Zeit überhaupt nahe gekommen war, hatte sie in der Nase Duschgel oder Aftershave wahrgenommen. In knapp drei Stunden beseitigte sie, beinahe grimmig, alle Spuren, die von Sebastian geblieben waren, sie ließ den Staubsauger heulen, schrubbte den Boden, putzte die Fenster, löste die hässlichen gelben Flecken in Klo und Lavabo mit Kalkentferner auf. Den Lederhocker brachte sie, nachdem sie ihn draußen ausgeklopft hatte, auf den Dachboden, die Querflöte bettete sie in ihrem Kleiderschrank auf Seidenschals, die sie schon für die nächste Kleidersammlung aussortiert hatte. Nur der kleine rote Fisch blieb, wo er war, und sie wusste nicht, ob sie das Bild aus Wehmut oder Trotz hängen ließ.

Am frühen Nachmittag war sie fertig. Sie legte sich für eine Weile hin, bewegte ihre Finger, die sich nach dem Ausziehen der Gummihandschuhe merkwürdig steif anfühlten. Im Haus war es still, draußen ging der Wind, man hörte von weitem Kinderstimmen. Seit kurzem wohnten Deutsche in der Nähe, Uwe und Ortrud, er war Arzt, sie Optikerin, nun aber hauptberuflich Hausfrau. Ihre beiden Kinder, drei- und fünfjährig, galten als laut und vorwitzig, noch lauter war die Mutter, wenn sie ihre Streitereien in rasanter norddeutscher Diktion schlichtete. Außer den zwei Jungen gab es kaum noch kleine Kinder im Quartier. Margret hatte die deutsche Familie kurz nach ihrer Ankunft zu Tee und Kuchen eingeladen; sie hatte sich von der Rhetorik des Paars erschlagen gefühlt und sich angestrengt, ihr Hochdeutsch zu beschleunigen. Gerhard hingegen hatte erst mitgehalten, war dann aber zusehends verstummt.

Was für eine kleine Welt, dachte Margret und nahm sich ein weiteres Mal vor, endlich nach einer Teilzeitstelle als Buchhändlerin Ausschau zu halten. Allzu lange hatte sie sich vorgemacht, Sebastian brauche sie in gewisser Weise immer noch, zumindest das Gefühl ihrer Anwesenheit.

Fürs Abendessen kochte sie Lammragout und Risotto. Bevor sie sich an den Esstisch setzten, zeigte sie Gerhard das leere Studio.

»Es sieht aus wie neu und riecht wie neu«, sagte er anerkennend. Er hatte, wie so oft, vergessen, die Straßenschuhe auszuziehen.

»Mach bitte keine Spuren auf dem Boden«, mahnte sie, und er blieb gehorsam bei der offenen Zwischentür stehen. »Die Fliesen sind leichter sauber zu kriegen«, fügte sie hinzu.

Er zeigte hinüber zum Bild. »Was willst du damit?«

»Ach ja. Das habe ich ganz vergessen.« Sie ging zur Wand, hängte den Klee ab, packte ihn oben am Glasrahmen, brachte ihn zu Gerhard, der auf der Schwelle zwischen Anbau und Wohnraum stand. Sie stellte das Bild an den Türrahmen und erwartete, dass er sich nun nach dem Sohn erkundigen würde, nach dessen Stimmung, nach der Art des Abschieds. Aber er wies bloß darauf hin, dass die Bilderhaken noch in der Wand steckten und man sie mit einer Zange leicht herausziehen könne.

Sie nickte und sagte, sie könnten ja die Löcher mit Zahnpasta füllen. Das hatten sie auch gemacht, als sie vor über zwanzig Jahren von ihrer damaligen Mietwohnung ins Haus gezogen waren, das sie mit Hilfe eines beträchtlichen Vorerbes von Gerhards Eltern gekauft hatten.

»Und jetzt?« Gerhard umfasste mit einer Gebärde den leeren Raum. »Was machen wir damit?«

Darüber hatten sie schon mehrmals diskutiert und waren zu keiner Entscheidung gelangt. Gerhard wollte das Studio vermieten, Margret wollte nichts übereilen. »Vielleicht kommt er ja nach zwei, drei Monaten zurück«, sagte sie.

Gerhard verzog ironisch den Mund. »Die ewige Hoffnung der Mütter.«

»Und wenn die drei in ihrer WG dauernd Streit haben? Wenn es einfach nicht klappt zwischen ihnen? Was dann?«

Er unterdrückte seinen Seufzer nur halb. »Wie du meinst.

Aber lange soll der Raum nicht ungenutzt bleiben.« Er zögerte einen Moment. »Ich fühle mich irgendwie verpflichtet, ihn jemandem zur Verfügung zu stellen, der sich eine teure Miete nicht leisten kann.«

Ach ja, Gerhards moralischer Anspruch, Schlechtergestellte zu unterstützen. Er leitete daraus Vorsätze ab, die er meist doch nicht einhielt. Eigentlich teilte sie ja seine Haltung. »Aber er ist so jung und unerfahren. Er darf sich irren, oder nicht? Ich fände es herzlos, wenn er sich von uns vertrieben fühlen würde.«

»Wir haben ihn nicht hinausgeworfen.« Gerhards Wangenmuskeln spannten sich an. »Es war seine Entscheidung wegzugehen. Oder sehe ich das falsch?«

Sie schwieg, in diesem Stadium der Rechthaberei mit Gerhard zu argumentieren brachte nichts, außer dass sich beide versteiften.

Am Esstisch saßen sie einander gegenüber wie immer; der dritte Stuhl wirkte noch überflüssiger als sonst. Sie bemühten sich um Freundlichkeit, sie stießen mit einem kräftigen Südfranzosen an, den Gerhard besonders mochte.

»Auf Sebastian!«, sagte er, nun plötzlich mit Emphase.

Das Ragout schmeckte ihm, er versicherte, es sei überhaupt nicht zäh, wie Margret behauptete, und schöpfte sich vom Safranrisotto nach. Dann verlor er sich in Erzählfragmenten zum Tag im Institut. Sein Stellvertreter, seit einem Jahr im Amt, war eine Null, zumindest was das Administrative anging. Eine Farce, nein, eine Tragödie, dass der Fakultätsvorstand ihm einen so unfähigen Mann zur Seite gestellt hatte. Und dann diese Unart: jede halbe Stunde hinaus auf den Balkon, um zu rauchen! Bei der kleinsten Kritik brause er auf, beginne zu schwitzen, das Hemd würde an ihm kleben, dunkle Ringe unter den Achseln, einfach widerlich.

»Schenk ihm doch ein gutes Deodorant«, sagte Margret. »Am besten wortlos.«

Verblüfft schaute er sie an, griff sich an die Stirn, rieb sich die Stelle mit der Narbe, die aus seiner Kindheit stammte. Es war ein Reflex, den er sich nie abgewöhnt hatte, sogar bei Vorträgen gab er ihm nach. »Ich kann's ja mal versuchen«, sagte er, halb lachend. »Meine Marke?«

»Eher nicht, die müssen euch ja unterscheiden können«, scherzte sie.

Er reckte sich. »Ich habe jedenfalls noch mehr Haare auf dem Kopf als er. Und wetten, dass ich ihn bei jedem Waldlauf abhängen würde?«

»Bestimmt.« Sie legte flüchtig ihre Hand auf seine. Sie wusste, dass der Stellvertreter bei den Studenten beliebt war, zu seinen Vorlesungen kamen doppelt so viele wie zu Gerhard. »Es gibt keinen strammeren Fünfundfünfzigjährigen als dich.«

Er wechselte überraschend den Tonfall. »Du verkraftest das doch, oder?«

Sie wich seinem forschenden Blick aus und spürte zu ihrem Ärger, dass ihr das Blut in den Kopf stieg. »Was denkst du denn? Kinder ziehen irgendwann aus. Damit muss man sich abfinden.«

Er nickte. »Du nimmst es schwer. Ihr habt euch weniger entfremdet als er und ich.«

»Er hat auch mir immer mehr verschwiegen, was ihn eigentlich beschäftigt.« Alles, korrigierte sie sich innerlich, restlos alles hat er verschwiegen. Sie goss Gerhard Wein nach, und er zog die Hand, die er übers Glas legen wollte, rasch weg.

»Aber ausgerechnet die Theologie, seltsam.«

»In deinem Fach geht es ja auch um Theologie.«

»Ja, um deren Geschichte, um ihre Auswirkungen. Nicht um die Interpretation von Bibeltexten.« Einen Moment lang wirkte er beleidigt. »Ich bin und bleibe ein Agnostiker, wie du weißt.«

»Söhne machen selten das, was sich die Väter von ihnen wünschen.«

»Oder sie machen dasselbe. In der Familie Bach, zum Beispiel.«

»Hättest du dir denn gewünscht, dass er Historiker wird?«

»Nein, aber Arzt. Das wollte er doch. Und das hätte mir gefallen.«

»Das Sezieren hat ihn abgeschreckt. So viel wenigstens habe ich aus ihm herausgebracht. Und weißt du was? Ich begreife ihn.«

Er rutschte auf dem Stuhl um eine Handbreite zurück. »Das muss ihm doch vorher klar gewesen sein. Nun gut, deine Muttertugend ist eben das Begreifen. Da kann der Vater nie gleichziehen.«

»Ach Gerhard, werde bitte nicht wieder sarkastisch.«

Er gab einen abwehrenden Laut von sich. Sie musterte ihn und sah überdeutlich das Asymmetrische seiner Frisur. Die ergrauten Haare standen an einer Schläfe deutlich stärker ab als an der anderen. Das war jeweils schon kurze Zeit nach dem Haarschnitt so. Ihm machte es nichts aus, aber sie konnte sich nicht daran gewöhnen. Beinahe hätte sie ihm angeboten, dem clownesken Anblick, den er bot, nach dem Essen mit der Schere abzuhelfen. Stattdessen stand sie auf und holte den Käse, er hätte sich ohnehin geweigert, ihr für eine überflüssige Schönheitskorrektur zur Verfügung zu stehen. Es gab einen reifen Camembert, dessen beinahe flüssiges Inneres am Messer haften blieb wie eine Schneckenspur bei Regen. Die zweite Flasche Wein, die Gerhard wohl gerne geöffnet hätte, enthielt Margret ihm vor. An einem Abend mehr als zwei, drei Gläser zu trinken strapazierte seine Leber und führte zu unruhigem Schlaf, unter dem sie dann – Schnarchen, Seufzen, Hin- und Herwälzen! – zu leiden hatte.

2
Sebastian

Ein Neubeginn

Raus aus dem Zwinger! Endlich! Ich hätte, eine Bücherkiste auf den Armen, tanzen können, an meiner Mutter vorbei, die so unscheinbar dastand, früh verblüht. Ach, ich tue ihr unrecht, ich weiß ja, dass sie furchtbar Mühe hat mit diesem Abschied. Viel zu lange habe ich ausgeharrt in dieser komfortablen Zelle. Ferngehalten mit allen Mitteln ihre Dauerbesorgtheit. Vergeblich. Irgendwas davon drang durch alle Wände, irgendwas davon spürte ich bei jedem Weggehen und Zurückkommen, eine Klebrigkeit, ein Verlangen, mir nahe zu sein.

Das Angebot von Christoph kam gerade zur richtigen Zeit, ich hatte ja schon manchmal den Wachtraum, unser Haus, oder zumindest den Anbau, in die Luft zu sprengen. Rebekka sagt zwar, Freiheit in dieser Welt sei eine große Illusion. Aber wenn mich keine prüfenden Mutterblicke mehr drangsalieren, was ist das denn?

Ein Zimmer jetzt, die Gesellschaft von Christoph und Nicolas, manchmal erwünscht, manchmal nicht, ihre Gerüche, ihre Stimmen am Telefon, das ist verdammt nah – und doch weniger störend als zu Hause, wo die Absonderung nichts mehr nützte. Keiner von uns kocht gut. Spiegeleier, Tomatensalat mit Fertigsauce. Macht nix. End- und ziellose Gespräche am Küchentisch bei schlechtem Wein, wir füllen einander großzügig die Gläser nach in dieser ersten Woche, viel Gelächter, die zwei machen sich lustig über mein neu erwachtes Interesse an der Theologie. Kleine Reibereien wegen Abwasch und Toilettensauberkeit. Egal, ich genieße das. Es ist ja nicht die Verantwortungslosigkeit, die ich suche, es ist – ja, was denn? – die gleiche Ebene, das Provisorische. Nicht schon festgelegt werden auf Ziele, Studienabschluss, Lohnaussichten. Der zunehmenden Verknöcherung eines intelligenten Mannes zuzuschauen ist nicht schön. Wo glimmt noch etwas in meinem Vater, was an Leidenschaft erinnert? Ich wollte Rebekka meinen Eltern nicht vorstellen, es war ein Grund, weshalb sie Schluss gemacht hat. Was heißt denn Verbindlichkeit in unserem Alter? Darüber haben wir stundenlang diskutiert, und ich weiß, dass ich mich dauernd in Widersprüche verwickle. Moralische Leitplanken ja, aber keine lebensfeindlichen Grundsätze.

Eigentlich kein Wunder, dass ich am neuen Ort noch nicht besonders gut schlafe. Erstens: halb ausgepackte Schachteln, über die ich stolpere, wenn ich pinkeln gehe. Zweitens: Spülung von oben, Trittgeräusche, entfernte Musik, Stimmen. Damit verglichen, war's ja zu Hause totenstill. Und die Matratze kommt mir hier unbequemer vor. Widersinnig, der kleine Junge in mir hat wohl doch in einem verborgenen Winkel ein bisschen Heimweh.

3
Margret

Die Auswahl

Ich hatte vorausgeahnt, dass die Leere im Anbau auf mich übergreifen würde. Hatte mich ja schon zu sehr an Sebastians unsichtbare Anwesenheit gewöhnt. Dass er drüben war, hinter der Wand, ganz in der Nähe, musste genügen, es war beinahe nichts, aber doch etwas, ein kostbarer Rest der alten Vertrautheit.

Er ließ in den ersten Tagen nach dem Auszug kaum etwas von sich hören. Ab und zu erkundigte ich mich per SMS nach seinem Befinden. Er antwortete lakonisch oder mit leiser Ironie: »alles tipptopp gruß«, »mach dir keine sorgen dein sohn überlebt gruß s«, »wg kulinarisch unter deinem niveau aber sonst first class s«.

Nach drei Wochen begann das neue Semester, ich lud ihn zu einem Sonntagsbrunch ein, und er schrieb zurück: »leider schon besetzt gerne ein anderes mal gruß s.« Seine konsequente Kleinschreibung und das Fehlen von Satzzeichen ärgerten mich, es kam mir vor, als wolle er mir damit seine Selbständigkeit demonstrieren. Eine Weile versuchte ich, nichts von ihm zu erwarten, nichts zu erhoffen. Aber dann ertappte ich mich dabei, dass ich nach einer anstrengenden Deutschstunde plötzlich im verlassenen Studio stand und mir vorstellte, wie es vorher da drin ausgesehen hatte. Und wieder konnte ich mich nicht enthalten, ein paar Ballettschritte zu üben, die Anweisungen meiner Tanzlehrerin im Ohr: Durchstrecken! Stolzer! Das Klappmesser jetzt! Und ich ließ mich fallen, umfasste meine Fußknöchel wie vor dreißig Jahren, war betrübt, dass ich danach den Spagat nicht mehr zustande brachte, erschrak über die Dehnungsschmerzen. Nein, keine nutzlosen Träume mehr. Und dennoch eine aufflackernde Freude, dass ich längst nicht alles vergessen hatte.

Die Nachhilfestunden für Antoine und Esta lenkten mich ab. Die Kirchgemeinde, die mit einem Hilfswerk zusammenarbeitete, vermittelte solche ehrenamtlichen Kontakte, ich hatte deswegen im Vorjahr einen Didaktikkurs besucht. Zwei Kinder aus dem Kongo, Provinz Kivu, seit einem halben Jahr in der Schweiz, mit der Mutter geflohen, die jetzt als Pflegehilfe arbeitete. Sehr dunkle, samtene Haut, sie strahlten mich an bei jedem neuen Wort, das sie mir nachsprachen, sie lernten schnell; dass sie ein wenig Französisch konnten, erleichterte die Verständigung. Bei ungewohnten Geräuschen fuhren sie zusammen, als hörten sie Schüsse und Kriegslärm, ihr Vater war offenbar erschossen worden. Mehr wollte ich gar nicht wissen. Die zwei Lektionen wöchentlich ließen mich vergessen, dass ich keine Ahnung hatte, wie es meinem Sohn ging.

Mit Angelika konnte ich nicht über meinen Gemütszustand reden. Von ihr hatte ich nur wohlfeile Ratschläge zu erwarten: »Gib dir Zeit!«, »Strenge deinen Körper an, damit auch deine innere Kraft zunimmt!« Und dies mit einem Lächeln, das auf mich wie angeknipst wirkt. Lieber suchte ich Zuspruch bei meiner Freundin aus alten Tagen, Valeria, zu der ich einen losen Kontakt, meist übers Telefon, bewahrt habe. Valeria ist Arbeitspsychologin, zwar Single, aber in Beziehungsfragen durchaus auf der Höhe. Die Abnabelung vom Sohn, sagte sie mir mit ihrer sonoren Stimme ins Ohr, müsse zwingend auf beiden Seiten erfolgen. Ich solle ihm um Gottes willen die Initiative überlassen und ihn nicht mit Beweisen meiner Mutterliebe überschütten. Sie kenne einen kürzlich ausgezogenen Studenten, dessen Mutter ihm regelmäßig selbstgemachte Pralinés in den Briefkasten legen würde. Dann scheine mittags die Sonne darauf, die Pralinés würden schmelzen, der Sohn werfe sie mit schlechtem Gewissen weg. Wir lachten beide.

»Dabei war ich ja noch gar nie bei ihm«, sagte ich. »Ich weiß nicht einmal, wie das Haus aussieht, in dem er wohnt.«

»Sechs Wochen ist das her«, wunderte sich Valeria. »Und er hat euch noch nie eingeladen?«

»Nein, und ich lade mich bestimmt nicht selber ein.«

»Nun ja, schon ein bisschen herzlos. Aber sag mal, du besorgst ihm nicht etwa noch die Wäsche?«

»Nein, sonst hätten wir ja Kontakt. Er will das nicht. Ich auch nicht.« Der Nachsatz klang wenig überzeugend. Darum fügte ich an: »Den strengen Geruch gebrauchter Männersocken kann man allerdings schon vermissen.«

Wieder das zweistimmige Lachen, wir legten mit dem Versprechen auf, einander unbedingt bald zu sehen. So war eben Valeria. Sie wurde von Jahr zu Jahr pummeliger, jedenfalls seit sie sich von ihrem Freund getrennt hatte, und machte sich selbst über den Bauch lustig, der sich sogar unter ihren weiten Röcken im Laura-Ashley-Stil abzeichnete.

Ich bezahlte das Gespräch mit einer Kopfwehattacke.

Dagegen halfen zwei Tabletten, die schwermütige Stimmung blieb. Und sie schien in den nächsten Tagen zu etwas Harzigem in meiner Brust zu verkleben, einer Beengung, die mich nötigte, immer wieder tief Luft zu holen.

Seine Adresse hatte mir Sebastian, kurz vor dem Auszug, auf den abgerissenen Rand einer Zeitung gekritzelt: »Hier, für alle Fälle. Und sonst erreichen wir einander digital.« Den zusammengefalteten Zettel hatte ich in ein Seitenfach meiner Ledertasche gesteckt. Manchmal zog ich ihn heraus und versuchte, mir Sebastians Wohnsituation vorzustellen. Ich gab die Adresse auf Google Maps ein, um herauszufinden, was sich in Sebastians Nähe befand, was für Läden, Kinos, Bars, Haltestellen. Mit Google Street View hatte ich keinen Erfolg, die Seitenstraße war von der Kamera bislang nicht erfasst, und ich ärgerte mich darüber, dass ich das Ungefähre meiner Vorstellung so schlecht ertrug.

Bei der nächsten Deutschstunde mit Antoine und Esta war ich unkonzentriert, meine Gedanken schweiften zu Sebastian, und ich schämte mich hinterher, dass mein Sohn, der in privilegierten Verhältnissen aufgewachsen war, mich stärker beschäftigte als die beiden Flüchtlingskinder.

An einem Oktobernachmittag fuhr ich mit dem Tram zur Haltestelle, die Sebastians Adresse am nächsten lag. Irgendwo stieg ein älterer Mann in löchrigen Jeans ein, dessen Hund, eine Bulldogge mit Maulkorb, sich beinahe auf meine Füße legte. Ich machte eine abwehrende Bewegung, der Hund kläffte kurz und feindselig, und der Halter schnauzte mich an: »Hören Sie auf, er tut ja keinen Mucks.« Ich mag Hunde nicht, ich mag es nicht, besabbert zu werden, ich mag auch keine wedelnden Schwänze, die an meine Beine schlagen. Als Sebastian etwa zehn war, wollte er unbedingt einen Hund, einen Pudel oder einen Terrier, er bat, bettelte und stritt so lange mit uns, bis wir nachgaben, unter der Voraussetzung, dass er ihn regelmäßig, am frühen Morgen und am späten Nachmittag, ausführte. Den kleinen Hund fand ich auch süß, aber sein dauerndes Winseln und Sebastians Pflichtvergessenheit brachten mich aus dem Tritt. Ich musste das Gassigehen am Morgen übernehmen, weil Sebastian um sechs Uhr früh kaum aus dem Bett zu bringen war. Nach zwei Monaten hatte ich genug und bestand darauf, den Hund fortzugeben. Gerhard sagte nichts dazu, aber Sebastians trostloses Schluchzen, seine Miene, die zwischen Wut und Verzweiflung wechselte, vergaß ich nie. Es dauerte lange, bis wir zur alten Vertrautheit zurückgefunden hatten. Von einem Haustier war danach nicht mehr die Rede.

An einem belebten Platz in der Nähe der Kaserne, der sich Sebastian durch seine erschwindelte Dienstuntauglichkeit entzogen hatte, stieg ich aus. Zur Linken ein großer Supermarkt, vor dem einige Reihen ineinandergeschobener Einkaufswagen standen, das Ein und Aus eiliger Kunden; vor einem Bistro kartenspielende Rentner, deren kahle Köpfe in der Herbstsonne glänzten. Die Plakate neben der Haltestelle, die für Kosmetikprodukte warben, versprachen makellose Haut, auch auf ihnen lag der Sonnenschein wie ein bezahlter Blickfang. Bis zu der Seitenstraße, deren Lage ich mir eingeprägt hatte, musste ich ein paar Minuten gehen. Altbauten, mickrige, nur noch halbbelaubte Akazien, ich suchte die Hausnummer, wechselte dann vorsichtshalber auf die andere Straßenseite und war plötzlich unangenehm aufgeregt. Da also. Eine schmale Eingangstreppe mit Geländer. Eine stark verwitterte Fassade in mattem Gelbbraun, Sprossenfenster, auf deren Simsen hier und dort eine Blumenkiste stand. Die Geranien, dunkelrot bis rosa, dominierten. Die Straße war beinahe leer um diese Zeit. Ein Fahr- und Parkverbot hielt die Autos fern, dafür lehnten festgekettete Fahrräder an Vorgartenzäunen. Irgendwo wurde ein Fenster geöffnet, ein Popsong wehte zu mir heraus, langgezogene Töne, eine klagende Altstimme, laut und aggressiv beim Refrain.

Wie lebte er wohl, mein Sohn? In welchem Stock? Dort, wo die einzigen Ringelblumen blühten? Ich merkte, dass in meiner Vorstellung die Gesichtszüge des jungen Mannes überlagert wurden von jenen des Fünf-, Sechsjährigen, an den ich mich so genau erinnerte. Eine Viertelstunde oder länger harrte ich auf meinem Beobachtungsposten aus. Dann ging ich, mit einem plötzlichen Entschluss, hinüber zum Eingang und schaute mir die Klingelschilder an. Ein einziges enthielt zwei Männernamen, das musste es sein. Sebastians Name fehlte darauf. Bekam er denn keine Post, oder lief bei ihm alles übers Smartphone? Die Briefkästen waren wohl drinnen, im Treppenhaus, aber die Haustür war verschlossen, sonst hätte ich vielleicht doch eine Botschaft hinterlassen: »Gruß, Mama.« Es hätte ihn an mich erinnert; mehr wollte ich nicht. Die Chance, Sebastian zufällig zu begegnen, war gering; ich hätte mich, wäre er plötzlich aufgetaucht, ertappt gefühlt.

Noch drei Mal fuhr ich hin. Das zweite Mal regnete es leicht. Ich ging, um nicht aufzufallen, mit aufgespanntem Schirm hin und her; ich hatte eine Papiertasche mit Äpfeln aus dem Garten bei mir; die späte Sorte, Boskop, hatte Sebastian immer gemocht. Eine junge Frau, die aus dem Nachbarhaus trat und einen Kehrichtsack aufs Trottoir stellte, sprach mich an. Ob ich hier etwas Bestimmtes suche, fragte sie nicht unfreundlich, aber mit Misstrauen im Blick. Ich überwand meine Verlegenheit und bemühte mich, gesprächig zu wirken: Mein Sohn wohne seit kurzem hier, Sebastian Sandmaier, ich hätte ihm ein paar Äpfel bringen wollen, aber er sei nicht zu Hause und die Haustür leider verschlossen. Telefonisch würde ich ihn nicht erreichen.

»Sebastian?«, sagte die Frau mit eigentümlicher Betonung. Ja, den habe sie kennengelernt, er sei sicher noch an der Uni. Sie hatte eine rotbraune Kurzhaarfrisur und ein Piercing am Nasenflügel, das mich befremdete, vor allem die Entzündung rund um den kleinen Ring.

»Kann ich die Äpfel Ihnen überlassen?«, fragte ich.

Die Frau lachte. »Zum Selberessen?«

»Wie Sie wollen. Eine alte Sorte. Die schmeckt gut.«

»Das glaube ich. Zwei, drei behalte ich gerne. Die anderen bringe ich abends rasch vorbei.« Sie nahm die volle Tasche am Henkel entgegen und verschwand mit resoluten Schritten im Haus. Nun hatte ich keinen Vorwand mehr, auf und ab zu patrouillieren. Ich fuhr nach Hause und war aufgewühlter, als mir guttat.

Ich wartete darauf, dass Sebastian sich für die Äpfel bedankte, zumindest mit einer SMS. Doch da kam nichts. Möglich, dass die gepiercte Nachbarin sie für sich behalten hatte. Trotz aller inneren Einwände passte ich Sebastian ein letztes Mal ab. Ich wollte ihn leibhaftig sehen, ich wollte abschätzen, ob er magerer geworden war; ob sich der träge, beinahe schleichende Gang, der mir in letzter Zeit aufgefallen war, verändert hatte. Aber ich zog es vor, nicht direkt vor seinem Haus zu warten, sondern an der Tramhaltestelle. Ich hatte im Internet herausgefunden, wie lange die theologischen Vorlesungen für Erstsemester am Dienstagnachmittag dauerten, und mir ausgerechnet, dass er eigentlich zwischen fünf und sieben auftauchen musste. Die Wahrscheinlichkeit war groß, dass er aus irgendeinem der Trams, die von der Stadt her kamen, aussteigen würde. Es war ein nebliger, feuchtkalter Tag, ich saß, bereits im Wintermantel, auf einer der Wartebänke, die teilweise von abgerissenen Existenzen besetzt waren, Obdachlosen vermutlich, zu deren Füßen volle Plastiktaschen lagen. Ich war froh, dass der Sitznachbar, der dauernd vor sich hin murmelte, genügend Abstand zu mir einhielt. Das Heranfahren der Trams, das Aus- und Einsteigen der Passagiere kam mir mit der Zeit vor wie ein langsames Ballett, dessen Choreographie ich nicht verstand. Es war ein kleines Wunder, dass ich – um fünf nach halb sechs – unter den Aussteigenden in der Tat Sebastian erkannte, nicht auf den ersten Blick, denn er trug einen Kapuzenpullover, aber auf den zweiten. Er war, im Strom der Gehenden, schon fast an mir vorbei, da rief ich ihm hinterher: »Sebastian!« Er drehte sich um, streifte die Kapuze vom Kopf: »Du?« In diesem Du klang Verblüffung mit, Abwehr und doch, so glaubte ich zu hören, ein wenig Freude.

Wir standen einander gegenüber, und ich spürte, dass in mein Gesicht vom Hals her die Verlegenheitsröte stieg.

»Ich hätte nicht gedacht …«, begann ich, wusste nicht weiter und verbarg beide Hände in den Manteltaschen.

»Wolltest du mich besuchen?«, fragte Sebastian mit bemühter Sachlichkeit.

»Nicht direkt«, wich ich aus. »Es ist eher ein Zufall, dass du …« Ich stockte.

»Du hättest dich ja anmelden können«, sagte er.

»Klar. Aber ich wollte nicht … Es interessiert mich natürlich schon, wie es dir geht.«

»Gut. Sehr gut sogar.« Er nickte zu den eigenen Worten, blickte zwischendurch hinauf zur Wolkendecke, aus der es sachte nieselte.

»Hast du denn die Äpfel bekommen?« Fast gingen mir die Worte nicht über die Lippen, und ich kam mir lächerlich vor. »Hoffentlich waren sie nicht wurmstichig.«

Er stutzte. »Die Äpfel? Ach so, ja, danke. Die sind schon lange gegessen.«

Ich sah die kleinen Tropfen, die seine Stirn bedeckten, und schwieg.

»Hör mal«, sagte er, »ich hätte dich ja gerne zu einer Tasse Tee eingeladen. Aber ich fürchte, meine beiden Mitbewohner sind schon da und möchten nicht gestört werden.« Nun stockte auch er. »Wir haben nämlich die Regel, dass wir Besuche vorher anmelden. Das ist ein bisschen unspontan, ich weiß, aber …«

»Schon gut«, sagte ich. »Da drüben gibt es ein Bistro. Wenn du magst, könnten wir uns dort ein bisschen unterhalten. Ich denke, wir hätten uns einiges zu erzählen, oder nicht?«

Er schaute mich so konsterniert an, als wolle ich etwas

Ungebührliches von ihm. »Jetzt gerade lieber nicht, ich muss dringend mit einem Dozenten telefonieren ... Bei anderer Gelegenheit gerne ... Ich lade euch nächstens mal zum Brunch ein ...«

Seine bruchstückhafte Redeweise verwandelte ihn zurück in den nervösen Jungen, der sich mir mit Ausreden und Notlügen entzog, und ich wäre gerne auf ihn zugetreten und hätte seine beiden Hände beruhigend in meine genommen. Aber ich brachte keinen Fuß vor den anderen, und er war es, der plötzlich die Distanz zwischen uns überwand. Er umarmte mich flüchtig, küsste mich auf die Wange, wie wir es uns angewöhnt hatten. »Tschüss, Mama.« Schon hatte er sich von mir abgewandt und ging davon, in die Richtung, die ich kannte.

Während einiger Tage trug ich mich mit dem Gedanken, Sebastian einen Brief zu schreiben, keine E-Mail, sondern einen handgeschriebenen Brief. Ich hätte darin fragen wollen, was er von mir in diesem schwierigen Prozess der Abnabelung erwarte, womit ich ihn allenfalls stärken könne und was es eigentlich sei, das zwischen uns stehe. Ein reifer Brief, in dem ich meine Enttäuschung in keiner Weise durchblicken ließe, sollte es sein, eine freundliche Einladung, sich auf Augenhöhe, als Erwachsene auszutauschen. Aber ich kam nach den ersten Zeilen, die ich ständig umformulierte, nicht weiter und ließ meinen Vorsatz fallen.

Von Gerhard fühlte ich mich nicht ernst genommen. Allein schon die abgedroschene Ermahnung – »Lass ihm doch Zeit!« – brachte mich gegen ihn auf. Ob er eigentlich den Sohn überhaupt nicht vermisse, fuhr ich ihn an.

»Wir hatten ohnehin kaum noch Kontakt mit ihm«, sagte er.

»Aber er war da, in der Nähe«, hielt ich ihm entgegen. »Das ist ein entscheidender Unterschied.«

»Nein. Ich bin froh, dass die Situation jetzt geklärt ist. Er wird irgendwann wieder auf uns zukommen.« Er setzte sein schräges Lächeln auf. »Wir haben ihm ja nichts zuleide getan, außer dass wir seine Eltern sind.«

»Irgendwann. In zwei Jahren? In drei? Eine Mutter, die sich um ihre Kinder kümmert, hält das schwer aus. Du kannst das offenbar nicht verstehen.«

»Es gibt ja noch anderes, worum du dich kümmern könntest. Um deinen Nachhilfeunterricht zum Beispiel. Oder darum, was in meinem Büro los ist.« Er strich die graue Strähne, die ihm übers Ohr hing, zurück und stand abrupt auf. »Ich habe noch zu tun.« Nicht einmal das Geschirr räumte er in die Spülmaschine.

Er schien aber doch zu merken, dass ich an der Abwesenheit des Dritten im Haus litt. Am Sonntagabend, nach einem mittelmäßigen *Tatort*, schlug er überraschend vor, noch einen Whisky zu trinken. Ich mag eher die Sorten, die nach Cognac schmecken, er bevorzugt die salzigen, sogar die mit teerähnlichem Geschmack. Mir zuliebe wählte er aus dem Flaschenbestand meinen Favoriten.

Wir dislozierten hinüber zum Sofa, schauten uns im Licht der Stehlampe einen Moment lang in die Augen, wir stießen an, ließen den Whisky in den Gläsern kreisen, tranken einen ersten, einen zweiten kleinen Schluck, und ich ließ die Wärme, die vom Gaumen ausging, durch den Körper fließen. Im Kamin glühten noch die Buchenscheite.

Eigentlich wunderte es mich nicht, dass Gerhard erneut die Frage anschnitt, ob es nicht klug wäre, das Studio endlich zu vermieten; es sehe doch in keiner Weise danach aus, dass Sebastian zurückkommen wolle.

»Du weißt ja«, sagte er mit werbendem Unterton, »damit können wir sogar etwas Gutes tun.«

Ich versuchte, in der spiegelnden Rundung des Glases mich selbst, mein in die Breite verzerrtes Gesicht, zu erkennen, sah aber bloß die Reflexe der Lampe und, hinter der honigfarbenen Flüssigkeit, drei Finger meiner Hand, die das Glas umschlossen. »Zu viel Platz nur für uns zwei. Das gehört sich nicht. Denkst du das?«

»Nenn es, wie du willst«, sagte Gerhard. »Die Idee, auf diese Weise jemanden zu unterstützen, liegt ja auf der Hand.«

Es fehlte nur noch, dass er mir vorrechnete, wie enorm die Wohnfläche pro Kopf in den letzten Jahrzehnten zugenommen habe: Seine Großmutter, aus ärmstem Milieu stammend, hatte die Winternächte mit sechs Geschwistern in einem einzigen ungeheizten Raum, dem Gaden, verbracht. Ich trank schneller als er. Vielleicht hatte Gerhard ja recht. Und dennoch fragte ich mich, was ein fremder Mensch in diesem Haus sollte, es war doch ganz und gar mein Refugium, zumindest tagsüber, und dass das leergeräumte Studio als Tanzfläche dienen könnte, wollte mir nicht aus dem Kopf.

»Wie stellst du dir das denn überhaupt vor?« Ich merkte, dass ich mit der Frage, ohne eigentliche Absicht, bereits mein Einverständnis ausdrückte. Und es war auch eine Absage an mich: Nichts da mit Tanzübungen, werde vernünftig!

Gerhard beugte sich zu mir herüber und wirkte gleich viel eindringlicher. »Wir geben ein Inserat auf. Im Stadtanzeiger und auf den Gratisplattformen im Internet. Dann sichten wir die Bewerbungen und wählen gemeinsam jemanden aus.«

»Und an was für einen Text denkst du?«

Seine Antwort kam rasch, er musste sie sich vorher überlegt haben. »Zu vermieten ab sofort geräumiges Studio in Stadtnähe, zu günstigen Konditionen, an Einzelperson. Oder: Mietzins je nach Einkommensverhältnissen.«

Ich spürte, wie skeptisch meine Miene sein musste. »Das Letzte auf keinen Fall. Da werden wir von Leuten überrannt, die darauf hoffen, halb gratis wohnen zu können. Wenigstens die eigenen Kosten sollten wir herausschlagen können.«

»Wie du meinst.« Ich glaubte ihm anzusehen, dass er jetzt Lust auf eine seiner seltenen Zigaretten hatte. Aber er blieb sitzen und hörte meinen Einwänden zu. Er war für offene Formulierungen, ich für die eine oder andere Einschränkung wie »keine Haustiere«, »kein Musiker« (unvorstellbar für mich, dass jemand nebenan den ganzen Tag auf dem Klavier oder einer Trompete üben würde). Gerhard war einverstanden; es sei ja ich, sagte er, die hauptsächlich mit dem neuen Mieter zurechtkommen müsse. Seine Idee, ein Foto des Studios mit ins Netz zu stellen, lehnte ich ab und wusste eigentlich gar nicht, warum. Wir einigten uns auf ein Inserat unter Chiffre. Ich bestand auf schriftlichen Bewerbungen. Die Art und Weise, wie jemand einen Brief gestalte, meinte ich, lasse Rückschlüsse auf seinen Charakter zu.

Bevor wir das Inserat aufgaben, fragte ich Sebastian per SMS, ob er mit dem geplanten Vorgehen einverstanden sei. Halb hoffte ich, er werde mit Bestürzung reagieren und uns bitten, noch ein wenig zu warten, drei Monate, ein halbes Jahr, länger. Aber er antwortete lakonisch: »ist doch gut wohnraum zu nutzen so schnell werd ich bei euch nicht wieder einziehen grüße s.«

Das Administrative erledigte dann – außerhalb der Arbeitszeit, wie Gerhard betonte – die Institutssekretärin, die sich mit allen Kniffen des Internets auskannte. Ihre Hilfe wollte Gerhard, wie andere Male, mit einem Büchergutschein belohnen.

Ich scheute davor zurück, mir das Inserat anzusehen. Aber es war tatsächlich erschienen. Denn in den ersten Dezembertagen trafen bündelweise die Bewerbungen ein, die von der Zeitung und den Internetportalen an unsere Adresse weitergeleitet wurden. Die »günstigen Konditionen« lockten viele an, auch zweifelhafte Existenzen, die kaum einen Satz fehlerfrei schreiben konnten.

Ich saß, nachdem der Briefträger um zehn vorbeigekommen war, jeweils am Küchentisch und schlitzte mit dem venezianischen Brieföffner, den mir Gerhard vor Jahren geschenkt hatte, die Umschläge auf. Meine Neugier paarte sich mit zunehmender Ungeduld. Musste nicht ein Brief darunter sein, von dem ich gleich wusste: Der ist es und kein anderer? Aber so war es nicht. Einige hatten Fotos mitgeschickt, die sympathisch wirken sollten. Andere priesen sich selbst auf eine Weise an, die mir zuwider war: »Ich gelte als äußerst hilfsbereit und zuvorkommend.« – »Ich bin seit langem abstinent.« – »Ich höre mir Musik nur über

Kopfhörer an.« – »Ich bin überzeugter Single.« Studenten waren darunter, meist solche der Geisteswissenschaften, ein paar angehende Mediziner, Pflegefachfrauen von den städtischen Krankenhäusern, Verkäuferinnen, ein Schreiner, ein Uhrmacher, ein Velomechaniker. Die Zahl der Ausländer hielt sich in Grenzen; immerhin waren Marokko, Sri Lanka und Togo vertreten. Ich sortierte die Briefe, schied die meisten gleich aus, wenn mir eine Frisur auf einem Passfoto missfiel oder jemand aus den Schriftarten von Word eine mit Girlanden oder Schraffuren gewählt hatte.

Abends ging ich mit Gerhard die Bewerbungen durch, die nicht bereits auf den größeren Haufen gewandert waren. Wir berieten uns über die möglichen Vorzüge oder Schwächen der Übriggebliebenen. Gerhard wollte keinen Soziologen im Haus, ich keinen Tierpfleger. Wir lachten darüber, diskutierten aber intensiv und kamen uns dabei wieder einmal nahe genug, um später, im Queen-Size-Bett, zueinanderzurücken und uns nach monatelanger Abstinenz zu lieben, dieses Mal ohne das Gefühl der Schalheit, das mich sonst auf der Suche nach der schon lange verlorenen Leidenschaft überkam.

Vierundsiebzig Bewerbungen waren nach einer Woche eingetroffen. Erstaunlich. Wir einigten uns auf drei, deren Absender wir an einem Samstagnachmittag, im Abstand von je einer Stunde, zum Vorstellungsgespräch einluden. Ich schlug vor, Frauen auszuschließen; mit jungen Frauen, argumentierte ich, käme bestimmt mehr Unruhe ins Haus, und ich könne mit Männern einfach besser umgehen, damit hätte ich mehr Übung.

»Aha«, meinte Gerhard, »dann von mir aus.«

Noch zweimal schlich ich mich, bevor die Besichtigung stattfand, ins Studio, das zweite Mal übte ich gut zwanzig Minuten ein paar Schrittfolgen, die mir immer besser gelangen; danach war ich schweißüberströmt, aber glücklich auf eine Weise, die ich vergessen geglaubt hatte.

Zwei Bewerber erschienen auf die Minute pünktlich, der dritte, ein Student aus Togo, zehn Minuten zu spät, wie es dem Klischee eines Afrikaners entsprach, dafür mit breitem Lächeln und einer Packung Datteln als Geschenk. Wir waren beide dafür gewesen, einen Bewerber aus Afrika in die engere Wahl einzubeziehen, ich hatte da sogleich auch an Antoine und Esta gedacht. Oba trug westliche Kleidung, eine wattierte Jacke, er sprach fließend Deutsch, er war Medizinstudent im achten Semester, verdiente in der Freizeit ein wenig Geld als Packer in einem Magazin, bezog zudem ein staatliches Stipendium, was er als großes Privileg erachtete. Die Mansarde, in der er wohnte, war ihm zu kalt, deshalb suchte er nach einer anderen Wohngelegenheit. Er wolle nach dem Studium unbedingt zurück in sein Heimatland, beteuerte er, dort werde er gebraucht. Diese Haltung gefiel mir, aber ich traute dem Mann nicht ganz, auch wenn er sich bei der Besichtigung des Studios begeistert zeigte und mit dem Mietzins, den wir vorschlugen, sogleich einverstanden war. Vielleicht war ich doch auch davon irritiert, wie deutlich die winzigen Schweißtröpfchen auf seiner dunklen Haut zu sehen waren. Wegen meines Verdachts, dass sich hinter dem beflissenen Äußern ein Hobbydealer verbergen könnte, schalt ich mich selbst. Oba wollte sofortigen Bescheid und wurde mit seinem Drängen sogar etwas unangenehm. Gerhard fragte nach Referenzen, Oba gab den Namen eines Dozenten an, nicht aber den des bisherigen Vermieters. Wir vertrösteten ihn auf morgen; er müsse verstehen, dass wir eine gewisse Bedenkzeit bräuchten. Ohne dass wir lange darüber redeten, war uns klar, dass er nicht in Frage kam.

Als Nächster klingelte der Bewerber, der eben die Hotelfachschule abgeschlossen hatte. Er war sehr groß, einschüchternd groß, auf dem Foto hatte er kleiner gewirkt. Seine Augen waren von einem irritierend hellen Blau, und er erzählte eloquent von sich und seinen Plänen. Er hatte eine Stelle als Chef de Réception in einem nahe gelegenen Viersternehotel in Aussicht, mit gutem Lohn, wie er betonte, übers Wochenende würde er gelegentlich Freunde einladen und für sie kochen. Er habe zudem seit einem halben Jahr eine Beziehung mit einer Kommilitonin, die allerdings in Genf als Nanny arbeite, aber doch gelegentlich hier übernachten würde. Ob uns das störe? Meine Eindrücke waren gemischt, der Mann war zweifellos ein begabter Selbstdarsteller, eine Spur zu lässig gekleidet. Wer trug denn um diese Jahreszeit ein offenes weißes Hemd mit Seidenjacke? Das Studio inspizierte er beinahe pedantisch, fragte nach Stromverbrauch, WLAN-Verbindung, Isolation und sagte am Schluss, er werde es sich überlegen. Wir auch, erwiderte ich. Die Verabschiedung war frostig, unsere Entscheidung klar.

Der Dritte war der Richtige. Er kam, ein wenig zu früh, mit dem Fahrrad, es war ein gutgepflegtes sportliches Rad mit breiten Reifen, wie ich durchs Fenster feststellte. Ich sah ihn draußen auf dem Garagenvorplatz, wo er das Rad mit einem Bügelschloss gesichert hatte, hin- und hergehen und immer wieder auf die Uhr schauen, bis es Zeit war. Beat – so hatte er sich vorgestellt – war Velomechaniker von Beruf, und zwar in einer Werkstatt, in der aus alten Fahrrädern neue zusammengebaut wurden, die dann eine Hilfsorganisation nach Afrika verschiffte. Eine clevere Idee, wie Gerhard fand. Neben dem Alltagsrad besaß er ein zweites, ein superleichtes Mountainbike, ihm widmete er einen großen Teil seiner Freizeit. Er war nämlich ein passionierter Biker, er mochte anstrengende Strecken und nahm bisweilen an Cross- und Geländerennen teil. Wir müssten, sagte er halb entschuldigend, darauf gefasst sein, dass er nach dem Training sehr lange dusche, das heißt, wenn er überhaupt die Chance habe, hier einziehen zu dürfen. Die Lage gefalle ihm ja auch deshalb so gut, weil ihm der nahe Wald ideale Trainingsmöglichkeiten biete. Manchmal geriet er, wohl vor Aufregung, ganz leicht ins Stottern. Er war gleich alt wie Sebastian, nein, ein halbes Jahr älter. Er war in der Stadt aufgewachsen, zusammen mit einem jüngeren Bruder. Die Mutter war alleinerziehend; bei dieser Auskunft senkte er die ohnehin nicht laute Stimme. Er sei derzeit Single, sagte er, Freunde habe er wenige, aber er sei zwischendurch gerne allein. Ohne gefragt zu werden, legte er offen, wie viel er monatlich verdiene. Es war wenig, er bot an, er könne ein Drittel davon für die Miete abzweigen. Wir würden darüber nachdenken, beschied ihm Gerhard. Aber für mich war die Sache entschieden. Nachdem sich Beat verabschiedet hatte, gab es bloß ein kurzes Hin und Her zwischen mir und Gerhard. Dieser junge Mann, sagte er, wirke auf ihn irgendwie zu alt, zu abgeklärt für sein Alter und dann doch merkwürdig angespannt. Ich redete ihm seine Bedenken aus: Mit diesem Mieter würden wir keine Schwierigkeiten haben, er halte Distanz, schmeiße sich nicht gleich an einen ran. Eine Annäherung werde sich mit der Zeit ergeben, da sei ich sicher. Gerhard nickte: Also gut, er werde Herrn Schär den Mietvertrag schicken. Von ihm aus könne er Anfang Jahr einziehen.

Für mich war er vom ersten Moment an Beat und kein anderer, der Name, der etwas Unauffällig-Nettes an sich hatte, passte ihm wie angegossen. Seltsam war nur, dass bereits nach wenigen Stunden Beats Gesichtszüge in meiner Erinnerung verschwammen. Nein, er hatte kein nichtssagendes Gesicht, aber ein diskretes, verwechselbar wie seine abgetragenen Jeans.

Ich freute mich nicht überschwenglich auf den neuen Hausgenossen, es war eine gedämpfte Erwartung. In den drei Wochen, die bis zu seinem Einzug blieben, versuchte ich mehrmals, Sebastian über unsere Entscheidung zu informieren. Er nahm, wie ich geahnt hatte, meine Anrufe nicht entgegen, antwortete aber auf meine ausführliche SMS lakonisch mit »ist doch prima viel glück mit dem mieter s«. Beat schickte den Vertrag postwendend zurück, seine Unterschrift wirkte steif, nur die übergroße Schlaufe beim S passte nicht dazu. Auf einem gelben Post-it-Zettel hatte er notiert, er werde, wenn das genehm sei, am sechsten Januar einziehen. Das war ein Samstag, Dreikönigstag, ich nahm mir vor, für ihn einen Kuchen zu backen; wir könnten ihn ja dann bei einem gemeinsamen Tee anschneiden, und ich würde dafür sorgen, dass unser Mieter, als gutes Omen sozusagen, in seinem Stück den Plastikkönig finden würde.

Die Wartezeit nutzte ich, um gelegentlich im Studio zu

tanzen, ich ließ von drüben her eine CD mit Tschaikowskys Nussknacker-Suite laufen; den Applaus nach einer Nummer malte ich mir aus wie früher als Halbwüchsige, die Margot Fonteyn nacheiferte. So unberührbar wirken wie sie, und doch dieser Ausdruck in jeder Bewegung. Es gab ja sogar eine Namensverwandtschaft mit ihr. Kindisch.

4

Sebastian

Konfrontationen

Und schon sind wir zum ersten Mal heftig aneinandergeraten. Irgendwie voraussagbar, ich weiß. Eine dieser abendlichen Unterhaltungen, die sich, bei Wein und viel Gelächter, nach allen Seiten verzweigen und plötzlich ernsthaft, ja verbissen werden. Es ging, angefacht von Nicolas, dem künftigen Juristen, ums Strafrecht, um Bestrafung, letztlich um Gerechtigkeit. Wir hatten alle aus den lokalen Schlagzeilen der letzten Tage mitbekommen, dass in der Stadt ein Verbrecher umging, der nachts junge Frauen überfiel, sie mit einem Messer bedrohte, beraubte, blitzschnell verschwand. Die Sache werde unmäßig hochgespielt, behauptete Christoph, die Medien seien ja geradezu dankbar für solche Delikte: Macho, vermutlich Ausländer, gegen pure Unschuld, das garantiere hohe Aufmerksamkeit. Ein besoffener Rowdy, der im Auto einen Fußgänger anfahre, sei ebenso kriminell, aber das sei den Medienfritzen höchstens ein paar Zeilen wert. Und warum? Weil der sexuell grundierte Schaueraspekt hier fehle. Ich stimmte Christoph zu: Nach dem Täter werde mit Hochdruck gesucht, ihm drohe auf jeden Fall eine Haftstrafe, dem Rowdy, sofern man ihn fasse, werde der Fahrausweis entzogen, ein Buße aufgebrummt. Ob das die Gerechtigkeit sei, die Nicolas verteidige? Der redete sich in Rage: Gerechtigkeit sei nie etwas Abstraktes, das Emotionale eines Delikts könne durchaus ins Gewicht fallen. Ein Mann, der hinterhältig eine Frau überfalle, werde, ungeachtet der möglichen Schadenfolgen, anders angeschaut als ein fehlbarer Autofahrer. Genau, fiel ihm Christoph ins Wort, das gipfle dann letztlich in der Lynchjustiz: An den Galgen mit dem schwarzen Vergewaltiger, auch wenn seine Schuld gar nicht erwiesen sei. Nicolas' Entgegnungen wurden immer lauter: Blödsinn! Er plädiere bloß für Spielraum beim Strafmaß, und eine Abschreckungswirkung dürfe oder solle eine Strafe auch heute haben. Dann sei er letztlich für Willkürjustiz, attackierte ich ihn und wurde von Nicolas angefaucht, ich hätte ja keine Ahnung von der Arbeitsweise eines Gerichts. Wir redeten mit erhobenen Stimmen durcheinander, warfen einander vor, eine Ritzung mit dem Messer zu bagatellisieren oder schon zum Mordversuch zu erklären. Nach einer halben Stunde gingen uns die Argumente aus, wir schwiegen betreten, bis Christoph sagte: Nun ja, eigentlich gehe es ja vordringlich darum, die Täter zu erwischen, und das sei die Aufgabe der Polizei, alles Übrige komme später. Wir nickten, schenkten Wein nach, versöhnten uns mit halbem Lachen. Ich wusste gar nicht, woran es lag, dass ich mich derart aufgeregt hatte. Die Auseinandersetzungen an unserem Familientisch waren vor meinem Auszug gesitteter geworden, Vater und ich hatten es in der letzten Zeit vermieden, mit allzu lautem Streit Tränen in Mutters Augen zu treiben. Daran zu denken, gab mir einen kleinen Stich. Margrets SMS verrieten, dass sie sich um mich sorgte, und indem ich mich verweigerte, nährte ich wohl ihre Phantasien über Verwahrlosung, Besäufnisse oder Drogenkonsum.

Ich werde mit Aleksandra, der schönen Nachbarin, darüber reden, sie hat zu den meisten Dingen eine vernünftige Meinung. Einige Male sind wir miteinander ins Gespräch gekommen, als wir von der Tramhaltestelle zu unserer Straße gingen. Ich gebe zu, ich habe darauf geachtet, ob sie am Bahnhof mit mir einstieg, und dafür zwei, drei Kurse mit Absicht versäumt. Den nächsten Schritt zu machen, wagte ich nicht. Und nun hat sie mich eingeladen, »irgendwann mal« bei ihr einen marokkanischen Pfefferminztee zu trinken, sehr stark, sehr süß, ob ich den möge? Ich bejahte, womöglich allzu enthusiastisch. Dann solle ich mich doch bei ihr melden, einfach spontan klingeln. Schöne Aussichten. Ich glaube, Aleksandra ist ein anderes Kaliber als Rebekka, die unbedingt etwas »Ernstes« wollte.

Nicht zu glauben, meine Mutter spioniert mir nach! Da trat sie mir doch, als ich aus dem Tram stieg, wie zufällig entgegen, und ihrem Gesicht sah ich die Verlegenheit an. Wir begannen ein nichtssagendes Gespräch, mit allen mimischen Mitteln gab sie mir zu verstehen, dass sie erwartete, von mir in meine WG eingeladen zu werden. Wozu? Um sie zu inspizieren? Um Ordnung und Sauberkeit zu kontrollieren? Um sicher zu sein, dass ich es ohne sie nicht aushalte? Ich war unhöflich genug, das Gespräch abrupt zu beenden, ich ließ sie stehen. Und jetzt meldet sich das schlechte Gewissen. Irgendwann muss ich den ersten Schritt machen und sie herausfordern. Dazu rät Karl Barth, dessen verschlungene Gedankengebäude ich im Moment erklimme. Den Fokus aufs Göttliche richten, damit erwachsen gewordene Kinder und alternde Eltern miteinander einen wirklichen Dialog führen. Ich fürchte jedoch, dass ich das noch eine Weile nicht hinkriege, da stehen zu viele klobige Erinnerungen kreuz und quer in meiner Kindheitslandschaft. Wegpusten geht nicht, abtragen vielleicht, mit der Zeit. Ich höre mir über Kopfhörer die Toten Hosen an, laut, sehr laut: *Halt mich jetzt fest! Es macht müde, seinen Weg allein zu gehen.* Das Wort *übermüdig* gibt es nicht, soll ich es erfinden?

5
Margret

Die Einladung

Das kleine Weihnachtswunder überraschte Margret am späten Nachmittag des Vierundzwanzigsten, als sie am Fenster stand und dem schwachen Schneefall zuschaute, der eben eingesetzt hatte. In einer Kurznachricht lud Sebastian die Eltern für den folgenden Sonntag zum Brunch ein: »10 uhr wenn es euch passt würde mich freuen gruß s.« Ein Kompromiss offenbar, ihre Einladung für den Weihnachtsabend oder für Neujahr hatte er ausgeschlagen (»leider zu viel um die ohren«), der Brunch lag nun genau zwischendrin, das nahm dem Treffen die Feierlichkeit und machte es alltäglicher. Sie sagten dankend zu.

Den Weg zu Sebastian kannte Margret ja schon. Um bei Gerhard keinen Verdacht zu erregen, schaute sie sich an der Tramhaltestelle mit gespielter Ratlosigkeit um. Er hatte sich im Internet kundig gemacht, führte sie, sicher wie ein alter Pfadfinder, zur Seitenstraße. Es gab kaum Verkehr am Sonntagmorgen, die Schneeschicht der letzten Tage war schon zu Matsch geworden, nur auf einigen Dächern lag das Weiß noch unversehrt, höchstens bekritzelt von Vogelfüßen. In ihrer Tasche hatte Margret ein Geschenk dabei, einen schön verpackten dreiflammigen Kerzenständer aus poliertem Metall. Sie war sicher, dass er Sebastian gefallen würde. Die Haustür hatte keinen elektronischen Türöffner, und Gerhard murmelte, das sei doch ziemlich archaisch. Sie warteten nach dem Klingeln lange, bis sie Schritte im Treppenhaus hörten, ein Poltern beinahe, dann schwang die Tür zurück, und Sebastian stand außer Atem vor ihnen. »Bitte«, sagte er merkwürdigerweise als Erstes, dann »Willkommen!« Es gab Umarmungen, bei denen sie sich irgendwie aneinander vorbeidrängten, dann stiegen sie die Treppe hoch.

Die Wohnung war im zweiten Stock. Sebastian nahm den Eltern die Mäntel ab und hängte sie im dunklen Flur an altmodische Garderobenhaken. Er war allein; das hatte er offenbar so arrangiert; er werde ihnen, sagte er, Christoph und Nicolas, die Mitbewohner, bei Gelegenheit vorstellen; Nicolas werde ohnehin nächstens ausziehen. Er zahle dann – dies mit einem Seitenblick zum Vater – ein wenig mehr, aber das sei zu verkraften. Er trug den türkisblauen Kaschmirpullover, den Margret ihm zum letzten Geburtstag geschenkt hatte. Obwohl er ihm deutlich zu weit war, stand er ihm gut, während Gerhard in seinem karierten Hemd und der Strickweste ältlich aussah. Der Esstisch war schön gedeckt, sogar mit weihnachtlich bedruckten Papierservietten. Margret gegenüber hing der Escher, seltsam vertraut, an der tapezierten Wand.

Sebastian servierte Rührei, einen starken Schwarztee, wie Margret ihn liebte; es gab im Ofen aufgebackene Brötchen mit Biobutter, verschiedenen Käsesorten und Honig, danach einen mit Ingwer aromatisierten Orangensalat. So viel kulinarische Sorgfalt hatte Margret nicht erwartet, auch nicht so viel Wohnlichkeit. Sebastian packte sein Geschenk aus und dankte – so kam es Margret zumindest vor – mit temperierter Freude. Der Kerzenständer wurde gleich eingeweiht, es waren ja auch drei rote Kerzen im Paket gewesen, die nun, tropfenlos, mit schöner Flamme brannten. Dass Sebastian kein Gegengeschenk für sie hatte, spielte keine Rolle, er sah offenbar auch keinen Anlass, es zu erwähnen. Schon als Junge hatte er Mühe gehabt, die Eltern zu beschenken. Eine Zeitlang, noch vor der Pubertät, hatten sie jeweils Zeichnungen von ihm bekommen, seltsame Urwaldlandschaften mit phantastischen Tieren, Einhörnern und giraffenähnlichen Gestalten. Er hatte die Blätter eng gerollt, mit Packschnur zusammengebunden, und Margret hatte sie gebührend bewundert und über der Anrichte mit Klebeband an der Wand befestigt. Dort blieben sie dann ein Jahr oder länger, bis sie von selbst herunterfielen.

Das Gespräch kam nur zäh in Gang. Gerhard hatte Margret versprechen müssen, die Theologie, einen Streitpunkt zwischen Vater und Sohn, nicht zu erwähnen. Wie das Zusammenleben hier funktioniere, fragte Margret stattdessen.

»Ab und zu gibt es natürlich Krach«, antwortete Sebastian. »Aber sonst eigentlich ganz gut.«

»Du meinst«, warf Gerhard ein, »es wäre einfacher, wenn sich die Wohnung von selber putzen würde.«

Sebastian lachte kurz und abwehrend. »So ähnlich.«

Margret maß ihren Mann mit warnenden Blicken. »Bitte, Gerhard, hier ist es doch wunderbar sauber.«

»Habe ich etwas anderes behauptet?«, fragte Gerhard und wischte mit der Papierserviette ein wenig Ei vom Mundwinkel.

Sebastian goss schweigend Tee nach, nun war er von

dunkelstem Braun und schmeckte ziemlich bitter; aber Margret ließ sich nichts anmerken.

Sie brachte die Rede auf ihren zukünftigen Mieter und erwähnte, dass er als Velomechaniker in einer Werkstatt mit gemeinnützigem Zweck arbeite.

Sebastian nickte, geradezu beschwingt. »Ein Handwerk, das ist gut. Manchmal wünsche ich mir, ich hätte eine Lehre gemacht. Als Schreiner zum Beispiel. Da bringst du Kopf und Hände zusammen.«

»Die Matura«, sagte Gerhard mit spürbarer Ironie, »lässt dir doch weit mehr Möglichkeiten. Du kannst ja jetzt noch Dachdecker werden. Oder meinetwegen Geigenbauer. Oder Alphirt.«

Sebastian starrte den Vater an, als wäre er eine fremdartige Spezies. »Geigenbauer? Ja, warum nicht? Dahinter steckt doch eine jahrhundertelange Tradition. Perfekter Umgang mit Holz und Lack. Immer dem noch besseren Klang auf der Spur. Jedenfalls nichts Blutleeres und Abstraktes.«

Gerhard hielt dem Blick des Sohnes stand, doch beide begannen plötzlich zu blinzeln. Es war, dachte Margret, eine Eigenart, die sie teilten.

Fast sah es aus, als wolle Gerhard die Hände zum Gebet falten. »Nun ja, die Theologie …« Doch Margret unterbrach ihn, sich an Sebastian wendend: »Du hast ja Flöte gespielt. Und das wolltest du damals unbedingt. Ich habe gar nicht gewusst, dass du dich für Streichinstrumente interessierst.«

Sebastian unterdrückte ein rätselhaftes Lachen. »Schubert«, antwortete er. »Die Streichquartette. Die mag ich. Du doch auch.«

Sie dachte an *Der Tod und das Mädchen*, den langsamen Satz, der ihr vertraut war wie eine immer neu durchwanderte Landschaft. Gerhard hielt Schubert für einen Langweiler, er zog, seinem Fach gemäß, Monteverdi vor, die Opern von Händel oder dann gleich, was sie anfangs verwundert hatte, Bob Dylan und sogar Bruce Springsteen.

Gerhard erwähnte seine neue Publikation über eine halbvergessene Klosterruine in der näheren Umgebung, eine Gründung der Cluniazenser, aber auch als er hervorhob, wie gewaltsam, wie zerstörerisch die Reformation mit altem Kulturgut umgegangen sei, ließ sich Sebastian zu keiner Nachfrage bewegen, obwohl dies jetzt in gewisser Weise sein Fachgebiet war. Margret kam auf die neuen deutschen Nachbarn zu sprechen und betonte deren Freundlichkeit; diese Vorurteile gegenüber allem Deutschen teile sie in keiner Weise, und es sei schön, im Quartier wieder kleine Kinder zu hören. Gerhard stimmte ihr zu, jedoch gehe ihm ab und zu, vor allem sonntags, das Quengeln und Herumschreien auf den Geist, ob deutsch oder nicht. Sie hätten kürzlich, sagte Margret, die Nachbarn zu Tee und Kuchen eingeladen, jetzt sei eine Gegeneinladung eingetroffen, und zwar gleich für ein Nachtessen. Sie hoffe bloß, dass Uwe und Ortrud – sie seien bereits per du – nicht eine prätentiöse Geschichte daraus machen würden. Von ihr aus würden auch Bratkartoffeln mit Spiegelei ausreichen. »Und danach rote Grütze«, warf Gerhard scherzhaft ein, er hatte vor vielen Jahren ein Semester in Berlin studiert. Ja, fuhr Margret fort, es gehe ja nicht um eine kulinarische Offenbarung, sondern um den Kontakt. Sebastian nickte; zwischendurch schaute er verstohlen auf die Uhr.

Noch eine Weile plätscherte das Gespräch dahin, dann klingelte es an der Tür. Die Eltern stutzten, Sebastian errötete leicht. »Eine Überraschung«, sagte er. »Ich komme gleich wieder.«

»Was führt er jetzt im Schilde?«, fragte Gerhard.

»Ach«, sagte Margret unruhig. »Das wird ein Bekannter sein.«

Sie warteten, jemand spielte im Haus dilettantisch Klavier. Schritte näherten sich, im Flur erklangen Stimmen, die von Sebastian und eine weibliche, sie übertönten das gedämpfte Klimpern. Eine junge Frau betrat das Esszimmer, gefolgt von Sebastian, dessen Hand auf ihrer Schulter ruhte, so dass es beinahe schien, als schiebe er sie vor sich her. Margret erkannte die Frau sogleich, es war die Nachbarin, der sie vor ein paar Wochen die Tasche mit den Äpfeln übergeben hatte, und der Verdacht, der sie durchschoss, bewahrheitete sich sogleich.

»Das ist Aleksandra«, sagte Sebastian ein wenig holprig. »Mit ks geschrieben, nicht mit x. Meine Freundin. Und das sind meine Eltern.«

Eigentlich ein besonderer Moment, dachte Margret. Die bisherigen Bekanntschaften hatte Sebastian den Eltern vorenthalten und damit ihre Neugier angestachelt. Seinen Andeutungen hatte Margret entnommen, dass der Sohn hin und wieder mit gleichaltrigen Frauen ausging, aber den Eltern vorgestellt hatte er sie nie. Nun ja, dazu war er nicht verpflichtet. Margret hatte sich dennoch vorzustellen versucht, wie die Auserwählten aussehen mochten, wie sie auf sie reagieren würde. Und nun galt es also ernst.

Das übliche Händeschütteln reihum; Gerhard war dafür höflicherweise aufgestanden. Aleksandra, deren Nasenpiercing im Morgenlicht glänzte, begrüßte die Eltern als Herrn und Frau Sandmaier. Sie setzte sich umstandslos, beinahe burschikos auf den Stuhl, den Sebastian aus dem Nebenzimmer herbeibrachte, und schenkte sich ein Glas Orangensaft ein. Sie mochte gleich alt sein wie Sebastian, etwas älter vielleicht, und wirkte in ihrem roten Top ziemlich drall. Sexy heißt das doch heute, dachte Margret. Die gleichmäßig kurzgeschnittenen Haare waren rötlich getönt.

»Ich denke«, sagte Sebastian, »dass das eine gute Gelegenheit ist für … für, nun ja, für die gegenseitige Vorstellung.«

Alle nickten freundlich, musterten sich unauffällig.

»Eine prima Idee«, sagte Margret. »Kennt ihr euch denn schon lange?«

»So lange auch nicht«, erwiderte Aleksandra, die das halbe Glas in einem Zug ausgetrunken hatte. »Ein paar Wochen. Aber es hat gleich gefunkt.« Sie legte ihre Hand auf die von Sebastian.

»Wir haben uns hier in der Straße kennengelernt«, sagte Sebastian. »Aleksandra wohnt nämlich ganz in der Nähe.«

Sie schaute bei diesem Satz zu Margret. Forschend? Verschwörerisch? Der Blick ließ sich nicht deuten. Margret wäre es peinlich gewesen, die Geschichte mit den Äpfeln aufzudecken.

Ein paar eher spaßhafte Sätze über Zufallsbekanntschaften und was daraus werden konnte gingen hin und her. Dann stellte Gerhard die Frage, die ihm bestimmt am meisten auf der Zunge brannte: ob er wissen dürfe, womit Aleksandra sich beruflich beschäftige oder ob das allzu aufdringlich sei.

»Ich bin Bardame«, sagte sie und lachte hell auf, als sie sah, wie Margret und Gerhard sich bemühten, nicht unangemessen zu reagieren. »Ja, so ist es. Ich arbeite neben dem Studium in einer Bar und verdiene gut dabei. Sonst studiere ich Judaistik.«

»Wie bitte?«, entfuhr es Gerhard.

»Von mütterlicher Seite habe ich jüdische Wurzeln«, sagte Aleksandra.

In Gerhard arbeitete es. »Schön, dann können wir uns ja künftig über das eine oder andere austauschen.« Er rang sich zu einem kleinen Lachen durch. »Und vielleicht bringen Sie mir bei, wie man eine richtig gute Bloody Mary mixt.«

»Ich glaube«, sagte Margret, die nur ungenau wusste, worum es in der Judaistik ging, »dass ich zu viel Zitronensaft dazugebe, wenn ich mal eine mache. Wie viel braucht es denn?«

»Je nach Geschmack«, sagte Aleksandra. »Ich bin da nicht dogmatisch. Variieren Sie einfach, und vergessen Sie den Tabasco nicht.«

Margret schüttelte den Kopf. »Nein, tu ich nicht. Aber im Flugzeug, sagt Gerhard, schmeckt die Bloody Mary immer besser.«

Sebastian räusperte sich. »Ich mag Cocktails nicht besonders. Wenn schon, lieber einen Whisky pur.«

»Da hast du dir aber die falsche Freundin ausgesucht«, scherzte Gerhard.

Gelächter; sie hatten den angemessenen Plauderton gefunden. In ihrem Haus, sagte Aleksandra, gebe es einen begrünten Innenhof, sie hoffe, dass sie da im Sommer mal zusammen sitzen würden.

»Natürlich bei einer Bloody Mary«, sagte Gerhard und erkundigte sich dann doch nach Aleksandras Professoren. Sie gab Auskunft, das Gespräch verzweigte sich erneut, alle bemühten sich um Höflichkeit. Sebastian schwieg hauptsächlich, von den Eltern wollte er nichts wissen, auch nichts Genaueres über den künftigen Mieter, und Margret fragte sich, weshalb er sie überhaupt eingeladen hatte.

Sie verabschiedeten sich nach zwei Stunden. Auf Margrets Vorschlag hin gingen sie mit Aleksandra zum gegenseitigen Du über, sie würden sich ja, sagte sie, in Zukunft bestimmt ab und zu sehen. Aleksandra blieb noch, sie wollte Sebastian beim Abwaschen helfen.

Sebastians kurze Umarmung war zurückhaltend wie bei der Begrüßung, er küsste Margret mehr oder weniger an der Wange vorbei in die Luft. Seltsamerweise umarmte er nun auch den Vater, sie erinnerte sich nicht, dass er es in den letzten Jahren je getan hatte.

Schweigend gingen sie nebeneinanderher zur Tramhaltestelle. Wieder das leichte Schneegestöber, Flocken hafteten an Gerhards Schildmütze und auf Margrets Augenbrauen, wo sie indessen rasch schmolzen. Im Tram fragte Gerhard, ob diese Bekanntschaft wohl von Dauer sei. »Keine Ahnung«, sagte Margret und biss sich leicht auf die Unterlippe. Gerhard, der in letzter Zeit wieder an Rückenschmerzen litt, brachte sich auf dem Sitz in eine bequemere Position. »Sei ehrlich, ist sie dir sympathisch?«

»Ach.« Obwohl es im Tram geheizt war, knöpfte sie ihren Mantel ganz zu. »Weißt du, wir sollten jetzt nicht vorschnell urteilen. Ich mag Sebastian jedenfalls eine starke Frau gönnen. Die holt ihn immerhin aus seinen Grübeleien heraus.«

»Denkst du?« Das klang fast ein wenig boshaft. »Nun ja, sie sieht nicht so aus, als würde sie ihm eine unerwünschte Schwangerschaft bescheren. Mir wäre es zu früh, jetzt schon Großvater zu werden.«

»Gerhard!«, mahnte sie. »Das ist unfair. Sie sind erwachsen und wissen, was sie tun.«

Er zog ein wenig den Kopf ein, wie immer, wenn sie ihn tadelte, hatte aber doch ein verkniffenes Lächeln in den Mundwinkeln. Sie schaute an ihm vorbei aus dem Fenster, an dem die Häuserreihen vorbeiglitten, sah zu, wie die Flocken, die auf die Scheiben trafen, sich sogleich in Tropfenspuren verwandelten und abwärtsglitten. Es war ihr unangenehm, sich Sebastian als Liebhaber vorzustellen, zwei Nackte, eine Frau mit jugendlichem Körper, vielleicht sogar mit gepiercter Brustwarze, und sie grollte Gerhard, dass er in ihr diese Vorstellung hervorgerufen hatte.

Den Rest des Sonntags wichen sie einander aus. Beim Abendessen erklärte Gerhard, er sei nicht mehr bereit, Sebastian den vollen Unterhaltsbetrag zu überweisen, bevor er nicht seine Ziele verbindlich deklariert habe, irgendwelchen Schlendrian wolle er nicht finanzieren. Mit Mühe brachte Margret ihn davon ab. Der Sohn verdiene ja einen Zustupf im Sozialarchiv, und er suche doch für die Semesterferien intensiv einen Aushilfsjob in einem Altersheim. Davon hatte Sebastian einmal gesprochen, aber das war lange her.

Die Schneeschicht am nächsten Morgen war knöchelhoch. Noch vor dem Frühstück schaufelte Gerhard die Wege frei. Er wirkte erfrischt, als er sich zu Margret setzte, geradezu heiter. Hin und wieder gab es eine Stimmung zwischen ihnen, in der wieder alles möglich schien, so etwas wie ein Neubeginn. Jedoch kein Wort mehr von Sebastian. Sie schrieb dem Sohn eine Dankeskarte und wünschte ihm für seine junge Beziehung viel Glück und – nach dem Wort hatte sie lange gesucht – Beharrlichkeit. Hinterher verlor sie sich in Erinnerungen an die ersten leuchtenden Monate mit Gerhard. Ja, es hatte sie gegeben, es gab eine Zeit, da sehnte sie sich nach seinen Umarmungen. Dass ihre ganze Zärtlichkeit sich sehr bald auf das Baby verschoben hatte, schien er mit Gleichmut zu ertragen, und sie sagte sich, gegen die Folgen der Mutterschaft könnten gute Vorsätze nichts ausrichten.

6
Margret

Der Einzug

Mitte Januar – er hatte den Termin aus unbekannten Gründen hinausgeschoben – zog Beat im Studio ein. Sein jüngerer Bruder half ihm dabei. Er machte mit seinen ausgebeulten Jeans und einer fleckigen Trainingsjacke einen etwas abgerissenen Eindruck, gab sich noch scheuer und wortkarger als Beat. Sie transportierten die wenigen Sachen in einem ausgeliehenen Kombi. Es war aber doch so viel, dass sie dreimal hin- und herfahren mussten. Das Bett ragte, bei offener Heckklappe, hinten aus dem Auto; die Brüder hatten es mit Gummibändern festgezurrt. Illegal, das wusste ich, war das trotzdem. Sein Velo hatte Beat draußen vor der Eingangstreppe abgestellt. Was sich in den paar Kartonschachteln verbarg, konnte ich bloß vermuten, Bücher wohl kaum, eher DVDs, dazu ein Fernseher mit einem großen Flachbildschirm. Ich half mit, kleinere Gegenstände zum Anbau zu tragen, einen Werkzeugkasten, einen Staubsauger, Kleidersäcke und ein paar Pfannen, ich glitt auf dem vereisten Plattenweg beinahe aus, und Beat bedeutete mir höflich, dass sein Bruder und er das schon allein schaffen würden. Er bemerkte den Blick, mit dem ich die Lautsprecherboxen musterte, die schon drinnen standen wie kleine Heiligtümer, und versicherte, er werde sie nur gebrauchen, wenn niemand nebenan sei, sonst gebe er sich mit Kopfhörern zufrieden. Es waren kurze Dialoge, die wir führten, darüber, wie die Heizung zu regulieren, der Boiler bei längeren Abwesenheiten auszuschalten sei, dass er sich bei der Poststelle anmelden müsse und wir für ihn bereits einen zweiten Briefkasten samt Namensschild montiert hätten. »Klar« und »Ja, sicher«, sagte Beat. Sein Bruder stand stumm und ernst dabei, und als ich ihn einmal direkt anredete, zuckte er zusammen und senkte wortlos den Kopf. Ich verzichtete darauf, ihnen irgendein heißes Getränk anzubieten; das hätte mich zu sehr an Sebastians Auszug erinnert. Ich stellte aber einen kleinen Strauß mit Chrysanthemen auf den alten Klapptisch, der schon dastand und wohl als Esstisch dienen sollte. Beat bedankte sich mit einem Lächeln. Die Möbel waren gebraucht, klapprig zum Teil. Das ist eben, sagte ich mir, der Besitz eines jungen Menschen, der finanziell noch keine großen Sprünge machen kann. Ungefähr dort, wo der surreale Escher gehangen hatte, würde das einzige Bild hängen, das Beat mitgebracht hatte: das großformatige Foto einer Alpenlandschaft, auf der sich, hinter Glas, ein winziger Radfahrer einen steinigen Weg emporquälte. Mit dem zweiten Fahrrad, dem Mountainbike, komme er dann am Abend zurück, kündigte Beat an, er möchte es gerne an einem sicheren Ort aufbewahren. Ich zeigte ihm den Heizungskeller, zu dem auf der anderen Seite des Hauses eine Treppe hinabführt, vor dem Tank gab es Raum für mehrere Fahrräder. Ich überließ Beat den Ersatzschlüssel zum Heizungskeller. Das schien mir am sinnvollsten; zu den anderen Kellerräumlichkeiten brauchte er ja keinen Zugang, auch nicht zur Waschmaschine. Die Wäsche, sagte er leicht verlegen, besorge seine Mutter, für kleinere Sachen begnüge er sich mit einer Handwäsche ab und zu.

In den ersten Wochen gab ich mir Mühe, ihm ein wenig näherzukommen; wir bildeten ja immerhin eine Hausgemeinschaft. Der Durchgang zum Anbau war wieder abgeschlossen. Ich hörte nichts von Beat, fast nichts, außer gelegentlich das Schlagen der Kette ans Schutzblech, wenn er eines der beiden Fahrräder eilig die Kellertreppe hinauf- und hinuntertrug. Er ging während der Woche morgens um sieben weg, kam gegen halb sechs Uhr abends zurück, im Winter bei völliger Dunkelheit. Zuweilen verschwand er wieder, nachdem er, wie ich annahm, etwas gegessen hatte, vielleicht traf er Freunde, eine Freundin, oder er schaute bei der Mutter vorbei. Dass er eine Disco besuchte oder an einer Bar herumhing, traute ich ihm nicht zu. Am Wochenende absolvierte er gewöhnlich mit seinem Mountainbike mehrere Trainingseinheiten, von denen er erschöpft zurückkehrte, oder er nahm an regionalen Rennen teil. Nach dem Duschen – das Rauschen war durch die Wand knapp hörbar – putzte er bei passablem Wetter auf dem Garagenvorplatz das Mountainbike, er spritzte es mit dem Gartenschlauch ab, den ich ihm überließ, reinigte mit einem spritgetränkten Lappen Rahmen und Speichen, pumpte die Reifen auf. Vom Küchenfenster aus beobachtete ich ihn manchmal, schaute zu, wie er die Handpumpe betätigte, sah das taktmäßige Auf und Ab des Griffs, den er, während sein Gesicht rot anlief, mit beiden Händen umklammert hielt. Er trug in den Wintermonaten eine Wollmütze, und als die Temperatur anstieg und er sie ablegte, fiel mir von oben auf, wie dünn sein blondes Haar war, die Haut darunter schimmerte rosarot.

Anfangs ging ich, falls er da war, alle drei, vier Tage hinüber, um zu fragen, ob alles in Ordnung sei, ob das Studio und die neue Umgebung seinen Bedürfnissen entsprächen. Es dauerte meist lange, bis er die Tür aufschloss, und es gelang ihm nicht, das Erstaunen, ja, den kleinen Schreck, dass ich es war, zu verheimlichen. Er verhielt sich indessen ausgesprochen höflich, hatte nie etwas zu bemängeln. Den tropfenden Wasserhahn im Badezimmer hatte er selbst repariert; wir hätten jetzt ja, sagte Gerhard, nicht umsonst einen Mechaniker im Haus. Und tatsächlich war Beat, als ich ihn um Hilfe bei einer blockierten Jalousie bat, umgehend mit seinem Werkzeugkasten zur Stelle und löste das Problem mit Hilfe einer Zange und eines Dreikantschlüssels. Zu einem Tee oder einem Espresso ließ er sich allerdings nicht überreden, es schien ihm in den fremden Räumen unbehaglich zu sein. Ich lud ihn trotzdem zum Abendessen ein. Die erste Einladung schlug er aus, angeblich wegen eines anderen Termins, die zweite nahm er zögernd an. Beinahe bereute ich diesen Annäherungsversuch. Ich kochte ein Pastagericht mit Parmesan und Schinken, das Sebastian besonders gemocht hatte, servierte dazu einen gemischten Salat, von dem der Gast am meisten nahm. Die Atmosphäre am Tisch war gezwungen. Ja doch, die Arbeit in der Werkstatt mache ihm Freude, ja, vielleicht fliege er mal nach Dahomey, um bei der Verteilung der Fahrräder dabei zu sein, aber noch nicht jetzt. Nein, Fernsehen interessiere ihn nicht sonderlich, er lese ab und zu einen Krimi, schaue sich Filme auf DVD an, Thriller, Science-Fiction. Ich sagte, er dürfe ruhig Leute zu sich einladen, ich wolle nicht, dass er bei uns vereinsame. Doch, doch, das plane er, antwortete er, sein Bruder, Ernst, habe ihn ja schon mehrmals besucht. Davon hatten wir nichts bemerkt. Über ihn wollte er offenkundig keine weitere Auskunft geben. Auch über die Mutter schwieg Beat sich aus, aber er beteuerte, seine Hände übereinanderlegend, sie werde bestimmt irgendwann hier auftauchen. Er hatte schöne Hände, ohne jede Spur von schwarzer Schmiere in den Hautfalten, er schien penibel darauf zu achten, solche Rückstände zu beseitigen. Vom Vater kein Wort. Hatte er überhaupt Kontakt zu ihm? Nach einer knappen Stunde zog Beat sich zurück, mit seinem angedeuteten Lächeln, das stets etwas Entschuldigendes an sich hatte. Das Säckchen mit den gefüllten Schokoladenkugeln, das er mitgebracht hatte, stand unangetastet auf dem Beistelltisch. Ich schämte mich, dass ich es vergessen hatte, und bot Gerhard davon an. Wir ließen beide eine Kugel im Mund zergehen.

»Unser Mieter«, sagte Gerhard, »ist wirklich überaus scheu, diese Einladung scheint ihn überfordert zu haben.«

»Er lässt einen überhaupt nicht an sich heran. Schade.«

»Nun ja, er wird dir Sebastian nicht ersetzen. Und das ist gut so. Er ist korrekt, er stört uns nicht, er bezahlt pünktlich seine Miete. Was willst du mehr?«

Ich stand auf und stapelte die Dessertschalen aufeinander. »Immer deine Unterstellungen. Ich sehne mich keineswegs nach Sebastian. Ich möchte einfach einen ganz normalen Kontakt mit unserem Mitbewohner.«

»Sei froh, dass er uns keine Schwierigkeiten macht. Er ist mit uns zufrieden, wir sind es mit ihm. Punkt.«

Danach gab es nicht mehr viel zu sagen. Gerhard verzog sich, obwohl es längst Nacht war, auf seinen Sessel am Gartenfenster und vertiefte sich in die NZZ. Als ich vorüberging, tippte er auf eine Schlagzeile: »Hast du's gelesen?« Es war eine Meldung über die Attacken auf junge Frauen in den Außenquartieren der Stadt; bisher war niemand gefasst worden, und nun warf man der Polizei Versagen vor. Ich nickte, stieg aber nicht darauf ein. Die Artikel über Kriminalfälle las ich nicht oder höchstens diagonal.

»Eigentlich skandalös«, meinte Gerhard. »Die gehen wieder mal dilettantisch vor.«

»Sie werden ihn schon finden«, entgegnete ich. »Mich kümmert eher, wie wir unseren Mieter aus der Reserve locken können. Vielleicht sollten wir ihn nochmals zum Essen einladen, zusammen mit Sebastian und seiner Freundin.«

»Lass ihn doch, wie er ist«, sagte Gerhard. »Wenn er es vorzieht, für sich zu sein, dann ist das seine Sache.«

Ich schwieg. Mir war gerade bewusst geworden, dass die beiden jungen Männer einander auf bestimmte Weise glichen. Beat war zwar größer und feingliedriger als Sebastian, der seinem Vater nachschlug, seine Stimme klang verwaschener, leiser; herzhaft lachen hatte ich ihn noch nie gehört. Aber beide waren sie zurückhaltend im Umgang, bisweilen abwehrend. Ich fand es besser, ihn nicht nochmals einzuladen.

Eines Abends – es war schon fast dunkel – tauchte er im Sportdress, in kurzen Hosen vor unserer Tür auf. Ob ich ihm, fragte er, Verbandsmaterial ausleihen könne. Er deutete auf sein Knie, ich sah, dass er ein Taschentuch darum gebunden hatte, auf dem sich Blutflecken abzeichneten. Eine Wurzel, sagte er mit dem Versuch zu lächeln, ein Sturz, die Wundpflaster in seiner Hausapotheke seien zu klein. Ich bat ihn herein, er folgte mir hinkend, ich wies ihm in der Küche einen Stuhl zu. Dann holte ich Jod, Gaze, eine Verbandsrolle. Die Wunde war unschön, eine Schürfung mit aufgerissenen Stellen, die stark bluteten. Die Wundreinigung brachte ihn dazu, die Lippen aufeinanderzupressen, einige Male zuckte er zusammen. Aber er gab keinen Laut von sich. Ich deckte die Wunde ab, wickelte den Verband darum, befestigte ihn mit Klammern. Er dankte. »Sie sollten den Verband täglich erneuern«, sagte ich; beinahe hätte ich ihn geduzt. Er nickte. »Oder kommen Sie vorbei«, fuhr ich fort, ohne Vorsatz, »ich tue das gern für Sie. Wahrscheinlich sollten Sie ein paar Tage nicht trainieren. Und in Zukunft Knieschoner anlegen.« Er nickte und dankte wieder, in seinem Blick war etwas Jungenhaftes, das mich rührte. Ich schlug vor, ihm einen Tee zu machen, er nahm an und schlürfte den Eisenkrauttee, den ich ihm vorsetzte, in kleinen Schlucken. Mindestens eine Viertelstunde blieb er sitzen und erzählte, nach meinen vorsichtigen Fragen, tatsächlich etwas von sich und seinem jüngeren Bruder. Der habe einen Geburtsfehler, sagte er, sein Gehirn arbeite nicht richtig, er habe ihn, als er kleiner war, davor beschützt, dauernd ausgelacht oder angegriffen zu werden. Jetzt wohne er während der Woche in einem Heim, das sei besser für ihn.

Es war nicht viel, was Beat mir anvertraute, aber mir war warm ums Herz, als er mit nochmaligem Dank weghumpelte.

Mit Sebastian war der Kontakt eingefroren. Ich konnte mich glücklich schätzen, wenn eine der Kurznachrichten auf meinem Display aufleuchtete. Sein satzzeichenloses Deutsch, darüber half nichts hinweg, war ebenso reduziert wie unsere Beziehung, und seine Freundin – sofern diese Liebe Bestand hatte – forderte ihn wohl kaum dazu auf, der Mutter wärmer und offener zu begegnen.

Auf Anfang März wurde mir eine befristete Teilzeitstelle in einer Großbuchhandlung angeboten. Dreißig Prozent Einsatz in der Belletristik, Abteilung Kinderbücher, das hieß wöchentlich anderthalb Tage. Ein Glücksfall. Über Kinderbücher wusste ich sträflich wenig, aber da konnte ich mich bestimmt einarbeiten. Es war auch lange her, seit Sebastian abends auf meinem Schoß gesessen und ich ihm aus *Pu der Bär* vorgelesen hatte. Sehr lange, ja, dennoch klang mir sein helles Lachen noch im Ohr, an den Stellen vor allem, wo Pu sich bei der Suche nach Honig so tölpelhaft anstellte. Die Kolleginnen waren jünger als ich, auch die Chefin; die Dauer der Kaffeepausen mussten wir strikte einhalten. Mir wurden schon nach kurzer Zeit die schwierigen Kundinnen überlassen, unsichere oder nörgelnde Tanten und Großmütter, die ein Geburtstagsgeschenk für den lesefaulen Enkel suchten, »aber ohne übertriebene Grausamkeiten«, und ich brachte es meistens zustande, sie mit einem Klassiker wie *Oliver Twist* oder *Huckleberry Finn* zufriedenzustellen. Ich selbst holte, um mich à jour zu bringen, mit gemischten Gefühlen die Lektüre von *Harry Potter* nach. In der Mitte des dritten Bandes hörte ich auf, ermüdet von den unverständlichen Quidditch-Spielen und den ewigen Zaubereien. Die anderthalb Tage gaben meiner

Woche eine deutlichere Struktur. Dazu kam ja der Deutschunterricht für Antoine und Esta, ab und zu auch für den verschlossenen und brandmageren Hanad aus Somalia, der nur unregelmäßig erschien. Ich fand es angemessen, in meinem privilegierten Leben etwas Nützliches zu tun.

Die zwei Kinder aus dem Kongo – der Demokratischen Republik Kongo, wie ich gelernt hatte – zeigten sich erstaunlich gelehrig. Der Junge, Antoine, blickte zu mir auf wie zu einer unanfechtbaren Instanz, das Mädchen, Esta, war sehr zurückhaltend, im Gegensatz zu ihrer fülligen Mutter, die wie ein Wasserfall in passablem Französisch auf mich einredete, wenn sie die Kinder, im Wechsel mit der schweizerischen Tagesmutter, zum Unterricht brachte. Sie saß manchmal eine Weile dabei, sprach mit den Kindern deutsche Wörter nach und verwarf lachend die Hände, wenn sie darüber stolperte. Aber Antoine führte nun schon kleine Gespräche mit mir, und sein Strahlen war herzerwärmend. Esta, die Kleinere, brachte zuweilen etwas in die Stunde mit, ein Schneckenhaus, einen schön gemusterten Stein, sie überreichte mir die Geschenke mit schüchtern geneigtem Kopf, und ich reservierte eigens eine kleine Schatulle dafür. Was die Familie auf ihrer Flucht und der langen Reise nach Europa erlitten hatte, wollte ich gar nicht genau wissen, die Mitarbeiterin des Hilfswerks hatte mir gesagt, sie hätten Schlimmstes durchgemacht, ein Wunder sei es, dass Olena, die Mutter, ihre Zuversicht und ihr Lachen bewahrt habe. Sie lud mich mehrfach zu einem Besuch im Asylzentrum ein, sie wolle für mich kochen, sagte sie, Saka Saka wolle sie für mich machen, Maniok bekomme sie auch bei uns, *avec une sauce très forte, très piquante, hot, very hot!* Ich wehrte jedes Mal ab, vielen Dank, später vielleicht, und kam mir dabei unbeholfen und steif vor. Ich glaube, ich hätte die lärmige Fröhlichkeit, die ich im Zentrum erwartete, nicht ertragen.

Griff ich das Thema unseres Sohnes auf, entzog Gerhard sich mir mit ironischen Bemerkungen. Zeit bringt Rat, das war seine klischeehafte Devise. Dass nun ein Dritter, sozusagen Sebastians Nachfolger, im Anbau lebte, Wand an Wand mit uns, vergaß ich manchmal; auch hier eine offenbar unüberbrückbare Distanz. In meinen Träumen tauchte Sebastian regelmäßig auf; meist war er allein, fünfjährig, ein wenig älter vielleicht, irgendwo in der freien Natur, und ich hatte das Gefühl, dass er bedroht sei und ich ihn retten müsse. Er stand am Ufer eines Teichs oder in einer Waldlichtung, reglos, staunend, keiner Gefahr bewusst. Einmal kreiste ein Raubvogel über ihm. Ich wollte den kleinen Sohn warnen und konnte nicht; ich wollte zu ihm stürzen und brachte keinen Fuß vor den anderen. Das Erwachen war jedes Mal schrecklich, ich spürte meinen Herzschlag, eine Panik, die ich kaum eindämmen konnte. Von diesen Träumen erzählte ich niemandem, auch nicht Valeria in unseren langen Telefongesprächen. Was mir nachging, war die gespenstische Ruhe in diesen Traumbildern, Sebastians stilles Gesicht und die unbewegte Wasseroberfläche, das Laub, das erstarrt schien, wie aus einem feindseligen Metall gegossen. Es gab aber auch die seltenen Träume, in denen ich, losgelöst von allen Hemmungen und manchmal von der Schwerkraft, tanzen konnte, immer vor einem gesichtslosen Publikum im Halbdunkel, das frenetisch applaudierte. Wie lange dauert es wohl, bis solche Träume endgültig begraben sind und nicht wiederkehren? Die kurze Frist mit dem leeren Studio hatte etwas in mir geweckt, manchmal schaute ich seither in ein Schaufenster, in einen Spiegel und verbesserte meine Haltung. So alt bin ich noch gar nicht, sagte ich mir.

7
Margret

Ein Fest

Im späten Mai luden Wilfried und Angelika von nebenan, wie immer an einem Freitag, zu ihrem Frühlingsfest ein, bei dem im leergeräumten Living Room auch Angelikas Tanzschülerinnen aus der weiteren Nachbarschaft auftreten würden. Handschriftlich hatte Angelika auf der Einladungskarte vermerkt: »Wir würden uns freuen, wenn auch Euer Mitbewohner dabei wäre.« Der Frühling hatte feucht begonnen, bis in den April war noch Schnee gelegen, die Krokusse und Tulpen blühten spät. Margret hatte das Moos aus dem Rasen gerecht, und Gerhard, der auf Haselpollen allergisch war, musste über Wochen Antihistamine schlucken, um nicht dauernd mit triefender Nase und geröteten Augen herumzulaufen. Außerdem hatten sich im Institut die Konflikte zugespitzt. Gerhard versuchte mit allen Mitteln, seinen Stellvertreter, den er für intrigant und träge hielt, loszuwerden.

Das Ehepaar Sandmaier hatte letztes und vorletztes Jahr unter Vorwänden nicht am Fest der Nachbarn teilgenommen, bloß noch bis tief in die Nacht von drüben – beide Male war es schön und warm gewesen – Stimmengewirr gehört, Musik, Beifallsklatschen, so lange, bis Margret das Schlafzimmerfenster geschlossen hatte. Der eigentliche Grund war gewesen, dass sie nicht mehr dabei sein wollte, wenn Angelika sich mit ihrer Tanzgruppe in den Vordergrund spielte und in straffer Haltung – dieser durchgestreckte Rücken! – die Gratulationen der Gäste entgegennahm. Zur bloßen Bewunderin degradiert zu werden, tat ihr nicht gut; ihre Deutschschüler oder ihre Kundinnen in der Buchhandlung konnte sie ja nicht vorführen wie dressierte Pudel.

Dieses Jahr gingen sie aber wieder zum Fest. Ganz isolieren, fand Margret, durften sie sich in ihrer Nachbarschaft nicht, und in Fragen des Gesellschaftslebens fügte sich Gerhard meist ihrem Willen. Beinahe hätte Margret tatsächlich ihren Mieter gefragt, ob er sie begleiten wolle, das sei doch eine Gelegenheit, die Leute aus der Umgebung kennenzulernen. Aber in den Tagen vor dem Fest blieben die Begegnungen mit Beat so kurz, dass Margret die Idee fallenließ, er hatte offenbar kein Interesse daran, hier soziale Wurzeln zu schlagen. Seit sie ihn verarztet hatte, war er allerdings ihr gegenüber zugänglicher. Die Schürfung sei fast ganz verheilt, hatte er gemeldet, und er habe Knieschoner gekauft. Dabei ging ein beinahe zutrauliches Lächeln über sein Gesicht.

Um sieben Uhr abends schien noch die Sonne, die gerade rechtzeitig aus einer dichten Wolkendecke hervorgetaucht war, und verwandelte die Birke vor dem Haus mit ihrem nachgedunkelten Frühlingslaub in eine leuchtende Skulptur. Gerhard und Margret überquerten die Straße, Margret trug in einer Plastiktüte die Blechform mit der Schokoladentorte, die sie am Vormittag gebacken hatte. Der verlockende Geruch stieg ihr in die Nase; es gab ihr einen Stich, daran zu denken, dass Sebastian sich diese Torte jeweils zum Geburtstag gewünscht hatte. Er war ja in früheren Jahren auch zum Fest bei den Nachbarn mitgekommen, er hatte mit deren beinahe gleichaltrigen Kindern gespielt, sich aber später, als die Pubertät einsetzte, immer heftiger gegen diese »Zwangsveranstaltung« gesträubt. Die Plattners, Wilfried und Angelika, hatten ein Haus aus den siebziger Jahren gekauft, nicht unähnlich ihrem eigenen, Allerweltsarchitektur mit einem großen Garten auf der Rückseite. Der Rasen war frisch gemäht, ein Apéro-Buffet unter dem Vordach lud zur Selbstbedienung mit Crostini und Prosecco ein. Schon etwa ein Dutzend Gäste standen dort, mit Gläsern in der Hand. Gerhard und Margret gesellten sich zu ihnen und wurden von den Gastgebern begrüßt, überschwenglich von Angelika, etwas nüchterner von Wilfried. Er betreute die Hauszeitschrift einer Großbank und hatte sich zum weißen Hemd als Einziger an diesem Abend eine Krawatte umgebunden, allerdings mit gelockertem Knoten. Die Anwesenden kannten sich größtenteils, die Deutschen waren da, Uwe und Ortrud Nowak, dieses Mal ohne Kinder, der Witwer von weiter oben, Gottfried Heimgartner, der sogar mürrisch wirkte, wenn er es freundlich meinte, drei Paare aus der weiteren Nachbarschaft, deren Namen Margret von Mal zu Mal vergaß. Andere Gäste erschienen, die Eltern der Tanzschülerinnen. Man redete sich selbstverständlich mit Du an. Die dezente Musik, die vom Hausinnern ins Freie klang, und das schräg einfallende Abendlicht gaben der Szene den Anschein einer Opernaufführung, bei der sich die Statisten in einer laienhaften Choreographie bewegten. Ein paar Mädchen in Ballettkleidung zeigten sich rasch, verschwanden, von Angelika zurückgescheucht, kichernd wieder im Hausinnern. Die Gespräche drehten sich um das schon fast sommerliche Wetter, um Ferienpläne, um die überbelegten Parkplätze im Quartier. Man mied Themen, die allzu heftige Kontroversen ausgelöst hätten. Dann aber brachte Heimgartner, um den sich ein kleiner Kreis gebildet hatte, die nächtlichen Überfälle aufs Tapet, die seit ein paar Wochen die Stadt beunruhigten. Sie hatten sich bisher ausschließlich an der Peripherie ereignet. Der Täter – es war offenbar stets derselbe – lauerte in der Nähe von Bahn- und Bushaltestellen jungen Frauen auf, die allein unterwegs waren, er bedrohte sie mit einem Messer, raubte ihnen Geld und Schmuck und verschwand nach kürzester Zeit im Dunkeln. Einige der Opfer hatten den Mann, der stets eine Halbmaske trug, mit Geschrei und entschlossener Gegenwehr vertrieben, andere hatten ihm widerstandslos gegeben, was er verlangte. Eine Gymnasiastin war durch einen Messerstich am Oberarm verletzt worden, sie hatte ausgesagt, sie sei betastet und leicht gewürgt worden; ob auch eine sexuelle Absicht dahintersteckte, war unklar. Margret hatte die Zeitungsberichte gelesen und dabei ein Angstkribbeln gespürt. Die Schlagzeilen waren, da sich die Brutalität der Überfälle zu steigern schien, von Mal zu Mal größer geworden, die Fahndung nach dem Täter intensivierte sich unter dem Druck der Medien und der aufgeputschten Öffentlichkeit. Die Polizei bat um sachdienliche Hinweise, es kam zu ersten Einvernahmen, die nichts Neues ergaben. Frauen wurde geraten, nachts schlecht beleuchtete Straßen zu meiden, sich in Gruppen zusammenzuschließen oder ein Taxi zu nehmen. All dies gab Anlass, die Behörden der Untätigkeit zu beschuldigen, und Heimgartner, der immer lauter sprach, tat dies mit grimmiger Rhetorik. Nicht alle pflichteten ihm bei. Wilfried hielt ihm entgegen, eine Rasterfahndung sei kompliziert und langwierig. Bis der Täter, der blitzartig vorgehe, ins Netz gerate, könnten noch Wochen vergehen, es gebe ja nicht einmal ein brauchbares Phantombild von ihm, da er offenbar stets maskiert sei. Die Polizei müsse eben, murrte Heimgartner, die Überwachung an schwach frequentierten Haltestellen verstärken, das sei eine Frage der Organisation. Und der Kosten, ergänzte jemand. In ihrem rasanten Hochdeutsch mischte sich auch Ortrud ein: Das Gefühl einer latenten Bedrohung werde bei ihr mit jedem Überfall stärker, sie getraue sich nachts nicht mehr allein hinaus, das sei ihr in Köln nie passiert. Sie versteht nun immerhin schon Dialekt, dachte Margret. Die Stimmen gingen plötzlich durcheinander, wurden lauter, Wilfried verteidigte die örtliche Polizei, von Zwischenrufen unterbrochen. Margret hörte angespannt zu. Gerhard berührte sie am Arm und flüsterte ihr etwas ins Ohr, das sie nicht verstand. Aber er wollte sie beruhigen, und das versöhnte sie damit, dass er vorher mit einer neuen Nachbarin, einer Schwarzhaarigen, die zu hohe Absätze trug, offenkundig geflirtet hatte, ausgerechnet Gerhard, der, zumindest aus der Sicht Valerias, in Gesellschaft meist auffallend grämlich wirkte.

Mit Händeklatschen unterbrach Angelika die hitzig gewordene Diskussion und bat die Gäste ins Haus. Sie gehorchten, setzten sich auf die Stühle, die im Wohnzimmer an den Wänden entlang aufgestellt waren. Woher die Plattners jeweils so viele Stühle hernahmen, war Margret ein Rätsel. Sie fragte sich auch, wo der Labrador war, und ihr bangte davor, dass er sie mit nasser Schnauze plötzlich von hinten anstupsen könnte. Neben ihr saß Heimgartner, dessen lautes Schnaufen verriet, dass sein Ärger noch nicht abgeklungen war, so wenig wie Margrets Unbehagen. Angelika, die ein enganliegendes Kleid aus türkisblauer Seide trug, begrüßte – nun »noch einmal ganz offiziell« – ihre Gäste. Sie bedauerte, dass ihre Kinder, Fred und Babette, beide zurzeit in den USA seien, rief dann aus dem Nebenzimmer die Ballettschülerinnen herbei. Wilfried stellte die Musik an, etwas aus *Peter und der Wolf,* die sieben Mädchen – Margret hatte sie gezählt – führten ihre Figuren und Posen vor, warfen schlaksige Beine hoch, eines ging sogar in den Spagat, es war ein Tanz zwischen Unbeholfenheit und erster Könnerschaft, den Angelika, am Rand stehend, mit kleinen Handbewegungen und halblauten Zurufen dirigierte. Die Darbietung war rührend laienhaft, aber sie genügte, um Margrets kindlichen Sehnsuchtstraum wachzurufen. Dass sie einst Ballettstunden genommen hatte, wusste Angelika gar nicht, und Margret würde sich hüten, es ihr zu sagen. Als nach dem Schlussakkord der Applaus einsetzte, bedankten sich die Mädchen mit dem eingeübten Knicks, eines, das ausgerutscht war, wischte sich die Tränen vom Gesicht. Der Applaus hielt an, die Mädchen verschwanden im Trippelschritt, zeigten sich wieder. Die Gäste umringten Angelika, um ihr zu gratulieren, sie hielt einen Rosenstrauß in der Hand, den vermutlich Wilfried organisiert hatte, auch Margret drückte die obligatorischen Küsse auf Angelikas gerötete Wangen. Auch jetzt, als sie nicht mehr neben dem mürrischen Rentner saß, hielt Margrets Unbehagen an. Wilfried verschaffte sich Gehör; der Abend, sagte er, sei warm genug, um draußen zu essen, und wer friere, solle sich doch bitte drinnen eine Sitzgelegenheit suchen.

Der Catering-Service, den sich die Plattners leisteten, hatte inzwischen fast unbemerkt das Buffet neu beladen. Zur Auswahl standen diverse Salate, Vitello tonnato (zu früh im Jahr, fand Margret), Falafel, Schinkengipfel, Fladenbrot, ein seltsames Durcheinander. Dazu wurden ein Cornalin und ein Petite Arvine aus dem Wallis ausgeschenkt. Margret hielt sich an das Mineralwasser. Schon der Prosecco hatte ein taumeliges Gefühl in ihr erzeugt, und sie wollte auf keinen Fall angetrunken wirken. Man aß und trank stehend. Obwohl die gemieteten Teller einen seitlichen Schlitz aufwiesen, in den man die Stielgläser schob, fand Margret diese Verzehrart unbequem; ständig musste sie aufpassen, dass nichts vom einhändig gefassten Teller wegrutschte und sie sich nicht bekleckerte, und wer wollte sich schon eine Papierserviette in den Ausschnitt stecken?

Nun war es dunkel geworden. Wilfried, assistiert von einer weißgeschürzten Catering-Dame, stellte Fackeln auf, deren unruhiger Schein Margrets Beklommenheit verstärkte. Zigaretten glommen auf, in geisterhafter Beleuchtung trieben kleine Rauchwolken hin und her, reizten Gaumen und Nase. Der Smalltalk nahm seinen Gang, aus dem Gesumm, dem Geplauder war immer wieder Heimgartners penetrantes Organ herauszuhören. Margret wich ihm aus, verschüttete Wasser bei allzu eiligen Fluchtschritten. Am längsten unterhielt sie sich dann doch mit Angelika. Wie es Sebastian gehe, wollte sie wissen, und Margret erzählte vom Besuch bei ihm, dass er eine nette Freundin habe, die ebenfalls studiere, und als Angelika fragte, was denn, sagte sie:

Romanistik, und Sebastian wolle nun doch bei der Theologie bleiben.

Ob sie ihn als Pfarrer sehe?, fragte Angelika, bereits ein wenig angeheitert.

Eher nicht, erwiderte Margret, aber das werde sich zeigen.

Fred, hakte Angelika ein, ihr Fred wisse ja jetzt schon, dass er Wirtschaftsanwalt werden wolle, mit dem Semester in Yale erweitere er seinen Horizont und knüpfe wertvolle Beziehungen, danach werde er in St. Gallen seinen Abschluss machen. Und auch Babette, fuhr sie fort, habe sich jetzt endgültig entschieden, fürs Sportlehrerstudium nämlich.

Ach ja, dachte Margret, die dünne Babette, als Kind litt sie doch an Asthma.

Aber bevor sie zu Wort kam, erzählte Angelika von den Touren, die die Tochter in den Rocky Mountains unternehmen wolle, in der Schweiz sei kaum mehr ein Gipfel übrig, den sie nicht bestiegen hatte. Das Austauschjahr in Wyoming tue ihr in jeder Hinsicht gut.

Angelika kam Margret mit ihrem Gesicht unangenehm nahe, und es war nicht möglich, ihrem Alkoholatem zu entgehen. »Weißt du«, sagte sie in vertraulichem Ton, »es tut allen Kindern gut, zwischen sich und den Eltern mal einen ganzen Ozean zu haben.« Diese Formulierung schien sie zu belustigen; sie kicherte beinahe jungmädchenhaft. »Zum Glück gibt es Skype, da kann man in Sichtkontakt bleiben. Sofern man will.« Sie stockte einen Moment, beschleunigte danach das Sprechtempo. »Sie wollen das weniger als wir, und das kann schon schmerzen, nicht wahr?«

Margret nickte. Das Gras war feucht geworden, sie fröstelte und wollte ein paar Schritte gehen, bloß um die klammen Füße zu bewegen, die in den Sandalen steckten, für die sie sich dummerweise entschieden hatte.

Aber Angelika hielt sie am Unterarm zurück: »Sag ganz ehrlich, wie hat dir die Aufführung gefallen? Und bitte keine leeren Schmeicheleien.«

Margret suchte nach Worten, die Angelika weder verletzen noch übertrieben vorkommen würden. »Es war beeindruckend.«

»Danke. Wir haben hart gearbeitet.«

»In zwei, drei Jahren, schätze ich, werden die Mädchen, wie soll ich sagen, noch anmutiger wirken, oder nicht?«

»Du meinst, sie wirkten etwas gehemmt? Allzu steif?« Nun kehrte in Angelikas Stimme, die vorher werbend, ja schmeichlerisch geklungen hatte, die übliche Rauheit zurück.

»Nein, nein«, widersprach Margret, obwohl sie genau das gemeint hatte. »Die sind mit zwölf, dreizehn einfach noch nicht ganz flügge.«

Sie dachte an sich als Jugendliche, an ihren Eifer und ihr Ungeschick, an das Glück, beim öffentlichen Vortanzen dennoch beklatscht zu werden, und sie war froh, dass Angelika auf ihr »flügge« mit einem zustimmenden Lachen reagierte. Gleich darauf sagte sie aber: »Menschen sind eben von Natur aus keine Nestflüchter. Darum müssen wir nachhelfen, oder?«

Das war wohl auf Sebastian gemünzt, dabei war er von selbst gegangen, und sie hatte ihn nicht zurückgehalten.

»Ich geh mal ein bisschen hinein«, sagte Margret. Sie

hatte schon vor Minuten Gerhard erspäht, der sich mit der Schwarzhaarigen unterhielt.

»Du frierst, ja?«

»Ein bisschen.«

»Wie geht es eigentlich mit eurem Mieter?«

»Ganz gut.« Margret begann, von einem Fuß auf den andern zu treten, nun kroch die Kälte schon bis in die Waden.

»Er macht einen scheuen Eindruck, dabei braucht er sich mit seinem Aussehen überhaupt nicht zu verstecken.«

Vielleicht würde er ja zur sportlichen Babette passen, dachte Margret mit einem kleinen Eifersuchtsstich und stellte sich vor, wie Angelika reagieren würde, wenn ihre Tochter eine Liaison mit einem Velomechaniker begänne. »Bis nachher«, sagte sie und wandte sich dem Haus zu.

Angelika folgte ihr ein paar Schritte: »Wir müssen mal wieder ausführlicher miteinander tratschen. Ein Martini am frühen Nachmittag, das wäre doch richtig sündhaft.«

»Klar, das machen wir.« Sie lachten beide, weil es die Höflichkeit gebot.

Margret war wütend, weil sie sich von Angelika ein weiteres Mal in die passive Rolle hatte drängen lassen. Und sie ärgerte sich über Gerhard, der sich den ganzen Abend in keiner Weise um sie gekümmert hatte. Sie ging, den Teller immer noch in der Hand, in den Living Room und im viel zu hellen Licht der Spotleuchten direkt auf ihn zu, unterbrach, geradezu rüde, seine Konversation mit der Schwarzhaarigen: »Mir ist nicht besonders gut. Ich gehe zurück.« Die beiden saßen, mit einem Weinglas in der Hand, auf zwei nebeneinandergestellten Stühlen; Gerhard hatte sein hübsch frisiertes Gegenüber bestimmt mit seinen Klosterstudien beeindruckt. Er sah erstaunt, beinahe benommen zu Margret auf. »Na gut, ich komme bald nach«, sagte er. Dann fasste er sich und deutete auf die Schwarzhaarige: »Das ist übrigens Monika von weiter unten, ihre Tochter hat mitgetanzt. Sie ist Apothekerin.« Margret nickte ihr zu, ohne die Hand auszustrecken.

»Professionelle Giftmischerin«, sagte Monika und zog den Mund in die Breite.

»Also, dann gehe ich jetzt«, wiederholte Margret.

»Willst du, dass ich dich begleite?«, fragte Gerhard. »Ich glaube eigentlich nicht, dass dir auf diesen fünfzig Metern der ominöse Frauenschreck auflauern wird.«

»Das ist ein schlechter Scherz«, fuhr Margret ihn an und wurde, zu ihrem Erstaunen, von der Schwarzhaarigen sekundiert: »Das finde ich auch.«

Gerhard machte ein betretenes Gesicht und murmelte eine Entschuldigung, blieb aber, anders als Margret gehofft hatte, sitzen.

Sie nahm den Weg über den Rasen, verabschiedete sich eilig von allen, denen sie begegnete. Im Vorbeigehen schnappte sie sich am Dessertbuffet, das nun bereitstand, ein Stück von ihrem Schokoladenkuchen. Beim Abbeißen erwischte sie einen Zipfel der Serviette, in den sie es halb eingewickelt hatte, sie spuckte das Papier samt den aufgeweichten Kuchenbröseln aus und ging so rasch zum eigenen Haus hinüber, dass ihr Unbehagen, allein zu sein, gar keine Zeit hatte, sich wieder zu melden. Aber kaum war sie drinnen, spürte sie es erneut, wie eine unangenehme Berührung von innen, nein, eine Anspannung, die sie bloß mit einem Schluck Gin mildern konnte und dann mit einem zweiten, obwohl sie sich vorgenommen hatte, die Flasche, die auf dem Servierwagen neben dem Kamin stand, zu ignorieren. Von drüben, vom Anbau, kein Laut. Manchmal duschte Beat noch um diese Zeit, oder er kam spät von seinem Training zurück, und sie hörte das Schlagen der Fahrradkette am Blech, seine Schritte, wenn er das Rad treppab in den Heizungsraum trug. Aber auch, wenn es wie heute still blieb, war er um diese Zeit zweifellos da. Ganz allein im Haus war sie also nicht. Half ihr dieser Gedanke? Nein, ein Unsichtbarer, ein Unhörbarer wie ihr Mieter stand ihr nicht bei, er war ein Luftgeist, mehr nicht.

Sie lag schon im Bett, als Gerhard, gegen halb zwölf, heimkam. Sie war hellwach, tat aber so, als würde sie, den Rücken ihm zugekehrt, schlafen. Er begnügte sich mit dem Licht vom Flur, zog sich leise, mit langsamen Bewegungen aus, schloss behutsam die Tür zum Badezimmer, damit sie kein Plätschern und Gurgeln hörte. Im Dunkeln legte er sich, nach Zahnpasta riechend, vorsichtig unter die gemeinsame Daunendecke. Er hatte schon einige Male vorgeschlagen, des Schlafkomforts wegen auf zwei Einzeldecken umzustellen, doch Margret war dagegen, sie hätte es als Eingeständnis empfunden, dass ihre Ehe hohl geworden war.

Gerhard zog die Decke leicht zu sich hinüber und achtete darauf, Margret an keiner Stelle zu berühren. Sie spürte dennoch die Hitze, die von ihm ausging, den Dunstkreis des Mannes. Mit einem Seufzer drehte sie sich zu ihm um und rückte zugleich eine Handbreite von ihm ab.

»Nun?«, fragte sie ohne besondere Betonung. »Wie war es?«

Er zuckte zusammen. »Oh, habe ich dich geweckt? Das tut mir leid.«

»Ich habe noch gar nicht geschlafen.«

»Was macht dein Kopfweh?« Er hatte ein schlechtes Gewissen, das wusste sie, und bemühte sich deshalb um Fürsorglichkeit.

»Es ist erträglich. Hast du noch etwas Interessantes erfahren?«

»Eigentlich nicht, man redet an solchen Abenden über alles Mögliche, geht nirgends in die Tiefe.« Er gähnte vernehmbar, ein bisschen zu ostentativ. »Da sind interessante Gespräche rar.«

»Außer du findest jemanden, der dir zuhört.« Sie tastete nach ihrer Nachttischlampe, knipste das Licht an und setzte sich auf. Die Decke glitt von ihren Schultern.

Er blinzelte alarmiert. »Was hast du denn? Diese Monika ist eine sympathische Person.«

Er strich sich verlegen übers Kinn, sie hörte das Knistern der Barthaare.

»Weißt du, was ich dir überhaupt nicht verzeihe?«, fragte sie und starrte dabei die Wand an, wo seit kurzem der Klee mit dem roten Fisch hing.

»Keine Ahnung«, murmelte Gerhard. »Habe ich dich irgendwie …«

»Doch, du weißt es genau. Du hast mich in ihrer Gegenwart verspottet. Du hast mich nicht ernst genommen. Wie so oft in letzter Zeit.« Nun kamen die Tränen doch, sie tadelte sich selbst dafür und wischte die Nässe mit dem weiten Ärmel ihres Nachthemds weg.

Gerhard wandte sich ihr, auf den Ellbogen gestützt, zu.

»Ach so, du meinst diese dumme Bemerkung wegen des Frauenschrecks … Du hast ja recht, das hätte ich besser nicht gesagt.«

Wie nachgiebig Gerhard sein konnte! Als ob sie ihn schon bei etwas Unziemlichem ertappt hätte. »Der Frauenschreck ist real«, sagte Margret. »Die Überfälle sind real. Als Mann verstehst du offenbar nicht, dass unter diesen Umständen die Frauen verunsichert sind.«

Gerhard räusperte sich; dass er in seinem blaugestreiften Pyjama vor ihr lag, machte ihn angreifbarer als sonst. »Doch, doch, das ist mir klar. Aber erlaube mir festzustellen, dass diese Überfälle ein paar Kilometer von hier entfernt stattfanden und dass sie immer auf junge Frauen gerichtet waren.«

»Dann bin ich also nicht in Gefahr? Weil ich nicht mehr jung bin?«

»Auch deshalb, ja.« Sein Ton verschärfte sich. »Dieser Typ folgt doch einem bestimmten Muster, der kommt nicht in unser Quartier, der bleibt am Stadtrand. Ich behaupte: Du bist hier bei uns, drinnen und draußen, so sicher wie immer. Risiken gibt es überall.«

Gerhards Pyjamajacke war nur bis zur Mitte zugeknöpft, die feuchten Brusthaare kringelten sich auf der Haut. Er hatte offenbar geschwitzt. Diese Saloppheit brachte sie noch mehr gegen ihn auf. »Jetzt komm bloß nicht mit deinen Sprüchen. Ja, zu leben ist ein Risiko, du kannst jeden Moment an einem Hirnschlag sterben. Oder ein Dachziegel fällt dir auf den Kopf.« Sie erschrak über ihren Ton und fuhr ein wenig ruhiger fort. »Die Angst vor einem Triebtäter, der die Gegend unsicher macht, nimmt mir das nicht.«

Jetzt setzte sich auch Gerhard mit einem Ruck auf; so saßen sie, bei zurückgeschlagener Decke, nebeneinander wie zwei Schüler, die von einer unsichtbaren Instanz ins Gebet genommen wurden, denn beide sprachen geradeaus, zur Wand, auf die Margrets Nachttischlampe einen hellen Kreis warf.

»Was ist mit dir los?«, fragte er überlaut, geradezu inquisitorisch. »Das grenzt ja an Hysterie. Willst du bloß deine Eifersucht auf Monika loswerden? Dann spuck's doch aus. Das war nicht mal ein Flirt.«

Am liebsten hätte sie ihm die Decke weggerissen, in die er seine Hände gekrampft hatte. Vor Jahren einmal hatte Gerhard sie beschuldigt, Sebastian zu verzärteln, ihn zu einem lebensunfähigen Schwächling heranzuzüchten. Das hatte sie maßlos gekränkt, sie hatte ihm das Unwort Scheidung an den Kopf geworfen, sie hatte das Abendgeschirr auf den Boden geschmettert und diesen Zerstörungsakt hinterher heftig bereut. Sebastian, siebenjährig damals, war dabei gewesen und schluchzend hinausgelaufen, es hatte lange gedauert, bis er sich beruhigt und sie ihn getröstet hatte: Nein, nein, du Lieber, Papa und Mama werden sich nicht wieder streiten, nein, nein, sie bleiben zusammen, ich verspreche es dir!

Sie zwang sich, einige Male durchzuatmen. »Ich fühle mich so oft allein«, sagte sie zur Wand; den Zorn zu unterdrücken bedeutete aber, dass ihre Stimme zu zittern begann. »Das kannst du dir wohl nicht vorstellen. Die Angst ist manchmal in mir wie … wie etwas, das unkontrolliert wuchert.«

Auch Gerhard gelang es, sich zu mäßigen. »Aber tagsüber doch nicht. Ich meine, da gibt es die Nachbarn. Und nachts bin ich selten weg.«

»Du bist oft genug an Kongressen. Tage- und nächtelang.«

»Das letzte Mal vor vier Monaten«, sagte er zwischen Verteidigung und Trostversuch. »Und über Nacht ist ja unser Mieter da, als Nothilfe sozusagen.«

»Wie denkst du dir das? Soll ich losschreien, wenn ich mich fürchte? Und dann kommt er, nimmt mich in die Arme und tröstet mich. Oder vertreibt den Eindringling?« Ihr ironisches Lachen, in dem noch etwas anderes kribbelte, war ihr selbst unangenehm, aber es kam aus ihr, ohne dass sie es wollte.

»Nein. Aber seine Anwesenheit ist trotzdem eine gewisse Sicherheitsgarantie.«

»Dann musst du die Schalldämmung der Verbindungstür wegmachen, damit er mich rechtzeitig hört.«

»Wenn dir das wirklich wichtig ist ... Aber du verrennst dich in nutzlosen Phantasien. Was soll dir hier schon passieren?«

Worum es Margret letztlich ging, konnte sie nicht in Worte fassen. Sie bereute, dass sie gesagt hatte, Beat könnte sie tröstend in die Arme nehmen. Und sie verbot sich die beginnende Erregung, die mit dieser Vorstellung verbunden war.

»Ich bin müde«, murmelte sie, »ich will jetzt schlafen.« Sie legte sich hin, flach auf den Rücken, und löschte das Licht.

Gerhard schwieg, atmete bloß schwer. Sie zogen gemeinsam die Decke über sich, das war lang geübte eheliche Routine. Nach einer Weile spürte sie, dass seine Hand nach ihrer tastete; so hatten sie oft Streitigkeiten beigelegt: indem sie Hand in Hand einschliefen und die ineinander verflochtenen Finger die Wärme aussandten, die den Worten gefehlt hatte. Doch dieses Mal entzog sie ihm ihre Hand. Gerhard unterdrückte ein Husten, dann drehte er sich von ihr weg, rutschte an den Rand des Doppelbetts. Ihr war es, bei aller Traurigkeit, recht.

Sie stand, wie oft im Traum, an einem Bach, sie hörte eine seltsame Musik, wollte dazu tanzen, ohne die Füße heben zu können, aber dann trieb etwas vorüber, ein totes Tier, sie bückte sich, packte es am Schwanz, hob es aus dem Wasser. War es ein Otter, der schon in Verwesung überging? Das Ding troff, ihr grauste, dann sah sie mit Entsetzen, dass es ein Embryo war, das sie in der Hand hielt, eines mit Fell, nur Gesicht und Schultern waren ohne Haare. Sie schrie auf, warf das Wesen weit weg, hinüber ans andere Ufer, wo plötzlich Leute standen, lauter Unbekannte. Vom eigenen Schrei erwachte sie.

»Was hast du denn?«, fragte nebenan Gerhard; seine Stimme führte sie zurück ins Haus, ins Zimmer mit dem Doppelbett.

»Nichts«, murmelte sie. »Ein dummer Traum.«

Er schwieg, verfiel wieder in sein Schnaufen, das bisweilen in melodiöses Schnarchen überging. Sie lag reglos da und ließ den Schrecken verklingen. Gerhard musste, wie oft, irgendwann das Fenster geöffnet haben. Draußen ging ein Wind, der kalte Luft durch die Ritzen der Jalousie ins Zimmer wehte. Sie fröstelte unter der Decke, genauso wie sie vor Stunden bei Angelika gefröstelt hatte. Sie horchte in die Nacht, hörte das Rauschen in den Ästen, Motorenlärm von weit weg, aber da war noch ein anderes Geräusch, es kam von drinnen, kaum hörbar, eine Art Wimmern, etwas Menschliches. Oder doch nicht? Eine Unruhe erfasste sie plötzlich, nicht so sehr Angst, denn ihr Mann war ja da. Sie stand leise auf, tappte die Treppe hinunter, durchquerte den Wohnraum. Ihre nackten Füße fanden im Finstern den Weg wie von selbst. Sie lauschte angespannt, spürte den Puls am Hals, in den Ohren. Da war nichts. Oder doch? Sie tastete sich an der Wand entlang, am Kamin vorbei, zur Verbindungstür, sie legte das Ohr an die Dämmung. Ein Keuchen vielleicht, an der Grenze des Hörbaren. Oder bloße Einbildung. Und doch wieder dieses Wimmern? Nein, da war nichts, gar nichts. Sie kehrte zurück zum Bett, mit großer Vorsicht, und stolperte dennoch beinahe über den Teppich, der davor lag. Eine Hitze war plötzlich in ihr, trotz der eiskalten Füße, sie ertrug die Decke nicht, schob sie auf ihrer Seite bis zu den Unterschenkeln hinab, auf denen dann, viel zu schwer, der Daunenwulst lastete.

»Ist was?«, fragte Gerhard mit schwerer Zunge.

»Ich war auf der Toilette«, antwortete sie mit gespielter Schläfrigkeit.

Er suchte erneut ihre Hand, und dieses Mal fasste sie selbst nach seiner.

8
Margret

Unerwünschte Ahnungen

Beim Frühstück sprachen sie kaum miteinander, den vergangenen Abend und ihren Streit erwähnten sie nicht. Bevor er das Haus verließ, bestand sie darauf, dass er das Hemd wechselte, der Kragen hatte einen deutlich sichtbaren Fleck, Öl oder Fett. Er gehorchte unwillig, behauptete, er verpasse den Bus, ging dann mit knappem Gruß um sieben weg, hinaus ins Morgenlicht, ins laute Vogelgezwitscher. Sie hörte seine eiligen Schritte, und es trieb sie, bei halboffener Tür zu warten, bis auch Beat auftauchen würde, der meist ein paar Minuten später dran war. Er kam in der Tat ums Haus herum, gerade als die Sonne hinter der Birke emporstieg. Er erschrak bei Margrets Gruß, die so tat, als hätte sie eben draußen etwas zu tun gehabt. Er trug, wie fast immer, eine dunkelgraue Schirmmütze, grüßte zurück, holte aus dem Keller sein Alltagsvelo, das er die Treppe hinaufwuchtete, er schwang sich vor ihren Augen auf den Sattel und radelte davon, auch er in Eile. Sie winkte ihm nach, mit einer kleinen hilflosen Bewegung, dabei wusste sie genau, dass er den Kopf nicht nach ihr zurückdrehen würde, auch nicht für eine halbe Sekunde. Sie hatte indessen Zeit für einen zweiten Cappuccino, für die Zeitungslektüre; erst am Mittag musste sie in der Buchhandlung sein. Die Küche war nun voller Licht, es beschien die Hand, mit der sie die Zeitungsseiten umblätterte, es verschärfte den Kontrast zwischen Schrift und Papier, und sie konnte nicht verhindern, dass ihr auf Seite drei schwarz und schroff der Titel entgegensprang: NEUER ÜBERFALL DES MESSERSTECHERS. Wann war das gewesen? Vorgestern? Einen Moment lang setzte ihr Atem aus, sie schloss die Augen, dann überflog sie doch die ersten Zeilen des Artikels: Er hatte kurz vor Mitternacht zugestochen, in einer Weise, dass man annehmen konnte, es gehe ihm darum, die Kleidung aufzuschlitzen. Die junge Frau, zweiundzwanzig, war verletzt, lag jetzt unter Schock im Spital. Es folgten noch mehrere Spalten, aber weitere Einzelheiten hielt Margret nicht aus, sie faltete die Zeitung zusammen und legte sie zum Altpapier.

Es tat ihr gut, danach im Garten zu arbeiten, in Stiefeln und mit Strohhut. Sie jätete das Salatbeet, wo der Rucola und die Kresse schon schnittbereit waren, sie fand, verborgen im Unkraut, das sie ausriss, ein paar Nacktschnecken, packte sie zwischen zwei Fingern und warf sie zu den Johannisbeersträuchern, die schon geblüht hatten. Widerlich. Der Frühling war nass gewesen, da vermehrten sich die Allesfresser auf unheimliche Weise, und sobald sie eines der unangenehm dicken Exemplare berührt hatte, wurde sie die Schleimspuren an den Händen nur mit energischem Schrubben wieder los. Natürlich wäre es besser gewesen, bei dieser Arbeit Gartenhandschuhe zu tragen, aber sie mochte es nicht, ihre Hände so plump und beinahe aufgeblasen zu sehen, und außerdem – das sagte sie zu Gerhard, wenn er sie deswegen belächelte – war es ihr wichtig, die Erde, auch klumpige und nasse, an der Haut zu spüren, dazu die Wärme auf den Schultern, den herben Geruch, der vom Boden aufstieg, als sie ihn nun mit der Hacke zu lockern begann. Anschließend trug sie den halbvollen Korb mit dem Unkraut zum Zaun und leerte ihn über dem Komposthaufen aus. Wenn sie sich auf diese Weise anstrengte, rückte meist alles Übrige in den Hintergrund, auch Schlagzeilen verloren ihre scharfen Konturen.

Auf der anderen Seite des Sträßchens, hinter der Hecke, ging Angelika, in gepunkteten Freizeithosen und ebenfalls mit Hut, auf dem leergeräumten Rasen hin und her, spießte mit einem spitzen Stock Papierservietten auf und streifte sie an der Kante eines Kübels ab.

Sie grüßte Margret mit einem Winken. »Schon so eifrig?«

»Du ja auch«, antwortete sie.

»Das ist bloß noch die Feinarbeit. Sonst wurde schon in der Nacht alles weggeräumt. Dieser Uwe ist ja ein richtiger Gewichthebertyp. Und dein Gerhard hat auch kräftig mitgeholfen.« Angelika rückte den Hut in den Nacken, so dass ihre Stirn besonnt wurde. »Schade, dass Sebastian nicht dabei war.« Manchmal war jedes Wort von Angelika ein kleiner Stich, dabei meinte sie es gut, freundschaftlich besorgt. Und gleich fuhr sie fort: »Wie geht es dir? Du hattest Kopfweh, glaube ich.«

»So ähnlich. Es ist vorbei.« Margret wäre dem Gespräch lieber entronnen, blieb aber stehen. »Ich glaube, ich habe dir für den netten Abend noch gar nicht richtig gedankt.«

»Doch, doch, das hast du.« Angelika schaute auf ihre Uhr. »Ach, jetzt kommt ja schon bald eine der erwachsenen Schülerinnen. Entschuldige bitte. Bis später.« Bevor sie im Haus war, drehte sie sich, halb vom Strauchwerk verborgen, noch einmal um und fragte beiläufig: »Hast du die Zeitung schon gesehen?«

Margret erschrak. »Nein, noch nicht.« Sie packte ihren Korb an beiden Henkeln und hielt ihn wie zur Abwehr vor sich hoch. »Ich muss auch weg. Die Buchhandlung. Mittagsschicht.«

Das hörte Angelika schon nicht mehr.

Aber dem Messerstecher entkam Margret nicht. Die Kolleginnen im Untergeschoss der Buchhandlung konnten es nicht lassen, das Neueste auszutauschen, umso mehr, als an diesem beinahe schon sommerlichen Mittag nur wenig Kundschaft zu bedienen waren und die Chefin außer Haus. Zu viert saßen sie eine Viertelstunde an der Kaffeebar. Der Erregungspegel stieg schlagartig, als die Rede auf den Untäter kam, auf seine Überfälle und die offensichtliche Machtlosigkeit der Polizei, doch dann dämpften sie die Stimmen. Die Lehrtochter im letzten Jahr, Caroline, bekannte, dass sie sich nachts kaum mehr auf die Straße wage, jedenfalls achte sie darauf, keinen Minirock zu tragen, Frühling hin oder her. Dieser kranke Typ könne ja überall lauern. Und sie wolle ihn nicht unnötig provozieren. Sie frage sich sogar, ob sie ihre langen blonden Haare abschneiden oder wenigstens dunkel färben solle. Es sei unglaublich, zischelte Ariane, alleinerziehende Mutter von drei Kindern und dauernd am Rand der Erschöpfung, dass ein Einzelner eine ganze Stadt auf solche Weise terrorisieren und die jungen Frauen geradezu in Geiselhaft nehmen könne. Das erinnere sie an einen berühmten Film, einen Klassiker aus den dreißiger Jahren …

»Genau!«, fiel ihr die Dritte ins Wort, die ihren Ruf als Filmkennerin bestätigen wollte, *M – eine Stadt sucht einen Mörder,* so heißt er doch.«

»Ja«, fuhr Ariane fort, »und der Mädchenmörder wird von der halben Bevölkerung verfolgt und umzingelt und am Ende gelyncht. Ist ja heute nicht mehr denkbar. Da kommt es zu einer langen Gerichtsverhandlung, und dann wird so einer bestenfalls für ein paar Jahre eingesperrt.«

»Gelyncht wird er nicht«, griff die Dritte wieder ein, »nur fast, es ist ja die ganze Unterwelt Berlins, die ihn gefangen hält, die Polizei befreit ihn im letzten Moment, er wird später zum Tode verurteilt …«

Margret befahl sich, aus der Erstarrung, in die sie der Wortwechsel versetzt hatte, auszubrechen. »Zu einem Mord«, sagte sie, »ist es ja bisher nicht gekommen.«

»Aber lange wird es nicht mehr dauern«, hielt ihr Ariane entgegen.

»Sie werden ihn vorher fassen«, erwiderte Margret, obwohl sie ebenso sehr das Gegenteil glaubte.

Die Lehrtochter strich ihre Haare hinter die Schulter zurück. »So optimistisch möchte ich auch sein.«

Eine weißhaarige Kundin näherte sich zögernd der Bar, sie hatte gesehen, dass die vier, die, nahe zusammengerückt, auf den Hockern saßen, die Namensschilder der Buchhandelskette trugen. Ob eine von ihnen wohl … es gehe um ihre Enkeltochter …

Margret rutschte vom Hocker, ließ das halbvolle Espressotässchen stehen, die anderen folgten ihr, die erlaubte Pausenzeit war ohnehin längst vorbei.

Während einiger Kundengespräche saß ihr nun der junge

Peter Lorre im Nacken, er war es ja, der den Triebgestörten gespielt hatte, den Mann im schwarzen Mantel und dem schwarzen Hut. Das bleiche Gesicht, sein verstörter Blick, sein Gestammel angesichts der rachsüchtigen Verfolger. Diese merkwürdige Mischung von Abscheu und Mitleid, als sie sich den Film zusammen mit Gerhard vor Jahren angeschaut hatte. Kaum ein Film hatte sich in ihr Gedächtnis derart eingebrannt, sie wollte anschließend mit Gerhard gar nicht darüber reden, drückte sich aber nachts eng an ihn, bis völlig unerwartet ihr Begehren erwachte. Monatelang fürchtete sie sich vor dem Gang in den eigenen Keller, als hätte sie ein böser Geist ins hilflose Kind zurückverwandelt. Jetzt war der Alptraum wieder da. Gegen Abend endlich glaubte sie, ihn abgeschüttelt zu haben. Sie wollte sich befreit fühlen, ging sehr aufrecht zur Bushaltestelle; sie hörte befriedigt das Klacken ihrer halbhohen Absätze auf dem Asphalt, dieser Rhythmus kündete doch von Stärke, von Selbstbewusstsein.

Bevor sie zu kochen begann, hatte sie noch Zeit, mit Valeria zu telefonieren. Wenigstens ihr gegenüber konnte sie sich frei äußern, aber dass sie seit einiger Zeit von einer unbestimmten Angst verfolgt wurde, die auch mit ihrem Mieter zusammenhing, behielt sie für sich, sie fragte bloß, was für Strategien Valeria empfehle, um vor einer latenten Bedrohung nicht einfach einzuknicken wie ein kleines Mädchen.

»Hast du schon mal einen Kurs in Selbstverteidigung besucht?«, fragte Valeria.

Margret verneinte. »Und du?«

»Ja, das hat mich enorm gestärkt. Ich habe gemerkt, dass

ich mit der Handkante ein Holzbrett entzweischlagen kann. Das geht, wenn du entschlossen genug bist.«

Margret verbarg ihr Erstaunen; das hätte sie der vollschlanken Valeria, die eher träge wirkte, nicht zugetraut. »Keine Schmerzen hinterher?«

»Bloß, wenn du zögerst.« Valeria lachte. »Nun gut, eine kleine Schwellung trägst du schon davon. Aber zu wissen, dass du notfalls so viel Kraft hast, wiegt das bei weitem auf. Zack! Ein Schlag auf den Arm des Täters, der Knochen bricht, das Messer fliegt davon.«

Jetzt lachten beide, es war am Telefon ihre Form, Einigkeit herzustellen.

»Ob ich dann die Geistesgegenwart hätte …«

»Ich weiß es von mir auch nicht«, sagte Valeria, nun wieder ernsthaft und beinahe tröstend. »Ich kam bisher noch nie in die Lage. Aber es hilft schon. Und in deinem Fall wäre es sicher gut, dich mit den tieferen Ursachen deiner Ängste auseinanderzusetzen.«

»Das mache ich schon ein halbes Leben lang.«

»Dann wende dich eben deinen körperlichen Reflexen und Fähigkeiten zu. Psyche und Physis hängen zusammen, wie wir längst wissen.«

Margret schwieg, eigentlich ärgerte sie sich darüber, dass die Freundin so oft in ihren Berufsjargon glitt, aber zugleich konnte sie sich an einzelnen Wörtern festhalten, die eine kleine Zone der Beruhigung schufen. Was sich erklären und durchschauen ließ, verlor an Bedrohlichkeit. Bis zur Dunkelheit zumindest, bis zum nächsten Traum.

Valeria erkundigte sich nach Sebastian; Margret hatte nichts Neues zu berichten. O doch, es scheine ihm gutzugehen, selten genug schicke er eine kurzatmige SMS. Was habe ich als Mutter falsch gemacht?, hätte sie gerne gefragt und ließ es bleiben, es stauten sich in ihr schon genug Schuldgefühle an. Umgekehrt wollte sie wissen, ob Valerias neue Beziehung mit einem wesentlichen jüngeren Mann »Fortschritte« mache, und musste sich dann entschuldigen, als Valeria ungewöhnlich schroff auf diesen Begriff reagierte: Beziehungen, sagte sie, würden sich nie linear entwickeln, es gebe Rückschläge, Qualitätssprünge, dieses »Fortschritte machen« solle Margret, in Bezug aufs Liebesleben, gefälligst aus ihrem Wortschatz streichen. Dann erzählte Valeria doch, von theatralischen Seufzern unterbrochen, dass es nicht leicht sei, in einer solchen Konstellation jugendliche Unerfahrenheit zu akzeptieren, dieses plötzliche Gekränktsein, das Aufblitzen von purstem Machismo. Gleich schob sie nach, der Sex sei allerdings glorios. Derart begehrt zu werden, verjünge sie um Jahre, bloß sei Sex – da verstieg sich ihr Lachen ins leicht Hysterische – nicht alles. Und als sie einen dummen Streit mit dem Lover rekapitulierte, glaubte Margret sogar ein unterdrücktes Schluchzen zu hören.

»Bleib dran«, sagte sie, »gib nicht auf.«

»Danke gleichfalls«, erwiderte Valeria, auf einmal schnippisch und abwehrend.

Sie beendeten das Gespräch mit der gegenseitigen Versicherung, sich jetzt doch endlich wieder mal treffen zu wollen, ja, unbedingt, zu Kaffee und Kuchen oder noch besser zu einer Flasche Wein. Oder sie könnten ja zusammen shoppen gehen. Aber nachdem sie aufgehängt hatte, gestand Margret sich ein, dass sie das eigentlich gar nicht wollte; das Telefonieren ließ mehr Fluchtmöglichkeiten zu. Und noch später dachte sie, dass die Angst, jemanden zu verlieren, ganz anders geartet sei als die Angst, ausgelöscht zu werden, aber ebenso schwer zu ertragen.

Auf einmal war sie doch spät dran mit dem Abendessen, begnügte sich mit Spaghetti *alla carbonara*. Gerhard musste eine Viertelstunde warten. Er war schon in düsterer Stimmung heimgekommen, hatte die Krawatte fahrig aufgeknüpft und sie gleich über einen Stuhl gehängt.

»Wir könnten eigentlich auch mal gemeinsam kochen«, sagte Margret vom Herd aus, wo das Wasser in der Pfanne brodelte, mit erhitztem Gesicht.

»Das käme nicht gut«, erwiderte er. »Du willst ja in der Küche die Alleinherrscherin sein.« Immerhin deckte er den Tisch, setzte sich dann und schlug die Zeitung auf, als warte er in einem Restaurant auf Bedienung. Er sah verwittert aus wie selten, irgendetwas in ihm bat um Mitleid. Margret entging nicht, auf welcher Seite sein rasches Umblättern stockte und wo er bei der Lektüre hängenblieb.

Nachdem sie eine Weile die Spaghetti schweigend um die Gabel gerollt und sorgsam zum Mund geführt hatten, fragte Margret: »Geht es um Seiler?« So hieß sein Stellvertreter, und die Frage war eine winzige Rache an Gerhards innerer Abwesenheit.

Er schrak auf, wie erwartet. »Seiler? Warum Seiler?«

»Du bist doch von irgendwas total absorbiert.«

Er streifte mit dem Finger flüchtig über seine Stirnnarbe. »Er nervt mich, das weißt du ja. Aber ich komme nicht los von der Vorlesung heute. Sie war ein Desaster. Formen der

Unfreiheit nach 1300. Bin zu stark vom Manuskript abgewichen, habe mich verheddert. Diese höhnischen Blicke. Einige der Wohlstandsgören in der hintersten Reihe haben fast losgeprustet. Sie erwarten Perfektion von einem Dozenten, die kann ich nicht liefern.«

Seiler, das hatte sie mehrfach gehört, galt hingegen als mitreißender Rhetoriker, es ging letztlich doch um ihn und Gerhards getarnte Eifersucht. Sie legte eine Hand auf seine, an der ein wenig Carbonara-Sauce haftete. »Nächstes Mal geht es besser, bestimmt.«

Er nickte, die Haut spannte über seinen Wangenknochen. »Ich melde mich für ein Training mit PowerPoint an. Bilder sind wichtig. Die vergrößerten Miniaturen aus den Stundenbüchern, da sind unglaubliche Details zu erkennen, das wird sie fesseln.«

Jetzt nickte auch sie, und als falle ein Stein in sie hinein, dachte sie, dass es vom Messerstecher kein Bild, nicht einmal ein Phantombild gab, er war unsichtbar, ungreifbar und doch in allen Köpfen.

9

Margret

Die Freundin des Mieters

Die Linden blühten, der Duft war allgegenwärtig am Sonnenhang, und sie ertrug ihn kaum, er erinnerte sie an ihre Kinderkrankheiten. Oft hatte ihr Magen rebelliert, sie hatte gefiebert, und die unnahbare Mutter hatte sie dazu gezwungen, Tasse um Tasse vom selbstgemachten Lindenblütentee zu trinken. Sie süßte ihn mit Honig, den Margret ohnehin nicht mochte, obenauf schwamm manchmal eine Blüte mit den Flügeln, die an ein Insekt erinnerten. Margret fischte die Blüte heraus, legte sie angeekelt aufs Tablett, und die Mutter, die auf Reinlichkeit hielt, schimpfte sie deswegen aus. Aber zu diesem Duft gehörten immerhin warme Abende, und Sebastian war nun endlich mit Aleksandra zu Besuch gekommen, sie hatten, im letzten Licht, bis neun Uhr draußen sitzen können. Es werde die Grillpremiere dieses Jahres sein, hatte Gerhard versprochen, doch die Lammkoteletts waren beinahe verkohlt, und es stellte sich heraus, dass Aleksandra überzeugte Vegetarierin war und sie ihr, neben dem Gartensalat, bloß geröstetes Weißbrot und geschmorte, viel zu stark geschrumpfte Tomaten anbieten konnten, denn die mit Ziegenkäse belegten Zucchinischeiben schmeckten Aleksandra offensichtlich nicht, ebenso wenig wie das Dessert, frühe Himbeeren, deren Körnchen, wie sie entschuldigend sagte, ihr immer zwischen die Zähne gerieten. Margret machte sich Vorwürfe, dass sie sich vorher nicht genügend nach Aleksandras kulinarischen Vorlieben und Abneigungen erkundigt hatte. Der Abend war alles in allem ein Misserfolg. Sie kamen sich nicht näher, im Gegenteil, das gegenseitige Befremden war mit Händen greifbar. Vater und Sohn verstrickten sich in eine überflüssige, aber immer erregter werdende Diskussion zum Thema Waffenhandel, in der sich Aleksandra mit Plattitüden, wie Gerhard hinterher spottete, auf Sebastians Seite stellte. Margret versuchte zu schlichten, was seit langem ihr häufig erfolgloser Part war. Schon um halb elf gingen die Gäste; ein baldiges Wiedersehen, das wussten alle, stand nicht in Aussicht.

Schreibe am besten Sebastian für eine Weile ab, hatte Valeria später geraten. Das versuchte Margret nun, und gerade deshalb freute es sie, dass ihr Mieter seit kurzem ebenfalls eine Freundin hatte, Laura, ein nettes und unkompliziertes Mädchen aus der näheren Umgebung, knapp zwanzigjährig, ungepierct, Schneiderin in einem Nähatelier.

Er hatte ihr Laura sogar vorgestellt, an einem späten Samstagnachmittag an der Haustür geklingelt. Leicht verlegen und verschwitzt stand er da in seiner Fahrradbekleidung mit den gelben Leuchtstreifen, die Oberschenkelmuskeln zeigten sich unter der engen türkisblauen Thermohose, neben ihm die junge Frau, in einer Laufjacke, deren Grasgrün ins Auge stach.

»Wir haben uns im Wald kennengelernt«, sagte er beinahe verschmitzt.

Und Laura ergänzte: »Er auf dem Rad, ich beim Joggen, er hat mich überholt, und ich bin richtig zusammengezuckt, als er mich ansprach. Aber ich merkte bald«, sie stieß ihm mit dem Ellbogen in die Seite, »dass er ein netter Typ ist.«

»Und jetzt ist sie … ist sie meine Freundin.« Er hatte es eilig, diesen Satz loszuwerden, verhaspelte sich dabei.

»Heute waren wir zum ersten Mal zusammen joggen«, übertönte ihn Laura mit einem einnehmenden Lachen. »Er hat mehr Ausdauer als ich, klar.«

»Aber sie ist auch stark.« Er blickte vor sich nieder und rückte eine Fußbreite von Laura ab.

»Er will mir endlich seine Wohnung zeigen«, sagte Laura. »Da haben Sie doch nichts dagegen?«

»Wie sollte ich?« Margret fand diesen Vorstellungsdialog ein wenig bizarr, fragte dennoch, ob die beiden nicht einen Tee bei ihr trinken wollten.

»Zuerst müssen wir duschen«, wehrte Beat halbherzig ab und schielte dabei zu Laura.

Sie aber nickte freundlich, fast übertrieben. »Heute ist es ja ziemlich kühl, da ist man gar nicht so verschwitzt wie sonst. Komm doch, jetzt gleich, ich habe wirklich Durst.«

Die beiden zogen ihre Schuhe aus, folgten dann Margret in die Küche, wo sie Teewasser aufsetzte. Bei ihrer Frage nach der bevorzugten Sorte schloss Beat sich Laura an und wünschte ebenfalls Verveine.

Zum Glück hatte Margret noch ein paar Waffeln in ihrer Biskuitbüchse. Sie saßen am kleinen Tisch, Beat aß eine erste, eine zweite, griff dann, scheinbar ganz aufs Essen konzentriert, nach einer dritten, während Laura munter mit der Gastgeberin plauderte. Das Gymnasium habe sie abgebrochen, erzählte sie, furchtbar öde die ganze Paukerei, aber die Lehre als Schneiderin habe ihr Spaß gemacht, ihr

Plan sei es, so bald wie möglich ein eigenes Atelier zu eröffnen, mit Flicken und Änderungen könne eine wie sie heute genug verdienen, noch mehr natürlich mit Kleidern nach Maß, aber die seien teuer, auch mit kleinem Stundenlohn, gegen Ketten wie H & M, die in Billiglohnländern produzieren ließen, komme man ohnehin nicht an, da müsse man sich zuerst einen guten Ruf verschaffen. »Du kannst ja dann«, wandte sie sich an Beat, der kauend neben ihr saß, »als Velokurier die geflickten Sachen austragen und hohe Trinkgelder einkassieren.«

Er lächelte, nickte, schluckte. »Klar, wir wollen das schnellste Nähatelier der Stadt werden.«

»Nein, du bleibst natürlich in deiner Werkstatt«, sagte Laura, als wolle sie ihren Scherz richtigstellen. »Das gefällt dir ja, du tust was Vernünftiges für die Dritte Welt.« Sie schien bereits so viel über den Freund zu wissen, dass sie glaubte, für ihn sprechen zu können.

»Vielleicht fliege ich wirklich mal nach Afrika«, sagte Beat. Er hatte sich eine weitere Waffel aus der Büchse geangelt, aber statt sie zu essen, brach er ein Stück ab und zerrieb es nervös zwischen zwei Fingern.

Laura legte eine Hand auf seine und machte dem Zerbröseln ein Ende. »Ich komme mit, ja?«

»Warum nicht?« Beat wirkte schuldbewusst, er entzog Laura seine Hand, wischte die Biskuitbrösel zu einem Häufchen, tupfte sie mit einem feuchtem Finger auf und steckte ihn in den Mund.

»Nach Afrika will ich nämlich unbedingt mal.« Laura machte eine Pause und blickte rundum. »Hübsch haben Sie es hier.«

»Na ja«, sagte Margret. »Wir könnten noch vieles verbessern.«

Laura nickte. »Für die Größe der Küche sind die Fenster schon ziemlich klein.«

Margret lachte gezwungen. »Da lässt sich leider nichts verändern.«

»Doch«, mischte sich Beat ein, »Sie brechen einfach ein Stück Mauer heraus. Das geht schon.«

»Wir sitzen hier meist nur fürs Frühstück. Ich glaube nicht, dass sich der Aufwand lohnen würde.«

Laura hatte ihren Tee noch gar nicht ausgetrunken, doch sie stand abrupt auf und sagte zu Beat, der seine Tasse nicht angerührt hatte: »Aber jetzt musst du mir dein Studio zeigen, ja? Zeit für die Dusche!«

Die zwei verabschiedeten sich mit formellem Dank, Laura mit einem festen Händedruck. Sie mussten über den Plattenweg durch den Garten gehen. Es wäre ja einfacher gewesen, die Verbindungstür zu benutzen, aber sie war abgesperrt und verschlossen.

Nachdem sie gegangen waren, setzte sich Margret wieder auf ihren gewohnten Stuhl, sie verbot sich das Glas Weißwein, auf das sie Lust hatte, schlürfte stattdessen ihren Tee, der ihr immer noch zu heiß war, und rekapitulierte das Gespräch mit den Gästen. Unwillkürlich stellte sie sich vor, dass sich Beat und Laura unter der Dusche liebten, dann merkte sie, dass sie Beat das gar nicht zutraute und dieser Phantasie dennoch ein wenig nachgab. Als sie an seine ausgeprägten Oberschenkelmuskeln dachte, erinnerte sie sich an ihre erste Zeit mit Gerhard, an die gegenseitige Scheu, etwas Neues auszuprobieren. Er hatte es stets abgelehnt, stehend in sie einzudringen, das war ihm zu obszön. Aber Sebastian war im Wald gezeugt worden, auf einer Wolldecke an verschwiegener Stelle. Er oben, sie unten, die Augusthitze damals, der Geruch nach Walderde, und hinterher die Röte, die aufgescheuerten Stellen an ihrem Hintern. Die Decke hatte ihre empfindliche Haut zu wenig vor den Unebenheiten und kleinen Steinen im Gras geschützt, sie fühlte sich noch jetzt verwegen und beinahe verrucht, wenn sie daran dachte, dass die Lust größer gewesen war als der Schmerz. Die Routine hatte im Lauf der Zeit solche Eskapaden verdrängt, das Begehren immer stärker gedämpft und fast ganz schwinden lassen. Normal sei dies bei den meisten, Hormonrückgang, Alterungsprozess, so stand es in den Frauenzeitschriften – sie kaufte sie nicht selbst, das war unter ihrer Würde, las sie aber jeweils vor Arztterminen im Wartezimmer. Die Tipps, wie eine Frau in vorgerücktem Alter verführen konnte, hatte sie einige Male anzuwenden versucht, doch die Lust ließ sich nicht herbeizwingen, weder bei ihr noch bei ihm. Ein zweites Kind, das sie sich gewünscht hätte, blieb ungezeugt. Die gynäkologische Untersuchung ergab, dass es nicht an Margret lag, sondern an Gerhards schwachen Spermien. Sebastians Zeugung, sagte die Ärztin, sei so etwas wie ein Glückstreffer gewesen. Sie schlug eine künstliche Befruchtung vor, das wollten beide nicht, und eine Adoption kam für Gerhard nicht in Frage. So blieb für Margret der stille Neid auf Paare, die sonntags mit zwei oder drei Kindern vorbeispazierten. Es gab Momente, da fragte sie sich, wie es gewesen wäre, einen schwarzen Jungen wie Antoine bei sich aufwachsen zu sehen.

Eine halbe Stunde später kam Gerhard von seiner Tennispartie zurück, auch er verschwitzt und ungewöhnlich aufgeräumt. Sie mixte ihm einen Himbeershake, er trank, fast ohne abzusetzen, als wäre er halb verdurstet. Wer da gewesen sei, fragte er mit einem Blick auf die drei Teetassen, die noch auf dem Küchentisch standen. Sie berichtete ihm kurz, dass der Mieter seine Freundin mitgebracht habe und was sie nun über Laura wusste. Gerhard meinte, es sei gut zu wissen, wer da im Haus ein und aus gehe, aber sie müssten ja nicht dauernd zusammensitzen, er sei froh über die Distanz, die Herr Schär, also Beat, bisher gewahrt habe. Bevor er zur Zeitung griff, sagte er mit unverhohlenem Stolz, heute habe er gegen seinen stärksten Gegner gewonnen, und Margrets Gratulation quittierte er mit freundlichem Zwinkern. Sie hatte plötzlich die Idee, sich über das schlechte Licht in der Küche zu beklagen und für größere Fenster zu plädieren. Das war dumm und unnötig, trotzdem konnte sie sich nicht zurückhalten.

Die Bauordnung, entgegnete Gerhard heftig, lasse eine Vergrößerung auf der Straßenseite gar nicht zu, da seien die Vorschriften strikte, das habe er zur Genüge nachgeprüft.

»Ach was«, hielt Margret ihm entgegen, »du hast bloß zu wenig insistiert, geh doch mal nachmessen, wie groß die Fenster bei den Nachbarn sind, die haben eben für Ausnahmebewilligungen gekämpft. Der Umgang mit Behörden ist leider nicht gerade deine Stärke.«

Sie versöhnten sich halbherzig nach ein paar Minuten: keine größeren Fenster, dafür eine Spotleiste mit doppelter Leuchtstärke, das war der Kompromiss. Aber Margret kam nicht davon los, dass sie wie meist die Unterlegene war und ihr offenbar die Zähigkeit – oder der Wille – fehlte, sich durchzusetzen. Früher hatten Tränen geholfen, inzwischen flossen sie nur noch selten.

Laura kam nicht oft, meistens am Samstag in Beats Begleitung, seltener allein. Ob sie das eine oder andere Mal über Nacht blieb, konnte Margret nicht mit Sicherheit sagen. Es war möglich, das Studio nachts lautlos zu verlassen. Wenn um ein Uhr morgens der Bewegungsmelder das Außenlicht einschaltete, konnte es ebenso gut eine Katze sein, die vorüberstreunte. Margret war dann ohnehin zu spät am Fenster, um sich zu vergewissern, und sie hasste es, von Gerhard schlaftrunken gefragt zu werden, weshalb sie aufgestanden sei. Sie musste schwindeln und für eine Weile im Bad verschwinden. Für das Verhältnis zwischen dem schweigsamen Mieter und seiner Freundin interessierte sich Gerhard keinen Deut; und gegen das Ungesagte, gegen eine dunkle Ahnung, die noch tiefer lag, verschloss sich Margret.

Ein längeres Gespräch mit Laura kam nicht mehr zustande. Kurze Begegnungen, wenn Margret im Garten arbeitete. Die junge Frau, fast immer in ihren Laufhosen, blieb dann höflichkeitshalber einen Moment stehen, sie wirkte verschlossener als beim ersten Mal, schien auf Beats Unbehagen oder Unwillen zu reagieren. Er strebte sichtlich weg von Margret, hin zum Haus oder einmal umgekehrt zur Straße, da trug Laura ein geblümtes Kleid, und sie wollten, wie sie verriet, ins Kino. Beat nahm sie an der Hand, um sie mitzuziehen, immerhin eine Berührung zwischen den beiden. Das Äußerste, was Margret ihm entlocken konnte, waren zwei, drei Wörter zur Wetterlage und ein kurzes Lächeln. Als es noch warm genug war, bot Margret den beiden ihre Liegestühle an, sie könnten sich gerne auf dem Rasenstück hinter dem Haus ein wenig sonnen. Laura warf Beat einen besorgten Blick zu. »Ich glaube nicht …«, sagte sie zaghaft, und Beat selbst schüttelte den Kopf, sagte endlich wieder einen ganzen Satz, nämlich, dass Sportler Bewegung bräuchten, und dann waren sie schon wieder im Studio verschwunden.

Bereits nach wenigen Wochen tauchte Laura nicht mehr auf. Ihr Wegbleiben beunruhigte Margret, und sie überwand sich, Beat abzupassen. Es regnete an diesem Samstag im späten September, der Sonnenhut an der Hausmauer ließ die nassen Blütenblätter hängen. Gerhard war im Klub. Beat kam später vom Training zurück als gewöhnlich. Es dämmerte schon. Margret hatte in der Küche gewartet, bis sie das Rasseln und Schlagen der Kette auf der Kellertreppe hörte. Als er um die Hausecke bog, trat sie wie zufällig mit aufgespanntem Schirm, den Kompostkübel am Arm, ins Freie. »Ach, Sie, Beat …« Er wollte mit knappem Gruß an ihr vorbei, sie fragte aber ohne Umschweife: »Wie geht es denn Laura? Schade, dass ich sie nicht mehr sehe.«

Beat wischte das Wasser weg, das ihm von der Regenkapuze ins Gesicht rann, und räusperte sich: »Wir haben leider … wir haben uns getrennt.« Er schien bei diesen Worten ein wenig einzuknicken.

Margret versuchte, ihn mit ihren Blicken festzuhalten. »Nach so kurzer Zeit?«

Sein Stottern verstärkte sich. »Nein … ja … Es ist so … Wir haben einfach nicht die gleichen Interessen … Und in einem solchen Fall …«

»Sie ist doch sportlich wie Sie, oder nicht?« Es ging sie

nichts an, aber es war eine seltsame Beziehung gewesen, und sie hätte gerne gewusst, was die beiden auseinandergebracht hatte.

»Wir bleiben Freunde«, hangelte er sich weiter. »Das haben wir beschlossen.«

Margret schien es im Zwielicht, dass seine Augen plötzlich feucht glänzten. »So eine Trennung tut doch immer weh.«

Er nickte, hatte hörbar Mühe weiterzusprechen. »Ich wollte ja zusammenbleiben. Aber sie ... ich glaube, ich bin ihr irgendwie zu wenig ... sie war eben mal im Gymnasium ...«

»Ach was, darauf kommt es doch nicht an.« Ein plötzliches Mitleid erfasste sie. »Wollen Sie einen Tee bei mir?« Sie hatte den Impuls, ihn zu berühren, nach seiner Hand zu fassen, ließ es aber bleiben.

Er schluckte, zögerte einen Moment, dann deutete er zum Studio hinüber. »Danke. Ein anderes Mal gerne. Aber ich sollte jetzt hinein, ich bin ziemlich nass ... Die Thermokleider sind mit der Zeit auch nicht mehr dicht.«

Ja, es war unfair, hier noch halb unter dem Vordach zu stehen, während er sich dem Regen aussetzte.

»Grüßen Sie Laura von mir«, sagte sie, indem sie einen Schritt zurücktrat. »Ja, ein lieber Gruß von mir, wenn Sie sie doch wiedersehen. Ein nettes Mädchen, wirklich.« Sie hatte geheuchelt, sie war sicher, dass die Trennung endgültig war.

Er nickte, kaum noch zu erkennen im Dämmerlicht. »Das werde ich, bestimmt«, sagte er. »Ich wünsche Ihnen einen schönen Abend ... und Ihrem Mann auch.« Damit ging er zu seiner Eingangstür, nestelte in der Jackentasche herum, bis er den Schlüssel fand und aufschloss.

»Er kommt bald vom Tennis zurück«, rief sie ihm nach und bereute gleich diesen letzten Satz. Was brauchte sie zu begründen, dass sie nicht mehr lange allein sein würde?

Das Mitleid, das sie für Beat empfand, überraschte sie. Er müsste richtig in die Arme genommen werden, dachte sie, und dann liefen die Gedanken wie von selbst fort und führten ihr vor, dass diese Umarmung ja noch weitergehen könnte, unter der Dusche vielleicht, bis zu vier Händen, die der Lust nachgaben. Mit Mühe gelang es ihr, diese Bilder auszublenden. Zugleich fiel ihr der gleichaltrige Sohn ein, und sie hatte ein schlechtes Gewissen ihm gegenüber.

»Du beklagst dich dauernd«, warf Valeria ihr bei einem Treffen im Bahnhof-Bistro vor. »Wenn du über Gerhard sprichst, machst du ihn zu einer Karikatur. Er hat doch noch ganz andere Seiten.«

»Er ist in den letzten Jahren immer mehr verknöchert«, sagte Margret und starrte auf ihren Latte macchiato. »Du hast Gerhard ja schon lange nicht mehr gesehen. Menschen verändern sich.« Er und Valeria hatten mal, nach einem Abendessen zu dritt, eindeutig geflirtet. Und später hatte Gerhard gestanden, dass er Valeria bei einer zufälligen Begegnung auf einen Martini in eine Bar »abgeschleppt« habe (das Wort verwendete er tatsächlich), sie habe ihm die Augen geöffnet für gewisse Machtspiele zwischen Ehepartnern. Im Übrigen finde er sie überraschend attraktiv, obwohl sie gar nicht sein Typ sei. Margret hatte unwirsch reagiert, das ging nun gar nicht, dass der Ehemann sich mit der Freundin im intimen Dialog austauschte, und Gerhard hatte nach aufgebrachtem Hin und Her versprochen, zu einer Wiederholung dieses Barbesuchs werde es nicht kommen.

Valeria hob entschieden ihr Doppelkinn. »Brecht doch mal aus eurer Routine aus, ihr zwei. Ein Wochenende in Nizza, mit Fünfsternekomfort. Oder Istanbul, Marrakesch. Ein bisschen Verzauberung. Mal ohne deine ökologische Rücksichtnahme. Die ist bei eurer Lebensweise ohnehin geheuchelt.«

»Mag sein. Aber das will er nicht. Du weißt ja, wie sehr er der Berghüttentyp geblieben ist.«

Valeria lachte laut auf. »Du musst ihn halt überzeugen, deinen Professor. Beziehungsarbeit, meine Liebe, das ist immer hart. Ich bin ja sicher, dass du auch deinen Mieter falsch einschätzt. Du treibst ihn mit deiner Zuwendung in die Enge. Er zieht sich wie eine Schnecke zusammen, wenn du ihn mit der Fingerspitze antippst.«

Dabei, wendete Margret ein, sei sie total zurückhaltend, gehe ihm sogar aus dem Weg, damit er sich nicht bedrängt fühle. Sie habe kürzlich etwas über das Asperger-Syndrom gelesen, eine mildere Form von Autismus. Und einige der Verhaltensweisen, die da geschildert worden seien, träfen auf ihren Mieter zu: isolierte Lebensweise, er habe jetzt auch keine Freundin mehr, ausweichender Blick, unlesbare Mimik …

»Ach was«, fiel Valeria ihr ins Wort. »Hör auf damit, ihn krankzureden. Nimm ihn doch einfach, wie er ist, und lass ihm so viel Privatsphäre, wie er will.« Sie hatte unwillkürlich einen Zipfel ihres Schals gepackt und schien Margrets

Aufzählung wegwedeln zu wollen. Aber sie hatte bloß darauf gewartet, von ihrem eigenen Liebesleben zu erzählen, und sie tat es mit so drastischen Worten und so vernehmlich, dass Margret verstohlen zu benachbarten Tischen schielte, um sicher zu sein, dass sie nicht belauscht wurden. Ein unreifes Bürschchen, so stellte Margret sich den Mann vor, mit Dreitagebart, schmal gebaut. »Das hat doch keinen Sinn«, sagte sie. »Mit so einem richtest du dich zugrunde.«

Davon wollte Valeria nichts hören; sie war in eine andere Rolle geswitcht, die der leidenden Frau, duldete aber, anders als umgekehrt, Margrets Einwände und Ratschläge nicht. Es gebe gerade mit diesem schwierigen Mann festliche Momente, immer wieder, dafür – das sagte sie mit Tränen in den Augen – lohne es sich zu leben. Sie wisse ja genau, wie sehr sie sich in Widersprüchen verheddere, das sei ihr egal. Sie legte eine Hand auf Margrets Unterarm. »Andern raten kann ich schon, mir selber etwas weniger. Du wirst mir deswegen nicht die Freundschaft kündigen, oder?«

Margret schüttelte den Kopf. Sie war froh, dass die Freundin plötzlich verstummte, abrupt aufstand und, angeblich wegen eines dringenden Termins, verschwand, den wallenden Seidenschal um sich geschlungen wie eine Beduinin.

10
Sebastian

Verliebt und mutterfern

Schon erstaunlich, wie nahe ich mich plötzlich einem Menschen fühlen kann, von dem ich noch vor kurzer Zeit nichts wusste. Manchmal habe ich das Gefühl, wir seien förmlich ineinandergestürzt, Aleksandra und ich. Sie lächelt, wenn ich ihr das zu sagen versuche. Weißt du das nicht?, scherzt sie. Wir haben aufeinander gewartet, nein, wir haben einander aufgelauert. Ein Sprung, und da hatten wir uns!

Ja, ich war hungrig nach einer Frau wie sie. Was ich vorher erlebte, war Auftakt, Präludium, salzlose Kost. Alles wird intensiver, wenn sie in meiner Nähe ist, ich fürchte, ich bin süchtig nach ihren Berührungen, nach ihren fordernden Küssen. Die Welt verengt sich, wenn wir beieinanderliegen, und ist dennoch weit und reich genug. Was für Kitsch, den ich da absondere! Aber ich kann nicht anders. Ich lache über ihre Bemühungen, mich umzumodeln, sie findet, ich sei schlapp, hätte eine mordsschlechte Haltung. »Tu was dagegen«, fordert sie mich auf und klatscht mit der flachen Hand auf meinen Hintern. »Tu was, sonst hast du mit dreißig einen Buckel.« Und ich habe mich in der Tat bei einem Fitnesscenter angemeldet. Christoph, der in der Küche zu rumoren beginnt, sobald er unser Stöhnen hört, hat es nicht glauben wollen: »Du spinnst ja, du frisst der aus der Hand.«

Dreimal erst habe ich mich mit Gewichten abgerackert, und schon findet sie, meine Bauchdecke habe sich gestrafft. Ist doch ein Erfolg, handgreiflicher als jede Seminararbeit. Wobei sie für ihre Oberschenkel auch etwas tun könnte. Das habe ich ihr, halb über ihr liegend, ins Ohr gesagt, und da hat sie sich umgedreht und mich in die Schulter gebissen.

Fast jeden Tag sind wir jetzt zusammen. Die symbiotische Phase der Verliebtheit, sagt Christoph und bemüht sich um Toleranz; Nicolas ist zum Glück schon ausgezogen, er wäre der größere Spötter. Natürlich vernachlässige ich sträflich das Studium. Und auf die SMS von Margret reagiere ich höchst selten, fühle mich belästigt von ihrer Besorgtheit. Dazu erwähnt sie jedes zweite Mal ihren schweigsamen Mieter (zum Beispiel, dass er jetzt eine Freundin habe), das ist so penetrant, als ob sie mich mit ihrer Hinwendung zu ihm eifersüchtig machen wollte. Die Abnabelung, die ich wohl mit fünfzehn hätte durchziehen müssen, erlebe ich jetzt mit zweiundzwanzig. Es ist nie zu spät!, sagt Aleksandra, die ihren mazedonischen Vater vor zehn Jahren zum letzten Mal gesehen hat. Und wenn es blutet und schmerzt, ist es gerade richtig.

Ich habe beim Umzug das kleine rote Fotoalbum, das meine Kindheit illustriert, mitgenommen, durchblättere es hin und wieder, staunend darüber, wer ich war, wer wir drei waren. Fast nicht zu glauben, wie jung meine Mutter aussieht, mit mir, dem Täufling, auf den Armen, wie innig, wie madonnenhaft sie das dösende Baby anschaut, das hunderttausend anderen gleicht. Kein Fältchen in ihrem Gesicht, Glätte und Unschuld, hochgetürmt das dunkle Haar nach damaliger Mode. Das Paar auf einem anderen Foto, zwischen ihnen der Kinderwagen, in dem ich mit keckem Ausdruck sitze, vielleicht zehn Monate alt, Papas und Mamas Hände begegnen sich am Wagengriff, seine umschließt ihre, die ihrerseits die Stange umfasst. Sonntagsstimmung. Beide lachen übers ganze Gesicht, der Kamera zugewandt und nicht mir. So offenherzig, geradezu strahlend existieren sie nicht in meiner Erinnerung. Wer hat das Bild wohl geknipst? Und wann ist das Lachen von ihren Gesichtern gewichen? Wann hat sich das Säuerliche bei meinem Vater, das Dauergekränkte bei meiner Mutter in ihre Züge geschlichen? Überhaupt mein Erzeuger: Von Bild zu Bild wirkt er steifer, ausgedörrt von Daten und Fakten. Auf dem Foto meines ersten Schultags ist er an meiner Seite (warum nicht Margret?), sehr ernst und gesetzt sind wir beide: Jetzt, das ist die Botschaft, beginnt der Ernst des Lebens, auch hier zwei Hände, meine von seiner umschlossen, Gefangenschaft oder Schutz? Mein Pullover mit geripptem Muster von Mama gestrickt, ich glaube, das war ihr letztes handwerkliches Erzeugnis.

Heute wieder eine SMS: Sie möchte mich mit ihrem Mieter bekannt machen, das täte ihm gut, sie würde mich und Aleksandra gerne mit ihm und seiner Freundin zum Essen einladen, bald. Was ich davon halte? Nichts, kein Interesse. Mein Nachfolger sitzt und schläft zwar jetzt im Anbau, und möglicherweise vögelt er dort mit seiner Liebsten. Aber deswegen brauchen wir uns nicht anzufreunden. Sachliche Absage an Mama: Zu viel um die Ohren im Augenblick, dazu eine erlogene Fahrt in die Ostschweiz, wo Aleksandras Mutter lebt. Margret wird es mit nassen Augen lesen und dann schweigen. Das hat sie in vielen Jahren beim

Herrn Professor eingeübt. Dulden, sanfter Widerstand, ab und zu Tränenausbrüche, ein paar harte Worte, die sie gleich wieder zurücknimmt. Was für eine Lektüre sie wohl ihren depressiven Buchhandelskundinnen empfiehlt? Esoterische Ratgeber? Eine Anleitung für ayurvedische Diät? Das Beste aus buddhistischen Schriften? Ich selbst schwöre im Moment auf Herrn Barth, das ist mein Mann.

11
Margret

Messerstiche

Ich hatte mich allmählich an Beats beinahe lautloses Dasein gewöhnt, abgesehen davon, dass er mich gelegentlich, wenn er spätabends sein Alltagsrad die Treppe hinuntertrug, mit dem Rasseln und Schlagen der Kette aufweckte. Er hatte mir erzählt, er besuche dreimal wöchentlich einen Weiterbildungskurs in Buchhaltung, deshalb komme er so spät zurück.

An einem Samstagmorgen, als er draußen sorgsam die Speichen putzte, trat ich zu ihm hinaus und bat ihn, auf meinen leichten Schlaf Rücksicht zu nehmen; er könne sein Rad doch bis zum nächsten Morgen unter dem Vordach auf der anderen Seite des Hauses abstellen, da sei es bestimmt sicher vor Diebstahl. Beat schien, wie fast immer, wenn ich ihn ansprach, einen Moment zu erstarren. Nach einem Atemholen, das beinahe klang wie das Schnaufen eines Tiers, erhob er sich aus der Kauerstellung und schüttelte entschieden den Kopf. »Nein, nein, das ist mir zu riskant, sorry. Die knacken heute die Sicherheitsschlösser blitzschnell.« Sein Widerspruch machte ihn nervös, er wischte die Hände am Putzlappen ab, zwang sich zu einem entschuldigenden Lächeln. »Habe gar nicht daran gedacht, dass Sie mich hören können. Tut mir leid. Aber ich weiß, was ich mache, ich stopfe in Zukunft einfach Zeitungspapier zwischen Kette und Kettenschutz, dann hören Sie nichts mehr.« Er nickte einige Male, als stimme er sich selber zu. Ich fragte ihn, ob ich Zeitungen bereitlegen solle, er verneinte: Im Betrieb lägen genug Gratisblätter herum. Schon beugte er sich wieder über das Rad und fuhr mit dem Putzen fort. Ich hatte, nicht zum ersten Mal, das Bedürfnis, ihn zu berühren, ihn zu beruhigen wie eine ängstliche Katze: Ich will dir doch gar nichts antun, merkst du das nicht? Als hätte er dies gespürt, blickte er plötzlich auf und lächelte mich an, so gewinnend, zärtlich beinahe und ein wenig traurig, dass ich ihn am liebsten umarmt hätte, rasch bloß, aber mit Zuneigung. Wie hätte er wohl reagiert? Gut, dass ich's nicht getan habe. Sein Lächeln erlosch gleich wieder, mein antwortendes auch, und er wandte das Gesicht ab.

Die nächtlichen Geräusche hörten nun in der Tat auf. Hin und wieder erwachte ich trotzdem, als ob allein seine Nähe, eine Ahnung von Körperwärme, den Schlaf verscheuchen würde. Auch wenn ich angestrengt horchte, hörte ich seine Schritte auf der Kellertreppe kaum noch, ein sanftes Tappen bloß, wie von einem Kind.

Im Spätherbst musste ich nach jedem heftigen Wind die Kellertreppe von den Birkenblättern befreien, die zentimeterhoch auf den Stufen lagen; ich tat es auch Beat zuliebe, er sollte in der Nacht nicht auf den glitschigen Blättern ausrutschen. Als ich eines Morgens gebückt mit Besen und Schaufel hantierte, entdeckte ich zwischen den zusammengewischten Blättern ein Stück feuchtes Zeitungspapier. Ich sah gleich, dass auf den Rand etwas gezeichnet war, mit Kugelschreiber vermutlich. Erst erkannte ich nicht, was die leicht verwischten Striche darstellten, dann wurde es mir klar: zwei gespreizte Beine mit einem dunklen Schamhaardreieck, nur dies. Harmlos eigentlich, nicht anders als auf einem Akt von Modigliani, und doch schockierte mich dieser Anblick so sehr, dass ich an der Wand nach Halt suchte. Hatte ER das gezeichnet? Nein, das konnte ich mir nicht vorstellen, nicht diese rohe Form von sexuellem Interesse. Er hatte die Zeitung wohl aus der Werkstatt mitgenommen, sagte ich mir, es gab dort andere junge Männer. Im Heizungskeller stand ein Abfallkübel. Ich hatte den Drang, ihn zu durchsuchen. Dann ließ ich es bleiben; ich hätte mir sonst vorwerfen müssen, unserem Mieter hinterherzuspionieren.

Laura, die Kurzzeit-Freundin, hatte ich schon fast vergessen. Aber ein paar Tage später kaufte ich, nach den Deutschlektionen im Kirchgemeindehaus, gegen Abend im nahen Supermarkt ein. Ich schob den Wagen durch die Gänge zwischen den Regalen, überlegte, ob Gerhard Auberginen, die es zum Aktionspreis gab, wirklich mochte oder es nur mir zuliebe vorgab, bog bei den Milchprodukten um die Ecke, und da stand sie plötzlich vor mir. Aus ihrem Einkaufswagen ragten lange Lauchstengel, sie trug einen schwarzen Hosenanzug und sah weit eleganter aus als bei ihren wenigen Besuchen, klar, sie war ja Schneiderin. Einander ausweichen konnten wir nicht, sie zu ignorieren wäre beleidigend gewesen. Ich grüßte sie, Laura grüßte höflich zurück und redete mich mit »Frau Sandmaier« an.

»Schade, Laura«, sagte ich, »schade, dass wir Sie nicht mehr sehen.«

Lauras dezent geschminktes Gesicht gefror augenblicklich, nicht viel anders als bei Beat, wenn man ihn ansprach. »Ja, das hat sich leider so ergeben.« Sie senkte den Blick und mit ihm ein wenig den Kopf, und erst jetzt fiel mir auf, dass sie die Frisur verändert hatte, Stirnfransen statt seitlich zurückgekämmtes Haar, blonde Strähnen. War dahinter tatsächlich eine verschorfte Wunde zu sehen? Ringsum das Gesumm anderer Ladengespräche, eine Werbebotschaft über Lautsprecher, der starke Geruch überreifer Bananen.

»Nun ja«, sagte ich, »junge Leute trennen sich heute schnell.«

Ich merkte sogleich, dass Laura sich angegriffen fühlte.

»Es hat nicht geklappt zwischen uns«, sagte sie. »Es war sehr schwierig mit ihm. Er ist so verschlossen.«

Ich nickte. »Ja, man findet kaum Zugang zu ihm. Mir geht es auch so.«

Lauras Augen wurden plötzlich feucht. »Manchmal konnte ich mir sein Verhalten überhaupt nicht erklären. So … so … launisch … so rabiat.« Sie suchte nach Worten, bewegte stumm die Lippen, zeigte vage auf ihre Stirn.

Ich hätte gerne gewusst, was sie meinte. Hatte er ihr die Wunde zugefügt? Mich überlief es kalt, aber dass Beat sie geschlagen hatte, glaubte ich nicht. Von der anderen Seite drängte jemand an mir vorbei, ich ging zwei Schritte hinter die Ecke zurück. Als ich den Wagen wieder vorwärtsschob, wurde ich erneut aufgehalten, und dann war Laura im nächsten Gang verschwunden und zur Kasse geeilt. Ich folgte ihr, da hatte Laura schon ihren Lauch und noch etwas aufs Band gelegt, eine längere Schlange hatte sich hinter ihr gebildet, und gerade, als ich ihr nachrief: »Laura, so warten

Sie doch!«, bezahlte sie, steckte den Einkauf in ihre Tasche und hastete davon; die automatische Tür öffnete und schloss sich hinter ihr. Die Kunden in der Schlange schauten mich irritiert an.

Hatten meine Fragen Laura verängstigt, in die Enge getrieben? Ich wusste nicht einmal, wie sie mit Nachnamen hieß und wo genau sie wohnte. Aber meine Beunruhigung nahm zu. Und ich tat etwas ganz und gar Ungesetzliches. Ich hatte nämlich einen Ersatzschlüssel fürs Studio. Am Morgen des übernächsten Tages, nachdem mich unerwünschte Zweifel wieder die halbe Nacht wach gehalten hatten, ging ich außen herum zu seiner Tür, öffnete sie und betrat den Anbau. Als Tarnung hatte ich eine Gebrauchsanweisung in der Hand. Hätte mich jemand ertappt, hätte ich behauptet, ich sei vom Mieter gebeten worden, die Einstellung des Kühlschranks zu überprüfen, es sei zu warm im Gemüsefach. Das Herz klopfte mir bis zum Hals. Ich schlüpfte aus meinen Lederpantoffeln und schaute mich um. Die Unordnung erschreckte mich, Kleider lagen am Boden herum, bedeckten das ungemachte Bett, zerknitterte Zeitungen waren lose übereinandergeworfen. In der hinteren Hälfte war das Parkett von Schuhspuren übersät, in der Küchenecke stapelte sich das Geschirr nicht bloß auf dem Abtropfbrett, sondern auch im Spülbecken. Es roch nach Verfaultem aus dem halboffenen Kehrichteimer, den Beat aus dem Fach herausgenommen und vor den Kochherd gestellt hatte. Der überdimensionierte Fernseher wirkte mit dem schwarzen Bildschirm bedrohlich, wie eine sinnlose Skulptur. Was suchte ich denn? Ich wusste es nicht, ging auf Zehenspitzen herum. Nirgendwo ein Buch, dafür neben dem Bett zwei Fernbedienungen und ein paar DVDs. Ich kauerte nieder, las die Titel. Lauter Action-Thriller mit heldenhaften, muskulösen Männern, die meisten bewaffnet, aber keine sichtbaren Gewaltszenen, keine halbnackten Frauen. Da müsste dringend jemand Ordnung machen, dachte ich. Schade, dass Laura nicht mehr ein und aus ging, die hätte dieses Durcheinander bestimmt aufgeräumt. Ich hatte den Impuls, eine Weile zu lüften, ließ es dann bleiben, Beat hätte vermutlich den veränderten Geruch bemerkt. Das viele Papier, das in der Kloschüssel schwamm, spülte ich allerdings hinunter; daran, dass er es vergessen hatte, würde er sich kaum erinnern. Auf dem Titelblatt einer der herumliegenden Zeitungen, über die meine Blicke streiften, las ich die Schlagzeile »Wieder zugestochen!« Ich erschrak. Aber was hieß das schon? Beat war offenbar ein Zeitungsleser. Neben dem rudimentären Schreibtisch – es gab keine Schublade – stand ein leerer Farbkübel, der als Papierkorb diente. Jedenfalls war er voller zusammengeknüllter Zettel und Taschentücher. Ich überwand mich, den Inhalt oberflächlich zu untersuchen, das Papier war teilweise durchnässt, ich hatte keine Ahnung, warum. Auf manchen Zetteln Kritzelzeichnungen, karikierte Gesichter, Strichmännchen, die in keiner Weise der nackten Frau glichen, die ich im Fahrradkeller entdeckt hatte. Der Kleiderschrank war abgeschlossen, der Schlüssel fehlte. Aber was für Geheimnisse hätten da drin versteckt sein können?

Nach zehn Minuten brach ich meine Suche ab, ich war auf nichts gestoßen, das ich hätte weitermelden müssen. Nein, mein Verdacht war unbegründet und beinahe ehrenrührig. Ich war froh darüber, schlich, wieder mit den Pantoffeln an den Füßen, hinaus in die Herbstkälte, beinahe hätte ich vergessen, die Türe abzuschließen, ging noch einmal zurück. Mein Unwohlsein hatte sich indessen nicht gelegt; jetzt kam noch das schlechte Gewissen dazu, einen unentschuldbaren Übergriff begangen zu haben. Nein, ich hielt all die schwer deutbaren Gefühle unserem Mieter gegenüber besser von mir fern. Ich hatte keinen Grund, ihm zu misstrauen, keinen.

Es war die Zeit, als der Messerstecher, der Frauenschreck, wie ihn die Boulevardpresse nannte, erneut in die Schlagzeilen geriet. Ein paar Wochen war es stiller um ihn geworden, denn die Überfälle hatten aufgehört. Sieben waren es bisher gewesen. Dass der Täter immer derselbe war, stand für die Öffentlichkeit und die Medien außer Zweifel. Die Polizei hatte inzwischen Hunderte von Meldungen und Denunziationen gesichtet, ohne greifbares Ergebnis. Einige junge Männer, die den Beschreibungen der Opfer entsprachen, kamen sogar in Untersuchungshaft, wurden aber nach gewissenhaften Abklärungen wieder auf freien Fuß gesetzt. Das Murren der Bevölkerung machte sich Luft in zornigen Leserbriefen und Blog-Kommentaren. Der Chef der Fahndung versicherte bei einer Pressekonferenz, dass seine Leute unter Hochdruck arbeiteten, einige sogar freiwillig unbezahlte Überstunden leisteten. Die vielen Ungeduldigen, sagte er, müssten sich vorstellen, dass die Polizei buchstäblich eine Nadel im Heuhaufen suche, der Täter habe keine DNA-Spuren hinterlassen, sei jedes Mal an einem andern Ort blitzschnell aufgetaucht und wieder verschwunden. Im Fahndungsraster, der die ganze Stadt und die Vororte umfasse, gäbe es theoretisch eine riesige Gruppe von Verdächtigen. Aber all das fand bloß noch eine mittlere Resonanz. Auch die Angst unter den jungen Frauen ließ nach, vielleicht, so schrieb ein Journalist, fühle sich der Täter inzwischen derart eingekreist und bedroht, dass er keinen neuen Überfall mehr wage.

Doch an einem Wochenende stach er wieder zu, brutaler als zuvor, und zwar in einem Außenbezirk, wo er noch nie aufgetaucht war. Wieder in der Nähe einer Bushaltestelle, in einem kleinen, schlecht beleuchteten Park. Das Opfer war eine achtzehnjährige Verkäuferin, sie wies schwere Verletzungen im Brustbereich auf und wäre wohl verblutet, wenn nicht ein Passant sie zufällig gefunden hätte. Das war nun beinahe Mord. Die Empörung erreichte schlagartig neue Höhen, die Angst verbreitete sich wie eine schwarze Wolke. Quartiervereine verlangten nächtliche Polizeipatrouillen, eine bessere Straßenbeleuchtung. Eine Gruppe besorgter Väter bot an, Discobesucherinnen zu zweit auf dem Heimweg zu begleiten und zu beschützen. Ein Kriminologe sagte, der Täter habe offenbar eine Hemmschwelle überschritten, es sei denkbar, dass er von Mal zu Mal seinem Trieb stärker nachgebe, bis hin zum Mord. Er hatte, nach der überraschenden Aussage des Opfers, keine Maske mehr getragen, sondern bloß eine Mütze, das deute darauf hin, dass er unter seinem psychopathischen Verletzungsdrang leide und – bewusst oder unbewusst – in Kauf nehme, erkannt und gefasst zu werden, auch wenn er auf einer anderen Ebene alles daransetze, sich zu tarnen. Die verletzte Verkäuferin hatte zunächst unter Schock gestanden und nur verschwommene Erinnerungen beschrieben, sie wurden aber nach zwei, drei Tagen präziser. Aufgrund ihrer Angaben entstand ein erstes Phantombild, das die Polizei zur Veröffentlichung freigab; alle Printmedien druckten es ab. Die nächste Straßenlampe war etwa dreißig Meter vom Tatort entfernt gewesen, im Halbdunkel hatte die Verkäuferin – *Mathilde (18)* – keine Einzelheiten wie Augen- oder Haarfarbe erkennen können, aber doch die Form des Gesichts (länglich), die Position der Augen (auseinanderliegend), die Figur (schlank, groß), auch an seine tief in die Stirn gezogene Wollmütze erinnerte sie sich. Der Vater des Opfers ließ verlauten, dass er kein Erbarmen mit dem Täter habe, nicht das geringste; so einer gehöre lebenslänglich verwahrt, und es war klar, dass in Blogs, hätte man sie nicht zensuriert, dutzendfach für die Wiedereinführung der Todesstrafe plädiert worden wäre.

Margret vermied es, mit Gerhard über dies alles mehr als ein paar Sätze zu wechseln, und wenn die Nachbarinnen darauf zu sprechen kamen, entfernte sie sich unter irgendeinem Vorwand. Sie wollte nicht mehr über diese Geschichte erfahren, als sie ohnehin wusste oder sich, gegen ihren Willen, vorstellte: Nacht, Dunkelheit, ein Schatten, der sich nähert, ihre Panik, der Angriff ohne Vorwarnung, das Keuchen des Mannes, die Stiche, dann ihr Niedersinken ohne Schrei. Das war die schlimmste Vorstellung: dass ihr die Stimme ganz wegblieb. Den Schlagzeilen in den Aushängen von Kiosken und Läden entging sie nicht, sogar ihre Tageszeitung, ein Garant für Seriosität, die sie frühmorgens aus dem Briefkasten holte, griff zu größeren Lettern, um Fassungslosigkeit und Empörung gebührend wiederzugeben. So sah sie gleich das Phantombild auf der Titelseite, ein Allerweltsgesicht, sagte sie sich, bevor sie die Zeitung ungelesen zum Altpapierstapel legte, ein Gesicht, das sie an niemanden erinnerte, an gar niemanden. Ein Schwarzer war der Täter nicht (zum Glück, das hätte bloß alle hirnrissigen Vorurteile bestätigt), auch kein Asiate, aber vielleicht doch ein Nordafrikaner oder einer aus dem Balkan, er hatte bisher, wie es schien, nie etwas gesagt, so dass man keinen Hinweis hatte, wie er sprach. Und sogleich wurde sie zornig auf sich, weil sie nun wieder ins Grübeln geraten war. Sie holte die Zeitung aus dem Ständer, warf sie in den Kehrichtsack und bedeckte sie mit Gemüseabfall vom Vorabend, dabei wusste sie genau, dass dies eine kindische Handlung war, die das Bild nicht aus dem Gedächtnis tilgte.

Der Unterricht mit den Kindern aus dem Kongo lenkte sie eine Weile ab. Esta hatte sich eine künstliche Blume ins krause Haar gesteckt, eine rote Rose, sie war stolz darauf und wiederholte mit großem Ernst mehrmals den Satz, den Margret ihr vorsagte: »Die Rose ist eine schöne Blume.« Jedem Wort gab sie Gewicht, sie ließ sich nicht dazu bewegen, den Satz fließender zu sprechen. Dann brach sie plötzlich in ein Gelächter aus, in das Antoine einstimmte. Doch gleich darauf brachte er die Schwester mit einer unwilligen Gebärde zum Schweigen. Er wolle lernen, nicht nur lachen, sagte er; es ging ihm darum, in der Schule, die er seit kurzem besuchte, mitzuhalten. Der Junge sei hochintelligent, hatte der Lehrer Margret am Telefon gesagt, aber auch sehr empfindlich. Wenn er sich in der Pause gehänselt fühle, gehe er ohne Vorwarnung auf den Spötter los, traktiere ihn mit den Fäusten. Hinterher entschuldige er sich kleinlaut, das habe er wohl auf einer Missionsstation gelernt. Margret müsse bedenken, Jungen in seinem Alter würden im Kongo von Rebellen entführt und zu Kindersoldaten abgerichtet, diesem Schicksal sei er zum Glück entgangen. »Ich werde mit ihm reden«, sagte Margret. »Auch mit seiner Mutter. Er sollte sich besser beherrschen.« Sie nahm sich vor, mit Antoine einzuüben, wie er auf Beleidigungen anders reagieren könnte als mit körperlicher Gewalt. Wobei das nicht leicht sein würde. Antoine kam aus einem Land, in dem tagtäglich Grausamkeiten begangen wurden und ein Menschenleben – auch das von Frauen und Kindern – wenig galt. Als Olena, die Mutter, ihre Kinder abholte, erneuerte sie ihre Einladung zum Besuch im Asylzentrum mit geradezu überschwenglicher Herzlichkeit, und Margret war versucht, sie dieses Mal anzunehmen, schützte dann aber einen vollen Terminplan vor, vertröstete, um nicht unhöflich zu sein, auf später. Sie fand sich dabei kleinmütig und feige und fragte sich hinterher, wovor sie eigentlich Angst hatte. Es war ganz anders, auf eine Weise beglückend, diese beiden Kinder zu unterrichten, als den etwa dreizehnjährigen Hanad, den hoch aufgeschossenen Somalier, der größer war als sie und schon im Stimmbruch steckte. Er kam ohne Begleitung, er schaute sie verdrossen an, weigerte sich meist, ihr deutsche Wörter nachzusprechen, schüttelte trotzig den Kopf, wenn sie in einfachem Englisch erklärte, er müsse sich hier doch auch verständigen können: *»This ist not my country«*, sagte er. *»I'm not from here.«* Mit ihm hatte es wohl keinen Sinn. Aber zu schnell aufgeben wollte sie nicht.

Sie redete sich ein, dass es ihr gleichgültig sei, ob Beat an diesem dunklen Abend zur gewohnten Zeit oder erst später von seinem Kurs heimkam, sie war ja nicht sein Kindermädchen, ein Muttterersatz schon gar nicht.

Gerhard erwähnte das Phantombild nicht, obwohl er es bestimmt irgendwo gesehen hatte, er fragte merkwürdigerweise auch nicht nach der Tageszeitung. Es war, als ob er Margrets labilen Zustand errate und nicht darauf einzugehen wage. Aber für ihr morgiges Nachmittagspensum in der Buchhandlung musste sie sich wappnen, die Kolleginnen würden bestimmt über das Bild sprechen und nach Margrets Meinung fragen, und das war ihr, als sie schon im Bett lag, so zuwider, dass sie beschloss, sich morgen krankzumelden. Sie hatte eine halbe Schlaftablette genommen, um nicht träumen, um nicht nach drüben horchen zu müssen, sie träumte dennoch – darüber staunte sie beim Erwachen – von einer unendlichen Steppe, über die der Wind strich. Oder war es das Meer? Für einmal war sie ohne Angst, die Menschenleere beruhigte sie. Ein einziger Vogel kreiste über der Landschaft, irgendwann, das wusste sie, würde er herunterstechen, aber nicht jetzt.

Beim Frühstück erkundigte sich Gerhard dann doch mit merkwürdiger Gehemmtheit, ob sie schlecht geschlafen habe, er habe den Eindruck, es gehe ihr nicht besonders gut.

Margret zögerte, kaute übertrieben lange an einem Bissen Brot. »Weißt du«, sagte sie dann, »unser Mieter …« Sie brach gleich wieder ab.

»Was ist mit ihm?«, fragte Gerhard.

»Es klingt dumm, aber er ist mir ein Rätsel. So verschlossen. Und doch manchmal so beflissen, so hilfsbedürftig.

Zwei Gesichter, verstehst du. Ich bring das irgendwie nicht zusammen.«

Gerhard beugte sich ein wenig über den Tisch, der Geruch seines Rasierwassers wehte bis zu ihr. »Du kümmerst dich zu viel um ihn. Lass ihn doch.«

»Wenn ich das bloß könnte.« Sie legte, als helfe ihr das weiter, ihre Handflächen aneinander. »Ich habe keine Ahnung, woran ich bei ihm bin. Woran ich mich halten soll. Dabei leben wir im selben Haus.«

»Du machst aus einer Mücke einen Elefanten«, sagte Gerhard. »Ich habe den Eindruck, dass du jemanden suchst, an dem … Ach was!« Er stand auf und verschwand, sichtlich verärgert, im Badezimmer; Margret hörte, wie er lautstark die Zähne putzte, und vernahm das Plätschern seines Urinstrahls. »Schließ bitte die Tür!«, rief sie hinauf. Er tat es.

Es war nun Anfang Dezember, eine graue Wolkendecke hing über der Stadt, ab und zu fiel ein wenig Schnee, der bald ebenso grau wurde, rasch schmolz und schmutzige Pfützen hinterließ. Diese Dauertrübnis konnte auch die Weihnachtsbeleuchtung in den Einkaufsstraßen nicht bannen.

Eines Abends kam Gerhard in merklicher Erregung nach Hause. »Hast du es schon gehört?«, fragte er. »Sie haben ihn gefasst.«

Sie wusste erst nicht, was er meinte. Aber als er sie triumphierend anschaute, erriet sie es. »Ist es …«

»Ja. Es kam eben in den Nachrichten, im Lokalradio. Ein junger unauffälliger Mann, das Phantombild hat zu ihm geführt. Nachbarn haben, unabhängig voneinander, auf ihn hingewiesen. Er bestreitet offenbar seine Schuld, aber es ist wohl nur eine Frage von Stunden, bis er gesteht. Die wissen genau, wie sie Verhöre führen müssen.«

Die Erleichterung, die sich schlagartig in Margret ausbreitete, war so unbändig, dass sie beinahe ohnmächtig wurde. Es war eine Art Jubel, in dem sie nur eine Botschaft hörte: dass ihr Verdacht sich in nichts aufgelöst hatte. Sie stand am Herd und hielt sich mit beiden Händen am Griff der Ofentür fest. »Dann ist es ja gut«, sagte sie schwach. »Sehr gut ist das, darauf haben wir doch gewartet, nicht wahr?«

Gerhard trat von hinten an sie heran und umarmte sie. »Jetzt ist alles wieder gut«, sagte er ihr ins Ohr. Sie drehte sich um, ließ sich auf den Mund küssen, was sie schon lange nicht mehr geduldet hatte.

Sie schlief nach einer ganzen Flasche Wein, die sie geleert hatten, traumlos in dieser Nacht. Gerhard, der zeitig aufstand, weckte sie nicht, machte sogar das Frühstück, wie früher, wenn sie einmal etwas zu feiern hatten.

Die Erleichterung trug Margret durch den Tag, hielt auch noch in der Deutschstunde mit Antoine und Esta an, fast übermütig benahm sie sich. Antoine schaute sie staunend an, ein Strahlen ging über sein Gesicht, das so verlockend dunkel glänzte, dass Margret es am liebsten gestreichelt hätte.

Doch alles war nur Schein und Irrtum. Vom mutmaßlichen Täter und einem allfälligen Geständnis vernahm man nichts mehr. Margret, die nun die Zeitungen minutiös durchforschte, wurde misstrauisch. Einige Tage später kam es zum nächsten Gewaltakt; die Polizei hatte einen Unschuldigen verhaftet, sie musste ihn aus der Untersuchungshaft entlassen. Margret wollte es erst nicht glauben, überließ sich dann der Ernüchterung wie einem heftigen und andauernden Schmerz; auch die Angst im Dunkeln stellte sich erneut ein. Der Überfall war nach dem gewohnten Muster abgelaufen, jedoch in einer völlig neuen Gegend. Alle zusätzlichen Kontrollgänge und -fahrten der Polizei, die Alarmbereitschaft der Bevölkerung, die Schutzmaßnahmen der jungen Frauen hatten nichts genützt. Eine zwanzigjährige Krankenschwester auf der Heimfahrt vom Spätdienst war, gegen ein Uhr morgens, auf einem buschgesäumten Seitensträßchen vom Rad gezerrt und gewürgt worden, dann hatten Messerstiche das Herz knapp verfehlt. Die Frau war bewusstlos gewesen, als sie ein Jogger in der Morgendämmerung fand, sie hatte danach zwei Tage im Koma gelegen. Es war, wie das vorherige Mal, eine lebensgefährliche Attacke, vermutlich mit sexuellem Hintergrund. Ob das Opfer bleibende Schäden davontragen würde, blieb unklar. Die Spurensicherung entdeckte, an einen Zweig gespießt, einen Zettel, auf dem jemand in steilen Großbuchstaben geschrieben hatte: IHR KRIHGT MICH NICHT!!! Der Aufruhr in den Medien war enorm, jetzt warfen Politiker jeglicher Couleur der Polizei Versagen vor. Besonders hassenswert erschien den Kommentatoren der Triumph, den der Täter in seinem höhnischen und zugleich kindlich anmutenden Satz ausdrückte. Die Schrift, hieß es auf der Pressekonferenz, sei vermutlich stark verstellt, der Fehler fingiert; die Spezialisten hätten keine Fingerabdrücke und keine DNA-Spuren gefunden; der Täter gehe mit äußerster Sorgfalt vor. Die

Stadtregierung ließ verlauten, leider sei es unmöglich, das ganze Straßennetz im Umkreis von zehn Kilometern allnächtlich zu überwachen; sie rief erneut und dringlicher auf zu Wachsamkeit, zu Begleitschutz, zum vorläufigen Verzicht aufs Ausgehen in der Dunkelheit. Alles schon gesagt, alles schon gehört. Als die Schwerverletzte zu einer Aussage fähig war, zeigte sie sich entschlossen, das Ihre zur Ergreifung des Täters beizutragen. Leider habe sie den Pfefferspray, den sie bei sich trage, nicht schnell genug zücken können, und hätte er sie nicht derart überrascht, hätte sie versucht, ihn mit Kung Fu, das sie seit drei Jahren erlerne, kampfunfähig zu machen. Sie hatte kurz das entblößte Gesicht des Täters gesehen und lieferte die bisher genauste Beschreibung. Ein Wort hatte er aus nächster Nähe mit heiserer und hoher Stimme hervorgestoßen: Schlampe! Ihre Aussagen ermöglichten ein verbessertes Phantombild, dazu reproduzierten die Zeitungen den Zettel und fragten, ob jemand an bestimmten Merkmalen die Schrift erkenne, auch wenn sie vermutlich verstellt sei.

Margret wollte dies alles übersehen und sah und las es dennoch. Die seltenen Male, wenn sie Beat draußen antraf, vermied sie es, ihn direkt anzuschauen. Sie brachte die Stimme in sich, die den bösen Verdacht äußerte, zum Schweigen, sie sprach mit niemandem darüber, vergaß auf gewisse Weise sogar den eigenen Sohn. Das Wetter besserte sich nicht, im Gegenteil, nun hockte bis weit in den Nachmittag ein dichter Nebel zwischen den Häusern. Sie hielt es nicht mehr aus, wollte Licht, Helligkeit. Sie fragte Valeria, ob sie Lust habe, mit ihr ein paar Tage wegzufahren, ins Engadin vielleicht, wo derzeit die Sonne schien. Valeria sagte ohne Umstände zu, sie sei nach einer turbulenten Zeit – das betraf ihre Liebesbeziehung – auch erholungsbedürftig. Margret hatte so viele Überstunden angehäuft, dass es für ein paar bezahlte Ferientage reichte. Ihre Chefin hatte zunächst wenig Verständnis dafür, dass Margret ausgerechnet in der Vorweihnachtszeit dringend an die Sonne wollte. Ob sie krank sei, fragte sie. Margret schüttelte den Kopf: Müde sei sie, wegen all ihrer Verpflichtungen ziemlich überarbeitet, sie müsse einfach mal den Kopf durchlüften, sich im Freien bewegen, Kräfte sammeln. Die Chefin stimmte der Absenz zögernd zu, was darauf hindeutete, dass Margret inzwischen als wertvolle Arbeitskraft galt: »Also gut, aber in den letzten Tagen vor Weihnachten geben Sie Vollgas, ja?« Margret dankte für das Verständnis, die Chefin wünschte alles Gute. Den freiwilligen Deutschunterricht abzusagen war weniger schwierig; die Stunde fiele einfach mal aus. Gerhard, den sie als Letzten ins Bild setzte, musterte sie forschend; er komme auf jeden Fall ohne sie zurecht, sagte er, sie solle sich mit Valeria gründlich aussprechen und durchatmen, dann verschwinde hoffentlich ihre Bedrücktheit.

12
Margret

In Schnee und Kälte

In die Berge also, ins Unterengadin. Valeria hatte in Guarda eine Pension ausfindig gemacht, ein Eckzimmer mit Aussicht ins Tal war frei. Wir fuhren am Montagmorgen weg, wir leisteten uns erste Klasse und waren beinahe die Einzigen im Waggon. Valeria hatte eine ganze Winterausrüstung mit Thermoanzug und fellgefütterten Stiefeln eingepackt, ich begnügte mich mit meiner alten Windjacke, einigen Pullovern und dicken Jeans samt wollenen Leggings. Schon in Landquart, als wir in die Rhätische Bahn umstiegen, war die Sonne zu ahnen. Auf der Höhe von Klosters, wo schon ein halber Meter Schnee lag, brach sie vollends durch, und nach dem Vereina-Tunnel tauchten wir in ein gleißendes, beinahe unwirkliches Licht. Diese Lichtschwemme, die ans Zugfenster drängte, war kaum zu ertragen, ich wusste nicht, warum mir plötzlich die Tränen kamen.

»Ach nein«, murmelte Valeria und tätschelte meine Hand. »Freu dich! Friede, Sonne, Schnee, mehr kannst du dir gar nicht wünschen.«

Ich nickte und hoffte, meine Beängstigung würde in diesem Licht schwinden. Am Nachmittag erreichten wir die Talstation von Guarda, die allerdings schon im Schatten lag. Der kleine Postbus brachte uns hinauf ins Dorf mit der Kirche und den alten Engadinerhäusern, die unter der Schneelast von alten Zeiten träumten. Nun waren wir wieder im Licht. Für eine oder anderthalb Stunden noch würde die Sonne über den Bergen stehen. Sie schien schräg in unser großes Pensionszimmer am Dorfrand, und ich schob gleich die altmodischen Spitzenvorhänge zur Seite, um sie hereinzulassen.

»Minus fünfzehn Grad«, sagte der Besitzer, der eigenhändig die Koffer zu uns herauftrug. »Ziehen Sie sich warm an, wenn Sie noch spazieren gehen.«

Er hatte recht; je tiefer die Sonne sank, desto kälter wurde es. Wir gingen zwischen den Häusern hindurch zum Brunnen, den ich aus einem berühmten Kinderbuch kannte. Ich hatte meinem kleinen Sohn die Geschichte vom Schellen-Ursli viele Male erzählt und ihm die Bilder gezeigt. Immer wieder hatte Sebastian mitgelitten, wenn der Ursli für den Frühlingsumzug, bei dem der Winter ausgetrieben wurde, nur eine kleine Glocke, eine Schelle, bekam, und immer wieder hatte er sich unbändig gefreut, wenn der Gehänselte heimlich durch den tiefen Schnee zum Maiensäß stapfte und dort eine große, laut läutende Kuhglocke fand, eine Treichel, mit der er dann zum guten Ende den Umzug rund um den Brunnen anführen durfte. Tempi passati, dachte ich und versuchte, während Valeria die Sgraffiti an den Hauswänden betrachtete, die aufsteigende Rührung zu bekämpfen.

»Die Fenster sind ja so winzig«, sagte Valeria, »das hatte ich ganz vergessen. Da drin würde ich auf die Dauer klaustrophobisch werden.«

Wir gingen am Dorfausgang in ein offenes Feld hinein,

die Straße war von hohen Schneewälmen begrenzt, zudem vereist, wir drohten, trotz des ausgestreuten Kieses, dauernd auszurutschen und hielten uns lachend aneinander fest. Als es zu dämmern begann, kehrten wir in die Pension zurück, wärmten uns mit einem Tee Rum auf, den wir im Zimmer tranken. Beim frühen Abendessen waren wir die einzigen Gäste. Die Wirtsstube roch nach Arvenholz und dann nach Zwiebeln und Speck, Zutaten der Engadiner Spezialität Capuns – in Mangoldblätter gehüllter Spätzleteig –, die sich Valeria ausdrücklich gewünscht hatte. Auch sie ließ Erinnerungen aufleben, als Kind war sie mit ihren vermögenden Eltern oft in Scuol-Tarasp gewesen, in einem Grandhotel, und den Geschmack von Capuns hatte sie nie vergessen. Ich mochte sie nicht besonders und ließ die halbe Portion stehen.

»Du hast ja recht«, sagte Valeria und tätschelte ihren Bauch, »ich sollte mich zurückhalten. Aber was soll's, *you only live once*.«

Und damit schenkte sie uns beiden das Weinglas wieder voll; von der Flasche Blauburgunder hatte sie doppelt so viel getrunken wie ich. Es reichte für eine wohltuende Leere im Kopf. Ich hörte nur halb hin, als Valeria auf ihren Lover zu sprechen kam. Nach der anfänglichen Vergnügtheit geriet Valeria ins Weinerliche. Die Beziehung gehe wohl doch in die Brüche, gestand sie, ihr Erfahrungsvorsprung belaste Manuel in einem ungesunden Maß, so dass er ständig dominieren wolle, und das ertrage sie nicht. Ich hörte zu, gab hin und wieder mit Gesten und Lauten ein bestätigendes Signal, es hatte keinen Sinn, die Freundin in diesem Zustand herauszufordern. Meine eigenen Nöte ließ ich an diesem

Abend ruhen, ich war erleichtert, dass sie nicht gleich an die Oberfläche drängten.

Im Zimmer mit den zwei zusammengeschobenen Einzelbetten wollte Valeria sich die Spätausgabe der Tagesschau anschauen, ich wünschte dagegen, die Idylle hier oben nicht durch Elends- und Kriegsbilder anzutasten. Valeria spottete ein wenig über diese Scheinromantik, fügte sich aber. Lange lagen wir wach in unseren Betten, murmelten das eine oder andere Halbverständliche. Als Valerias Atem in leises Schnarchen überging, stand ich auf, trat im Nachthemd und in Filzpantoffeln ans Fenster und zog den Vorhang zurück. Wir hatten vergessen, die Läden zu schließen. Der Himmel draußen war tiefschwarz, aber voller Sterne, flimmernden Lichtpunkten, die sich dem Auge zu entziehen schienen und sich dann hier und dort zu kleinen Punktbündeln zusammenschlossen, Öffnungen in der Schwärze. Es mochte ein Uhr sein oder später. Kein Laut zu hören, über der Schneefläche zur Linken lag ein schwacher Schimmer, den ich erst nach einer Gewöhnungszeit wahrnahm, das Feld war ein gewaltiges bleiches Tuch mit Erhebungen und Senken. Ich schlüpfte wieder unter die Decke, bewegte die Zehen und wartete darauf, dass die eiskalten Füße wärmer würden. Valeria schnarchte nicht mehr, es war so still, dass ich glaubte, mein Herz pochen zu hören, unregelmäßig schlug es, stürmisch, dann wieder langsamer, es war ein Lebenszeichen. Und jedes Knacken im Holz bestätigte mir, dass die Zeit nicht festgefroren war, dass es weiterging, auch mit mir.

Wir blieben drei Tage, bei schönstem Wetter. Immer noch blauer schien mir der Himmel. Wir mieteten zwei Holzschlitten, das traditionelle Davoser Modell, wir zogen sie bergwärts, bis wir ins Schwitzen gerieten. Beim Hinunterfahren flogen unsere Schatten neben uns her wie die von großen Vögeln. Valeria stellte sich trotz ihres Gewichts erstaunlich geschickt an, und ich wagte jedes Mal mehr, legte mich in die Kurven, wie ich es als Kind gelernt hatte, spürte den Fahrtwind im Gesicht, hörte das Knirschen der Kufen, und wenn ich oder Valeria vom Weg abkamen, wenn der Schlitten kippte und wir im Weichen landeten, brachen wir in stürmisches Gelächter aus, halfen uns gegenseitig auf die Beine und klopften uns den Schnee von den Kleidern. Mittags setzten wir uns an einer Stelle mit weiter Aussicht auf die Schlitten, aßen ein Sandwich, schälten eine Orange, schauten ins Tal und hinüber zum Gegenhang, über den sich der Wald zog wie eine sorgsam angelegte schwarzgrüne Bänderung. Ich fand endlich Worte für meine Sorgen, für den Verdacht, dass mit unserem Mieter etwas nicht in Ordnung sei und er doch ein wenig diesem ominösen Phantombild gleiche, das mich bis hierher verfolge. Ich warf mir selber vor, dass ich Gespenster sähe, und andrerseits, dass ich es zu früh aufgegeben hätte, mit Beat einen wirklichen vertrauensvollen Kontakt zu finden.

»Du machst dir das Leben schwer mit deinem Verdacht«, sagte Valeria, deren Wangen von der Höhenluft und der Sonne dunkelrot geworden waren. »Wenn du konkrete Hinweise hast, dann melde dich bei der Polizei.«

»Die habe ich nicht.« Ich beugte mich vor und zeichnete mit dem Zeigefinger Linien in den Schnee. »Es sind Ahnungen, Zweifel. Ich denke dauernd, dass ich mir alles einbilde und mich bloß lächerlich machen würde.«

Valeria veränderte ächzend die unbequeme Lage auf dem Schlitten. »Vielleicht siehst du wirklich Gespenster. Aber es ist nicht unmöglich, dass tatsächlich etwas dahintersteckt.«

»Eben.« Ich rieb mir die Hände und hauchte daran. »Du hast mich ja aufgefordert, dem Mann seine Privatsphäre zu lassen. Auch Gerhard nimmt mich nicht ernst. Und jetzt …«

»Ich kann es dir nicht abnehmen«, sagte Valeria, beinahe schroff. Sie stand mühsam auf, dehnte die Arme über dem Kopf.

Ich blieb sitzen. »Weißt du, wenn es wirklich so wäre … Das wäre furchtbar … Ich könnte es nicht ertragen.«

Mir schien es, das Licht habe sich um eine Spur verdüstert, und tatsächlich schlich gerade eine kleine Schleierwolke vor die Sonne. Diese Symbolik ärgerte mich, und doch nahm ich mir in diesem Moment vor zu handeln, heute noch, spätestens am nächsten Morgen, und plötzlich hoffte ich inständig, dass in der Zwischenzeit der Täter nicht erneut zugestochen hatte.

»Dann melde dich am besten gleich jetzt!« Valeria hatte den Zugriemen ihres Schlittens ergriffen, sie zog ihn zwei Schritte weiter und trat am Straßenrand tiefe Spuren in den Schnee. »So findet die arme Seele endlich Ruhe, meinst du nicht?«

Wir fuhren, dicht hintereinander, ins Dorf zurück.

Im Zimmer, noch in den Winterkleidern, wählte ich die Sondernummer der Polizei, unter der Hinweise zu den Bluttaten entgegengenommen wurden. Ich hatte sie auf einen Zettel notiert. Lange erklang das Besetztzeichen, dann versprach eine Computerstimme, der Anruf werde gleich beantwortet. Die Ansage wiederholte sich nach einer Minute, dann wieder und wieder. Entnervt unterbrach ich die Verbindung.

Beim Abendessen lag das Handy auf dem Tisch. Jeder Anrufversuch lief gleich ab, nach acht Uhr gab es indessen eine neue Ansage: Die Meldestelle sei erst am nächsten Morgen wieder besetzt, man könne eine Nachricht hinterlassen. Das wollte ich nicht. Ich wollte mit jemandem persönlich reden, mit einem Menschen, der mir zuhörte, der meine Lage verstand. Ich nahm kaum wahr, was ich aß, und war nicht fähig, auf Valerias Ablenkungsversuche einzugehen. Ich hätte gerne tief geschlafen, aber ich lag, abgesehen von kurzen und grellen Träumen, stundenlang wach, versuchte alle paar Minuten, meiner schmerzenden Oberschenkel wegen, eine bequemere Lage zu finden. Hätte ich doch den Schlitten nicht so stark gebremst, warf ich mir vor und versuchte, die Muskeln zu lockern. Die Kurzträume verfolgten mich wie eine Meute bissiger Hunde. Dieses Mal tanzte ich nicht, weder beschwingt noch plump und erdenschwer, wie in manchen Nächten zuvor. Ich sah einen nackten Mann von hinten, mit blutigen Striemen auf dem Rücken. Ich wurde von einem Fluss mitgerissen. Ich sah Gerhard und wusste, dass er blind geworden war. Laura – oder eine wie sie – drückte mich gegen eine Bücherwand und schrie mir ins Ohr: »Allen Dreck lässt du liegen!« Und Beat war da, Beat, auf dem Fahrradsattel balancierend, er drohte auf mich zu fallen.

»Du bist so unruhig«, hörte ich Valeria neben mir sagen.

»Hast du Schlaftabletten bei dir?«, fragte ich.

»Nein.« Und nach einer langen Pause: »Gib mir deine Hand.«

Ich zögerte, streckte dann die Hand zum andern Bett hinüber, Valeria ergriff sie und massierte sanft meinen Daumenballen. »Viel zu kalt«, murmelte sie. Und in der Tat floss das Blut allmählich bis in die Fingerspitzen, es war ein Trost. Ich wurde ruhiger, schlafschwer, sank für eine Weile ins Vergessen.

Als der Klingelton meines Handys mich weckte, hatte ich keine Ahnung, wo ich war, spürte bloß eine Dumpfheit, die den ganzen Körper besetzte. Als wäre ich aus Filz, dachte ich als Erstes. Die Xylophonmelodie wollte nicht aufhören.

»Nimm doch ab«, sagte unwillig Valeria neben mir und machte Licht. »Es ist halb sieben. Das muss wichtig sein.«

Geblendet tastete ich nach der Störquelle auf dem Nachttischchen, dann las ich vom grün leuchtenden Display ab, wer mich frühmorgens anrief: Gerhard.

Ich meldete mich im Liegen. Vom ersten Wort an spürte ich seine Aufregung; er konnte kaum sprechen.

»Ich glaube … ich glaube, du musst sofort heimkommen … Tut mir leid … Es ist … Es ist etwas passiert …«

Der Atem stockte mir, meine Zunge war sekundenlang gelähmt, dann gelang es mir, den Namen auszusprechen, der gleich vor mir gestanden hatte wie eine schier unüberwindbare Hürde: »Beat?«

Gerhard schwieg, sein Atem rauschte in meinem Ohr. Hatte er mich nicht verstanden? Dann sagte er, immer noch mit hörbarer Anstrengung: »Die Polizei ist da … Sie haben ihn vor einer halben Stunde verhaftet ... vom Bett weg ... Zehn Leute, mindestens ...«

Also doch. Und es war kein Alptraum, es war finsterste Realität, und das Schlimmste war: Ich hatte es erwartet. »Ist er ...«, fragte ich, »ist er ...«

Gerhard fand allmählich seine Sprache wieder. »Sie sagen nichts Genaues ... Aber da besteht dringender Tatverdacht, auf jeden Fall ... Sie haben ihn abgeführt, in Handschellen ... er hat sich nicht gewehrt ... Jetzt durchsuchen sie alles, drüben, unten im Keller, es ist grauenhaft ...« Eine schwer verständliche Stimme neben Gerhard mischte sich ein. »Du sollst so schnell wie möglich kommen, sie wollen uns beide vernehmen ... Es ist dringend, verstehst du?« Die andere Stimme, eine tiefere und nicht unangenehme, war plötzlich an meinem Ohr: »Frau Sandmaier? Entschuldigen Sie bitte die Unannehmlichkeiten. Wir sind leider gezwungen, so zu handeln ... Ich denke, die Durchsuchung und Spurenaufnahme dauert den ganzen Tag. Wenn Sie am frühen Nachmittag hier sein könnten, wäre es sehr hilfreich ... und vor allem wäre es dann nicht nötig, dass Sie und Ihr Mann ins Kommissariat kommen. Wir müssen ja auch noch die Nachbarn befragen ...«

»Es ist gut, ich mache mich auf den Weg«, sagte ich, und ich spürte, dass Valeria, die herangerückt war, mich an der Schulter berührte; das gab mir den Mut zu fragen, ob Beat gestanden habe.

Der Polizist räusperte sich. »Sie werden es auf jeden Fall so früh wie möglich erfahren. Ich gebe jetzt das Handy Ihrem Mann zurück.«

Ich dankte und wusste eigentlich nicht, wofür. Ich wollte

nicht, dass Gerhard mich am Telefon zu trösten oder aufzumuntern begann; er war ja selbst völlig durcheinander. Ich wiederholte den Satz, den ich eben gesagt hatte: »Es ist gut, ich mache mich auf den Weg.« Ohne Gruß beendete ich das Gespräch, lag dann eine Weile völlig reglos da, atmete kaum.

»Mach das Licht aus«, sagte ich endlich, und Valeria gehorchte mir sofort, sie hatte bestimmt das meiste mitgekriegt. Es war draußen immer noch stockdunkel, mit einer ersten Ahnung von etwas Hellerem, und ich hätte am liebsten in einem Walfischbauch gelegen und mich nie mehr gerührt.

»Jetzt weißt du es also«, sagte Valeria tröstend und zugleich nüchtern. »Du musst jetzt stark sein. Du musst dich der Situation stellen.«

Ich schrie so unbeherrscht, dass ich selbst erschrak: »Hör auf mit deinen Floskeln! Das hilft mir jetzt gar nichts!«

Stille, ein begütigender Laut vom Nachbarbett. »Sorry.«

Ich strampelte die Decke weg, knipste das Licht auf meiner Seite an, stand ruckartig auf. »Ich ziehe mich an. Bleibst du hier?«

»Was denkst du denn?« Valeria bewegte sich auf ihrem Bett, so dass die Federn quietschten. »Ich glaube kaum, dass du in der Lage bist, allein zu reisen. Ich begleite dich, völlig klar. Ich schaue gleich nach, wann die Züge fahren.«

»Danke«, murmelte ich und war wider Willen gerührt. Ziellos nestelte ich an meinen Kleidern herum, die über einer Stuhllehne hingen, ging dann mit dem Nötigsten ins Badezimmer, ich netzte mir das Gesicht mit eiskaltem Wasser, vermied es, mich im Spiegel anzuschauen. Nun dämmerte es doch. Auch Valeria hatte sich schon halb angezogen.

»Das wird mich ewig verfolgen«, sagte ich.

Valeria schwang unwillig ihr Handy hin und her, als wolle sie diesen Satz schleunigst wegwedeln. »Jetzt frühstücken wir erst mal. Um neun können wir fahren, dann sind wir am frühen Nachmittag zu Hause. Ist das gut so?«

Ich nickte, und Valeria verschwand nun ihrerseits im Bad, kam nach zehn endlos scheinenden Minuten geschminkt heraus. Einen Moment sah es aus, als wolle sie mich umarmen, aber dann ließ sie es bleiben. Der joviale Besitzer, den Valeria über die verfrühte Abreise ins Bild setzte, gewährte einen Rabatt auf den Gesamtpreis. Ob etwas passiert, jemand in der Familie krank geworden sei, wollte er wissen. Valeria erfand irgendetwas, das konnte sie gut. Seinem forschenden Blick hatte ich angemerkt, dass er sich fragte, ob wir ein lesbisches Paar seien. Er hoffe auf ein Wiedersehen im Bergfrühling, sagte er, wir würden staunen über die Blumenpracht auf den Wiesen. Und er bestand darauf, uns persönlich zur Bahnstation hinunterzufahren.

Um zehn vor neun saßen wir im Zug. Wir sprachen nur wenig. Die Landschaft zog an mir vorbei und bewirkte, trotz ihrer Schönheit, nichts in mir. Ich fühlte mich im langen Tunnel, den wir schon bald durchfuhren, sicherer als draußen im Tageslicht. Die Fensterscheiben schienen mir dünn und brüchig, es wäre mir keinen Moment eingefallen, mich wie Valeria dagegenzulehnen. Ich war voller Angst, hatte keine Ahnung, was mich zu Hause erwartete, es war das quälende Gefühl, einer schwierigen Prüfung entgegenzufahren, die ich unmöglich bestehen konnte. Beim Umsteigen in Landquart verließ mich plötzlich die Kraft, ich vermochte den Rollkoffer kaum noch zu ziehen, geschweige denn die Stufen zum wartenden Intercity hochzuheben. Jemand half mir, nicht Valeria, die mit ihrem eigenen Riesending beschäftigt war, sondern ein älterer Mann, dessen Gesicht ich sogleich vergaß. Als ich endlich ins Polster des Erstklass-Abteils zurücksank, ließ mein Keuchen lange nicht nach.

Vielleicht sei ja ein Arzt im Zug, sagte Valeria besorgt, sie wolle den Zugbegleiter bitten, über Lautsprecher nach einem zu fragen.

Ich schüttelte den Kopf. »Es geht vorbei«, sagte ich, »es geht vorbei.«

Dass sich Valeria nun neben mich setzte und meine Hand hielt, schlug ich nicht aus. Ich trank eine Flasche Mineralwasser von der Minibar fast ganz aus.

»So etwas kann doch geschehen«, sagte Valeria mir ins Ohr. »Deswegen brauchst du nicht zusammenzubrechen. Bezieh es nicht auf dich.«

Ich nickte. »Aber es kann geschehen, dass die eigene Welt zusammenbricht. Und was machst du dann?«

»Ach was!« Valeria setzte sich, in einem ihrer überraschenden Anfälle von Schroffheit, zurück auf ihren Platz. »Die Welt dreht sich weiter. Und du dich um dich selbst. Merkst du das nicht? Es hilft dir nicht.« Nach einer Schweigeminute wurde sie wieder sanfter. »Ich bin auf jeden Fall für dich da, was auch immer geschieht. Hast du das verstanden?«

Ich nickte wieder, eine selbstverständliche Bewegung, es

war schwierig, ja unmöglich, sie mir abzugewöhnen. Ich mochte nichts essen, nur trinken. Beim zweiten Durchgang der Minibar kaufte ich mir erneut Mineralwasser, auch wenn mir ein Rotwein lieber gewesen wäre.

»Du säufst ja wie eine Kuh«, versuchte Valeria zu scherzen. Sie las nun doch in einem Buch, einem englischen Thriller, legte es zwischendurch zur Seite und schaute mich an. Ich saß mit im Schoß gefalteten Händen da, versuchte zu dösen. Irgendwann stand ich auf, ging mit unsicheren Schritten zur Toilette, schloss mich ein, saß lange auf dem kalten Kunststoffsitz. Ich erinnerte mich an das Zugklosett früherer Jahre, an das Loch, unter dem ein Streifen Erde durchschoss, daran, wie das Papier, das ich hineinwarf, weggesaugt, weggewirbelt wurde, an meine kindliche Angst, dass von unten plötzlich etwas, ein krötenartiges Wesen, heraufschießen, mich angreifen, sich an meinem Hintern festbeißen könnte. Jetzt war alles geregelt, gezähmt. Die Spülung rauschte bloß sekundenlang, die Schüssel wurde desinfiziert, die Öffnung, in der die Ausscheidungen verschwanden, schloss sich gleich wieder mit einem Zischen. Aber ich? Was sollte ich nun tun? Wie mich verhalten? Keine Antworten. Und der Mund, um Valeria zu fragen, ging mir nicht auf, wollte nicht aufgehen.

13
Margret

Ein besetztes Haus

Ankunft um halb zwei, früher Nachmittag. Die Stadt lag unter einer Hochnebeldecke, hier und dort ein wenig Schnee, ein Hauch nur, ohne Zuversicht. Die eiligen Leute in der Bahnhofshalle erschreckten Margret, dauernd musste sie ihnen ausweichen, bewegte sich plump und ungeschickt. Im Schaufenster einer Apotheke blinkten Sterne, ein Weihnachtsmann verteilte unter der großen Abfahrtstafel Schokoladenkugeln.

Valeria fuhr im Taxi mit ihr zum Haus am Hang. Den Platz davor versperrten drei oder vier Polizeifahrzeuge. Die markierten Parkfelder waren leer. *»Dio mio«*, sagte der Fahrer, »was ist denn hier los?« Das Grundstück war umgeben von roten Plastikbändern, die Unbefugten den Zutritt untersagten. Ein Uniformierter hielt am Eingang Wache, bedeutete dem Taxifahrer mit Handzeichen zu wenden und wegzufahren. Margret stieg aus, bekam ihren Koffer überreicht, sie hatte kaum Zeit, sich von ihrer Freundin zu verabschieden. Die hatte die Scheibe heruntergekurbelt und rief ihr zu: »*Good luck*, meine Liebe!«

»Ich wohne hier«, sagte Margret der Wache, die sie erst durchließ, nachdem sie ihre Identitätskarte vorgewiesen hatte. Drinnen, im Haus, ein Gewimmel von fremden Menschen, alle in Bewegung, alle beschäftigt, halblaute Dialoge, die Tür zum Studio weit offen, Metallkoffer lagen da. Draußen im Garten stocherten zwei Männer in weißen Schutzanzügen mit langen Stangen im Gras herum. Margret blieb mit dem Koffer stehen wie festgebannt, wurde angesprochen, nannte ihren Namen. Dann kam Gerhard von irgendwoher, umarmte sie, hielt sie fest, er sah erschöpft aus, seine Wange kratzte, er roch nach Aftershave und nach Schweiß, er hatte offenbar keine Zeit gehabt, sich am Morgen zu duschen.

»Das dauert schon den ganzen Tag«, sagte er. »Das hört gar nicht mehr auf. Erst waren die meisten weg, jetzt sind sie wieder da. Im Heizungskeller waren sie, überall.« Und anklagend, als sei sie schuld: »Ich habe meine Vorlesung absagen müssen.«

Sie zogen sich in die Küche zurück, ließen auf Anordnung des Einsatzchefs die Tür halb offen. Sie setzten sich an den Frühstückstisch, tranken Ingwertee mit Zitrone, aßen nichts. Erst jetzt bemerkte Margret, dass sie noch ihre Reisekleidung trug, es war ihr egal, bloß die Jacke zog sie aus, blieb aber in den Winterschuhen. Gerhard erzählte in mehreren verworrenen Anläufen, dass er um sechs aus dem Bett geholt worden sei. Eine koordinierte Aktion. Die Polizei habe das Haus umstellt und mit Scheinwerfern angeleuchtet. Der Mieter sei völlig überrascht gewesen, habe sich nicht gewehrt. Er sei in Handschellen durch den Garten abgeführt worden, totenbleich sei er gewesen, Gerhard habe im Morgenmantel zugeschaut, durch das große Fenster zur Terrasse, und Margret dachte unwillkürlich, dass vor Monaten auch Sebastian diesen Weg mit seiner Habe gegangen war und was er zu dieser Verhaftung sagen würde.

»Wie der sich so gut tarnen konnte«, sagte Gerhard, »diese ganze Harmlosigkeit, die er uns vorspielte! Wie sind die jetzt auf ihn gekommen?«

Einer trat zu ihnen herein, dann ein Zweiter, beide ohne Uniform, Männer um die vierzig, makellos rasiert, dabei waren sie doch schon seit Stunden unterwegs. Sie hatten ein Tonbandgerät bei sich, legten es, mit Notizblöcken und ihren Handys, auf den Tisch, als sie sich zum Ehepaar setzten. Die Tasse Tee, die Margret ihnen anbot, lehnten sie höflich ab. Sie stellten sich vor als Althaus und Brunner.

»Ich habe Ihnen doch schon alles gesagt«, hielt Gerhard ihren forschenden Mienen entgegen.

»Wir fangen einfach von vorne an«, sagte Althaus. »Vielleicht hat Ihre Frau anderes beobachtet als Sie.«

Sie spielten sich gegenseitig Stichworte zu, fragten abwechselnd nach dem ersten Kontakt mit dem Mieter, nach der Art des Zusammenlebens im Haus, nach seinen Eigenheiten, nach seinem Tageslauf, ob es dabei starke Abweichungen gegeben habe, wann er weggegangen, wann er heimgekommen sei, ob es am Wochenende anders gewesen sei, was für Besucher er gehabt habe, wie häufig, wie lange sie geblieben seien. Es war eine endlose Liste von Fragen, die sie durchgingen und auf ihrem Notizblock sorgsam abhakten. Margret sagte, was sie wusste, es war wenig genug. Sie betonte Beats Zurückgezogenheit, sein beharrliches Schweigen, sie sagte nichts von ihren Ahnungen, ihrem beginnenden Argwohn. Manchmal begann das Blickfeld, in dem die Befrager saßen, zu flimmern, zu schwanken, sie hielt sich mit den Händen am Tisch fest und hoffte, das errege keinen Verdacht. Gerhard blieb wortkarg, verbarg seinen Unwillen nicht. Plötzlich klingelte ein Handy auf dem Tisch, bewegte sich leicht durch die Vibrationen. Brunner – er hätte wirklich der bebrillte Bruder von Althaus sein können – antwortete mit »Ja?«, er hörte eine Weile konzentriert zu, hob mehrmals die Augenbrauen. »Tatsächlich?«, fragte er, nickte bedeutungsvoll, beendete dann das Gespräch und ging mit dem Kollegen, auf einen Wink hin, kurz hinaus. Dieses Mal schlossen sie die Tür hinter sich. Margret und Gerhard hatten gar keine Zeit, Vermutungen anzustellen, da kamen die beiden schon wieder zurück.

»Wir können die Sache abkürzen«, sagte Althaus mit unverhohlener Erleichterung. »Der Verdächtige hat gestanden, in vollem Umfang.«

Brunner setzte sich wieder und schaltete das Aufnahmegerät aus. »Das ist eher selten in solchen Fällen. Sie leugnen oft sehr lange, bis wir alles haarklein beweisen können.«

»Gestanden«, wiederholte Margret und suchte nach dem Sinn der Wendung *in vollem Umfang*.

»Was heißt das für uns?«, fragte Gerhard.

»Nichts weiter«, sagte Althaus. »Sie hatten ja keinen Grund, den Täter zu decken.«

»Außer«, fügte Brunner mit einem knappen Lächeln hinzu, »dass Sie vielleicht um eine Spur aufmerksamer hätten sein können. Hellhöriger.«

»Wie meinen Sie das?« Nun begehrte Gerhard deutlich auf, und Margret, die ihre Fassung wiedergefunden hatte, legte rasch ihre Hand auf seine. »Hätten wir unseren Mieter kontrollieren sollen? Mit dem Ohr an der Wand? Mit der Stoppuhr messen, wann er vom Training zurückgekommen ist?«

»Nein.« Althaus schüttelte den Kopf. »Das ist ja nicht die Aufgabe des Vermieters. Aber Verdachtsmomente hätte es vielleicht doch …«

Brunner unterbrach den Kollegen: »Lassen wir das. Sie müssen später noch das Protokoll unterzeichnen. Keine große Sache.« Er lehnte sich ein wenig über den Tisch zum Ehepaar hinüber. »Ich muss Ihnen noch etwas Unangenehmes sagen. Wir haben im Studio eine Menge Filme auf DVD gefunden, viele mit …« Brunner verstummte einen Augenblick und wirkte verlegen.

Gerhard rutschte auf seinem Stuhl zurück und griff sich flüchtig an die Stirnnarbe. »Ja? Was ist es?«

»Pornofilme. Gewaltpornos, um offen zu sein. Die sind bei uns verboten, man bekommt sie auf illegalen Wegen. Damit hat er sich vermutlich … nun ja, Sie wissen schon.«

»Aufgegeilt, meinen Sie wohl«, sagte Gerhard.

Es war eine unnötige Bemerkung, Margret hasste ihn dafür. Sie brauchte zwar gerade jetzt seine Anwesenheit, aber wünschte sich gleichzeitig weit weg, ohne ihn, zurück ins Engadin oder noch viel weiter. Ein Ohnmachtsgefühl ergriff sie, das alles um sie herum kreisen ließ. In nächster Nähe hatte er sich diese Filme angeschaut, hinter der Wand. Vergewaltigungen, gedemütigte Frauen, triumphierende Würger und Prügler; gesehen hatte sie so etwas nie, aber darüber gelesen. Was sie über die Lippen brachte, war an der Grenze des Flüsterns. »Das stimmt wirklich?«

»Leider, Frau Sandmaier«, sagte Brunner. »Und auch das wird, fürchte ich, an die Öffentlichkeit gelangen.«

»Wir werden«, nahm ihm Althaus das Wort ab, »jemanden abkommandieren, der Sie vor den Journalisten abschirmt. Die Nachbarn werden plaudern, das ist nicht zu verhindern, Reporter werden Sie interviewen wollen. Wir raten Ihnen, nicht darauf einzugehen.«

»Das will ich auf keinen Fall«, sagte Margret.

Althaus verzog bedauernd das Gesicht. »Die Schlagzeilen morgen sind Ihnen sicher. Es gibt heute Nachmittag eine Pressekonferenz des Polizeikommandos. Und danach wird ein Dutzend Medienleute ausschwärmen und möglichst viele pikante Einzelheiten zusammentragen. Auch das können wir nicht verhindern.«

»Sie werden doch unsere Privatsphäre schützen«, sagte Gerhard. Auf seiner Stirn standen Schweißtropfen, die er mit dem Ärmel seines olivgrünen Wollpullovers wegwischte.

»Ja, aber nur bedingt.« Wieder das Bedauern auf Althaus' Gesicht. »Wir leben in einem freien Land. Wir können einem unbescholtenen Bürger – sei er auch Journalist – nicht verbieten, an Ihrer Tür zu klingeln. Wir können ihn abzuhalten versuchen, wir können dafür sorgen, dass er nicht bei Ihnen eindringt. Aber abweisen müssen Sie ihn selbst.«

»Den Telefonstecker«, sagte Brunner, »würde ich an Ihrer Stelle rausziehen. Wir können Sie wenn nötig übers Handy erreichen.«

»Die Nummer haben Sie?«

Beide lächelten brüderlich wie auf Kommando, Althaus breit und gemütlich, Brunner zurückhaltender. »Ja, die haben wir«, sagte Brunner.

Althaus fügte hinzu: »Wenn Sie psychologische Betreuung benötigen, helfen wir Ihnen gerne weiter. Wir kennen ein paar gute Adressen.«

»Wie meinen Sie das?«, fragte Gerhard und schob nervös den Pulloverärmel übers Handgelenk zurück.

Althaus bemühte sich um einen wohlwollenden Ton. »Das Ganze ist für Sie doch wohl ein Schock. Mit professioneller Hilfe lässt sich so etwas besser verarbeiten.«

Gerhard schob weiter den Ärmel hin und her. »Ich glaube kaum, dass dies nötig ist.«

Sie gingen erst um vier, nahmen schachtelweise Materialien mit, auch die DVDs, Beats Laptop, Kleider, Geschirr. Die zwei Fahrräder wurden beschlagnahmt. Lupenreine Beweise, nachverfolgbare Spuren, sagte Althaus, benötigten sie trotz des Geständnisses. Es könne ja sein, dass der Täter – Herr Schär, nannte ihn Althaus plötzlich – widerrufe, dann müssten sie ihm die Delikte nachweisen können, hier habe die Polizeiarbeit immer etwas Perfektionistisches. Beinahe herzlich verabschiedete er sich vom Ehepaar, Brunner war schon weg. Die Plastikbänder wurden eingerollt, aber der Wachmann vor dem Haus blieb. Der feuchten Kälte wegen patrouillierte er auf dem Platz, der nun leer war, auf und ab. Er würde, auch über Nacht, alle sechs Stunden abgelöst, hatte Althaus versprochen, bis auf weiteres zumindest.

Sie waren allein. Erst jetzt zog Margret, in einem Zustand von Benommenheit, Alltagskleider an. Sie lüfteten das ganze Haus, das nach fremden Menschen roch, sie räumten gemeinsam auf, rückten Möbel an den gewohnten Ort. Im Studio berührten sie nichts, es war kein Tatort, aber eine Brutstätte von Entsetzlichem. Margret hatte das Bedürfnis, zu putzen, zu fegen, Staub zu saugen, die Energie dafür fehlte ihr jedoch, und Gerhard sagte, sie könnten damit den Mieter nicht aus ihrem Leben eliminieren.

Irgendwann entdeckten sie draußen, am Rand des Parkplatzes, ein Kamerateam, das ihr Haus filmte. Aber niemand klingelte an der Tür. Es wurde dunkel, draußen blieb es still. Sie kamen überein, sich die Tagesschau, die mit Sicherheit einen Bericht über die Pressekonferenz bringen würde, zu ersparen. Der Platz hatte sich wieder mit den üblichen Autos gefüllt; von den Nachbarn meldete sich keiner. Wenigstens Angelika, der die massive Polizeipräsenz bestimmt nicht entgangen war, hätte nachfragen können, wie es Margret ging. Aber Nachbarn, sagte sie sich, sind in solchen Fällen Voyeure und keine Freunde, und sie sind erleichtert, dass das Unglück – oder wie wollte man das nennen? – nicht sie selbst getroffen hat. Hingegen rief Valeria an und fragte, ob Margret bei ihr übernachten wolle, auch Gerhard könne mitkommen. Im Haus zu bleiben sei für sie wohl sehr belastend. Margret antwortete einsilbig, nein, sie bleibe hier, sie wolle jetzt nicht mehr hinaus, und ja, ihr Mieter sei definitiv der Messerstecher, das stehe fest, er habe gestanden, morgen werde es in allen Zeitungen stehen. Ob Fernsehen und Radio nicht schon berichtet hätten? Sie habe nichts gesehen, nichts gehört, sagte Valeria, und ihre Stimme brach beinahe weg vor Rührung oder Überschwang. Ihr Lover wolle sich mit ihr versöhnen, aber das bedeute nicht, dass sie Margret vergessen habe, überhaupt nicht, sie werde sich morgen wieder melden, schwimm obenauf, du Liebe, tschüss!

Margret hatte in eine Art Roboter-Modus umgeschaltet, in eine gefühlsferne Nüchternheit, unter der das Chaos lauerte. Sie bereitete mit gleichsam automatisierten Handgriffen Schinkenomeletten zu. Das Essen begann spät, gegen halb zehn, und nach dem ersten Bissen merkte Margret, dass sie keinen zweiten herunterbrachte, während Gerhard seinen Teller leer aß und dann noch die Hälfte von Margrets Portion vertilgte. Sie hatte ihm längst sagen wollen, dass er seine völlig zerzauste Frisur in Ordnung bringen musste, aber was hatte das für einen Sinn? Er fragte, ob es nicht ihre Pflicht sei, Sebastian zu orientieren. Wenn er es von anderer Seite oder über die Medien erfahre, werde er nicht nur schockiert sein, sondern auch gekränkt. Sie würden ja bestimmt ein Foto des Hauses, ihres Hauses, zeigen, er werde es sofort erkennen. Margret nickte, Gerhard solle ihn anrufen, sie sei im Moment nicht fähig dazu. Sie bat darum, Sebastian nicht gleich alles zu sagen, nur das Notwendige.

»Was denn nicht?«, fragte Gerhard irritiert.

»Diese Filme, die sie da gefunden haben, das verschweigst du besser. Es ist doch sein ehemaliges Zuhause.«

Gerhard nickte mit versteinertem Ausdruck.

Sie setzten sich aufs Ledersofa. Nach zahlreichen Versuchen und mehreren SMS – *Bitte melde dich, es ist dringend!* – erreichte er endlich den Sohn. Es war fast Mitternacht, Gerhard schaltete den Lautsprecher ein, damit Margret zuhören konnte. Sebastian gab sich erstaunt, ja abweisend: »Was um Gottes willen ist denn los?« Gerhard fasste das Wesentliche zusammen, und nun fehlten Sebastian die Worte. »Das ist ja …«, sagte er mehrmals und dann, zwischen Bedauern und Bestürzung: »Kann ich euch … irgendwie beistehen? Ich meine …«

»Danke fürs Angebot. Es geht schon. Aber du weißt jetzt wenigstens, was du morgen in den Zeitungen lesen wirst.«

»Trotzdem ...« Sebastian sprach etwas Unverständliches zur Seite, Margret glaubte, eine Frauenstimme flüstern zu hören. Aleksandra?

Bevor sie das Gespräch beendeten, versprach Sebastian, sich morgen zu melden oder vorbeizukommen, je nach Lage der Dinge. Wozu denn?, fragte sich Margret, trotzdem sandte sie seinen letzten Worten einen Gruß hinterher.

Sie hörte erst gar nicht, was Gerhard zu ihr sagte. »Ist dir nicht gut?«, verstand sie dann. Sie schüttelte den Kopf, was Ja oder Nein heißen konnte. Er kam aus der Küche mit einem Glas Wasser zurück. »Hier, trink!« Sie sah das Wasser schäumen, fragte, ob er etwas hineingetan habe. »Ein Aspirin«, sagte er. »Du hast doch Kopfweh, oder?« Wieder schüttelte sie den Kopf, doch sie trank das Glas in einem Zug aus, der bittere Geschmack im Mund versprach Linderung.

Gerhard, der wieder neben ihr saß, griff nach ihrer Hand, sie wollte sie zurückziehen und konnte nicht. »Es ist hart«, begann er und furchte die Stirn, »sehr hart. Aber wir sollten jetzt schlafen. Ich bleibe morgen zu Hause.« Er stockte. »Ich lasse dich nicht allein.«

»Danke«, sagte sie. Aber ihm dankbar zu sein fiel ihr schwer. Seit sie wieder im Haus war, empfand sie gegen alles, was auf sie eindrang, eine reflexartige Abwehr. Sie glaubte nicht an Gerhards Stärke; manchmal entdeckte sie in seinem Blick den kleinen ängstlichen Jungen, der sich auf einem fünfzig Jahre alten Ferienfoto, vor einem Bergpanorama, halb hinter dem Vater verbarg. Der große Gerhard stand auf, er kauerte nieder und zog mit einem brummigen »So« das Telefonkabel aus der Steckdose.

Die Nacht war schlimm, sie wollte nicht vergehen. Zu viele schlechte Energien hatten sich drüben im Anbau, hinter der verschlossenen Tür, angesammelt und schienen das Bett zu belagern. Womit hatte sich Beat – konnte sie ihn noch so nennen? – da drüben beschäftigt, was für Monstrositäten hatte er sich angeschaut, in seinen Phantasien inszeniert? Wie krank musste eine Psyche sein, dass sie Macht über Schwächere erzwang, sie leiden und bluten ließ, um Lust zu empfinden?

Immer wieder las sie die Uhrzeit vom Wecker ab. Drei Uhr jetzt, Geräusche wie von jemandem, der keine machen möchte. Gerhard bewegte sich neben ihr. Plötzlich leuchtete der Bildschirm seines Smartphones auf. Er wendete sich von ihr halb ab, Margret vermutete, dass er Online-News abrief.

»Was suchst du denn?«, fragte sie.

»Ach, nichts«, wich er aus. »Ich wollte bloß die Weckfunktion aktualisieren.«

»Auf wann?«

»Auf halb acht. Vielleicht können wir ja gegen Morgen endlich schlafen.«

Er hatte recht. Ein verworrener, aber keineswegs schlimmer Traum empfing sie wie einen willkommenen Gast. Sie verlor sich darin, sie reiste zu Pferd durch gebirgige Landstriche, die sie nicht kannte, begleitet von einem gefleckten Hund, der zu ihr in einer fremden Sprache redete. Keine Menschen, und das war ein Glück. Der Summton des Handys weckte sie auf, Gerhard schlief so tief, dass er nichts zu hören schien, nach einer halben Minute wurde es wieder still. Sie war noch nie geritten, sie mochte Hunde nicht. Der Traum war ihr ein Rätsel, und eine kurze Zeit überdeckte er die Geschehnisse des Vortags. In den Heizkörpern summte beruhigend das Wasser. Sie stand auf, draußen hatte es leicht geschneit, es war schon so hell, dass sie die Schuhspuren in der aufgeweichten Erde der Gemüsebeete sah. Dort hatten sie herumgestochert, zwei oder drei von ihnen. Um diese Stunde lag die Zeitung üblicherweise draußen im Briefkasten. Den Gedanken verdrängte sie gleich. Sie machte, im Morgenmantel und in ihren gefütterten Pantoffeln, das Frühstück, rief dann Gerhard zum Tisch. Dass es nun ganz alltäglich nach Kaffee roch, war beruhigend und zugleich absurd, war denn nicht alles anders geworden? Gerhard schlurfte, einen Gruß murmelnd, in seinem uralten, lose gegürteten Morgenrock herbei, machte aber kehrt, bevor er sich setzte, ging hinaus und kam mit der Zeitung zurück. Stehend überflog er die Titelseite.

»Ist es schlimm?«, fragte sie.

»In anderen Blättern wird es schlimmer sein.« Er legte die Zeitung so hin, dass sie die Schlagzeile lesen konnte: »Messerstecher gefasst!« Seine Identität hatten die Journalisten bereits aufgedeckt. Ein Foto zeigte *Beat S.,* mit Balken über den Augen, bei einem Radrennen, ein anderes ihr Haus, vom Platz aus gesehen, mit der Legende: *Hier, in einem ruhigen Außenviertel, führte er ein unauffälliges Leben.*

Am Tisch, so nahe zusammengerückt, dass sich die Köpfe beinahe berührten, lasen sie die Kurzinterviews mit

Anwohnern, zwei mit Fotos, eines ohne, ihre Namen waren mit Initialen gekennzeichnet. *Beat S.*, so äußerte sich A.P. (47), *ist schon extrem zurückhaltend gewesen, auf mich hat er gewirkt, als wolle er sich verstecken. Ich denke nicht, dass die Vermieter etwas geahnt haben. Es ist ja auch nicht ihre Aufgabe, ihn zu kontrollieren.*

Und G.H. (75) beklagte sich, dass Beat S. nicht mal richtig gegrüßt habe: *Ich begreife nicht, weshalb das Ehepaar S. ausgerechnet diesen undurchsichtigen Menschen als Mieter ausgewählt hat.*

Die etwas entfernter wohnende O.N. (35), aus Deutschland stammend, zwei kleine Kinder, gab zu Protokoll: *Wir haben von ihm gar nichts mitgekriegt. Ich glaube nicht, dass ich ihn je bewusst gesehen habe. Der hat sich irgendwie unsichtbar gemacht. Aber gut, dass man ihn endlich verhaftet hat. Mit so jemandem nebenan müssen wir ja um unsere Kinder bangen.*

»Die haben alle Auskunft gegeben.« Das Erstaunen von Margret ging in die Kränkung über, dass da ihr Verhalten öffentlich beurteilt wurde.

Gerhard lachte ironisch. »Lauter Blabla, verschwendeter Platz, von denen wusste ja keiner was über ihn.«

Die Reporter hatten nach der Pressekonferenz vom Vorabend rasch herausgefunden, wo Beat S. angestellt gewesen war. Auch in der Velowerkstatt *(Gewaltiger Schreck am Arbeitsplatz)* sagte niemand direkt etwas Nachteiliges über ihn. Fleißig sei er gewesen, pünktlich, hauptsächlich am Radsport interessiert, er habe Kollegentreffen eher gemieden, aber keiner hätte ihm diese Gewalttaten zugetraut. Und der Trainer im Bikeklub betonte die Verbissenheit von

Beat S., er habe sich im Training und in den regionalen Rennen angestrengt, bis zur totalen Erschöpfung gekämpft, das Kameradschaftliche allerdings habe ihm gefehlt, die anderen hätten sich vor ihm, eigentlich ohne Grund, fast ein wenig gefürchtet.

»Sieht du«, sagte Gerhard, auf die entsprechende Stelle zeigend, »da biegen sie hinterher die Dinge zurecht. Und aus dem Einzelgänger wird schon der zukünftige Täter.«

Auf der Pressekonferenz hatten die Ermittler summarisch dargelegt, wie sie endlich auf die Spur von Beat S. gekommen seien: durch immer feinere Eingrenzung von möglichen Tatverdächtigen punkto Alter, Typus, Charakter, aber vor allem durch die Hinweise von jemandem, der Beat S. besser gekannt habe als andere; diese Person habe auch die Schrift von Beat S. an bestimmten Merkmalen erkannt.

Zusammengefasst waren in einem Kasten die Aussagen des Polizeipsychologen. Was einen wie Beat S. antreibe, wie sich die Gewaltneigung herausgebildet habe, würden sie herauszufinden versuchen. Sie hätten Kontakt mit seiner Mutter, sie wüssten bereits, dass er ein normales, allerdings sehr schweigsames Kind gewesen sei, nach seinem Dafürhalten könne man bei ihm das Asperger-Syndrom vermuten, eine mildere Form von Autismus, die das Einfühlungsvermögen für andere Menschen stark verringere. Die sexuellen Konnotationen seiner Gewalthandlungen lägen auf der Hand. Die Stiche, die Bewegungen des Messers stünden sinnbildlich für den Geschlechtsakt. Vermutlich habe sich Beat S. noch nie wirklich einer Frau genähert, oder dann in pervertierter Form.

Den Fund der Pornofilme hatte man bei der Pressekonferenz verschwiegen, bisher war davon nichts durchgedrungen. In zwei, drei Tagen werde das bestimmt ein Thema sein, meinte Gerhard, vor allem in den Boulevardmedien. Sie würden auch die ehemalige Freundin – wie heiße die noch mal? – ausfindig machen und sie ausquetschen. Ja, Laura, dachte Margret und nannte den Namen nicht, Laura war verstört gewesen damals im Supermarkt, vielleicht hatte Beat sie misshandelt, es war gut möglich, dass sie sich bei der Polizei gemeldet und die richtigen Hinweise gegeben hatte.

In einem Kommentar schrieb der – als liberal geltende – Chefredaktor, jetzt stünden natürlich die Forderungen von rechts im Raum, dass man Täter wie Beat S. lebenslänglich verwahren müsse. Das sei aus der Hüfte geschossen, er hoffe, dass man den Fall genau begutachte. In diesem Land würden zum Glück die Gerichte entscheiden, und nicht eine Partei.

Gerhard faltete die Zeitung zusammen, drehte sie um, trank einen Schluck vom kalt gewordenen Cappuccino. »Das ist dir schon klar: Die werden auch uns nicht verschonen. Ich sehe schon die Schlagzeile: *Professor fällt auf Triebtäter herein*. Oder etwas in der Art. Wir geben einfach keine Auskunft, ja? Dazu sind wir nicht verpflichtet.«

Margret nickte und spürte dabei das Gewicht ihres Kopfes, in dem es wieder zu hämmern begann. Gerhard hatte stoppelige Wangen, er sah in seinem Morgenmantel aus wie ein Obdachloser.

»Du solltest dich rasieren«, sagte sie.

Er schaute sie verblüfft an. »Was hat das für einen Zusammenhang …?« Er verstummte, betastete sein Gesicht, die Finger verweilten länger bei der Stirnnarbe.

Margret schob Teller und Tasse von sich weg, legte den schmerzenden Kopf auf ihre gekreuzten Unterarme, als wolle sie am Tisch einschlafen. Gerhard sagte sehr leise einen Satz, dessen Sinn sie nicht erfasste.

Sie richtete sich wieder auf. »Wir sind doch irgendwie mitschuldig, oder nicht?«

»Woran, um Gottes willen?«

»Weil wir so arglos waren. Oder weil wir …«

»Wovon redest du da?« Er setzte die Tasse heftig klirrend auf den Tisch. »Schuld? Davon kann keine Rede sein. Wir sind kein Kontrollorgan, das überprüft, was unser Mieter treibt.«

»Es gab doch das eine oder andere, was wir hätten … was uns hätte …« Sie brach ab.

»Ach ja? Was meinst du denn? Hätten wir uns ohne irgendwelche konkreten Anhaltspunkte bei der Polizei melden sollen?« Nun schlug er sogar mit der flachen Hand auf den Tisch. »Das wäre doch pures Denunziantentum. Was für eine Gesellschaftsidee hast du denn? Dass jeder den anderen überwacht? Tag und Nacht?«

Margret schwieg und presste die Hand auf die Stirn.

Gerhard war aufgestanden, stapfte auf und ab. »Was kann ich dafür, dass dieser … dieser Psychopath nebenan sich anschaut, wie Frauen von Schäferhunden penetriert werden, wie irgendwelche Männer kleinen Mädchen den Arsch aufreißen …«

Margret hob abwehrend beide Hände. »Hör auf! Hör auf, verdammt noch mal!«

Gerhard blieb stocksteif stehen, trotzdem sah es aus, als ducke er sich vor ihren Worten.

Ihre Frage flog zu ihm wie ein Hieb: »Woher weißt du so was überhaupt?«

Gerhard starrte sie an, zwinkerte heftig; wie alt, wie eingefallen er aussah. Er öffnete den Mund, schloss ihn wieder, gesprungene Lippen, schlaffe Haut, ja, das war ihr Mann. Plötzlich drehte er sich um und ging davon, weg von ihr, einfach weg, in den ersten Stock. Sie hörte eine Tür ins Schloss fallen. Nun war er in sein Arbeitszimmer verschwunden, und dort würde er vor sich hin brüten und sich in seine Arbeit flüchten, in die Studie über die sozialen Folgen von Seuchen, Hamburg und die Cholera im neunzehnten Jahrhundert, darüber hatte er kürzlich einen halben Abend lang doziert, die Verheerungen in den Arbeitervierteln, die schrecklichen hygienischen Verhältnisse, ungefiltertes Flusswasser in den Wasserrohren. Sie waren bei einem Kollegen eingeladen gewesen, und am Ende hatte er sich derart ereifert, dass sie ihm am liebsten den Mund zugeklebt hätte: »Die Warnungen kommen immer zu spät! Und die Warner werden überhört, vertrieben, verlacht. Auch heute!«

Ja, aber wer hatte gewarnt vor dem Triebtäter Beat S.? Sie, Margret Sandmaier? Nein, sie nicht, ihr hatte der Mut gefehlt, die Gewissheit.

14
Sebastian

Der Schock

Mein Vater um Mitternacht am Telefon, das hatte es noch nie gegeben, und was er mir in abgerissenen Sätzen mitteilte, war schlimm: Mein Nachfolger im Studio, der Mann, den die Eltern sorgsam ausgewählt hatten, ist der Triebtäter, der Frauenschreck, der seit Monaten fieberhaft gesucht wurde. Widersinnig, kaum glaubhaft. Ich habe ihn ja gar nie gesehen, diesen Beat, den harmlosen Fahrradmechaniker, dessen Zurückhaltung und dessen Lautlosigkeit Mutter in den höchsten Tönen rühmte. Vater in innerem Aufruhr. Hatte ich das – außer bei den wenigen Malen, wo er mich schüttelte oder ohrfeigte – je erlebt? Dieser steife, überaus beherrschte Mann, dem die Wörter aus dem Mund kamen wie zähe Kaugummifäden, an denen er hilflos zog, kaum verständlich, mit nutzlosen Wiederholungen, und neben ihm Mama, die halbe Sätze vorflüsterte, ihn berichtigte, wobei ihre Stimme dauernd ins Schluchzen kippte.

»Nur, damit du es weißt«, sagte Vater. »Nur, damit du es nicht aus den Zeitungen erfährst.«

Was ich sagte, habe ich vergessen, ich geriet ja selbst ins Stottern, fühlte mich gleich absurderweise mitverantwortlich für ihre Not, ihren Schrecken. Wäre ich nicht ausgezogen, wären sie von dieser Ungeheuerlichkeit verschont geblieben, dachte ich, und sie dachten es wohl auch.

Ob ich etwas für sie tun könne, fragte ich, ganz der gute Sohn, nachdem ich mich einigermaßen gefasst hatte. Es blieb still am andern Ende, bis ich Mutter etwas Unverständliches flüstern hörte.

»Wir brauchen jetzt Zeit für uns«, sagte Vater.

Inzwischen hatte sich bei mir die Frage gemeldet, ob sie denn nichts bemerkt hätten von den nächtlichen Ausflügen des Mieters, ob nicht irgendwas ihr Misstrauen geweckt habe. Ich fragte nicht, sie waren schon genug belastet. Wir beendeten das Gespräch abrupt, ohne Ergebnis (was wäre denn eines gewesen?). Ich fühlte mich danach selbst ganz schwach, ungläubig, entsetzt.

Mit Christoph wollte ich zuerst über die Geschichte nicht reden, dachte, es sei besser, sie für mich zu behalten, erzählte sie ihm dann doch.

»Ich glaube, die brauchen dich jetzt«, sagte er.

Was ich denn tun könne, fragte ich.

Manchmal sei es wichtig, einfach da zu sein, sagte er, ihnen zu zeigen, dass wir mit ihnen fühlen. So viel Weisheit hätte ich ihm gar nicht zugetraut, es war fast, als spräche Karl Barth aus ihm.

Ich zögerte, rief dann gegen ein Uhr Aleksandra an, die noch wach war. Ihre Reaktion, beinahe schroff: »Warum bist du nicht schon längst bei ihnen? Stell dir vor, was die sich für Vorwürfe machen. Die brauchen jetzt doch jedes Zipfelchen Verständnis, das sie kriegen können.«

Ich zweifelte, ob ich die Rolle, die sie mir zuwies, ausfüllen konnte, aber ich versprach, mich morgen früh bei ihnen zu melden, bei meinen Eltern in Not. Und sie lud mich ein, zu ihr zu kommen. Erleichtert sagte ich ja.

Und dann doch, an ihrer Seite, der Aufruhr in mir. Das Gefühl, als wären die Wände, in denen ich gewohnt hatte, vergiftet, als wären die Mauern, die eigens für mich errichtet worden waren, der Ursprung mörderischer Wünsche, als hätten sie etwas von mir auf den Täter übertragen. Von mir? Grelle Phantasien hin und wieder, ja, wer hat die nicht? Die Phantasie, mir eine Frau zu nehmen, ihren Widerstand zu brechen, Abwehr in Lust zu verwandeln. Aleksandra und ich versuchen etwas Ähnliches manchmal zu inszenieren. Sie ist stärker als ich, windet sich aus meiner besitzergreifenden Umarmung, stößt mich mit einem triumphierenden Lachen von sich weg. Absurd die Befürchtung, dass ein Raum Mordphantasien in sich aufnehmen könne, auch wenn C. G. Jung Gespenstererscheinungen so erklärt: durch die Belebung negativer Energien in gleichgestimmten Charakteren. Schluss, nichts mehr davon.

15

Margret

Anklopfen

Gerhard verließ an diesem Tag sein Arbeitszimmer nur für den Gang auf die Toilette, zu Mittag essen wollte er nicht, obwohl ich mehrmals an die Tür klopfte und seinen Namen rief. Als ich dann auf die Klinke drückte, hatte er sich eingeschlossen, so heftig grollte er mir – und ich ihm auch.

Am Nachmittag stand eine nett lächelnde junge Journalistin vor der Tür, wollte ein paar Aussagen der Vermieter für eine seriöse Hintergrundstory. Ich lehnte es ab, mich zu äußern. Die weiteren Male, als es klingelte, ging ich – es mochte sein, wer es war – nicht mehr öffnen, ich zog alle Vorhänge zu, damit ich nicht von draußen zu sehen war. Auch den Kontakt mit neugierigen oder mitleidigen Nachbarn hätte ich nicht ertragen, am wenigsten mit Angelika; wenn das Handy summte, ließ ich es liegen. Valeria schrieb eine SMS: *Was ist mit eurem telefon los? Absicht?? Melde dich, ich will wissen, wie es meiner freundin geht!* Ich schrieb zurück: *Morgen, vielleicht.* Das ganze Wochenende kam mir vor wie eine trostlos leere Fläche ohne Sinn und Struktur. Ich würde einkaufen müssen, es war mir ein Greuel. All diese Blicke, das Tuscheln hinter meinem Rücken. Es sei denn, ich fuhr zu einem anonymen Großverteiler, wo niemand mich kannte. Aber auch dies bedeutete, mich auszusetzen, außerhalb des Hauses erkannt, vielleicht angesprochen zu werden. Dazu am Montag die Unterrichtsstunden mit Hanad, dem Somalier, mit Antoine und Esta. Ich konnte mir nicht vorstellen, dass ich das schaffen würde.

Nachts, im Doppelbett, traf ich mit Gerhard wieder zusammen, gegessen hatte er nichts. Und ich? Das wusste ich schon nicht mehr. Wir suchten beide einen Platz ganz am Rand, vermieden jede Berührung. Nach Mitternacht tappte ich durch die Dunkelheit ins Bad, schluckte eine Schmerztablette gegen mein Kopfweh. Die Stunden tropften dahin, ich fiel in ein kurzes Vergessen, wurde jedoch von Traumfragmenten überfallen, die mich zwangen, wach zu bleiben. Um fünf tastete ich doch nach Gerhard, nicht reuig, aber bedürftig. Er war nicht da, wohl schon wieder an der Arbeit. Einmal glaubte ich, das Radio zu hören, eine Männerstimme, Frühnachrichten. Als ich Gerhard eine Stunde später suchte, war die Tür zum Arbeitszimmer offen. Er saß, zurückgelehnt, auf seinem Drehstuhl, der Computerbildschirm war blind, an der Unordnung auf seinem von Büchern und Blättern übersäten Schreibtisch hatte sich nichts verändert.

»Zieh dich doch endlich an«, sagte ich. »Du kannst nicht ewig im Morgenmantel herumgeistern.«

Er drehte sich, beinahe in Zeitlupe, zu mir um. »Es ist ja noch früh.«

»Kommst du voran?«, fragte ich.

»Doch, doch.« Er lächelte sogar, wenn auch verkrampft, ließ den Bleistift, den er zwischen Daumen und Mittelfinger hielt, auf und ab wippen.

Essen mussten wir ja, ich machte Spiegeleier nach dem

gestrigen Fasten, ich vergaß, den Dampfabzug einzuschalten, und der Geruch erfüllte das ganze Haus. Zum Frühstück hatte sich Gerhard tatsächlich angezogen, er trug Hosen mit Bügelfalten und ein helles Hemd und Schuhe, als wolle er gleich zu einer Vorlesung gehen. Sein Appetit war zurückgekehrt, er tunkte flüssiges Eigelb mit Brot auf, verschmierte sich den Mund. Ich holte eine Papierserviette und gab sie ihm, wortlos.

Wir saßen noch am Tisch, als es draußen Sturm läutete. »Nicht schon wieder«, sagte Gerhard. Wir hörten jemanden rufen, Gerhard ging durch den Flur zur Tür und schaute durch den Spion, kam die paar Schritte zurück in die Küche. »Es ist Valeria. Was will sie?«

»Mich unterstützen, nehme ich an. Das, was gute Freundinnen tun.« Ich rief laut: »Ich komme gleich.«

»Ich lasse euch allein, vielleicht gehe ich ins Büro, da ist am Samstag keiner, und das tut mir gut.«

»Dann kannst du auch gleich einkaufen. Wir brauchen Brot, Milch, Butter.«

»Nein«, sagte Gerhard schroff, er stockte und fügte kleinlaut an: »Ich kann nicht.«

»Wie lange willst du mich da draußen stehen lassen?«, fragte Valeria, nachdem ich sie endlich hereingelassen hatte, sie drückte mich mit unnachgiebiger Herzlichkeit an sich. »Mein Gott, du siehst total übernächtigt aus!« Sie zog in der Garderobe den knöchellangen Mantel aus, einen Persianer, den sie von ihrer Großtante geerbt hatte. Ihren breitkrempigen, mit einer gelben Masche verzierten Filzhut klopfte sie energisch ab, bevor sie ihn an einen Haken hängte.

»Es ist schrecklich, es ist grauenhaft«, sagte Valeria. »Aber du kannst dich jetzt doch nicht einfach hier vergraben. Du musst dich der Situation stellen.«

»Das sagt sich so leicht. Ich brauche Zeit«, erwiderte ich.

Auf dem Frühstückstisch stand noch das Geschirr, Gerhard hatte sich zurückgezogen, ohne den Gast zu grüßen.

Valeria setzte sich auf seinen Stuhl, ordnete ihre weitläufige, rotgelb gemusterte Bluse und fragte, halb ironisch, nach *dem Mann im Haus*.

»Er will sich draußen nicht blicken lassen«, sagte ich. »Er schämt sich, glaube ich. Er mag es nicht, wenn andere mit dem Finger auf ihn zeigen.«

»Wer mag das schon?« Valeria trank den Kaffee, den ich ihr einschenkte, biss ein Stück von einem halben aufgebackenen Croissant ab, das übriggeblieben war, wischte mit der Handkante Brosamen auf dem Tisch zusammen. »Tauch jetzt nicht ab, du Liebe. Leider bist du dafür disponiert. Dann schwimmst du bloß noch durch Grau und Schwarz. Ich rate dir dringend: Geh zu einer Fachperson, lass dich behandeln, zumindest für ein paar Konsultationen. Krisenintervention heißt das.«

»Du berätst mich ja«, sagte ich beinahe aufsässig, »und du bist vom Fach. Genügt das nicht?«

»Nein, wir sind befreundet, ich bin nicht objektiv.«

Ich fuhr mir mit der Zunge über die trockenen Lippen. »Die Zeitungen sind grauenhaft, ja?«

»Eure Namen wurden bisher gar nicht genannt. Da könnt ihr froh sein.«

»Das wird noch kommen. Gestern haben sie draußen gefilmt.«

»Tagesschau, ich hab's gesehen. Ziemlich anständiger Beitrag für heutige Verhältnisse. Ohne eure Namen. Die Privaten gehen weiter. Das hab ich mir erspart. Den vollen Namen bringen sie bestimmt auch nicht. Die fürchten sich vor Anwälten und Schadenersatzforderungen.« Sie nahm, über den Tisch hinweg, meine Hand und tätschelte sie.

Ich zog sie zurück. »Ach, hör lieber auf, ich bin kein Schoßtier.«

Valeria lachte kurz auf. »Nein, das bist du nicht. Erzähl lieber, wie es gestern war. Das lockert die allgemeine Bewölkung vielleicht etwas auf.«

Mein Lächeln misslang. Aber ich berichtete, woran ich mich erinnerte, und ich ließ auch nicht aus, was die Spurensicherung im Studio gefunden hatte.

Valerias Seufzer klang, anders als sonst, ganz und gar nicht theatralisch. »Das ist in der Tat heftig.«

»Und mit solchen Bildern im Kopf«, sagte ich, »ist er hier, von hier aus gestartet, hat Frauen schwer verletzt, beinahe getötet.«

Valeria schloss die Augen und wirkte nun plötzlich sehr müde. »Es tut mir ja so leid für dich. Die ganze Zeit frage ich mich, was ich für dich tun kann.«

»Wohl nicht besonders viel. Vor allem dräng mich zu nichts. Bitte. Oder ja. Du könntest einkaufen gehen für uns.«

Valeria schaute auf ihre Armbanduhr. »Weißt du, ich habe bald einen Termin, das ist …«

Wieder die Türglocke. Einmal, zweimal, eine Pause, dann ein drittes Mal. Wir horchten.

»Schaust du nach?«, fragte ich, fügte warnend hinzu: »Aber kein Fremder kommt hier herein.«

»Ich weiß ja nicht, wer dir fremd ist«, sagte Valeria. Sie stand auf und schaute durch den Türspion wie vorher Gerhard. »Ein junger Mann … Ich glaube, es ist dein Sohn. Doch, doch, das ist er.«

»Sebastian?« In Sekundenschnelle war ich ebenfalls bei der Tür, drängte Valeria zur Seite, schob den Riegel zurück, öffnete mit einem Ruck. Sebastian fiel mir beinahe in die Arme, schaute Valeria, die er lange nicht gesehen hatte, entgeistert an.

»Hallo«, brachte er hervor. Dann umarmte er mich doch, inniger als je in den letzten Monaten, und ich wollte ihn gar nicht loslassen.

»Mama«, sagte er, und seine Worte kitzelten meine Ohren, »ich dachte bloß, das ist nicht leicht für euch … und ich wollte … mich erkundigen, ob …«

»Danke. Komm herein.« Ich wischte mir über die Augen. Und nun standen wir zu dritt in der Garderobe, ich nahm Sebastian die nasse Winterjacke ab und dachte, dass er unbedingt eine neue brauchte, eine wasserdichte.

»Ich gehe jetzt«, sagte Valeria mit Bedauern und einer Spur von spöttischem Neid. »Das wird ein sehr privates Gespräch, denke ich.« Sie wollte ihren Persianer, der aussah wie ein schwarzes Gespenst, vom Bügel nehmen, aber ich hielt sie am Arm fest: »Nein, nein, bleib bitte, du hast doch mehr Distanz zu alldem … du kannst uns …« Und zu Sebastian: »Du bist einverstanden, oder?«

Er hob die Hände, ließ sie sinken. »Ich will niemanden vertreiben.«

Dann saßen wir am Frühstückstisch, wussten nicht, wo beginnen, und versuchten, unser Unbehagen zu überspielen. Ich ließ Espresso aus der Maschine in die Tässchen rinnen, fand im Vorratsschrank eine angebrochene Packung mit Shortbreads, die Sebastian immer gemocht hatte; sie waren jedoch, wie ich beim ersten Bissen feststellte, schon weich geworden, was Sebastian nicht daran hinderte, beinahe automatisch eines nach dem anderen in den Mund zu stecken und dabei zu reden.

Das erinnerte mich an die beinahe gleichartige Tischszene mit Beat. Aber da saß jetzt Sebastian und sagte, er habe es erst gar nicht glauben wollen. Der Anruf um Mitternacht habe ihn fast umgehauen. Er rieb sich die Hände, schaute an mir vorbei und suchte dann doch wieder meinen Blick. »Ich habe mich so hilflos gefühlt … und irgendwie beschmutzt. Das ist seltsam, ich weiß. Aber dass so einer, ein solcher Psychopath, in denselben vier Wänden gelebt und geschlafen hat wie ich … Und da habe ich gedacht, wir müssen doch jetzt irgendwie zusammenstehen … Und Aleksandra hat mich dazu gedrängt, dir das zu sagen, *face to face,* und nicht am Telefon … ihr nehmt ja sowieso nicht ab …« Er wusste nicht mehr weiter, setzte das Tässchen an die Lippen, obwohl es schon leer war.

»Wohnt Aleksandra denn jetzt bei dir?«, fragte ich, während in meinem Kopf viel zu viel durcheinander ging.

Er war einen Augenblick irritiert, dann verlegen. »Mehr oder weniger. Also meistens. Aber sie behält vorläufig ihre eigene Wohnung.«

Valeria zog mit einem Räuspern die Aufmerksamkeit auf sich. »Das ist auch eine Chance für euch beide. Unter solchen Umständen kommt man sich doch wieder näher.«

Ich stand entschlossen auf. »Ja. Und darum finde ich,

dass Gerhard jetzt zu uns gehört. Wir sind eine Familie. Und wir bleiben eine.«

»Aber wenn er nicht will«, wandte Sebastian ein.

»Das werden wir sehen.« Ich ging aus der Küche, stieg die Treppe hinauf, ich sagte zu Gerhard, der zusammengesunken am Schreibtisch saß: »Komm, setz dich zu uns, drück dich jetzt nicht.« Er sah zu mir auf: »Warum denn? Ich störe ja bloß.«

»Quatsch, du gehörst dazu. Sebastian ist auch da.«

Widerstrebend folgte er mir treppab, er grüßte Valeria, reichte Sebastian über den Tisch hinweg die Hand und stieß dabei beinahe ein Tässchen um, setzte sich dann auf den Stuhl, auf dem ich gesessen hatte. Ich wechselte zu dem, der noch frei war.

»Soll ich wirklich nicht gehen?«, fragte Valeria.

»Nein.« Ich berührte rasch ihren Arm. »Sei bitte so etwas wie eine Moderatorin.«

Sebastian nickte, Gerhard sagte nichts, er bemühte sich, mit geradem Rücken dazusitzen.

»Na gut.« Valeria nahm die Rolle, wie mir schien, nicht ungern an. »Es geht ja wohl darum, dass ihr jetzt einander unterstützt.«

»Genau darum«, stimmte ich zu.

»Tut mir leid«, sagte Gerhard in scheinbar ruhigem Ton, der indessen, als er weitersprach, immer wieder ins Zittern geriet. »Das sind diese wohlfeilen Psychofloskeln … Wir sind jetzt einfach erschüttert, als Individuen, und das wird noch eine Weile so bleiben … Was sollen wir da einander trösten?«

Valeria stemmte sich mit beiden Händen vom Tisch weg.

»Das sind keine Psychofloskeln, lieber Gerhard, das sind simple Erfahrungstatsachen.«

»Es ist schlimm für euch«, sagte Sebastian. »Wie wenn irgendwie das Böse ins Haus gekommen wäre. Es darf uns nicht infizieren.« Er schaute auf seine Hände, während er sprach; sie waren schmal und kindlich geblieben, wenngleich mit ausgeprägten, stark geröteten Knöcheln, und zugleich staunte ich über seine Wortwahl.

»Das Böse?«, fragte denn auch Valeria gedehnt, mit gerunzelter Stirn.

»Darüber denke ich im Moment viel nach.«

»Nachdenken schadet nie«, sagte Gerhard und zwang sich zu einem kleinen Scherz: »Oder selten.«

Sebastian schloss die Augen und schob die Unterlippe vor, genau wie als kleiner Junge, wenn er versucht hatte, seinen Zorn herunterzuschlucken.

»Was sagen wir, wenn wir angesprochen werden?«, fragte ich, auch um von der Spannung abzulenken, die zwischen Vater und Sohn schlagartig wieder entstanden war.

»Angesprochen?«, sagte Gerhard unwillig. »Wo denn?«

»Auf der Straße. Irgendwo. Von Leuten, die uns kennen. Sie werden uns fragen, wie es möglich war, dass wir nichts ahnten.«

Gerhards Unwillen verstärkte sich. »Das wäre doch auch andern passiert.«

»Die Frage ist jetzt aber, wie ihr drei reagiert«, schaltete sich Valeria ein, »was ihr aus dieser Geschichte macht, wie ihr sie verarbeitet.«

»Vielleicht«, sagte Sebastian, »müssten wir nachsichtiger sein miteinander. Das gibt auch gegen außen einen besseren

Stand.« Er schien eine kleine Hemmung zu überwinden. »Mir selbst liegt es fern, euch Vorwürfe zu machen.«

Wir schwiegen einen Moment. Nachsichtig: Auch das war ein Wort, das ich von Sebastian vermutlich noch nie gehört hatte.

»Ja, ja, die Theologie«, sagte Gerhard, es sollte wohl sarkastisch klingen.

Das Gespräch ging noch eine Weile hin und her, in einem unvorhersehbaren Rhythmus zwischen Stocken und Geläufigkeit, es war völlig zerfahren, und Valeria strengte sich vergeblich an, ihm eine Richtung zu geben.

Nach einer Stunde – war es länger? – riss der Gesprächsfaden. Mein Kopf war leer, Gerhard sagte plötzlich, er müsse sich hinlegen, ihm sei schlecht. Ohne ein weiteres Wort stand er auf und ging weg, stützte sich einen Moment am Türrahmen ab. Ich hatte den Impuls, ihm zu folgen, ließ es aber sein. Dann verabschiedete sich Valeria, die es plötzlich eilig hatte, wenn sie gebraucht werde, sei sie verfügbar, sagte sie und gab uns beiden, Mutter und Sohn, die üblichen Wangenküsse.

Eine Weile noch saßen wir uns gegenüber. Ich wisse es zu schätzen, dass er gekommen sei, sagte ich zu Sebastian, seine Anwesenheit mache mich ein wenig ruhiger. Sebastian nickte, schaute nicht auf, knetete, in sich versunken, seine Hände. Dann fragte er, was wir nun mit dem leeren Studio im Sinn hätten, ob wir es wieder vermieten wollten. Ich erschrak. Daran hätte ich noch gar nicht gedacht, erwiderte ich, und ohne zu überlegen, fügte ich an, das Studio stehe ihm, Sebastian, selbstverständlich zur Verfügung, sofern er … Ich führte den Satz nicht zu Ende, er wusste auch so, was ich meinte, ging aber nicht darauf ein, sondern brachte ganz ernsthaft vor, wir müssten den Raum wohl mit einem Ritual reinigen – ja, warum nicht ausräuchern? –, bevor er wieder bewohnt werden könne. Über solche Dinge habe er viel gelesen, damit setze man in anderen Kulturen Grenzen, lasse Neues beginnen. Ich würde darüber nachdenken, sagte ich, und zugleich schoss mir die Frage durch den Kopf, wohin Sebastian noch abdriften werde.

Einen zweiten Kaffee wollte er nicht mehr, lieber eine Tasse Kräutertee. In kleinen Schlucken trank er sie aus, beinahe methodisch, und ich fragte ihn, ob er für uns einkaufen könne, mir falle es schwer, jetzt schon unter die Leute zu gehen. Er verzog ein wenig den Mund, seine vollen Jungmännerlippen, dann aber stimmte er zu, aus Pflichtgefühl wohl. Ich war froh darüber, schrieb einen Einkaufszettel, drückte ihm einen Geldschein in die Hand. Nach einer halben Stunde war er wieder da, Bio-Rahm war ausverkauft gewesen, pasteurisierter genügte mir auch. Ich dankte, das Wechselgeld wollte er um keinen Preis behalten.

Die Umarmung zum Abschied hatte, von beiden her, etwas leicht Aggressives, als wollten wir einander gewaltsam festhalten. Ich überwand mich, Aleksandra grüßen zu lassen. Sebastian war schon beim Zauntor, da wendete er rasch den Kopf zu mir: »Ruf einfach an, wenn du reden willst.«

Ich schwieg, winkte nur und winkte noch, als er sich schon aufs Rad geschwungen hatte. Sein Elektrobike sah ich zum ersten Mal, er hatte beteuert, er habe es aus eigenem Lohn gekauft.

Etwas in mir – Mitleid? Groll? – brachte mich dazu, Gerhard zu suchen. Er war in der Tat nicht in seinem Arbeitszimmer, er lag im Schlafzimmer auf seiner Seite des Doppelbetts und hatte, bei halboffenem Fenster, die Decke über sich gezogen.

»Ist dir nicht zu kalt?«, fragte ich.

»Ich brauche frische Luft«, sagte er undeutlich, ohne die Augen zu öffnen.

Ich zögerte, ob ich mich auf den Bettrand setzen sollte, und tat es dann doch. »Kein Wunder, dass es uns nicht gutgeht.«

Er drehte sich mit Mühe auf den Rücken. »Ist dir eigentlich aufgefallen, wie sehr mich Sebastian ablehnt? Meinst du, das stecke ich einfach so weg?«

»Er lehnt dich nicht ab. Er verrennt sich einfach in seinen eigenen Ansichten.«

Er schlug die Decke halb zurück, griff sich mit Leidensmiene erst an die Schulter, dann an die Stirn, das weit offene Hemd mit dem zerknautschten Kragen ließ einen Teil seiner knochigen Brust frei. »Und diese ganze Misere im Institut. Jetzt hat auch noch die Sekretärin gekündigt. Eine solide Kraft, das weißt du ja. Sie ertrage die gespannte Atmosphäre nicht mehr, hat sie mir gesagt. Was soll ich denn tun? Ich kann den Frieden nicht herbeizaubern.« Er stöhnte leicht, als wäre er wirklich krank. »Und natürlich die Geschichte hier im Haus. Es ist wirklich zu viel.«

Woran litten wir eigentlich? Tatsächlich an der Sache mit Beat? Oder an uns? Dieses Mal war ich es, die ein Aspirin für ihn holte; doch er weigerte sich, es einzunehmen, rutschte von mir und dem Glas weg, das ich ihm entgegenhielt. Dafür schloss ich nun das Fenster und erschrak, wie resolut ich das tat. Ich hörte, dass Gerhard etwas sagte, beinahe murmelnd. Ich trat zwei Schritte näher zum Bett, er wiederholte den Satz, nun verstand ich ihn: »Leg dich doch eine Weile zu mir.« Ich schaute ihn an, meinen Mann, gebrechlich schien er mir plötzlich, älter, als er war. Und ich schlüpfte aus den Pantoffeln, legte mich zu ihm, näher als sonst, aber nicht unter, sondern auf die Decke. Sein freier Arm tastete nach mir, seine Hand umspannte meine. Lange war es her, dass wir tagsüber diese Nähe gesucht hatten, jetzt war sie gleichsam gefiltert, und doch fühlte ich plötzlich wieder eine fragile Verbundenheit, von der ich gedacht hatte, sie sei uns abhandengekommen.

16

Margret

Erschwerte Anteilnahme

Es begann eine Reihe von Tagen, durch die sie wie eine Schlafwandlerin ging, richtungslos. Sie trug Dunkles in der Vorweihnachtszeit, nur Dunkles, eine dunkelblaue Bluse, eine anthrazitfarbene Strickjacke, einen langen schwarzen Samtjupe, den sie seit Jahren gemieden hatte. Und wenn sie in die Kälte hinausging, zog sie den ebenso schwarzen Wintermantel an und knöpfte ihn bis oben zu, setzte sich im leichten Schneetreiben die elegante graue Wollmütze auf, die ihr Gerhard einst in Mailand gekauft hatte. Sie ging hinaus, obwohl sie sich in der Nachbarschaft von Blicken umzingelt fühlte.

Ab und zu tauchten Tanzszenen in den Träumen auf, an die sie sich erinnerte. Aber sie bewegte sich so schwerfällig, dass sie von den anderen, die mittanzten, zurechtgewiesen, einmal sogar weggeschickt wurde.

Sie erfüllte ihr Pensum in der Buchhandlung und war erleichtert, dass die Kolleginnen sie nicht auf Beat S. ansprachen. Vermutlich kannten sie die Zusammenhänge gar nicht. Oder doch? Gab es nicht beziehungsreiche Blicke, ein Flüstern hinter ihrem Rücken? Die Spannung war manchmal so groß, dass sie mitten in einem Verkaufsgespräch am liebsten hinausgeschrien hätte: Ja, er hat bei uns gewohnt, wir haben ihn aufgenommen, es war ein Fehler!

Zufällig begegnete sie dem Nachbarn Heimgartner auf der Straße, gegen halb sechs, kurz bevor sie das Haus erreichte. Es sah fast aus, als habe er ihr, mit seiner unvermeidlichen blauen Schirmmütze, aufgelauert. Er grüßte, nicht unfreundlich, sie selbst versuchte ja seit Jahren, ihm wohlwollend zu begegnen. Er atmete schnell und aufgeregt, kam aber ohne Umwege zur Sache: »Ich muss Ihnen sagen, Frau Sandmaier«, begann er, brach ab, wiederholte mit gepresster Stimme: »Ich muss Ihnen leider sagen, dass Sie zu unachtsam waren. Für den Fall, dass Sie es noch nicht selber wissen.« Er straffte sich, machte einen steifen Hals. »So, jetzt ist es heraus.«

Margret stand erschrocken vor ihm, sie kam sich gemaßregelt vor wie ein Kind, in ihr war plötzlich ein Zittern, das sie mit aller Kraft beherrschte, und sie suchte nach den Worten für eine energische Zurückweisung.

»Sie können doch nicht«, fuhr Heimgartner fort, »einen solchen Menschen im eigenen Haus haben, ohne misstrauisch zu werden. Und zwar zur rechten Zeit. Das spürt man doch. Bevor etwas passiert.«

Margret zwang sich zu einer Antwort. »Was wollen Sie denn von mir? Ein Schuldbekenntnis? Täte Ihnen das gut?«

»Nein«, er schüttelte entschieden den Kopf. »Ich will bloß, dass so etwas nicht noch einmal geschieht. Wir müssen alle aufmerksamer sein. Einen Anhaltspunkt, der zu einem Verbrechen führen könnte, frühzeitig erkennen. Das sind wir unserem friedlichen Quartier schuldig, ja?« Nun schien er sogar, mit einem weicheren Stimmklang, um Verständnis zu werben.

»Wissen Sie«, sagte Margret mit trockenem Mund, »die

Frage, ob wir achtsam genug waren, stellen wir uns selbst. Gehen Sie bitte davon aus, dass wir uns genügend Vorwürfe machen. Wir brauchen keine zusätzlichen Wachhunde.« Sie erschrak über den Zorn, der plötzlich da war, sie hatte Lust, den selbstgerechten Nachbarn zu beleidigen, ja, ihm ans Schienbein zu treten.

Erstaunlicherweise verzog er den Mund zu einem Lächeln. »Nicht gleich ausfällig werden, Frau Sandmaier, ich meine es gut. Wachhunde sind wir nicht, aber besorgte Bürger, verstehen Sie?« Er senkte die Stimme. »Ich bin ja selbst ein gebranntes Kind. Als meine Frau noch lebte, hatten wir einen Untermieter im Dachgeschoss, einen Monteur, einen Jugoslawen. Sehr umgänglich, hilfsbereit. Aber er hat uns bestohlen, er wusste, wo unser Bargeld lag. Und wir kamen viel zu lange nicht darauf, dass er es sein könnte, verdächtigten den eigenen Sohn. Eine bittere Erfahrung. Daraus habe ich gelernt. Augen auf! Das ist meine Devise.« Margret wollte ihn unterbrechen, doch er achtete nicht auf sie. »Ihr Untermieter war mir von Anfang nicht geheuer. So schweigsam, er wich einem dauernd aus, hätte sich am liebsten unsichtbar gemacht. Da hätte ich persönlich genauer hingeschaut, verstehen Sie?«

Margret hörte zu, obwohl sie sich schon nach dem ersten Satz hätte losreißen sollen, Heimartners plötzliche Vertraulichkeit brachte sie in Bedrängnis.

»Wenn ich Ihnen beistehen kann, dann sagen Sie es. Einen schönen Abend noch.« Er nickte ihr zu, wiederum mit einem halben, ein wenig verkrampften Lächeln, drehte sich um und trottete hinauf zu seinem Haus.

Sie war noch ein paar Sekunden wie gelähmt, dann packte

sie der Schwindel, den sie inzwischen kannte, sie fühlte sich von drüben – von Angelika vielleicht? – beobachtet, ging, Entschlossenheit vorspielend, die kleine Eingangstreppe hinauf, öffnete mit zitternden Fingern die Tür und schloss sie gleich hinter sich ab. Zum Glück war sie nicht gestolpert.

In den Medien nahm die Aufregung um den Fall Beat S. sukzessive ab, die Leserbriefschreiber forderten, dass der Prozess bald stattfinden solle, die Kommentatoren erwarteten ein hartes Urteil. Über die Heilungsfortschritte des letzten, schwerverletzten Opfers wurde detailliert berichtet, das vorherige Opfer, die Verkäuferin, war aus dem Krankenhaus entlassen worden. Der Name Sandmaier blieb nach wie vor unerwähnt, die Medien ließen sie in Ruhe, das lag auch daran, dass das Kabel des Festnetztelefons nach wie vor rausgezogen war. Die Journalisten einer Wochenzeitschrift hatten jedoch Beats Mutter ausfindig gemacht und sie dazu überredet, ein Interview zu geben und sich sogar, mit dem Rücken zum Betrachter und einer leichten Seitwärtsdrehung des Kopfs, fotografieren zu lassen.

Valeria hatte den Artikel gelesen. Sie wies Margret in einem ihrer nächtlichen Telefongespräche darauf hin; da gehe es jemandem schlechter als ihr, auch wenn die Schreiber das Ganze bestimmt noch dramatisiert hätten. Margret besorgte sich die Hochglanzillustrierte. Beat sei ein schwieriges Kind gewesen, erzählte die Mutter, der Vater habe ihm gefehlt, er habe sie, als Beat fünf war, für eine jüngere Frau verlassen und nur sporadisch mit den beiden Kindern Kontakt gehabt. Sie sei gezwungen gewesen, in ihrem Beruf als

Verkäuferin Vollzeit zu arbeiten, sie werfe sich vor, Beat vernachlässigt zu haben, sie habe auf seine Wutausbrüche mit Strenge reagiert, ja, ihn manchmal aus Verzweiflung in seinem Zimmer stundenlang eingeschlossen. Mit Beginn der Pubertät habe er sich zurückgezogen, sei ihr gegenüber verstummt, habe sich allen Ansprüchen offen oder versteckt verweigert. Auch der Oberstufenlehrer habe kein Mittel gefunden, ihn zu motivieren, er habe sie mit Beat zur Erziehungsberatung geschickt, das habe nichts gebracht. Erst der Sport habe ihm wieder so etwas wie einen Sinn gegeben, er habe von der neunten Klasse an für den Radrennsport gelebt, die Lehre nur mit Schwierigkeiten abgeschlossen. Beats Verhaftung sei für sie gewesen, als wäre die Decke über ihr eingestürzt, sie komme gar nicht mehr aus dem Elend heraus, weine ganze Nächte hindurch, sie verstehe nicht, wie es so weit kommen konnte. Ihr anderer Sohn, der keiner Fliege etwas zuleide tun könne, distanziere sich jetzt vom Bruder, er schäme sich, wolle nach Australien auswandern, dann hätte sie, die Mutter, beide Kinder verloren.

Es war ein aufwühlendes Interview. Ich müsste dieser Frau die Schuldgefühle nehmen, sagte sich Margret. Aber wie? Ihr Schatten schien sie von nun an zu begleiten und die ohnehin grauen Dezembertage noch stärker zu verdunkeln.

Ein weiteres Mal kam jemand von der Polizei nach höflicher Voranmeldung vorbei. Sie müssten, sagte er, doch noch genauer wissen, wie sich alles abgespielt habe, von der Auswahl des Mieters über sein Kommen und Gehen bis zu den Einzelheiten ihrer Gespräche. So versuchten Margret und Gerhard, sich möglichst genau zu erinnern, und wussten eigentlich nicht, warum. Als Zeugen vor Gericht, sagte der Befrager, würden sie wahrscheinlich nicht vorgeladen, da der Täter ja in vollem Umfang geständig sei. Wieder diese Redewendung: *in vollem Umfang*. Margret sah sein verschlossenes Gesicht vor sich, und das Mitleid, das sie plötzlich für ihn empfand, verleitete sie zur Frage, wie es ihm gehe. Nicht gut, antwortete der Befrager kurz angebunden, er werde psychiatrisch betreut.

Ein paar Tage später räumte ein Umzugsunternehmen, vermutlich im Auftrag der Staatsanwaltschaft, das Studio. Wohin die Möbel gebracht wurden, erfuhr Margret nicht. Zu Beats Mutter möglicherweise. Oder ins Brockenhaus. Die Filme hatte man ja schon vorher beschlagnahmt und weggeschafft. Sie würden die Wände neu streichen lassen, sagte Gerhard, bald, im neuen Jahr. Das reichte eigentlich. Ein Reinigungsritual, gar eine Form von Ausräuchern hätte er vehement abgelehnt, da kannte ihn Margret gut genug: »Esoterischer Quatsch!«, hätte er geknurrt. Über eine Neuvermietung sprachen sie nicht.

Beats Mutter ging Margret nicht aus dem Kopf; nachts, vor dem Einschlafen, stellte sie sich vor, wie es wäre, sie kennenzulernen. Weshalb? Um sich mit ihr zu solidarisieren? Unumstößlich war: Beide hatten sie Söhne, die ihnen entglitten waren, so oder so, auf schlimmste oder auf stillschweigende Weise. Sebastian meldete sich jetzt beinahe täglich, fragte, ob er etwas tun könne. Sie trafen sich zwei Mal in einem Tearoom, er gab ungewohnt gesprächig Auskunft über sein Studium, über die ethischen Fragen, die ihn im Moment am meisten beschäftigten, und sie erzählte von ihren Deutschstunden, vom rührenden Eifer der kongolesischen Kinder, aber auch, dass sie zum jungen Somalier Hanad keinen Zugang finde. Nichts über Aleksandra, nichts über Gerhard, und das gefährlichste Terrain, das sie nun ohne Absprache mieden, war die unselige Geschichte mit dem Mieter. Immer wieder schaute sie den Sohn forschend an, sein Blick ließ sich nicht ergründen, so anders war er als früher, da sie in ihm lesen konnte wie in einem offenen Buch. Beim zweiten Treffen lud Sebastian sie, auch im Namen von Aleksandra, wie er ausdrücklich beifügte, zu einem Weihnachtsessen ein, am 24., denn am 25. würden sie zu Aleksandras Mutter in die Ostschweiz fahren. Margret protestierte, sie seien jetzt mit der Einladung an der Reihe, außerdem komme ja am 24. traditionsgemäß ihre Schwiegermutter zu ihnen und vermutlich auch noch ihre alleinstehende Cousine Alma. Sebastian dachte nach, stimmte dann mit einem Verlegenheitszwinkern zu.

»Ich werde es Aleksandra schon beibringen«, sagte er und zögerte. »Du weißt doch, dass sie Vegetarierin ist.«

»Nein. Oder doch.« Es klang abwehrender, als Margret es meinte. »Ich werde daran denken.«

»Nur, weil es bei uns an Heiligabend doch meist Filet im Teig gibt.«

»Mir fällt schon etwas ein.«

Sebastian dankte auf eine übertriebene Weise, die ihr unangenehm war. »Wir werden das Dessert mitbringen. Und etwas noch: Keine Geschenke, bitte. Wir spenden lieber, ihr auch?«

»Doch, doch, Médecins Sans Frontières, die berücksichtigen wir jedes Jahr.«

Sie umarmten sich am Ausgang; nur flüchtig dieses Mal, und Margret wusste nicht, ob sie das bedauern sollte.

In der Woche vor Weihnachten, an einem frühen Nachmittag, lud Angelika sie zum Tee ein. Sie hatten bei ihr sonst Espresso getrunken, extra starken, den beide bevorzugten, aber jetzt gab es Tee, eine Mischung mit Melisse, und Margret schien es fast, als habe Angelika sie aus therapeutischen Gründen gewählt. Sie saßen am großen Fenster auf unbequemen Designersesseln; im Hintergrund lief leise, aber doch vernehmbar argentinischer Tango, Piazzolla. Für eine kurze Zeit schien zwischen dunklen Wolkenbänken die Sonne hervor, und das Licht, das durch die Scheibe brach, war so stark, dass Margret das Gesicht abwenden musste.

Nach einem Austausch von Banalitäten fragte Angelika unvermittelt: »Wie geht es dir jetzt? Ich meine, nach alldem …«

Margret war es peinlich, dass ihr gleich die Tränen in die Augen schossen, sie versuchte, sich nichts anmerken zu lassen, und sagte, es bleibe einem ja nichts anderes übrig, als irgendwie mit der Sache zu leben.

Angelika hielt mit beiden Händen die warme Tasse umfasst. »Du siehst nicht gut aus, Margret. Das nagt an dir. Gerhard steckt so etwas besser weg, er hat seinen regelmäßigen Arbeitsrhythmus. Lass dich nicht zu sehr fallen. Hast du daran gedacht, einen Arzt zu konsultieren?« Sie fragte es sachlich, aber mit einem warmen Unterton, und das brachte Margret noch mehr aus dem Konzept.

»Immerhin sorgt sich Sebastian wieder mehr um mich«, sagte sie, es klang wie eine Entschuldigung.

»Er ist nicht Arzt, dein Sohn.« Angelika zog die schlanken, in Leggings steckenden Beine an und setzte, wie bei einer Yogaübung, die nackten Fußsohlen seitlich auf die

Sitzfläche. Sie gab ein beneidenswertes Bild von Gesundheit ab; wie sie es schaffte, ihren Teint, der im Sonnenlicht geradezu leuchtete, so frisch und glatt zu erhalten, war Margret ein Rätsel.

»Nein.« Die Muskeln, die das Lächeln erzeugten, gehorchten ihr wieder nicht, es war, als habe sie es verlernt. »Er hatte mal vor, Arzt zu werden. Jetzt findet er, die Theologie liege ihm näher.«

Angelika zog – theatralisch in diesem Licht – die Augenbrauen hoch. »Nun ja, Hauptsache ist doch, dass er dich unterstützt. Und von mir darfst du erwarten, dass ich zur Stelle bin, wenn du mich brauchst. Aber du musst dich melden, ich kann nicht Gedanken lesen.«

»Danke«, murmelte Margret. Nun verschwand die Sonne hinter der Wolkenbank, es wurde schlagartig dunkler.

Sie schwiegen, Angelika schenkte beiden Tee nach.

Margret achtete darauf, dass sie nicht ins Stottern geriet: »Wird viel geredet ringsum?«

Angelika stellte ihre Beine auf den Boden. »Wie meinst du das?«

»Nun, dass einige uns mitverantwortlich machen für diese ...«, es fiel ihr kein anderes Wort ein, »diese Vergehen.«

Angelika streckte ihren Rücken durch und saß nun beinahe statuenhaft da. »Wieso denn? Das hätte anderen auch passieren können.«

Dir nicht, dachte Margret, du bist ja so tüchtig, erlaubst dir keine Nachlässigkeiten. Und zugleich war ihr bewusst, wie lächerlich ungerecht dieser Angriff war.

»Den Täter«, fuhr Angelika fort, »diesen fehlgeleiteten

jungen Mann kann man hassen und verachten. Aber auch bedauern. Da bin ich nicht die Einzige, die so denkt. Der ist durch die Hölle gegangen. Und jetzt, in Einzelhaft, nehme ich an, noch mehr.«

»Mag sein«, sagte Margret und fühlte sich Angelikas Ansichten wehrlos ausgeliefert.

Viel redeten sie nicht mehr, Angelika erwähnte nun doch mit Stolz, dass ihre Kinder über Weihnachten nach Hause flögen, und Margret war froh, dass sie melden konnte, dass Sebastian ebenfalls heimkomme und auch die Freundin, eine überaus nette Person, mitbringe.

»Dann sind wir ja beide *en famille*«, sagte Angelika. »Und so muss es doch sein.« Sie stockte. »Bei Babette ist es allerdings nicht ganz sicher, ob sie wirklich kommt. Sie steckt in Geldschwierigkeiten. Zu viele Ausgaben für ihre Bergausrüstung, nehme ich an. Wir haben ihr angeboten, das Flugticket zu bezahlen. Aber das will sie nicht.« Sie lächelte unter Tränen. »Starrköpfig war sie schon immer. Pocht unglaublich auf ihre Selbständigkeit.«

»Was ja nichts Schlechtes ist.« Margret glaubte zu spüren, dass Angelika gar nicht die Absicht gehabt hatte, so offen zu sein. »Sie wird euch trotzdem nicht vergessen.«

Angelika fuhr sich mit dem Handrücken über die Augen. »Nein, aber man fühlt sich da als Mutter doch ziemlich im Stich gelassen, oder nicht?«

Margret nickte. Sie war nahe daran zu fragen, warum Weihnachten für Mütter in ihrem Alter eigentlich so wichtig sei, ließ es dann bleiben.

Sie überquerte das Sträßchen zu ihrem Haus auf unsicheren Beinen, als hätte sie über den Durst getrunken. Sie hatte sich vorgenommen, noch mit Valeria zu telefonieren, verschob es auf morgen. Dafür stieg plötzlich ein Entschluss aus einer unbekannten Tiefe an die Oberfläche wie eine gefährlich leuchtende Boje: Ja, sie würde Beat eine Weihnachtskarte ins Gefängnis schicken. Ein paar schlichte Sätze bloß, der Wunsch, dass er Hilfe finden, dass es ihm gelingen möge, die harte Zeit, die vor ihm liege, durchzustehen und seine – sie rang um das richtige Wort –, seine dunkle Seite zu überwinden. Sie setzte sich drinnen gleich an ihren kleinen Schreibtisch im ehemaligen Kinderzimmer, durchsuchte ihren Vorrat an Kunstpostkarten nach einem passenden Sujet. Nichts Figürliches. Also Klee? Miró? Sie wählte einen Rothko aus, eine seiner zweigeteilten roten Flächen, ja, das war gut. Sie schrieb die Sätze, die sie sich ausgedacht hatte, ihre Hand zitterte leicht, einige Schwellstriche ihrer Füllfederschrift verwischten sich beim mehrmaligen Ansetzen. Sie steckte die Karte in einen gefütterten Umschlag, adressierte ihn an Herrn Beat Schär, Regionalgefängnis, sie klebte eine Marke darauf, zog noch einmal die Schuhe an, nicht aber den Mantel, und warf ihn unten beim Parkplatz in den öffentlichen Briefkasten. Frierend und dennoch in einem fiebrigen Zustand saß sie danach am Küchentisch und fragte sich, ob es richtig oder unsinnig war, was sie getan hatte, und ob sie Valeria davon erzählen sollte. Aber wenn sie sich selbst schon nicht begriff, dann würde es die Freundin noch viel weniger tun.

17

Sebastian

Der Rat des Dogmatikers

Es gebe so etwas wie eine Betreuungspflicht gegenüber der eigenen Mutter, postuliert Karl Barth in seiner Dogmatik. Aus Liebe verpflichtet sein, da wird es schwierig für mich. Immerhin gehorche ich dem Weihnachtszwang der Papierchristen: friedlich zusammen sein, Streit vermeiden, der gerade deshalb so oft ausbricht. Meiner Mutter geht es schlecht, sie braucht Trost, auch von mir, man muss sich überwinden, sagt Barth. Was da ausgebrütet wurde in unserem Haus, was sich manifestierte in den Gewaltexzessen eines Einzeltäters, hat möglicherweise auch mit uns zu tun.

Ich musste weg, weil ich den faulen Frieden nicht mehr aushielt und unfähig war, ihn zu durchbrechen. Das hat nun der Gewalttäter getan, der meinen ehemaligen Raum besetzte. Alles aufgebrochen. Eine Grenzüberschreitung, furchterregend. Ich glaube, für Mutter ist alles anders seither. Sie war schon verändert, bedürftig, als sie mir in der Nähe meiner Bleibe auflauerte (oder wie soll ich das nennen?). Und Vater, der sich so lange unberührbar gab, ist auch infiziert, völlig durcheinander, weil das unmöglich Scheinende, das Böse so nahe gerückt, ja, von uns ausgegangen ist. Soll ich schreiben: das Sündhafte? Dass ein Begriff wie »Sünde« mich je beschäftigen würde, hätte ich noch vor einem halben Jahr für unmöglich gehalten. Und dass eine Frau mich so herausfordern würde wie Aleksandra, auch. Aber sie tut es, die Bardame, wie Vater sie, wenn auch halb im Scherz, meist nennt, meine Geliebte, die zwischen Lebenslust und pessimistischer Weltsicht schwankt wie ich und sich am Hebräischen die Zähne ausbeißt.

Christoph ist für ein paar Wochen weg, in Süditalien, sie kann sein Bett benutzen, schläft aber lieber bei mir, wenn nicht ihr Rückzugsbedürfnis die Oberhand gewinnt. Fluchtort gleich gegenüber, auf der anderen Straßenseite. Jetzt macht sie für das Weihnachtsfest *mousse au chocolat,* das mögen alle, auch Tante Alma, die ja wieder da sein wird, Alma, die Männerlose, mit ihrem Raubvogelprofil, und natürlich Grandmaman, die so furchtbar stolz ist auf ihren professoralen Sohn, weit über achtzig nun. Wenn sie stirbt, erbt er ihr Haus mit dem Erker. »Was willst du damit?«, habe ich ihn einmal gefragt. »Ihr habt ja schon eines.« Akkumulieren statt weggeben, das ist das Prinzip der Wohlstandsbürger in unsicheren Zeiten. Natürlich plagt mich das schlechte Gewissen, dass ich den väterlichen Monatszuschuss in Anspruch nehme. Die stundenweise Hilfsarbeit im Sozialarchiv – dieses Nummerieren, Einscannen von vergilbten Dokumenten – ist miserabel bezahlt und todlangweilig, ich tu's trotzdem. Kein Geschenke-Austausch, das haben wir vereinbart. Sie werden sich nicht daran halten, wir uns auch nicht.

Vorbei. Wir haben das Fest hinter uns. Wärmeeinbruch ausgerechnet an Weihnachten, aller Schnee weggeschmolzen, die Spatzen tschilpten wie verrückt. Der Abend oszillierte zwischen erträglich und kaum aushaltbar, zwischen Kerzenglanz und Verlegenheitspausen. Aber es war auch rührend, wie sehr sich alle Mühe gaben, der Familientradition gerecht zu werden, ich – ja, ich! – las die Weihnachtsgeschichte, ich rühmte Mutters Gemüselasagne, alle rühmten Aleksandras Mousse und Gerhards Weinwahl (einen Merlot aus dem Tessin). Almas dünne Stimme dominierte wie immer beim Singen der Weihnachtslieder, das Grandmaman gebieterisch forderte, ich schwieg erst, brummte dann doch mit, als Mama mich vorwurfsvoll ansah, Vater mit der zweiten Stimme, leicht falsch, Aleksandra plötzlich glockenrein bei *Stille Nacht, heilige Nacht,* aber nur eine Strophe lang, danach verstummte sie. Doch da fand sich etwas zusammen, was endgültig auseinanderzubrechen droht, dank ein wenig Heuchelei, ein wenig Dankbarkeit, ein wenig Zuneigung. Geschenke gab es doch, wie vorausgesehen. Einen Bücherbon für mich, einen Parfümeriebon für Aleksandra. Wir hatten eine CD mitgebracht, russische Weihnachtslieder.

Danach, als Kontrastprogramm, Sex mit Aleksandra. Was finden wir im anderen beim Liebesakt? Ist er, neben der Fortpflanzungsmöglichkeit, das Mittel, das die eigene Einsamkeit aufhebt? »Koitus ohne Koexistenz ist eine dämonische Angelegenheit«, so Barth, ausgerechnet er, der mit zwei Frauen lebte. Die Koexistenz mit Aleksandra ist vorhanden, sie wächst täglich, und ich weiß, dass ich Angst habe vor dem Verlust. Wovor denn hatte Beat S. Angst, der – physisch – meinen Platz im Elternhaus einnahm? Ein explosives Gemisch in ihm drin, in allen Muskelfasern, zurückgehalten von Knochengerüst und Hautsack. Aber es drängt hinaus, hinaus! Bin ich nicht ein Herrscher, König über meinen Körper, Eroberer? Sagt mir das Blut, das ich fließen lasse, nicht, dass ich lebe, begehre, Nähe fordere, Verschmelzung? Ja, wer zutiefst einsam ist, einst verstoßen wurde, eingesperrt, der möchte ein kleiner Gott sein, vor dem wir niederknien. Wir sollen ihn sehen, achten, fürchten. Nicht lieben, denn Liebe, wenn sie vorher nie zu spüren war, ist ein verbotenes Wort, eines, das unerträglichen Schmerz bedeutet.

Zwischendurch immer noch der Traum vom Handwerk, den mein Vater verspottet. Ja, Geigenbauer, warum nicht? Die Finger als wesentliches Organ. Die richtige Form ertasten, mit dem Stichel der Maserung von Ahorn und Fichte folgen. Aber ich werde kein Geigenbauer, auch kein Pfarrer, der von der Kanzel predigt. Vielleicht ende ich ja als Archivar, dort gibt es genügend verkrachte Existenzen.

Das Jahresende. Schönstes Wetter jetzt, Alpensicht, du streckst die Hand aus, möchtest Eis und Schnee berühren. An Silvester luden wir Gerhard und Margret zu einem Spaziergang ein. Pflicht und Kindesliebe, das stirbt ja nicht einfach weg. Wir gingen am grünen Fluss entlang, warfen lange Schatten, ein wenig Reif hing hoch oben an den Erlen. Gerhard sprach über die große Pest von 1348, die den Glauben erschüttert habe wie nichts anderes zuvor, über die Pogrome an den Juden, auch in unserer Stadt, und Aleksandra, die neben ihm ging, zeigte mit kleinen Einschüben, die der Herr Professor zuließ, dass sie ebenso viel wusste wie er.

»Was das neue Jahr für uns vier bringen wird?«, sagte

Mutter. »Alles ist so ungewiss.« Sie hatte sich bei mir eingehängt.

»Du musst dich jetzt schonen«, sagte ich.

»Oder auch nicht«, antwortete sie. »Valeria empfiehlt mir das Gegenteil: draußen Tritt fassen, neu anfangen.«

»Du hast zu viel auf dich genommen, siehst dich zu Unrecht als mitverantwortlich für Dinge, die außerhalb deines Einflusses sind.« Ich wollte sie trösten.

Sie hingegen sprach plötzlich von einer anderen Mutter, der des vormaligen Mieters, des Straftäters. »Ich würde sie gerne treffen«, sagte sie, »diese Frau darf nicht an Schuldgefühlen ersticken, jede Mutter tut doch, was ihr möglich ist.«

»Das willst du ihr vermitteln?«, fragte ich. »Lass das sein, es wird dich überfordern.«

Sie löste sich von mir. »Ich tue, was ich muss.« Mit ein paar Schritten holte sie Gerhard und Aleksandra ein, die vor uns gingen und nun schwiegen.

Wir machten halt in einem schlechtgeheizten, aber gutbesetzten Café am Fluss, wir tranken Punsch, auf einem Teller lagen drei Nussgipfel. Aleksandra und ich teilten uns einen, die Eltern auch, einer blieb übrig. Meine Finger wurden klebrig von der Glasur, ich hatte sie abgeleckt, bevor Aleksandra mir eine Papierserviette reichte. Eine Ecke wickelte Margret in ihr Taschentuch, um damit die Enten zu füttern, die am Ufer saßen und sich putzten.

Mit dem Bus zum Hauptbahnhof. Abschied in komplizierten Formen des Händeschüttelns und Sich-Umarmens, allerbeste Wünsche zum neuen Jahr, Tränen in Mamas Augen, ich kam mir als Versager vor, weil es mir nicht gelungen war, sie aufzurichten.

Aleksandra und ich trafen noch ein paar Freunde oder Halbfreunde. Wir schälten Orangen, knackten Erdnüsse, warteten auf Mitternacht, stießen zum Geläut, das durchs offene Fenster kam, mit billigem Prosecco an. Nochmals Wünsche, flapsige, irreale: Hauptgewinn im Lotto, Wahl zur Miss Schweiz, Dissertation in Rekordtempo, ich lachte wacker mit.

»Wie können wir die Welt gerechter machen?«, fragte eine Halbinderin. »Es läge doch an uns, oder nicht? Wir sind die, die jetzt nachrücken.«

»Keine Ahnung.« Das kam von mir, in viel zu forschem Ton, ich war angetrunken. Die Ahnung gab es ja doch: verzichten, teilen, lieben.

»Es beginnt im Kleinen«, sagte die Halbinderin lächelnd, jemand schnippte ihr Erdnussschalen an die rote Bluse, und sie lächelte breiter.

In dieser Nacht wollte Aleksandra allein sein, ich vermutlich auch. Karl Barth hätte empfohlen zu beten, ich kann es nicht. Ich möchte es können. Was mit Beat S. geschah, hat auch mich erschüttert, erst jetzt gestehe ich es mir ein. Woher kommen er und ich, wohin gehen wir? Er ist nur wenig älter als ich, ungefähr gleich schwer, wahrscheinlich vergleichbare Zahl der Hirnzellen, kein Migrationshintergrund, der hätte ja die Geschichte begreiflicher gemacht: Balkan oder Nordafrika, Machokultur, miese soziale Verhältnisse, aber nein: Schweizer Vater, Schweizer Mutter, unauffällige Jugend. Was unterscheidet mich von ihm?

2011. Mich hemmt vieles, ein zögernder Gang, manchmal Bleigewichte an den Füßen. Sei nicht dauernd so ernst, tadelt mich Aleksandra. Und bemüht sich, gute Laune zu verbreiten. Aber was zieht sie derart am Judentum und seiner Geschichte an? Mir ist es fremd, das Hermetische der Ghettos, eine Käseglockenwelt, die Sanftmut, die Passivität den Verfolgern gegenüber, das klagende Erdulden von schlimmsten Grausamkeiten.

Zwei Jahre ist es her. In Antwerpen stand ich vor einem Bethaus im jüdischen Viertel, ich hörte das Durcheinander der Stimmen, den Sprechgesang, ich begegnete nach der Sabbatfeier zu Dutzenden den Männern mit langen Schläfenlocken, den schwarzgekleideten Kindern, die mich ignorierten, mich gab es nicht in ihren Augen. Aleksandra hat von der christlich-orthodoxen Großmutter her mazedonisch-jüdische Wurzeln, aber sie ist paradoxerweise fasziniert vom – lange schon untergegangenen – polnischen Stedtl, von jüdischer Lebensweise, von jüdischen Legenden, von jüdischer Rabulistik.

Ich frage: »Was suchst du in der Thora, im Talmud?«

Sie sagt: »Was uns manchmal am tiefsten ergreift, ist ein Geheimnis.«

Ich frage: »Möchtest du eigentlich konvertieren?«

Sie sagt: »Auf keinen Fall.«

Und dann suchen wieder unsere Körper einander, sie finden und verlieren sich, meine Zunge berührt den kleinen Ring an ihrem Nasenflügel, schreckt zurück vor der metallenen Kühle, dem säuerlichen Geschmack. Wir sind ein seltsames Paar. Manchmal erinnert mich Aleksandra an Yentl, das Mädchen aus dem Stedtl, das sich als Junge ausgab, um den Talmud studieren zu können. Wir haben uns den alten Musikfilm mit der Streisand angeschaut, Aleksandra meinte, mit dieser Figur habe sie nichts zu tun, gar nichts. Aber sie teilt mit ihr die Energie, sich ein Wissen anzueignen, das ihr eigentlich nicht zustünde. Es ist ja eine ausgesprochene Männerreligion, der sie verfallen ist – und als Bardame distanziert sie sich davon. Mir geht es mit dem Christentum nicht viel anders. Auseinandersetzung: ja, vertiefte Kenntnisse: ja, Bekenntnis, gar Bekehrung: nein. Quergeister sind wir beide, das hält uns zusammen. Doch wir geraten immer öfter in Streit. Jetzt ist Christoph, der Mitbewohner, wieder da. Kaum auszuhalten, sagt er, wie ihr einander anschreit. Ich halte es aus. Hinterher vergesse ich sogleich, worum es ging. Um Intensität, um ein Sich-Entäußern, um Nähe im Kampf. Habe ich zuvor schon jemanden angeschrien? Ich war ein stiller Junge, rebellierte im Rückzug, in der Verweigerung. Es war natürlich der bequemere Weg als der mit dem offenen Visier. Das Schöne, das Verstörende mit Aleksandra ist, dass der Wortkampf meist in Begehren übergeht. Und danach, wenn die verschlungenen Glieder sich voneinander lösen, lachen wir über uns. Die Doppeldeutigkeit von »verschlingen«. Das Gegenteil jedenfalls von Gleichgültigkeit. Wo würde es nach dreißig Jahren enden mit uns? Im Zustand der inneren Lähmung, des Gefrorenseins? Und erst ein Triebtäter sprengt das Eis auf?

18

Margret

Ein Gang am Waldrand entlang

Die grauen Tage – mit viel zu kurzen Intermezzi von blassem Sonnenschein – wollten nicht weichen. Es gab in diesem Januar auch kaum Neuschnee; der Ende Jahr gefallene war zum größten Teil verschwunden, und der Streusand auf dem Asphalt sah an schattigen Stellen aus wie Schmutz.

Über Beat S. erfuhr die Öffentlichkeit nichts Näheres mehr, auch nicht, dass er sadistische Pornos konsumiert hatte. In der Zeitung stand auf wenigen Zeilen, er habe, einem Gerücht zufolge, versucht, Suizid zu verüben, das wollte aber die Gefängnisverwaltung nicht bestätigen. Die Nachricht, ob sie nun stimmte oder nicht, ließ mich seltsam kalt. Wie wollte er es wohl tun?, fragte ich mich. Mit dem Hemd, das er zum Strick gedreht hatte? Oder war es ihm gelungen, sich zu verletzen? Es ist, dachte ich, seine Entscheidung, ob er mit dieser Last weiterleben will. Durch kurze Träume geisterte manchmal sein Gesicht, nur das Gesicht, ausdruckslos, wie hinter einem Schleier. Ich sollte doch, sagte ich mir, neben dem Groll für die Lage, in die er uns gebracht hatte, auch Mitleid für ihn empfinden, ein bisschen wenigstens. Aber da war nichts, bloß eine Leerstelle. Und in sie hinein wuchs das Bedürfnis, seine Mutter aufzusuchen, unmerklich erst, dann immer drängender. Ich konnte es nicht unterdrücken. Ich hatte diese Frau noch nie gesehen, obwohl Beat mir am Anfang versichert hatte, dass er die Mutter schon bald zu sich einladen werde.

Ich redete mit niemandem über diesen Wunsch, auch nicht mit Valeria, die zu meiner engsten Vertrauten geworden war. Sie hätte mir garantiert vorgeworfen, dass ich mich am Elend von Beats Mutter selbst aufrichten wolle. Was Unsinn war, es konnte doch auch sein, dass ein solches Gespräch Linderung für beide brachte. Die Arbeit in der Buchhandlung, die Deutschstunden lenkten mich ab. Aber in der Dämmerung, bevor ich das Abendessen zubereitete, trank ich zur Beruhigung ein Glas Wein, nur eines oder höchstens anderthalb, und kämpfte mit mir, ob ich den Kontakt tatsächlich aufnehmen sollte. Gerhard hatte die Unterlagen der potentiellen Mieter damals in einem Ordner abgelegt, und Beat wohnte, bevor er bei uns einzog, noch bei der Mutter; deren Adresse musste folglich in seiner Bewerbung zu finden sein. *Anbau* stand in Gerhards Zimmer auf einem Ordnerrücken. Die Handwerkerrechnungen waren darin gesammelt und auch der Mietvertrag, in dem schon Beats neue Adresse stand. Aber sein ungelenkes und fehlerhaftes Bewerbungsschreiben war ebenfalls vorhanden, und das Absenderfeld oben links enthielt sowohl die ehemalige Adresse als auch eine Telefonnummer. Ich schrieb beides auf einen Notizzettel ab, mein Herz klopfte. Eine kurze Weile noch blieb ich mit geschlossenen Augen, den Zettel zwischen zwei Fingern, in Gerhards Zimmer, roch das ihm eigene Geruchsgemisch von Deodorant, Schweiß, Staub. Ich ging hinaus und fragte mich, wie meine Zuneigung zu diesem Mann beschaffen war, schlimmer: ob sie überhaupt – außerhalb der Gewohnheiten – noch bestand, und schämte mich zugleich, dass ich mich so weit vorgewagt hatte.

In der Stunde der Dämmerung wählte ich die Nummer. Frau Schär meldete sich mit tiefer, beinahe männlich klingender Stimme, und ich musste mich, nachdem sie ihren Namen genannt hatte, erst vergewissern, dass sie die richtige Person war: »Sie sind doch die Mutter von Beat, oder irre ich mich?«

Es blieb lange still in der Leitung, dann sagte die Stimme: »Was wollen Sie? Sind Sie von der Presse? Dann hänge ich gleich auf.«

»Nein, hören Sie mir bitte zu!« Ich versuchte, gegen die Feindseligkeit anzureden, die mir ans Ohr schlug, erklärte, wer ich sei, dass Beat bei mir gewohnt habe. »Ich habe auch einen Sohn, einen gleichaltrigen«, sagte ich. »Ich denke oft an Sie und wie Ihnen zumute sein muss. Vielleicht glauben Sie, nicht nur Ihr Sohn, sondern auch Sie würden von der Öffentlichkeit verurteilt. Und darum hatte ich die Idee, wir beide könnten uns treffen, uns unter Müttern austauschen …«

Frau Schär unterbrach mich. »Wozu soll das gut sein?«, fragte sie burschikos, aber doch mit einem halben Schluchzen. »Ich will das nicht wieder aufwärmen. Es war sowieso ein Fehler, bei diesem Interview mitzumachen. Wissen Sie was? Seither grüßen mich nur noch halb so viele Leute wie vorher, ich wage mich kaum noch aus dem Haus.«

»Es geht mir ähnlich«, hakte ich ein. »Die Nachbarn denken, ich hätte besser aufpassen sollen …«

»Auf ihn? Sie sind ja nicht Polizistin, oder? Ach Gott …«

Sie konnte kaum noch weiterreden. »Aber mir wird vorgeworfen, ich hätte den Jungen schlecht erzogen, jemand hat es mir sogar geschrieben, anonym …«

Sie stockte. Eine lange Pause entstand, im Hintergrund lief ein Radio mit Unterhaltungsmusik.

»Es wäre wirklich gut«, sagte ich, »ich glaube, es würde uns beiden helfen …«

Lautes Atmen am anderen Ende, ein umständliches Sich-Schneuzen. »Ich überlege es mir. Rufen Sie morgen wieder an, um die gleiche Zeit, halb sechs, da bin ich zu Hause …«

Ich wollte antworten und danken, doch Frau Schär fuhr in bestimmterem Ton fort: »Nein, wir machen es anders. Geben Sie mir Ihre Nummer. Ich werde Sie überprüfen. Sie könnten ja eine Journalistin sein, die Medienleute sind raffiniert, das kann ich Ihnen flüstern.«

Ich diktierte die Nummer, Frau Schär wiederholte sie. »Ich melde mich«, sagte sie. »Und wenn nicht, dann eben nicht.« Abrupt und ohne Gruß legte sie auf.

Ich wusste nicht, ob ich den Anruf bereuen sollte. Sogar als mir Gerhard gegenübersaß und seine neuesten Zusammenstöße mit dem Stellvertreter beschrieb, kreisten meine Gedanken darum, was ich mir denn von Frau Schär erhoffte.

Der nächste Tag zog sich in die Länge; am Morgen Haushalt, ab zwei Uhr Buchhandlung. Unter den Kolleginnen gab es längst andere Themen als die Verfolgung und Ergreifung des Messerstechers. Das Wichtigste war im Moment, wer von uns fünf Anfang März auf Geschäftskosten zur Buchmesse nach Leipzig fahren würde, vier wollten offiziell nicht und insgeheim doch; für mich war klar, dass ich ohnehin nicht in Frage kam. Eilig nach Hause, das Gedränge im Bus. Daheim setzte ich mich mit einem Campari aufs Sofa, das Telefon neben mir, und durchblätterte zerstreut die Zeitung; in der Küche hatte ich Wasser aufgesetzt, in dem ein paar Schalenkartoffeln kochten. Ich würde einen Salat mit Ei dazu machen, Käse und gesalzene Butter auftischen. Das mochte Gerhard, solche simplen Gerichte gaben ihm trotz seines ansehnlichen Einkommens das Gefühl, nicht abgehoben zu leben.

Das Telefon klingelte kurz nach halb sechs; es war Gerhard, der ankündigte, er komme eine halbe Stunde später, sorry, dringende Sitzung. »Macht nichts«, sagte ich. Dann wartete ich wieder. Und tatsächlich meldete sich Frau Schär. Morgen Nachmittag habe sie Zeit, sagte sie nicht unfreundlich, doch mit merklicher Zurückhaltung. Ich solle zu ihr kommen, wir könnten vielleicht ein wenig spazieren gehen, allein traue sie sich ja kaum, aber sie habe das Bedürfnis nach frischer Luft. Ich war sogleich einverstanden, überlegte erst nachher, dass ich dafür zwei Deutschstunden ausfallen lassen musste, ausgerechnet die von Antoine und Esta. Es war nicht möglich, ihnen direkt Bescheid zu geben. Ich hatte weder die Nummer ihrer Mutter noch die des Asylzentrums. Und so rief ich mit schlechtem Gewissen den Hausmeister des Kirchgemeindehauses an und bat ihn, die Kinder und ihre Mutter morgen wieder heimzuschicken, ich sei krank. Ich lachte beinahe, als der Hausmeister mir gute Besserung wünschte, und verabschiedete mich mit belegter Stimme.

Mein Magen schmerzte. Fing das auch wieder an? Zum

Glück kam Gerhard in der Tat erheblich später nach Hause, seltsam aufgekratzt. Er verlor ein paar Worte über eine Geburtstagsparty im Institut, aß dann eine Menge Kartoffeln, die er akribisch schälte, zerschnitt und großzügig mit Butter bestrich, er redete zwischen den Bissen auf mich ein und merkte nicht, dass ich das, was auf meinem Teller lag, kaum anrührte.

Am nächsten Tag war es, bei bewölktem Himmel, deutlich kälter geworden, eine scharfe Bise ging. Ich schlug auf dem Weg von der Bushaltestelle zu Beats Mutter den Kragen hoch; ich hätte besser den Kaschmirschal mitgenommen. Frau Schär wohnte im dritten Stock eines Blocks, nahe an einem Autobahnzubringer. Erst nach mehrmaligem Klingeln betätigte sie den Türöffner. Es gab keinen Lift, das Treppenhaus wirkte heruntergekommen. Vier Wohnungen pro Stockwerk. Kinderwagen vor den Türen, Dreiradvelos. Blumenkisten mit verdorrten Pflanzen. Eine obszöne Sprayerei an der Wand war bloß teilweise entfernt. Einen Moment lang stellte ich mir vor, dass sie von Beat stammte. Nein, dafür war er zu vorsichtig. Doch allein der Verdacht irritierte mich.

Frau Schär stand schon, im Mantel und in Winterschuhen, in der offenen Tür. Ich hatte sie mir ganz anders vorgestellt, irgendwie untersetzt, rotwangig, sie war aber mager, spitznasig und glich Beat überhaupt nicht. Wir reichten uns die Hand, Frau Schär zog ihre eilig zurück, als fürchte sie sich vor einer Ansteckung.

»Gehen wir gleich los?«, fragte sie. »Oder wollen Sie noch einen Kaffee? Ich habe aber nur Pulver.«

»Eigentlich …« Ich wollte sagen, dass ich ein Gespräch in einem geschlossenen Raum vorgezogen hätte. Aber da war Frau Schär schon an mir vorbei und ging die Treppe hinunter. Es blieb mir nichts anderes übrig, als ihr zu folgen. Sie wandte rasch den Kopf zurück: »Das tut der Linie gut. Das Treppensteigen, meine ich.« Und ich entgegnete: »Darauf müssen Sie doch bei Ihrer Figur gar nicht achten.«

»O doch, o doch.« Frau Schär lachte geschmeichelt.

Draußen sagte sie, im nahen Wald wären wir ungestört, abgesehen von Joggern und Hundebesitzern. Wir gingen, noch im Austausch unverbindlicher Sätze, an weiteren Wohnblöcken vorbei. Auf einer Fußgängerbrücke überquerten wir die Autobahn, erreichten einen Weg, der am Waldrand entlangführte und so breit war, dass wir uns knapp nebeneinander halten konnten. Frau Schär ging sehr schnell, kam rasch ins Keuchen. Das Rauschen des Verkehrs war konstant und laut.

»Haben Sie Kontakt zu Beat?«, fragte ich.

»Einmal pro Woche«, sprach Frau Schär in den Wind, der in ihr strähniges Haar fuhr, »zwanzig Minuten, so viel ist engen Angehörigen gestattet. Aber ich glaube, es ist ihm egal. Er lässt nichts an sich heran. Nichts und niemanden. Das ist schon lange so. Und wenn Sie mich jetzt fragen, wie es ihm geht, muss ich sagen: Ich weiß es nicht.« Sie verstummte, verlangsamte ihre Schritte, blieb schließlich stehen, die Hände in den Manteltaschen. Sie schaute mich beinahe zornig an. »Was wollen Sie eigentlich? Ich brauche kein Mitleid.«

Ich fror und schob mit der Schuhspitze welkes Laub, das den Weg bedeckte, hin und her. »Ich habe ja auch einen

Sohn … Ich möchte verstehen, wie es so weit kommen konnte … mit Ihrem Sohn, meine ich.«

»Ach ja? Und deshalb wollten Sie zu mir? Ich weiß es ja auch nicht, ich grüble ganze Nächte an dieser Frage herum. Das geht ganz unmerklich, wenn ein Kind von einem abrückt. Plötzlich war mir klar: Jetzt habe ich ihn verloren.« Ihre Stimme war unsicherer geworden, sie nahm eine Hand aus der Manteltasche, wischte sich unbeholfen über die Augen.

»Das tut mir leid«, sagte ich. »Mir geht es ähnlich.«

Frau Schär straffte sich. »Diese Wand um sie herum, nicht? Aber dass dahinter plötzlich etwas Grässliches passiert, das kennen Sie nicht.«

Ich hatte einen sauren Geschmack im Mund und räusperte mich. Weiter vorne sah man eine Ruhebank, ich schlug vor, uns eine Weile dort hinzusetzen, so könnten wir uns beim Reden besser konzentrieren.

»Wenn es sein muss.« Frau Schär stiefelte voran, setzte sich mit gespreizten Beinen, zwischen die der Mantel einsank, so dass ich gezwungen war, Abstand zu halten. Ein großer Stapel Holz schräg hinter uns schirmte uns ein wenig vom Wind ab, die Haselsträucher am Wegrand vergitterten mit ihrem laublosen Zweiggewirr den Blick ins Freie, wo ohnehin nur Lagerhallen zu sehen waren, hinter denen, gedämpfter nun, die Autos lärmten.

»Auch der andere ist nicht mehr bei mir«, sagte Frau Schär. »Der Jüngere, Ernst.«

Ich erinnerte mich an Beats wortkargen Bruder; ein einziges Mal hatte ich ihn gesehen, bei Beats Einzug, dann nie mehr.

Frau Schär fingerte am Mantelkragen herum. »Er ist lernbehindert. Daran bin ich wohl auch schuld. Er ist nicht fähig, eine normale Lehre zu machen, Hilfsarbeiten, ja, fleißig, wie er ist. Er lebt in einem Wohnheim, ich sehe ihn nur noch selten, übernachten bei mir will er nicht ohne den Bruder. Er will weg von hier, am liebsten nach Australien. Das ist aber bloß eine Illusion. Was Beat getan hat, versteht er gar nicht richtig. Wie sollte er? Wer versteht das überhaupt?« Ihre Brust hob und senkte sich, sie presste plötzlich beide Hände gegen die Ohren, als höre sie überlaute Stimmen, nahm sie wieder weg, verflocht sie auf dem Schoß ineinander. »Wissen Sie, wie das ist? Ich bin jetzt ganz allein.«

Ich getraute mich fast nicht, das Wort auszusprechen. »Der Vater …?«

»Kommen Sie mir nicht mit dem! Abgehauen ist der, als Beat fünf war, zu einer anderen, einer Jüngeren. Und Alimente gezahlt hat er nur, wenn es ihm passte. Wenn er doch mal aufgetaucht ist, hat er das Kind mit Süßigkeiten vollgestopft, bis ihm schlecht war. Beat hat ihn vergöttert, viel zu lange, Papa hier und Papa dort. Als er begriff, was zwischen uns gelaufen war, hat er den lieben Papa plötzlich gehasst, wollte ihn nicht mehr sehen, auch den Jüngeren konnte der Papa nicht mehr auf seine Seite ziehen. Und jetzt? Jetzt ist es ihm egal, dass ich auf Sozialhilfe angewiesen bin. Den Halbtagsjob in der Papeterie habe ich wegen dieser ganzen unseligen Geschichte verloren, die wollen mich nicht mehr, die wissen ja, wer ich bin. Die denken, ich bin an allem schuld. Und das … genau das …« Sie hatte immer überstürzter geredet und verstummte.

Ich fühlte mich hilflos. Ein Eichhörnchen lief an einer Tanne empor, die zwischen den Haselsträuchern stand, es hielt auf halber Höhe inne, schaute sich um. Ich erinnerte mich daran, dass Sebastian als kleiner Junge einmal ein Eichhörnchen mit Erdnüssen füttern wollte, das halbzahme Tier hatte ihn völlig überraschend in den Finger gebissen. Dieses Geschrei! Er hatte gar nicht geblutet, aber Schreck und Zorn brachten Sebastian außer sich, und fast gelang es mir nicht, ihn zu beruhigen. Ich unterdrückte ein Lächeln. Doch Frau Schär sah gar nicht zu mir, auch das Eichhörnchen, das inzwischen verschwunden war, hatte sie nicht bemerkt. Sie erschauerte, zerrte einen dünnen Schal aus ihrer Manteltasche und band ihn sich mit fahrigen Bewegungen um den Kopf.

»Diese Bise heute«, sagte ich, um das Schweigen zu durchbrechen. »Das ist ja alles sehr hart für Sie ...«

Frau Schär fiel mir ins Wort: »Sie hätten ihn nicht nehmen müssen, das wissen Sie doch.«

Ich erschrak über den aggressiven Ton. »Ihren Sohn?«

»Wen sonst? Er hat sich bei Ihnen zu sicher gefühlt. Ein Basislager, verstehen Sie, man tankt auf, sammelt Kräfte, schlägt von dort aus zu, kehrt zurück und versteckt sich.«

Ich rieb die kalten Hände. »Das war ... das war ein ganz normales Mietverhältnis. Was stellen Sie sich denn vor? Hätten wir das Studio durchsuchen sollen, wenn er nicht da war?«

»Sie hätten diese Filme gefunden, Sie hätten Verdacht geschöpft. Ich kann Ihnen sagen: Ich hatte ein Auge auf ihn, ich habe Hefte unter seiner Matratze entdeckt, schlimme Hefte, ich habe sie weggeworfen, ich habe mit ihm geschimpft. Von da an wollte er ausziehen, er halte diese ständige Kontrolle nicht aus. Aber genau die Kontrolle hat ihn doch von seinen Dummheiten abgehalten, das fing erst an, als er bei Ihnen war.«

»Das ist doch …« Ich sprang verärgert auf und schlenkerte die Arme gegen die Kälte. »Soll ich jetzt schuld an diesen Überfällen sein?«

Frau Schär schien in sich zusammenzufallen. »Natürlich nicht. Nicht allein. Alle haben ihren Anteil, ich wohl den größten. Ich wusste mir manchmal nicht zu helfen, wenn er bloß noch frech war, und habe ihn bestraft. Eingesperrt habe ich ihn, er hat an die Tür gehämmert und geschrien, und der kleine Ernst, der mir beim Bügeln zusah, hat jämmerlich geheult.« Ein seltsames Husten brach aus ihr heraus, das wohl eher ein Schluchzen war.

Ich setzte mich wieder. »Wir machen alle Fehler. Ich mit Sebastian auch.«

»Aber Sie haben doch ein gutes Verhältnis zu ihm, ein normales? Und er ist nicht kriminell.«

»Ein Auf und Ab gibt es in jeder Beziehung zwischen Mutter und Sohn, denke ich.«

Der Wind blies stärker. Frau Schär seufzte und knotete ihr Kopftuch fester. »Aber Sie haben noch einen Mann, der Sie unterstützt.«

»Das allein garantiert nicht ein gutes Verhältnis zum Sohn.«

»Man hat es leichter, wenn einen jemand unterstützt.«

»Natürlich.« Ich stand erneut auf. »Wir sollten zurück, meine Füße frieren mir beinahe ab.«

Frau Schär erhob sich ebenfalls und sagte, überraschend

versöhnlich: »Dann trinken Sie doch noch einen Grog bei mir.«

»Ich glaube nicht, ich muss jetzt wieder los.«

Ich ging voran, hörte am Rascheln des Laubs, dass die andere mir folgte. Die Autobahn wurde wieder bedrängend laut, wir verließen den Wald, sprachen, bis wir vor dem Wohnblock standen, kaum noch miteinander.

»Dann also nichts Heißes bei mir«, sagte Frau Schär.

Ich schüttelte den Kopf. »Es tut mir leid. Ich weiß nicht, wie ich Ihnen helfen kann. Es gibt ja Fachleute, die …« Ich brach ab, mir schien es plötzlich, als imitiere ich Valeria.

Frau Schär schaute mich skeptisch an. »Brauchen Sie selber denn nicht auch Hilfe? Sie haben sich ja an mich gewandt. Nicht umgekehrt.«

Die Sätze verletzten mich wie kleine Messerstiche. »Ich komme schon zurecht. Und ich weiß, wohin ich mich allenfalls wenden kann. So wie Sie hoffentlich auch.«

Frau Schär nickte unschlüssig. »Wissen Sie, was ich mich immer wieder frage? Wie es den jungen Frauen geht, denen Beat weh getan hat. Ich habe den Mut nicht, mich zu erkundigen.«

Ich erwiderte, eigentlich gegen meine Überzeugung: »Denen wird bestimmt geholfen. Die kommen darüber hinweg.« Ich machte eine Pause. »Ich muss jetzt gehen.«

»Dann sehen wir uns wohl nicht wieder?«

»Ich denke nicht. Ich … habe mir einfach gewünscht, dass wir von Frau zu Frau, nein, von Mutter zu Mutter … etwas teilen, eine große Sorge, ein Leid. Das ist manchmal möglich, oder nicht?«

»Manchmal. Nicht oft.«

Wir reichten uns die Hand, ihre war erstaunlich warm. Dann drehte ich mich um, ging davon und merkte erst nach einiger Zeit, dass ich die falsche Richtung eingeschlagen hatte.

Es war so heiß im überfüllten Bus, dass meine Achselhöhlen nass wurden. Auf der ganzen Rückfahrt bereute ich den Besuch. Nachträglich kam es mir vor, ich hätte um Anteilnahme gebettelt, ausgerechnet bei der Mutter eines Beinahe-Mörders, und zugleich war ich froh, dass ich mich zu meiner eigenen – oft so uferlosen – Einsamkeit nicht bekannt hatte. Wie hätte denn Beats Mutter, gefangen in sich selbst, darauf eingehen sollen? Oder hatte ich gehofft, mich mit ihr anzufreunden? Absurd.

Obwohl ich mir vorgenommen hatte, Valeria nichts zu sagen, berichtete ich ihr eine Viertelstunde später am Telefon von diesem Treffen. Sie reagierte harsch. »Du spinnst!«, sagte sie so laut und ungehobelt, dass ich den Hörer instinktiv vom Ohr weghielt. »Du brockst dir einfach weitere Schwierigkeiten ein. Mit dieser Frau hast du doch rein gar nichts zu schaffen.«

»Mehr, als du denkst«, sagte ich.

»Quatsch! Du willst sie zu deiner Leidensgenossin machen. Dich mit ihr in deinem Verlustschmerz suhlen. Sei doch nur eine Sekunde lang ehrlich zu dir.«

»Ich habe schon gedacht, dass du mich nicht verstehst.«

»Aber gehofft, dass ich es trotzdem tue.«

»Nein, definitiv nein. Schönen Abend!« Gekränkt hängte ich auf, ich fühlte mich durchschaut, versuchte, die Frau zu vergessen. Trotzdem ging sie mir nicht aus dem Kopf, ihr Gesicht sah ich deutlicher vor mir als vorher in der Realität.

Erst jetzt fiel mir auf, wie grobporig, wie unnatürlich rot ihre Wangen waren, wie trocken die Lippen; Beat glich ihr doch ein wenig, am ehesten im Ausdruck eines abwehrenden Staunens, wenn ich ihr zu nahe kam. Das Gesicht, ihre Magerkeit ließen sich nicht wegschieben, auch während der Nacht nicht, als ich wach dalag. Gegen Morgen beschloss ich, Frau Schär von meinem Gehalt monatlich eine kleine Summe zu überweisen, anonym. Ablasshandel, hätte Valeria gesagt, Abstottern einer diffusen Schuld, die ich gar nicht haben müsste. Aber von diesen Überweisungen würde Valeria nichts erfahren, wer weiß, was sie ihrem Lover zusteckte.

Sobald seine Mutter verschwunden war, zeigte sich im Halbschlaf und in Traumbildern Beat S. selbst. Tagsüber wanderte er, in kleineren Lettern nun, durch die Spalten der Zeitungen. Der Prozess, schrieben sie, werde erst im Lauf des Sommers oder im Herbst stattfinden, es hieß, der geständige Täter habe um vorzeitigen Haftantritt ersucht. Es war aber erst Frühling, die Tulpen blühten im Beet, das ich der Hausmauer entlang angelegt hatte, ich war unsicher, ob ich mich auf den Sommer freuen sollte, dann würden die Titel zum Fall des Messerstechers vermutlich wieder größer.

19
Margret

Im Asylzentrum

Einige Tage vergingen, sie sprach den Kindern aus dem Kongo überdeutlich deutsche Sätze vor, mühte sich mit Hanad ab, korrigierte und lobte, sie empfahl und verkaufte Kinderbücher in der Großbuchhandlung, sie unterhielt sich mit den Kolleginnen über vergangene und künftige Ferienreisen. Nein, mit Gerhard plane sie eigentlich nichts, sagte sie, er sei ein Stubenhocker. Vielleicht könne sie ihn ja doch noch überzeugen, Ligurien zur Osterzeit solle traumhaft sein. Einmal meldete sich sogar Sebastian: Besser, Mama? O ja, danke der Nachfrage. Dann, an einem Mittwoch, klingelte gegen halb sechs das Festnetztelefon, es war nun schon heller um diese Zeit, die Nummer auf dem Display kannte Margret nicht, die heisere Stimme, die sich meldete, sogleich; hatte sie nicht eigentlich damit gerechnet?

»Hier ist Konstanze, ich dachte, ich melde mich mal. Wenn du nichts dagegen hast.«

Sie hatte ihren Vornamen beim Treffen nicht genannt, duzte Margret ganz selbstverständlich. »Mir geht es schlecht, hundsmiserabel. Komm doch vorbei, ich schulde dir noch einen Grog.«

Margret überwand ihren Schreck. »Ich weiß nicht, ob das eine gute Idee ist.«

»O doch, o doch.« Die andere lachte auf unangenehme Weise. Hatte sie getrunken? »Irgendwie gehören wir doch zusammen, oder nicht? Den ersten Schritt hast du gemacht, jetzt mache ich den zweiten. Und so fort.« Sie lachte stärker, verschluckte sich beinahe.

Margret ließ sich, den Hörer umklammernd, aufs Sofa fallen. »Ich habe viel zu tun … Und vielleicht sollten Sie … solltest du …«

»Aha, viel zu tun«, fiel ihr die Stimme ins Wort. »Ich bin dir wohl nicht gut genug, ja?«

»Überhaupt nicht«, verteidigte sich Margret und wünschte, sie hätte gleich aufgelegt. »Ich bin einfach sehr angespannt im Moment, und …«

»Ich auch, ich bin auch angespannt. Und weißt du was? Beat geht es noch schlechter als mir. Er hat mir gesagt, am liebsten wäre er tot. Kein Lebensmut mehr, verstehst du?«

Margret schwieg beklommen, was sollte sie darauf sagen?

Ein Schlürfen, vielleicht leerte Konstanze gerade ein Glas Brandy. Bestimmt standen bei ihr halbvolle Flaschen mit billigem Schnaps herum. Dabei hatte sie keineswegs danach gerochen, eher nach Waschmittel und Hautcreme.

Sie schluckte laut, unterdrückte ein Husten. »Man macht es Häftlingen heute fast unmöglich, sich umzubringen. Dauerüberwachung, ist ja klar. Aber wer erfinderisch ist, bringt es trotzdem zustande. Beat hat es schon einmal versucht. Ich hoffe, dass er es nicht wieder tut. Er kann sich doch bessern, oder?«

Margret zwang sich zu einer tröstenden Antwort. »Das hoffe ich auch, klar.«

»Wenn zwei hoffen, dann ist das schon mehr als gar nichts, oder?« Wieder das Schlürfen, das, so nah an Margrets Ohr, etwas Unverschämtes hatte.

»Ich muss jetzt … Ich wünsche Ihnen … dir alles Gute.« Sie beendete das Gespräch mit einem Knopfdruck und hatte es versäumt, die andere aufzufordern, sie nicht mehr anzurufen.

Aber Frau Schärs abgerissene Sätze verfolgten sie den ganzen Tag, auch ihr ostentatives Schlürfen, das wie etwas Klebriges im Innenohr haften blieb und eine Art Echo auf Margrets eigenen Durst war, den sie zwar halbwegs kontrollierte und doch fürchtete. Gerade letzthin hatte Gerhard eine Whiskyflasche, die er spätabends von der Hausbar nahm, verblüfft angeschaut: »Schon fast leer?« Und sie hatte mit einem erzwungenen Lachen geschwindelt, dass sie zusammen mit Angelika und Ortrud kürzlich ein bisschen gebechert habe. »Eine Nachmittagseinladung, Apérozeit. Wir seien die Salznüsschenbrigade, hat Ortrud gemeint. In der DDR hätten sie nicht Whisky getrunken, sondern selbstgemachten Johannisbeerlikör.« Das klang glaubhaft, Gerhard kam ja während der Woche nie vor achtzehn Uhr nach Hause, und er hatte gar nicht gewusst, dass Ortrud in der DDR aufgewachsen war.

Frau Schär wurde definitiv zu Konstanze. Sie meldete sich wieder, schon am späten Morgen, am frühen Nachmittag drang ihre Stimme an Margrets Ohr, dieser aufgerauhte, zudringliche Klang, nie aber übers Wochenende und zur Abendessenszeit, das hatte sie ihr verboten, und erstaunlicherweise hielt sie sich daran.

Margret fehlte die Kraft, Konstanze konsequent zurückzuweisen oder nach einem Blick aufs Display einfach nicht abzunehmen. Zwischendurch bildete sie sich ein, für Beats Mutter so etwas wie ein Halt zu sein. Die Dialoge waren manchmal kurz und schroff, dann wieder zogen sie sich, gegen Margrets Willen, in die Länge. Konstanze klagte, wie verlassen sie sei, genau wie Beat, der von dieser Welt verschwinden wolle, er sei in psychiatrischer Behandlung, das nütze aber nichts, und ihr Geld reiche nirgendwohin, lauter Probleme.

Margret hörte zu, erzählte nichts von sich, beinahe nichts, erwähnte bloß ab und zu Sebastian, der über Gut und Böse nachdenke. Wenn Konstanze an diesem Punkt einhakte und sagte, ihr Sohn, Beat, sei doch nicht von Grund auf böse, bloß fehlgeleitet, in die Irre gegangen, dann stimmte Margret zu, um die Mutter aufzurichten, ja, zu trösten, und dabei fragte sie sich, ob es nicht besser wäre, wenn Beat tatsächlich von dieser Welt verschwände, und erschrak darüber. Fast jedes Mal – es kam auf den Grad ihrer Angetrunkenheit an – schlug Konstanze vor, sich wieder zu treffen, es warte doch der Grog auf sie, oder ein Spaziergang am Fluss, sie sehe das Wasser so gerne strömen, es trage die schlechten Gedanken mit sich weg. Aber das wollte Margret nicht. Beats Mutter leiblich zu begegnen, war verstörender, als sich lediglich der Stimme auszusetzen. Sie verzichtete darauf, Valeria deswegen zu konsultieren, sie hatte kein Bedürfnis, von ihr freundschaftlich zusammengestaucht zu werden, es brauchte ihr niemand zu sagen, dass dieser Telefonkontakt irgendwie ungesund und zwanghaft war.

Der Frühling hatte lange auf sich warten lassen und kam nun zu rasch, er hatte etwas Wütendes, Explosives. Der tausendäugige Gänseblümchenteppich auf dem moosgefleckten Rasen, die Pollenwolken von der Birke, die sich, als honiggelbe Schicht, auf den Gartenstühlen niederschlugen, der heftige Geruch des Bärlauchs. Vor einem Jahr noch war alles anders gewesen; dieses Mal würde Margret auf keinen Fall zum Fest der Nachbarn gehen. Sie flüchtete sich in die Gartenarbeit. Erde umgraben, Furchen ziehen, säen, Unkraut ausreißen, danach die erdverklebten Hände mit der Bürste schrubben. Das war eine willkommene Läuterung. Es gab Tage, da nahm sie einen Stuhl und setzte sich mitten ins leere Studio, von drüben drang durch die offene Tür bestürzend schön und schwelgerisch das Klarinetten-Quintett von Brahms, seit Wochen immer nur diese Musik, die Klarinettentöne, die zu Beginn wie aus einem dunklen See stiegen.

Der Neuvermietung widersetzte sie sich, trotz Gerhards mehrfachen Überredungsversuchen; diese Leere wollte sie sich nicht nehmen lassen. Es ging ihr nicht gut. So viel war ihr fremd geworden, sogar Sebastian, dessen Freundlichkeit sie durchschaute: Er war freundlich aus Pflichtgefühl, genau so, wie sie ihre Arbeit tat. Auch die kurzen Gespräche mit Konstanze: Pflicht, sie gliederten ihre Tage, es ging stets um Rechtfertigungen, sie mussten die eigene Existenz rechtfertigen durch Worte, immer weitere Worte. Sie mussten sich gegenseitig bestätigen, dass es Schlimmeres gab als wegzuschauen, Schlimmeres als Ahnungslosigkeit. Gerhard war ratlos, das spürte sie wohl, sie konnte ihm nicht helfen. Ein Fuß vor den anderen, so kam sie vorwärts, nur so. Fast nichts mehr war greifbar. Aber immer noch stand sie rechtzeitig auf und spielte jemanden, den sie kannte, Margret Sandmaier (mit a, nicht mit e). Erstaunlicherweise vermisste sie die stockenden Dialoge mit Konstanze, wenn sie mal nicht anrief. Die Nummer, die regelmäßig auf dem Display erschien, selbst zu wählen, hätte sie jedoch zu viel Überwindung gekostet.

Sie hatte so wenig Widerstand in sich, dass sie Olenas Einladung, jetzt endlich einmal zum Essen zu kommen, annahm, was die zwei Kinder zu erfreutem Händeklatschen veranlasste. Gleich hinterher bereute sie die Zusage, aber es wäre beleidigend gewesen, sie zurückzunehmen. So stieg sie, mit einem Korb voller Biskuitrollen, am Donnerstagnachmittag in den Bus, der ins Außenquartier fuhr, wo sich an einer Nebenstraße das Asylzentrum befand, eine ehemalige Turnhalle. Antoine und Esta warteten, inmitten einer Schar verschiedenfarbiger Kinder, auf Margret, hüpften mit lauten Grußworten um sie herum, begleiteten sie ins nahezu lichtlose Untergeschoss, wo, wie Antoine mit wichtiger Miene erklärte, rund sechzig Asylsuchende – *réfugiés*, sagte er – lebten. Olena empfing sie, flankiert von zwei schwarzen Frauen, schon im Vorraum, auch sie strahlte, wirkte mit der weißen Küchenschürze überaus würdig. Margret wurde in die Küche geführt, aus verschiedenen Töpfen, in denen Jugendliche mit nordafrikanischen Gesichtern rührten, roch es exotisch, nach Ingwer und Gelbwurz vermutlich. *»C'est du Saka Saka«*, verkündete Olena, *»avec du poulet blanc, je l'ai promis.«* Margret übergab ihre Geschenke, die Biskuitrollen, und schämte sich, dass ihr in der Eile nichts anderes eingefallen war. Die drei schwarzen Frauen, zu denen sich nun auch eine Asiatin gesellt hatte, nahmen sie mit zeremoniellem Dank entgegen, verteilten sie sogleich auf großen Tellern. Im Esssaal, wo in der Ecke ein Pingpongtisch stand, war auf zusammengeschobenen Tischen für etwa zwanzig Personen gedeckt. Die Frauen hatten sich Mühe gegeben, die Nüchternheit des Raums mit bunten Servietten aufzulockern. Das Besteck war zum Teil verbogen, die Suppenteller hatten Sprünge und abgeschlagene Stellen, sie stammten wohl aus einem Brockenhaus oder waren Spenden. Andere Frauen kamen dazu, auch ein paar meist junge Männer schlurften herbei, dazu sieben laut lachende und plappernde Kinder, wie Margret zählte. Zwei Töpfe, aus denen der Dampf stieg, wurden auf den Tisch gestellt, Olena und ihre Helferinnen schöpften das Saka Saka, eine graubraune, halbflüssige Masse, in die Teller. Olena hielt eine kleine Rede auf Französisch, in der sie Margret willkommen hieß und ihr Engagement lobte, ringsum wurde applaudiert, die Kinder trampelten sogar mit den Füßen. Dann verstummten alle und senkten die Köpfe, denn Olena sprach, zu Margrets Erstaunen, ein Tischgebet, ein christliches, in ihr schallendes Amen stimmten nicht alle ein, aber viele. Antoine und Esta saßen links und rechts von Margret, redeten, als das Essen begann, froh gestimmt auf sie ein: Sie hätten beim Kochen geholfen, erzählte Antoine, er habe Maniok geschnitten, *mais seulement les feuilles, tu sais,* und Olena ihr gegenüber ergänzte, auch Auberginen seien drin, *du choux,* Palmöl, das es hier fast nicht gebe. *Et des poivrons verts,* rief Esta und fischte aus ihrem Teller ein Stück Pfefferschote, steckte es in den Mund, verzog ihr Gesicht und rollte mit den Augen. Das

Saka Saka war in der Tat sehr scharf und schmeckte, abgesehen von den zähen Pouletstücken, die darin schwammen, fremdartig. Margret aß dennoch mehr, als sie vertrug, lobte das Gericht nach Kräften, wehrte aber ab, als die Frauen ihr nachschöpfen wollten. Es war ihr zu laut, die Stimmen hallten im Raum, das Gelächter schnitt ihr in die Ohren. Ein Mann, der seinen Stuhl nahm und sich unaufgefordert neben sie setzte, ein Somalier wie Hanad, wollte ihr unbedingt seine Geschichte in schlechtem Englisch erzählen und verlangte beinahe gebieterisch, dass sie sich für ihn einsetze, sie verstand ihn kaum und war froh, dass Olena ihn wegwies. Murrend gehorchte er. Margret war, sie spürte es, einer Ohnmacht nahe, Olena reichte ihr ein Glas Wasser, das sie in einem Zug austrank. Sie musste an die frische Luft, hier unten, sagte sie sich, erstickt man ja fast, die Menschen rochen noch stärker als das Saka Saka, sogar Antoine dicht neben ihr, was ihr vorher nie aufgefallen war. Sie schob den Teller von sich weg, wollte aufstehen, die schwarzen Frauen, die ihren Zustand wahrnahmen, halfen ihr auf die Füße, begleiteten sie hinauf ans Licht, das sie im ersten Augenblick kaum ertrug. Sie setzte sich auf eine Mauer, schöpfte Atem und versuchte, sich gegen das heftige Kopfweh, das sie überfiel, zu wehren. Esta setzte sich neben sie und streichelte ihre Hände. Jemand brachte einen Teller mit Gebäck zu ihr hinauf, eine Tasse mit dünnem schwarzem Kaffee. Einen Augenblick lang fühlte sie sich, umgeben von so vielen freundlichen Menschen, in guter Hut, weitab von ihren Sorgen. Aber dann machte sie begreiflich, dass sie gehen müsse. Olena und ihre Kinder, denen ein paar andere folgten, begleiteten sie zur Bushaltestelle, obwohl sie, wie

Olena erklärte, außerhalb des erlaubten Bewegungsraums lag. Darum scheuchte sie die Kinder zurück, blieb dann bei Margret stehen, bis der Bus kam. »*Vous voyez*«, sagte sie. »*C'est notre vie.*« Schon viel zu lange wüssten sie nicht, ob sie bleiben könnten oder weggehen müssten. Sie winkte Margret, die am Fenster saß, lange nach, nicht mehr lachend, sondern sehr ernst.

Im Bus liefen Margret die Tränen hinunter, und sie wusste nicht, warum, am ehesten vielleicht, weil sie sich als Versagerin vorkam. Dieses laute und wimmelnde Leben, zu viele Eindrücke auf einmal, ja, sie hatte geglaubt, die Lebendigkeit, die von Olena und den Kindern ausging, würde sie aufrichten, anstecken, aber sie hatte auch den dunklen Hintergrund wahrgenommen, abgesunkene und eingekapselte Trauer und etwas von sich selbst mitempfunden, obwohl es absurd war, ihre Lage mit der von Flüchtlingen zu vergleichen. Etwas in ihr wollte auch flüchten, irgendwohin, wo sie ihrer Bedrücktheit entging. Wie naiv, wie dumm.

Eigentlich hatte sie die Absicht, Gerhard zu sagen, dass sie erschöpft sei, ausgelaugt, dass ihre Gedanken sich viel zu oft im Kreis drehten, dass sie nur noch das Nötigste erledigen könne. Doch wenn er ihr gegenübersaß, schaute er sie auf eine Weise an, die ihr die Sprache nahm. Sein Blick schien ihr kalt, skeptisch, er erkundigte sich dennoch, wie es ihr gehe, sie wich aus, murmelte etwas von Migräne, dem nahenden Klimakterium, er empfahl Tabletten, einen Besuch bei der Gynäkologin, insistierte aber nicht. Eines Abends fragte sie, ob sie sich nicht erkundigen sollten, wie es inzwischen der verletzten Frau gehe.

»Welcher Frau?«, fragte er irritiert zurück.

»Das weißt du doch, die junge Frau, die Beat schwer verletzt hat. Unser Mieter, Beat Schär.«

Gerhard gab einen abwehrenden Laut von sich. »Wie kommst du darauf? Dazu sind wir nicht verpflichtet.«

»Wirklich nicht?« Einen Augenblick schien sie erleichtert, und doch kehrte rasch der besorgte Ausdruck in ihr Gesicht zurück. »Irgendwie finde ich sicher die Adresse heraus, was meinst du?«

»Halt dich da raus, Margret«, sagte er warnend. »Das bringt nichts.«

Sie nickte, zögerte, nickte wieder, sie kam sich vor wie eine Puppe, in der ein Mechanismus abschnurrte, den sie nicht steuern konnte.

An einem der nächsten Tage mochte sie nicht mehr aufstehen. Einfach liegen bleiben, sich nicht rühren, wenn das Telefon klingelt. Als Gerhard abends nach Hause kam, fand er sie im Studio, sie lag, in die Bettdecke gehüllt, auf dem Boden, sie war unfrisiert, roch sauer, sie lächelte ihn unter Tränen an und sagte, sie brauche nur ein wenig Ruhe, es sei alles zu viel für sie gewesen, morgen werde es ihr schon bessergehen.

»Hast du gegessen?«, fragte er. »Hast du getrunken?«

Sie wusste es nicht mehr. Er kniete sich neben sie und nahm ihre Hand, sie war eiskalt. »Du brauchst einen Arzt«, sagte er bestürzt. Sie schüttelte heftig den Kopf, doch er war schon daran, auf seinem Handy die Nummer zu wählen.

20
Gerhard

Schwache Spermien

Habe lange nichts bemerkt von Margrets Zustand, werfe mir das heute vor. Die Verhaftung unseres Mieters habe eine Art Bruchstelle in ihrem Leben erzeugt, erklärt mir Dr. Soltermann, unser Hausarzt, bei dem sie nun in Behandlung ist. Habe wohl so lange weggeschaut, weil ich selbst in Schwierigkeiten stecke. Unser Dekan will mich, aufgrund der Einflüsterungen meines Stellvertreters, von meinem Posten weghaben, auf jeden Fall in der Lohnskala zurückstufen. Was hier geschieht, betrachte ich als Mobbing, zumindest als fortgesetzte Diskriminierung. Es gab konfrontative Gespräche über meine Lehrmethoden, Studierende schwärzten mich an, Hauptvorwurf: Ich sei nicht zugänglich, stur. Eine klare Linie zählt heute nicht mehr, dass ich auf Genauigkeit poche, noch weniger. Ich wusste, dass ich für all das bei Margret nur geringes Verständnis finden würde. Sie sah auch nicht, dass mir Sebastians Verschwinden aus unserem Alltag keineswegs egal war. Mein Gott, wie habe ich an diesem Bub gehangen. Habe ja, anders, als Margret meinte, immer wieder versucht, mich ihm anzunähern. Habe ihm abends die mittelalterlichen Heldenepen erzählt, Parsifal, die Nibelungen. Er blinzelte mich schläfrig an, erwiderte meinen Kuss halbherzig, und mit der Zeit drehte er sich von mir ab, wenn ich mich zu ihm hinunterbeugte. Eine Weile interessierte er sich für historische Flugzeuge, ich schenkte ihm einen Modellbaukasten. Wir bastelten den Doppeldecker der Brüder Wright mit Elektromotor, beim ersten Flugversuch stürzte er ab, danach weigerte sich Sebastian, ein weiteres Modell zu bauen. In den Zoo wollte er nicht, er fürchte sich, sagte Margret, vor Menschenaffen, was ich kaum glauben konnte. Er zeichnete viel, ganz für sich, die Blätter waren übersät von winzigen Wesen, die sich bekriegten, die Flugbahnen ihrer Geschosse, lauter Parabeln, stellte er mit sich durchkreuzenden feinen Strichen dar. Und dann, mit sechzehn, siebzehn, im Gymnasium, verwandelte sich der kleine Krieger in einen Pazifisten. Ich versuchte es ihm, mit Blick auf die Geschichte, auszureden. Epische Diskussionen am Esstisch. Aber er verstummte immer mehr. Mit meinen Kenntnissen bedrängte ich ihn, das sehe ich ein, einer der Gründe, weshalb er sich von mir abwandte. Er wollte heilen, helfen, allenfalls zusammenflicken, die Haltung des Sanitäters im Krieg, deswegen fing er mit dem Medizinstudium an, gab es aber nach wenigen Semestern auf. Kein Durchhaltewillen. Zu sensibel, verteidigt ihn die Mutter. Und jetzt also Theologie. Mir zum Trotz? Er weiß ja, wie religionskritisch ich bin, wie sehr ich alles Dogmatische in der Kirchengeschichte verabscheue. Er suche nach Wahrheit, meint Margret. Einer ihrer Sprüche, die weh tun. Denke eher, dass es ein Ausweichmanöver ist: Trost spenden ist sauberer als Blut stillen und Wunden nähen. Aber wenn ich das bloß andeute, findet Margret, ich sei zynisch. Übrigens kann ich mir nicht vorstellen, wie Sebastian, der meistens so ermattet aussieht, als sei er gerade aus langem Schlaf erwacht, zu seiner Freundin gekommen ist: Aleksandra geht sehr aufrecht, hat einen herausfordernden Blick, ist ausnehmend klug und schlagfertig, abgesehen von ihrer beeindruckenden Bardamen-Figur, was ich Margret gegenüber besser nicht erwähne. Ob mein Sohn dieser Frau, die sich so präzise artikuliert, gewachsen ist? Und kommen bei ihr seine moralischen Werte, mit denen er sich über meine pragmatische Haltung stellt, nicht ins Rutschen? Schwierig, wenn der eigene Sohn fortpflanzungsfähig geworden ist, irgendwann wird es wohl Enkel geben, mit den weitergewanderten Genen von mir und Margret und einer Schwiegertochter, die Aleksandra heißen könnte. Das Resultat: ungemütlich, vermute ich, ich wäre ein widerwilliger Großvater, hätte keine Lust, all das gutzumachen, was ich an Sebastian versäumt habe.

An Margret angezogen haben mich vor sechsundzwanzig Jahren wohl am meisten ihre Formbarkeit und ihre Wissbegier; sie hörte mir geduldig zu, wenn ich ihr Aufbau und Fortgang meiner Dissertation erklärte. Sie stellte Fragen, nickte, lobte, korrigierte meine Orthographie, als Buchhändlerin war sie darin sattelfest. Mit den Jahren versauerte ihre Sanftmut, vergor ins Grämliche, ins Klagende und Geduckte. Ich weiß, dass ich dazu meinen Teil beigetragen habe, staune manchmal reumütig über die vertikalen, von ihren Mundwinkeln ausgehenden Falten, die sich tief ins Fleisch eingegraben haben, während sie vielleicht – sie spricht es nie aus – meinem Haar nachtrauert, das einst geradezu borstig auf meinem Schädel wuchs.

Das Kind hat sie ganz für sich beansprucht; ich ließ es ihr. Eine der Ersten weit herum, die das Tragetuch dem Kinderwagen vorzogen, Mutter und Kind zusammengebunden. Erst als Sebastian zwei oder drei war, begann ich ihn wirklich zu sehen, um seine Zuneigung zu werben, ich trug ihn nie lange, warf ihn lieber hoch und fing ihn auf, bis ich ihn eines Tages fallen ließ, zum Glück auf Laub und Gras, er brach oder verstauchte sich nichts, kleine Kinder fallen noch wie Katzen. Aber sein Schmerz- und Schreckgeheul fraß sich ins Herz, er wich meinen Armen lange aus, und später floh er vor ihnen.

Es war ein Schock, als ich Margret im Studio, im Anbau, der für Sebastian bestimmt war, auf dem Boden fand, in ihre Bettdecke gehüllt, kaum ansprechbar. »Was machst du da?«, fragte ich. »Kannst du dich noch bewegen?« Ich solle sie liegen lassen, murmelte sie, das sei das Beste. Ich hob sie hoch, trug sie, ohne auf meinen lädierten Rücken zu achten, ins Schlafzimmer hinauf. Sie war leicht, sie hatte in den letzten Monaten an Gewicht verloren. Es rührte mich, sie so schwach zu sehen, ihre Hand, erschreckend kalt, lag auf meiner, sie ließ sich zudecken wie ein Kind. Ein Zweites hatte sie unbedingt gewollt, ein Mädchen, doch dann zeigte sich, dass meine Spermien von miserabler Qualität sind, keine Ahnung, warum, aber so ist es eben. Sebastian war ein Glückstreffer gewesen. Adoption kam für mich nicht in Frage, auch nicht eine In-Vitro-Fertilisation.

Dr. Soltermann diagnostizierte bei Margret eine Erschöpfungsdepression, es handle sich, populär ausgedrückt, um einen Nervenzusammenbruch, eine akute Belastungsreaktion, wie das heute heißt. Die Gründe lägen auf der Hand: Es seien die unverarbeiteten Ereignisse rund um unseren Mieter. Ich begreife Margrets geradezu fiebrige Anteilnahme an diesem Menschen schlecht, ich selbst möchte ihn am liebsten aus meinem Gedächtnis tilgen. Dazu kam bei Margret der Druck, ihre Pflichten weiterhin korrekt zu erfüllen, pünktlich in der Buchhandlung und zu den Unterrichtsstunden zu erscheinen und sich ihre Verstörung nicht anmerken zu lassen.

Auf diesem Hintergrund empfahl Dr. Soltermann vor allem Ruhe, innere Stärkung. Er schlug einen Ortswechsel vor, eine zwei-, dreiwöchige Erholungskur, er nannte eine geeignete Heilstätte mit ärztlicher Betreuung im Berner Oberland, mit Sicht auf Thunersee und Alpen (es sei festgehalten: keine psychiatrische Klinik!), er verschrieb ein leichtes Psychopharmakon, einen Stimmungsaufheller. Margret fügte sich nach anfänglichem Sträuben.

Im Kurheim war ein Einerzimmer frei, ich gab der Buchhandlung Bescheid, nannte als Grund für Margrets Abwesenheit eine Herzschwäche (was in übertragenem Sinn sogar stimmen mag), sagte auch ihre nächsten Deutschstunden ab und machte mich mit dem Gedanken vertraut, in dieser Zeit, was den Haushalt betrifft, auf eigenen Füßen zu stehen. Wobei ich gestehe, dass ich in solchen Fällen gerne Gebrauch mache von Fertiggerichten, die ja gar nicht so übel schmecken. Man wünschte Margret überall gute Besserung; die Buchhandlungskollegin, die ich am Telefon hatte, bemerkte leicht süffisant, Frau Sandmaier habe schon seit einiger Zeit sehr müde gewirkt und ihr Pensum kaum noch bewältigt, das werde sich nach der Kur bestimmt bessern.

Auch Margrets beleibte Freundin Valeria Studer zog ich ins Vertrauen. Sie ist ja halbwegs vom Fach, und sie rüffelte mich dafür, dass ich den Zustand meiner Frau nicht früh genug erkannt hätte, auch sie selbst, sagte sie, müsse sich an der Nase nehmen, dass sie Margrets tagelanges Schweigen nicht als Alarmsignal gedeutet habe. Ob eine Person mit solchen Symptomen unter Umständen suizidal sei, fragte ich, ohne lange zu überlegen. Eine Gefährdung sei nicht auszuschließen, antwortete Valeria, wir alle müssten jetzt dafür sorgen, dass sie nicht größer werde. Auch sie wollte Margret so bald wie möglich besuchen. Soll mir einer sagen, sie sei einsam.

Brachte sie ins Oberland, samt viel zu viel Gepäck und einem Stapel Bücher. Sonnenschein, beinahe verschwenderisch; im Hügelgebiet oberhalb des Thunersees blühten, weiß und rosa angehaucht, die Apfelbäume, darauf hatte ich lange nicht mehr geachtet, dahinter das andere Weiß, das zerklüftete, in strahlenden Facetten gebrochene Eis der Berge. Vor lauter geschichtlichen Zusammenhängen neigt man dazu, die reale Umwelt auszublenden. Redete Margret zu, sie müsse sich jetzt befreien von unserem furchtbaren Mieter, er verdiene kein Mitleid, kein nutzloses Nachsinnen. Beinahe hätte ich gesagt, wir müssten ihn, der so viel Schrecken in unser Haus gebracht habe, fallen lassen, in welche Tiefe, in welchen Abgrund auch immer. Ich fand, es sei nicht unsere Aufgabe, diesem unglücklichen, aber gefährlichen Menschen beizustehen.

Sie schwieg eine Weile, sagte plötzlich: »Aber seiner Mutter vielleicht doch!«

Wir gerieten fast in Streit deswegen; wie nötig innere Distanzierung hier war, wollte sie nicht verstehen. Sie versuche, sich in den Täter Beat S. hineinzuversetzen, sagte sie, er habe das Recht, zu bereuen und sich zu bessern, wenn sie ihm dazu verhelfen könnte, würde sie das tun. Ich beschwor sie, diese Idee aufzugeben, aber ich sah ihrer eigensinnigen Miene an, dass sie sich daran klammern würde. Einen Heiligenschein will sie, das heißt: dem Verbrecher, der Unglück über sie gebracht hat, verzeihen und ihn zum Guten bekehren. Sie hatte schon immer einen Hang zum Sozialkitsch.

Verließ Margret mit einem Kloß im Hals, fragte mich, was aus uns noch werden würde, schnitt die eine oder andere Kurve, wich im letzten Moment einer Frontalkollision mit einem Lastwagen aus, und danach stellte ich mir vor, wie es wäre, ausgelöscht zu sein, im totalen Vergessen meinen Frieden zu finden.

Kaum war ich, gegen drei Uhr nachmittags, zu Hause, klingelte das Telefon. Eine kratzig-undeutliche Frauenstimme meldete sich mit einem Namen, den ich nicht verstand. Sie wirkte erschrocken und unsicher. Es tue ihr leid, mich zu stören, sagte sie, aber sie habe engen Kontakt zu Margret, und sie wüsste gerne, wo sie jetzt sei, tagsüber sei sie nicht erreichbar gewesen, sie habe es viele Male versucht, und über ihre Handynummer verfüge sie leider nicht.

Margret sei in einer Kur, erwiderte ich, es gehe ihr nicht gut, sie müsse sich erholen.

Die Frau schwieg und atmete schwer, sagte dann: »Das hängt ja wohl mit meinem Sohn zusammen.«

Ich fragte, misstrauisch geworden, nach, sie antwortete stockend, und aus ihren fragmentarischen Äußerungen wurde mir klar, dass ich mit der Mutter unseres ehemaligen

Mieters sprach, mit Frau Schär, die sich offenbar mehrmals mit Margret getroffen, auf jeden Fall in letzter Zeit täglich mit ihr telefoniert hatte. Davon hatte mir Margret kein Wort gesagt. Was hielt sie sonst noch vor mir geheim? Ich hätte auflegen wollen, hatte aber nicht die Kraft dazu.

Frau Schär fuhr mit ihrem Bericht fort, als wäre ich, anstelle von Margret, ihre neue Vertrauensperson. Sie sprach schleppend, Geräusche zwischendurch deuteten darauf hin, dass sie sich etwas einschenkte und trank, Alkoholisches, vermutete ich.

Auch meine Frau, sagte sie, habe ja einen Sohn, der ihr Sorgen bereite, Sebastian, nicht wahr? Mütter könnten sich gegenseitig helfen, ein Vater werde das nie verstehen, ihr Sohn habe ohnehin keinen Kontakt mehr zu seinem, sie auch nicht, was solle sie denn einem Tunichtgut nachtrauern, der nicht mal Alimente bezahle? Doch es zerreiße ein Mutterherz beinahe, wenn der eigene Sohn, möge er auch Schlimmes getan habe, so unglücklich sei und keinen Lebensmut mehr habe.

Versuchte umsonst, sie zu unterbrechen, sie war in einen träge dahinfließenden Wortstrom hineingeraten, dem ich wie gelähmt lauschte. Mehrfach ließ sie Margret grüßen, ich solle ihr die besten Genesungswünsche ausrichten, wobei ja auch sie, Frau Schär, eine Kur nötig hätte. Dann fragte sie nach Margrets Handynummer, nach dem Namen und dem Ort des Kurheims. Ich tat, als hätte ich sie nicht verstanden.

Es war sie, die schließlich grußlos aufhängte, aber ich behielt den Hörer in der Hand, als ob das Gespräch gleich weitergehen würde. Was lief da zwischen den beiden Frauen?

Etwas daran schien mir krank, abwegig. Wenig fehlte, und ich hätte auf der Stelle zurückgerufen und Frau Schär dringend geraten, meine Ehefrau nicht mehr zu belästigen. Aber wusste ich denn, ob nicht auch Margret aus solchen Gesprächen einen Nutzen, einen Trost zog?

Versuchte mich zu beruhigen, durch Schlaf – mit Hilfe eines Medikaments, ich gebe es zu – meine Aufgeregtheit zu vertreiben. Am Morgen ging ich früh ins Büro, nach einem Knäckebrotfrühstück. Nur Jolanda, die nun leider gekündigt hat, saß schon an ihrem Pult; die anderen kommen meist erst nach neun, am spätesten Seiler, mein Widersacher. Jolanda – Schwarz ihr Nachname, was irgendwie absurd ist – weiß viel über mich; ich vertraue ihr bisweilen Dinge an, die ich sonst verschweige. Sie hat etwas überaus Verständnisvolles an sich, das Margret inzwischen völlig abgeht. Nicht, dass Jolanda mein Frauentyp wäre, dazu fehlt ihr die Prise Anlehnungsbedürftigkeit, die der Mann doch sucht. Von Margrets derangiertem Zustand hatte ich ihr schon erzählt, natürlich in einem verschwiegenen Moment, sie wusste auch, wie belastend die Geschichte mit unserem straffälligen Mieter für Margret gewesen war, wie sehr sie schon unter der Trennung von Sebastian gelitten hatte. Sie hörte zu, sie nahm Margret bei allem, was sie von mir her als Anklage verstand, in Schutz. Was mich insgeheim noch mehr für sie einnahm, für sie und ihre vollen, dezent geschminkten Lippen, die in ihrer ständigen, geschmeidigen Bewegung überaus anziehend wirken konnten.

Eine Affäre kam nicht in Frage, aber ich glaube, wir spielten beide – auch sie verheiratet, zwei halberwachsene

Kinder – ein wenig mit dem Feuer. Ich bat sie um Rat, wie ich darauf reagieren sollte, dass Margret hinter meinem Rücken mit der Mutter von Beat S. sozusagen angebändelt hatte. Über Margrets Verhalten schüttelte Jolanda den Kopf. Ich stand schräg hinter ihr, sie hatte sich auf ihrem Drehstuhl mir zugewandt, legte flüchtig ihre Hand auf meinen Unterarm; ihr Ehering war ungewöhnlich schmal, ihre schön geformten Knie zeigten sich unter dem leicht zurückgerutschten dunkelgrünen Rock.

»Sie sucht Halt«, sagte sie, »aber am falschen Ort.«

»Bei mir findet sie ihn offenbar auch nicht«, erwiderte ich.

»Ach was. Rede Klartext mit ihr, sag ihr, dass du es nicht akzeptierst, wie sie sich selber ins Unglück reitet. Und ich versichere dir: Deine Klarheit wird ihr guttun.«

»Ich kann ihr doch nicht verbieten, mit dieser Frau zu sprechen.«

»Natürlich nicht. Aber zieh eine Grenze, sie soll spüren, dass sie mit dieser Heimlichtuerei zu weit geht und eure Beziehung gefährdet.«

Tat Margret das? Möglich. Es war nicht das erste Mal, dass Jolandas Worte mir eine Richtung vorzeichneten; für mich verkörperte sie, banal ausgedrückt, so etwas wie den gesunden Menschenverstand. Außerdem genoss ich es, den leichten Druck ihrer Hand auf meinem Unterarm zu spüren. Ich dankte ihr, als sie schon wieder nach einem Dossier griff, beugte mich, wie von einer unbekannten Macht ermuntert, zu ihr hinunter und küsste ganz leicht ihren Nacken, der nach einem teuren Parfüm roch. Sie reagierte nicht darauf, wünschte mir sachlich einen schönen Tag, und ich zog mich, mit geringfügigen Gewissensbissen, in mein Büro zurück.

Am Abend rief ich Margret an. Hatte mich innerlich den ganzen Tag darauf vorbereitet und dadurch von der Arbeit ablenken lassen; zum Glück hatte keine Vorlesung auf dem Programm gestanden. Margrets Stimme klang matt. Erkundigte mich höflich nach ihrem Befinden, und sie antwortete ebenso höflich, es gebe eine Tagesroutine, die ihr gefalle, jedenfalls schlafe sie gut. Nach diesen Präliminarien fiel ich gleich mit der Tür ins Haus. Ich hätte, sagte ich, aus direktester Quelle erfahren, dass sie mit dieser Frau Schär in Kontakt stehe, sie sei da, so mein Eindruck, in eine ungesunde Beziehung verstrickt.

»Ja«, sagte Margret nach einer angespannten Pause, »das hätte ich mir denken können. Du hattest sie am Telefon? Die lässt nicht locker.«

»Aber du ja auch nicht. Und sie zieht dich hinunter, davon bin ich überzeugt.«

»Ach so. Wohin denn?«

»Mach es dir doch nicht schwerer, als es ohnehin ist.«

»Sie werden«, sagte sie übergangslos, »Beat zu sechs, sieben Jahren Zuchthaus verurteilen, daran kann er zerbrechen. Und seine Mutter auch.«

»Kannst du dich, Herrgott noch mal, nicht mit etwas anderem beschäftigen?«

»Womit denn? Immer bloß mit dir und mir und Sebastian?«

Ihre Fragen brachten mich von Satz zu Satz stärker gegen sie auf. »Wenn wir weiter ein Paar sein wollen, dann kannst du mir etwas so Elementares doch nicht verschweigen.«

»Elementar? Was soll daran elementar sein?«

»Fundamental, wenn es dir lieber ist, grundlegend.« Ich war mir bewusst, wie laut ich redete, konnte mich aber nicht bremsen. »Du triffst dich mit dieser Person nicht bloß hinter meinem Rücken, du wendest ihn mir zu, als wäre ich dein Feind.«

»Und du machst mir Vorwürfe, als hätte ich dich mit Konstanze betrogen. Das ist doch absurd.«

»Konstanze heißt sie? Wie schön, eine Duz-Schwesternschaft! Und von alledem kein Wort zu mir!«

Sie kam nun auch in Fahrt, das hatte ich schon lange nicht mehr erlebt. »Ach, du Armer. Dann lass doch mal deine Überlegenheitsmaske fallen! Dann zeig doch ehrlich, dass unser Mieter auch den Herrn Professor aus dem Gleichgewicht gebracht hat! Weißt du was? Dich wenigstens mal bekümmert zu sehen, zweifelnd, das täte mir gut.«

Ich sei eben nicht der Typ, sagte ich, der sein Herz auf der Zunge trage, und zum Theatralischen würde ich sowieso nicht neigen. Mit meinen inneren Kämpfen wolle ich niemanden belästigen.

»Außer«, fiel sie mir ins Wort, »wenn es um deine Position im Institut geht, um deine Eifersuchtskampagne gegen den Kollegen Seiler. Da soll ich dich doch bitte vorbehaltlos unterstützen.«

Ich zwang mich zur Mäßigung. »Mag sein. Aber …«

Sie ließ mich wieder nicht ausreden. »Wenn ich über dich nachdenke, komme ich zum Schluss, dass du in all den Jahren zu einem knochentrockenen Menschen geworden bist. Und die Momente, wo du ein kleines Fenster öffnest, in dem du dich wirklich zeigst, sind ausgesprochen selten.«

Sie weinte in kurzen Schüben. Ich schwieg, und nun warf sie mir plötzlich vor, dass auch ich ihr, was das Institut betreffe, längst nicht alles offenlege. Ich fand meine Sprache wieder und bestritt ihre Unterstellung, fragte mich aber mit Unbehagen, worauf sie anspielte. Es ging noch eine Weile hin und her, wir beruhigten uns ein wenig. Am Ende des Gesprächs bot ich Margret an, sie übers Wochenende zu besuchen. Das müsse nicht sein, erwiderte sie frostig. Dann legten wir auf.

Dachte, schlaflos im Doppelbett, lange über uns nach. Knochentrocken sei ich geworden. Das hat was. Ausgetrocknet auf jeden Fall, ausgedörrt. Keine Fülle, keine Sättigung, was kann ich da weitergeben? Aber an diesem Zustand bin nicht ich allein schuld; sinnlos, unser Ungenügen auszubeinen, bis irgendwo die Knochenstruktur zum Vorschein kommt. Knochentrocken. Härte und Struktur.

Es war erst halb zehn und nicht zu spät, um Sebastian anzurufen. Erstens fühlte ich mich verpflichtet nachzufragen, ob er, wie ich vermutete, über Margrets Aufenthaltsort im Bild war, und zweitens suchte ich wohl so etwas wie familiäre Nähe. Warum nicht beim Sohn, der sich mir gegenüber in letzter Zeit ein wenig geöffnet hatte. An meine früh vergreiste Mutter wollte ich mich nicht wenden, sie war unberechenbar, schwankte bei allem, was mich betraf, zwischen Vorwürfen und Beifall. Das war nicht auszuhalten, schon während meiner langen Kindheitsjahre nicht. So wählte ich Sebastians Festnetznummer. Ein Wandtelefon gab es tatsächlich noch in dieser alten Wohnung; seine

Handynummer, stellte ich fest, hatte ich gar nie gespeichert. Eine Frauenstimme meldete sich, ich erkannte Aleksandra, fragte nach Sebastian. Langes Getuschel, dann war er dran, fragte gleich, sehr präsent an meinem Ohr: »Du? Was willst du denn?«

Ich klang unsicherer, als ich wollte. »Du weißt ja bestimmt, dass Margret seit vorgestern in Kur ist.«

»Wie bitte?« Er klang plötzlich entfernt, als sei ihm der Hörer aus der Hand geglitten, kam wieder näher. »In Kur? Warum erfahre ich das erst jetzt?«

»Ich bin davon ausgegangen, dass Margret dir das mitgeteilt hat. Und ...«

Er schnitt mir, beinahe hysterisch, das Wort ab: »Nichts hat sie mir gesagt. Ihr lasst mich einfach im Dunkeln. Das ist doch total daneben.« Ich hörte ihn heftig ein- und ausatmen. »Was ist denn mit ihr los?«

»Es war, schätze ich, alles zu viel für sie. Sie ist einfach erschöpft, sie braucht Erholung.«

»Und du?«, fuhr er mich an. »Was ist deine Aufgabe als Ehemann? Sie abzuschieben? Dir schöne Abende zu machen? Ihr seid euch doch dauernd ausgewichen, ein Eheleben lang. Und du tust immer noch so, als sei eigentlich alles in Ordnung.«

Ich rang um Fassung. »Tu ich nicht! Meinst du, ich nehme diese Symptome nicht ernst? Margret braucht jetzt ärztliche Betreuung. Schau dir erst mal selber in die Augen. Von dir fühlt sie sich im Stich gelassen, nicht von mir. Und wenn du nicht so überstürzt ausgezogen wärst, hätten wir diesen Kriminellen gar nicht bei uns einquartiert.«

Er übertönte mich, ich hatte gar nicht gewusst, dass er so

rabiat sein konnte. »Wie primitiv, dass du dich auf solche Weise weißwaschen willst. Du hängst drin, tief drin.«

»Du kannst sie ja besuchen, ja, tu das, und frag sie, wer ihr mehr zu schaffen gemacht hat, du oder ich.«

Es blieb eine Weile still, ich glaubte zu hören, dass unsere Atemzüge sich überlagerten und langsamer wurden.

»Gut. Sag mir, wo sie ist. Und bis wann sie bleibt. Ich besuche sie, auch ohne deine Anweisungen.« Trotz der neuerlichen Spitze gegen mich schien er sich selbst zur Vernunft gerufen zu haben.

Gab ihm die nötige Auskunft, sachlich jetzt; der ganze gegenseitige Zorn schien auf einen Schlag verraucht zu sein. Wir schämten uns wohl beide ein bisschen, wünschten uns sogar noch einen schönen Abend.

Die nächste Herausforderung am Morgen früh, um sieben, war Valeria. Sie überfiel mich im Ton einer Anklägerin. Margret antworte seit zwei Tagen nicht am Handy, was los sei mit ihr. Beherrschte mich, sagte das eine und andere, nannte den Ort, die Besuchszeiten, fügte hinzu, wenn Margret ihr Handy ausgeschaltet habe, wünsche sie offensichtlich, ungestört zu bleiben. »Selbstisolation in ihrem Zustand«, fuhr sie mir über den Mund, »das ist keine kluge Option.« War noch so schlaftrunken, dass ich ihr nicht zu widersprechen vermochte. Auch Valeria kündigte nochmals an, sie werde ihre Freundin besuchen. Da war ich wohl überflüssig, Margret befand sich mit dem Ärzteteam, mit Sohn und Freundin in guten Händen. Das ist der Blick durch die ironische Brille. Sich einzugestehen, dass es einem miserabel geht, ist schwierig für einen knochentrockenen Mann über fünfzig. Kein Wunder, dass ich Verständnis bei der Institutssekretärin suchte. Die beste Methode, mit ihr ungestört über Privates zu sprechen, ist möglichst früh ins Büro zu gehen. Kurz nach acht saß sie schon da, überaus beschäftigt, wandte sich dennoch mir zu, und ich hatte die kindische Idee, sie auf ihrem Drehsessel einige Male herumzuwirbeln und uns beide damit zum Lachen zu bringen. Ich tat es nicht.

»Ich habe deinen Rat befolgt«, sagte ich, »und meine Frau zur Rede gestellt. Es ist nicht sehr harmonisch abgelaufen.«

»Man kann nicht immer leisetreten«, entgegnete sie mit einem Blick, in den ich doch eine gewisse Koketterie hineinlas. »Die Dinge beim Namen nennen, das ist meist das Richtige in schwierigen Beziehungen. Und welche Beziehung« – da lachte sie – »ist nicht zwischendurch schwierig?«

»Deine auch?«, fragte ich.

Sie schwieg. Von ihrem Mann wusste ich nichts, sie gehört nicht zu denen, die ein Familienfoto auf den Schreibtisch stellen. Überwand mich aber, sie zu fragen, ob sie mich auch für knochentrocken halte, das habe mir Margret an den Kopf geworfen.

Sie lachte nun doch. »Oje, das ist hart. Ich denke, sobald die Routine einen gefangen hält, sehen wir im anderen bloß noch das Negative und machen ihn zur Karikatur. Leider.« Sie dachte mit halbgeschlossenen Augen nach, öffnete sie wieder. »Knochentrocken? Nein. Ich würde sagen: nüchtern, du bist von angenehmer Nüchternheit, aber mit etwas Spürsinn merkt man gleich, dass es da noch andere Seiten gibt.«

»Danke«, sagte ich und wünschte mir, es käme zu einer Berührung, irgendeiner, war aber hinterher erleichtert, dass ich nichts in dieser Richtung versucht hatte. Ich weiß ja kaum mehr, wie das geht.

Holte nach der zweiwöchigen Kur, wie vorgesehen, Margret ab. Es schien ihr gar nicht aufgefallen zu sein, dass ich mich in der ganzen Zeit nie bei ihr gezeigt hatte. Sie rapportierte die Besuche von Sebastian, der mit Aleksandra gekommen sei, und von Valeria, sogar eine Kollegin aus der Buchhandlung sei überraschenderweise aufgetaucht. Sie wirkte erstaunlich munter und roch nach teuren Seifen, aber sie kam mir fremd vor, entrückt, als sei zwischen uns eine nahezu unsichtbare Folie, die hin und her wehte und manchmal doch etwas sehen ließ, was an die Möglichkeit größerer Nähe erinnerte. Sie zeigte mir von ihrem Fenster aus einen Nistkasten, der auf halber Höhe an einem Pappelstamm hing. »Blaumeisen«, sagte sie mit ungewöhnlichem Enthusiasmus. »Ich habe sie oft beim Füttern beobachtet. In zwei, drei Tagen sind die Jungen flügge, hat mir jemand erklärt.« Und sie schloss beinahe bedrückt: »Das werde ich nicht mehr erleben.«

»Schade«, sagte ich.

Wir starrten noch eine Weile zum Nistkasten hinüber. Ich sah nichts, keine hin- und herfliegenden Vögel mit Würmern im Schnabel, keine Jungen, die sich im Einschlupfloch zeigten. Vielleicht war die Distanz zu groß, und meine Augen sind schlechter, als ich meine.

Bevor wir abfuhren, bat mich die diensttuende Ärztin in ihr Sprechzimmer, allein. Sie war erstaunlich jung, ein

Hornbrillengesicht. Unbeweglich, gerade aufgerichtet saß sie da. Meine Frau, sagte sie ohne Umschweife, sei in einer labilen psychischen Verfassung, die traumatische Erfahrung mit dem kriminellen Mieter, einem potentiellen Mörder, um es unverblümt zu sagen, sei nahezu unverarbeitet, und es werde noch einige Zeit dauern, bis sie damit zu Rande komme.

»Was kann ich dazu beitragen?«, fragte ich.

Sie musterte mich streng. »Hören Sie ihr gut zu und versuchen Sie nicht, sie vorzeitig zu aktivieren. Sie braucht weiterhin Ruhe.« Bis die Patientin wieder in den Job einsteige, empfehle sie dringend eine Übergangszeit, ein paar Tage auf jeden Fall; sie habe ein entsprechendes Zeugnis geschrieben. Körperlich sei Frau Sandmaier gesund, aber ein Stärkungsmittel wäre von Nutzen. Hier im Haus, an der Rezeption, gebe es einen Sirup aus einem Dutzend Heilkräutern zu kaufen, nicht billig, aber wirksam.

Bezog sie Provision aus dem Verkauf? Ihre Effizienz begann mich zu ärgern. Ob auch mich die schlimme Geschichte belastete, schien niemanden zu interessieren, weder hier noch anderswo. Ich sollte offenbar dem Druck standhalten, nicht einknicken, nicht zusammenbrechen. Danke fürs Vertrauen.

Worüber die Ärztin mit mir gesprochen habe, fragte Margret im Auto, während die schon fast verblühten Kirschbäume hinter den Fensterspiegelungen an uns vorbeiglitten. »Dass du Schonung brauchst«, sagte ich. »Nimm dir Zeit für dich.«

Sie lehnte sich zurück, schob ihre Hand zwischen Jacke und Sicherheitsgurt. »Ich will diesen Egotrip gar nicht. Ich will mich um die andern kümmern, die in diese Geschichte hineingeraten sind. Ich glaube, das ist jetzt meine Aufgabe.« Und sie zählte wie eine strebsame Schülerin auf: »Sebastian und Aleksandra, Frau Schär, diese Laura, auch wenn sie aus unserem Blickfeld verschwunden ist, und natürlich Beat, der nicht mehr leben will. Aber er soll leben, er soll sühnen und leben.«

»Einen hast du vergessen auf deiner Liste«, sagte ich.

»Wen?«

»Mich«, sagte ich mit trockenem Mund und spürte, als ich auf die Kupplung trat, plötzlich einen Schmerz im Fußgelenk.

Sie stutzte. »Was willst du denn? Du bist doch viel robuster als ich.«

Wir kamen am frühen Abend zu Hause an. Später Mai, milde Temperatur, eine erste Ahnung von Sommer, die Leute saßen draußen, einige weihten bereits die Grillsaison ein. Unsere Ankunft wurde genau beobachtet. Uwe und Ortrud, die deutschen Nachbarn, winkten uns von drüben zu. Von der anderen Seite kam überraschend Angelika näher, grüßte überfreundlich zwischen Haselsträuchern, fragte, wie es Margret gehe, sie habe sich doch hoffentlich gut erholt. Margret murmelte etwas Unverständliches, da war ich schon bei der Haustür und hatte den Schlüssel umgedreht, Margret war nun an meiner Seite, und kaum waren wir drinnen, fragte sie beinahe schroff: »Was weiß sie? Was hast du ihr gesagt?«

»Nichts, gar nichts. Dass es dir nicht gutging, haben sie dir ja angesehen.«

»Sie hat mich förmlich geröntgt mit ihren Blicken. Die machen mich zum Paria.«

»Im Gegenteil. Die sind dir alle wohlgesonnen.«

»Hast du eine Ahnung.« Sie ergriff den Koffer und trug ihn ins Schlafzimmer hinauf. Sie schloss die Tür hinter sich, räumte wohl ihre Sachen in den Schrank, verschwand dann, während ich unten tatenlos auf dem Sofa saß, im Bad, erschien wieder in ihrem Alltagsoutfit, dem ewig gleichen Pullover (ich glaube, sie hat drei identische, anthrazitfarbene), den verwaschenen Jeans. Doch etwas war neu an ihr: Sie hatte die halblangen Haare zurückgebunden, im Nacken mit einem Gummiband verknotet; ihr Gesicht wirkte offener, die Augen größer, forschender. Das war also meine Frau. Aber wer sie in Wirklichkeit war, wusste ich weniger als vor zweieinhalb Jahrzehnten, als sie mich in ihrer Buchhandlung bediente. Habe nie vergessen, wozu sie mir riet: zu Frischs *Stiller*, den ich nicht kannte, aber nach den ersten fünfzig verwirrenden Seiten für immer zuklappte, was ich ihr nie gestand. Meine literarische Tauglichkeit hätte sie mit Recht bezweifelt, meine – ganz und gar nicht forsche – Einladung zu einem Kaffee mit Kuchen nahm sie an.

»Der Gemüsegarten«, sagte sie, »ist in schlechtem Zustand. Viel Unkraut. Kaum etwas gesät oder gepflanzt. Ich sehe es schon vom Fenster aus.«

»Leider keine Zeit dafür.«

»Du hast sie dir nicht genommen. Zwei Beete sind noch gar nicht umgegraben.«

Hätte sagen können, dass sie selbst den Garten über Wochen vernachlässigt hatte, schwieg jedoch. Sie setzte sich mir gegenüber in einen Sessel, wir schauten uns abwechselnd an und aneinander vorbei, sie schlug die Beine übereinander und fragte, beinahe provokativ: »Und jetzt? Wie soll es weitergehen? Mit dir? Mit uns?«

»Dasselbe wollte ich dich fragen«, antwortete ich.

In ihren Augen standen plötzlich wieder Tränen, sie weinte lautlos, und ich hatte kein Mittel dagegen, wohl nie eines gehabt. Wir schwiegen. Draußen dämmerte es. Ich war froh, etwas tun zu können, und machte Licht, der Schein der Ständerlampe hob ihr bleiches Gesicht madonnenhaft hervor, doch sie schüttelte den Kopf, und ich stellte mit einem Fingerdruck den Status quo wieder her.

Der Buchhandlung werde sie noch fernbleiben, sagte sie nach langer Besinnung, aber die Deutschstunden nehme sie übermorgen wieder auf, sie vermisse die zwei Kinder aus dem Kongo, die seien Goldschätze. Das Wort kugelte aus ihrem Mund wie etwas Unpassendes, Befremdendes.

»Bist du sicher, dass das nicht zu früh für dich ist? Zu anstrengend?«

Sie lachte kurz, auch diese Reaktion passte nicht zu ihr. »Anstrengend? Das ganze Leben ist anstrengend.«

»Aber mit – wie heißt sie schon wieder? –, mit Frau Schär nimmst du den Kontakt nicht wieder auf, oder?«

Erneut ein Lachen, ein bekümmertes, schien mir, ihre Tränen waren ohnehin weitergeflossen. »Das sehen wir dann. Aber etwas anderes ist mir klargeworden: Ich bin es mir schuldig, Beat zu besuchen, ihm in die Augen zu schauen, ich will für ihn ansprechbar sein. Er hat nach mir gefragt, das hat mir seine Mutter gesagt.«

Ein erschrockenes Nein entfuhr mir. »Tu das nicht! Das ist doch Blödsinn!«

»Du wirst mich nicht daran hindern«, sagte sie und wischte mit dem Ärmel über ihre nassen Wangen. Ich merkte, dass sie durch die halboffene Tür ins Studio hinüberschaute.

Ich werde sie an nichts hindern können, dachte ich, auch nicht daran, dass sie sich, aus was für Gründen auch immer, im Studio wieder auf den Boden legt. Was hatte sie dorthin getrieben, was hatte sie dort gesucht? Mir ging der Gedanke durch den Kopf, den Anbau, der so viel Unglück, solche Schmach über uns gebracht hatte, abbrechen zu lassen, die alten Verhältnisse wiederherzustellen, die schlimmen Erinnerungen wegzuräumen. Es war letztlich eine – wie soll ich sagen? – kindliche Idee, aber sie setzte sich fest in mir.

21
Margret

Zerfallende Schollen

Am vierten Tag nach ihrer Rückkehr – die Telefongespräche mit Konstanze hatten wieder angefangen – wandte sie sich dem Garten zu. Sie tat es mit Verbissenheit, in der Hoffnung, dass die körperliche Arbeit sie von allem anderen ablenken, nein, fernhalten würde. Die Temperatur war angenehm, trotzdem kam sie bald ins Schwitzen, auch das Gesicht unter dem Strohhut war schweißbedeckt, für einmal eine andere Nässe als die von unwillkommenen Tränen. Eigentlich war es, Ende Mai, schon zu spät für das meiste, was sie in Angriff nahm. Zu spät, ja, und doch unerlässlich. Die Nachbarn sprachen sie an, verwickelten sie in belanglose Gespräche. Angelika schenkte ihr einige Handvoll frühe Kefen, erste Radieschen, frischen Rhabarber, sie war überschwenglich wie oft. Wilfried, mit Krawatte, grüßte von weitem. Uwe kam, an seinem Hausmannstag, nach einem Spaziergang mit den Kindern vorbei, stellte – sozusagen mit ärztlichem Blick – fest, dass Margret erfreulich munter aussehe. Sogar Heimgartner zeigte sich, klagte über sein Rheuma. Alle taten so, als sei alles wie immer.

Als sie daranging, die beiden von Unkraut überwachsenen Winterbeete umzugraben, spürte sie bald, dass ihre Kraft nicht ausreichte, den Spaten tief genug in die verhärtete Erde zu treiben; ihr Rücken begann zu schmerzen, sie war schwächer, als sie gemeint hatte. Gerhard würde erst am Wochenende widerwillig mithelfen, wenn überhaupt. Wofür habe ich denn einen Sohn?, dachte Margret plötzlich mit einem Groll, der sie überraschte. Es war drei Uhr nachmittags, von der Kirche kam Geläut für eine Hochzeits- oder Trauerfeier. Kurz entschlossen ging sie ins Haus und sah erst an den Erdspuren, die sie auf dem Parkett hinterließ, dass sie vergessen hatte, die Stiefel auszuziehen. Doch sie behielt sie an, wählte die Handynummer von Sebastian, und er antwortete tatsächlich ohne Verzug. Er schreibe gerade an einer Seminararbeit, sagte er, es gehe um Karl Barth und den religiösen Sozialismus, das könne er ihr jetzt nicht erklären. Einen Augenblick war sie gekränkt, wie jedes Mal, wenn er oder Gerhard ihrer Auffassungsgabe nicht trauten. Sie überwand sich zu fragen, ob er ihr nicht die beiden Beete umgraben könne, es sei höchste Zeit dafür, aber sie schaffe es nicht allein.

»Heute noch?«, fragte er zurück.

Sie bitte darum, morgen werde es vermutlich regnen.

»Das ist wichtig für dich?«

»O ja, ohne Garten wäre ich …« Sie stockte, es fiel ihr kein passendes Wort ein.

»Okay, Mama. Ich bin in einer halben Stunde bei dir.«

Sie freute sich, als habe sie einen unerwarteten kleinen Sieg errungen, und hatte zugleich ein schlechtes Gewissen. Sorgsam putzte sie, bevor sie draußen weiterarbeitete, die Stiefelspuren weg.

Sebastian, mit Helm, kam auf seinem Elektrobike angefahren und stellte es dort ab, wo auch Beat sein Rennrad bisweilen hatte stehen lassen. »Schön!« Er deutete auf den blühenden Storchenschnabel neben dem Eingang, der mit den ersten roten Bartnelken harmonierte. Bei seiner Umarmung schämte sie sich ein wenig, weil sie plötzlich wahrnahm, dass sie nach Schweiß roch. Sie hatte Gerhards mehrfach geflickte Gartenhosen für Sebastian bereitgelegt, dazu ein farbig gemustertes kurzärmliges Hemd. Er zog sich im Wohnraum um, das Studio mied er. Draußen zwängte er sich in Gerhards Gummistiefel. Das Umgraben ging er schnell an, er keuchte bald, ließ aber im Tempo nicht nach, während Margret in die Furchen, die er aushob, unreifen Haushaltskompost schaufelte, der im Lauf der nächsten Wochen ganz verrotten würde. Er hatte als Kind und als Jugendlicher von der Gartenarbeit nichts wissen wollen; nur ab und zu hatte sie ihn überreden können, etwas Schweres für sie zu schleppen, etwa die Steine, die Gerhard vom Flussufer geholt hatte und die Margret benötigte, um einen kleinen Teich einzufassen, ein Mückenparadies, das schon lange wieder verschwunden war.

Hinter den dichten Wolken kam am späteren Nachmittag die Sonne hervor. Sebastian verlangsamte nun doch seinen Rhythmus, hielt bisweilen inne und wischte sich den Schweiß von der Stirn. Margret brachte ihm ein Glas Holunderblütensirup. Beinahe gierig trank er ihn aus, fast wie als kleines Kind, als er den Kopf weit nach hinten beugte, damit ihm kein Tropfen entging.

»Es braucht ja nicht alles heute fertig zu werden«, sagte sie.

Er blies in seine Hände, griff erneut nach dem Spaten. »Doch, doch, wenn ich schon da bin.«

Er schlug mit der Spatenkante auf die großen Schollen

und sah befriedigt, wie sie zerfielen, so dass Margret mit dem Rechen die Oberfläche des Beets einebnen und glätten konnte. Ihr war nicht entgangen, dass Angelika von drüben Mutter und Sohn eine Weile beobachtet hatte.

Ehe die Sonne hinter einem benachbarten Giebel verschwand, waren beide Beete umgegraben und lagen in schwärzlich-brauner Frühlingsfrische da. Sie hatten nicht viel geredet, doch nun lud Margret den Sohn zu einem Imbiss ein, auch wenn es dafür schon fast zu spät war.

»Aber nur kurz«, sagte er, nach einem Blick auf die Uhr.

Später mit den Eltern zu Abend zu essen, lehnte er ab. Er zog die Stiefel aus, verlor dabei fast das Gleichgewicht, er klopfte sie gegeneinander, um sie von Erdklumpen zu befreien, er wusch sich drinnen das Gesicht, die Hände, zog seine Alltagskleider wieder an. Dann saßen sie am Gartentisch, der im Schatten lag, einander gegenüber. Margret hatte Melissentee gemacht, aus dem Kühlschrank Oliven, Rohschinken, Butter geholt, rasch zwei tiefgekühlte Brötchen aufgebacken, die zuinnerst noch kalt und hart waren. Sebastian kaute gutwillig an ihnen herum, aß auch sonst mit Appetit, während Margret ihm einfach zuschaute und sich vor Augen hielt, dass sie beide Tausende von Mahlzeiten miteinander geteilt hatten.

»Wie geht es dir jetzt?«, fragte er, nachdem er den letzten Bissen geschluckt und den Teller, genau wie als Kind, ein wenig von sich weggeschoben hatte. Und er fügte mit einem ungewöhnlich scharfen Blick hinzu: »Sei bitte ehrlich!«

Sie erschrak, die Frage hatte sie erwartet, nein, erhofft,

aber nicht den Zusatz. Und er hätte seine Hand auf ihre legen können, nur kurz, es hätte gereicht. Wie lange war es her, seit er es zum letzten Mal getan hatte?

»Oh«, sagte sie, »es geht mir nicht schlecht. Ich glaube, ich habe mich aufgefangen.«

Er nickte. »Du musst vieles verarbeiten, ich weiß. Aber du solltest dich nicht schuldig fühlen. Schuld ist ohnehin ein komplizierter Begriff.«

Margret pickte die letzte Olive, die auf dem Teller lag, mit zwei Fingern auf und schob sie sich in den Mund. »Darum geht es nicht. Aber darum, dass ich mich öffne für die Nöte anderer. Darum, dass ich mich dem Leben zuwenden kann, nicht nur meinem eigenen.«

»Das machst du doch. Ich meine, diese Kinder, denen du Deutsch beibringst …«

»Das ist nicht genug. Das kostet zu wenig Überwindung. Ich habe Kontakt mit Beats Mutter …«

Er machte eine ungeduldige Geste. »Ich finde das keine gute Idee. Das weißt du.«

Sie ließ den Olivenstein aus dem Mund in ihre Hand gleiten. »Ich will nicht dauernd den Schwierigkeiten ausweichen. Das habe ich in meinem Leben zu oft getan.«

»Aber jetzt geht es um dich, um deine Gesundheit, und das musst du ernst nehmen.«

Sie schien ihn nicht verstanden zu haben, rollte mit dem Zeigefinger den öligen Stein auf der Handfläche hin und her. »Ich kann Beat nicht einfach vergessen. Ich muss zulassen, dass er nun zu meinem Leben gehört. Und damit auch seine Mutter, verstehst du das nicht?«

Sebastian reichte ihr seine Papierserviette über den Tisch.

»Ein bisschen vielleicht. Aber du überforderst dich. Warum bist du plötzlich so radikal?«

Sie legte den Olivenstein auf die Serviette, faltete sie um ihn herum sorgsam zusammen.

»Vielleicht, damit ich mich nützlich fühlen kann. Du und Gerhard seid mir am nächsten, aber ihr braucht mich gar nicht mehr. So rede ich jeden Tag ein paar Minuten mit Beats Mutter am Telefon. Sie lebt allein, sie muss knausern. Ich überweise ihr jetzt monatlich eine kleine Summe von meinem Selbstverdienten.« Sie zögerte, fuhr dann überhastet fort. »Und sie soll mir dazu verhelfen, dass ich Beat im Gefängnis besuchen kann.«

Sebastians Augen weiteten sich, er setzte sich mit einem Ruck gerade hin. »Sorry, das ist … das ist doch völlig daneben … abwegig! Was willst du bei dem?«

Margret hob die Schultern, ließ sie fallen. »Das lässt sich nicht voraussagen. Versöhnung? Reue?«

»Ich weiß nicht, was dich genau umtreibt. Du willst etwas sprengen, was dich einengt, oder nicht? Es gibt doch auch andere Mittel als ausgerechnet ein Gefängnisbesuch bei deinem … bei deinem Quälgeist.«

»Das ist er nicht!«, entgegnete sie heftig. »Man muss auf ihn zugehen.«

»Warum suchst du, wenn schon, nicht sein letztes Opfer auf, die Krankenschwester?«

Margret schüttelte entschieden den Kopf. »Für sie gab es ja eine richtige Sympathiewelle. Erinnerst du dich? Die konnte sich getragen fühlen von Mitleid und Anteilnahme.«

»Möglich. Aber dich so auszusetzen – das erträgst du nicht.« Er schaute sie lange an, sein Blick flackerte, er überwand eine Hemmung. »Hast du es schon mit Beten versucht?«

»Wie meinst du das?« In ihr Erstaunen mischte sich Empörung. »Du weißt doch, wie wenig ich mit der Kirche anfangen kann. Das Kirchgemeindehaus, ja, das ist nützlich. Ich darf dort meine Deutschstunden geben. Und sonst? Wir zahlen zwar Kirchensteuern, aber im Gottesdienst siehst du uns nie. Dieses ganze Pathos! Wieso sollte ich beten?«

»Damit du gelassener wirst. Damit deine Sicht sich weitet.« Seine Stimme klang resigniert. »Ich kann's ja selber nicht, obwohl ich's versuche. Es geht nicht. Ein Zwiegespräch mit einer höheren Macht, mit dem, was uns umfasst und trägt, das sollte Beten eigentlich sein.«

»Ich kann's auch nicht, Sebastian. Es ist künstlich, wenn ich es versuche. Kindergebete, das war etwas anderes, da hatte ich die Vorstellung, dass ich dich in gute Hut gebe.« Sie schaute auf die Uhr. »Ich muss kochen. In einer halben Stunde kommt Gerhard heim. Du weichst ihm ja einfach aus.«

»Ich habe es aufgegeben, ihm näherzukommen. Er will es gar nicht. Und ich wohl auch nicht. Wir gehen besser getrennte Wege.«

»Es wird ihn schmerzen, dass er dich verpasst hat. Aber er wird es nicht zugeben. Merkst du denn, wie unsere Familie auseinanderdriftet?«

»Da sind wir nicht die Einzigen. Außerdem kümmert ihr euch ja selbst kaum um Grandmaman.«

»Weil sie es nicht zulässt!« Margret war aufgestanden, räumte das Geschirr zusammen.

»Dafür willst du jetzt einen Häftling betreuen.«

Sie ließ eine Gabel fallen, bückte sich mit einem unterdrückten Ächzen, hob sie auf, bevor der Sohn es tun konnte. »Das ist etwas anderes. Eine Chance für alle. Verstehst du das nicht? Wir müssen uns bemühen, wir müssen verzeihen, das sagst du doch selbst.« Sie ging mit dem beladenen Tablett ins Haus, er folgte ihr ohne weitere Einwände.

Im Flur standen sie einander gegenüber. Margret versuchte zu lächeln. »Ich war sehr froh um deine Hilfe. Danke!«

Sein Ausdruck verfinsterte sich einen Moment lang, wechselte aber gleich wieder ins Freundlich-Besorgte. »Schon recht. Es tut mir leid, Mama, wir versagen dauernd aneinander.«

Sie war verblüfft. »Wie meinst du das?«

»Wir müssen zueinander ehrlich sein und dennoch schonungsvoll. Das sagt Barth, unter anderem. Ich bin daran, es zu lernen. Wir möchten immer reifer sein, als wir sind.«

Barth, dachte sie, Barth, der Theologe. Was hatte er mit ihnen beiden zu schaffen?

»Ich gehe jetzt. Tu, was du willst. Und wozu du stehen kannst.« Jetzt lächelte auch er, ein wenig traurig.

Sie umarmten sich, plötzlich hatten sie beide Tränen in den Augen. Sie schaute ihm durchs Küchenfenster nach, wie er davonradelte und aus ihrem Blickfeld verschwand. Sie warf sich vor, dass es unaufmerksam von ihr gewesen war, Aleksandra nicht grüßen zu lassen.

Sebastians Besuch hatte ein Knäuel widersprüchlicher Gefühle zwischen Enttäuschung, Befremden und aufwallender Zuneigung in ihr erzeugt. Merkwürdig, kaum war sie allein, fiel dies alles von ihr ab, dafür überkam sie erneut der Drang, Beat wiederzusehen, ihn zur Rede zu stellen, ihm beizustehen.

Sie hatte sich geschworen, mit Gerhard nicht mehr darüber zu reden, von ihm hatte sie null Verständnis zu erwarten. Und jetzt gehörte auch der Sohn aus andern Gründen zu den Kritikern ihres Vorhabens, Valeria sowieso. Wer traute ihr denn überhaupt noch etwas zu?

Tagliatelle, das war das Einfachste und Schnellste, ein *sugo all' arrabiata* vom Feinkostladen, im gut verschlossenen Plastikbecher. Komplizierte Kochprozesse waren ihr lästig geworden. Ob Gerhard dies überhaupt bemerkte? Er war ein Allesesser, so bezeichnete er sich selbst, nur gekochte rote Randen konnte er nicht ausstehen, der Saft erinnere ihn zu sehr an Blut, das den Teller besudle. Aber den Salat für diesen Abend hatte sie immerhin selbst gemacht mit Angelikas Rucola, in dünne Scheiben geschnittenen Radieschen und Kopfsalatblättern aus dem Kühlschrank. Gerhard war zufrieden, er aß, was sie auftischte, sagte nichts zu den verkochten Nudeln, sagte überhaupt sehr wenig. Er wurde, seit sie zurück war, nur gesprächig, wenn sie ihn nach den neusten Entwicklungen im Institut fragte. Da klagte er über die Intrigen des Stellvertreters, die Bequemlichkeit der Studenten, die Budgetkürzungen, die sie dazu zwängen, veraltete Computer zu benützen. Zum Glück sei die Sekretärin eine Stütze, er wüsste nicht, was er ohne sie täte, ihre Kündigung habe er ihr ausgeredet. Heute hakte Margret nicht nach, etwas stand zwischen ihnen, es war nicht zu greifen, nicht zu beseitigen, und Margret fragte sich, was sie noch mit diesem Mann verband oder ob sie ihn endgültig verloren hatte. Dennoch umfasste sie die Hand, die nachts im Doppelbett mit scheuer Vorsicht zu ihr herüberwanderte, und ließ sie nicht los.

Sie führte ihre Deutschstunden weiter, sie war freundlich und doch wie durch einen transparenten Vorhang von den Kindern getrennt. Bisweilen dachte sie an das Essen im Asylzentrum. Aber statt dass sie selbst eine Einladung ausgesprochen hätte, war es Olena, die Mutter von Antoine und Esta, die mit ihrem breiten Lachen vorschlug, Margret solle doch wieder einmal bei ihnen vorbeischauen, die Kinder hätten sich beim letzten Mal so über ihr Kommen gefreut. »Auch über das Gebäck«, sagte Antoine, der mitgehört hatte, in korrektem Deutsch. Margret schämte sich und erklärte, warum es ihr derzeit nicht passe, vielleicht später wieder, und dachte gleichzeitig mit einem Reuestich: Vielleicht sind sie dann gar nicht mehr da. Sie würde beim nächsten Mal Piri Piri kochen, sagte Olena lockend, *»c'est aussi du poulet, mais avec beaucoup de poivre«*.

»Nein«, sage Margret. »Ich kann nicht!«

Die Kinder schauten sich an und zuckten mit den Achseln, sie will eben nicht, hieß das wohl.

Am Ende der Lektion trat Esta zu ihr und legte mitfühlend ihre dunkle Hand auf ihre helle.

»Du nicht gut?«, fragte sie und deutete auf ihren Kopf. »Da tut weh?«

»Es geht mir gut«, sagte Margret, ihre Rührung bezwingend, und zog ihre Hand weg.

22

Margret

Keine Fiktion

Um beim Häftling Beat S. einen Besuchstermin zu bekommen, hatte sie ein Hindernis nach dem anderen zu überwinden. Aber es gab kein Ausweichen, es musste sein. Alles andere, die Deutschstunden, die Arbeit in der Buchhandlung, die sie wiederaufnahm, kam ihr vor wie Stillstand. Konstanze riet ihr davon ab. Sie sagte Margret dennoch, wie sie vorzugehen hatte. Sie musste die Zustimmung der Staatsanwaltschaft einholen, die Erlaubnis der Gefängnisdirektion, die Einwilligung des Häftlings. Nach fast drei Wochen, Anfang Juli, erklärte Beat sich einverstanden. Er hatte auf eigenen Wunsch die Haft vorzeitig angetreten; der Prozess sollte bald stattfinden, sie wusste nicht, wann genau.

Die Strafanstalt lag weitab von größeren Siedlungen, es war eine eigene, von einem Zaun umgebene und streng überwachte Welt. An einem heißen Nachmittag fuhr Margret mit dem Zug zur nächstgelegenen Station und ließ sich vom Anstaltsbus, den sie, gegen Gebühr, bestellt hatte, zum Gefängnis bringen. Sie war die einzige Passagierin, der Fahrer sagte kein Wort zu ihr. Sie war aufgeregt, ihr Puls ging so schnell, dass es ihr Sorgen machte. Draußen zogen gemähte Getreidefelder vorbei, andere mit Zuckerrüben, die schon halb aus der Erde ragten. Hier und dort arbeiteten

Männer, Traktoren holperten über Feldwege. Das meiste nahm sie nur verschwommen wahr. Der Bus fuhr durch ein Gittertor, hielt vor dem Eingang des Hauptgebäudes. Im Innern war es kühl. Sie musste sich ausweisen, eine Schleuse passieren, ihre Tasche wurde durchleuchtet. Die Schachtel mit den weich gewordenen Pralinés musste sie abgeben, der Gefangene werde sie nach ihrem Besuch bekommen, wurde ihr zugesichert. Ein Wärter führte sie durch einen Korridor mit Türen links und rechts zum Besucherzimmer, einem kahlen Raum, in dem ein Tisch und einige Stühle standen. Der Mann stellte sich neben der Tür auf, seine Miene war undurchdringlich. Ein laufender Ventilator vertrieb den muffigen Geruch nicht. Das Deckenlicht brannte, ohne dass es nötig war. Durch ein Fenster blickte sie hinaus zum Drahtzaun, hoch über ihm dunkle Wolken.

Es dauerte ein paar Minuten, bis Beat, begleitet von einem erstaunlich jungen Mann, das Zimmer betrat, sie sahen beinahe aus wie Brüder, nur dass Beat die graugrüne Anstaltskleidung trug.

»Ein halbe Stunde«, sagte der andere zum Bewacher und ging hinaus. Beat setzte sich ihr gegenüber; Besuchern die Hand zu reichen, war möglicherweise untersagt.

Sie grüßte unsicher, gab auch Konstanzes Grüße weiter, er nickte, wich aber ihrem Blick aus und antwortete nicht. Sein Gesicht war magerer geworden, er hatte sich einen Kinnbart wachsen lassen, der ihm überhaupt nicht stand. Wie es ihm gehe, fragte sie. Er zuckte mit den Achseln, schaute an ihr vorbei. Sie hatte sich vorgenommen, ihn zu duzen, und das fiel ihr nun schwerer, als sie gemeint hatte.

»Du wirst ein paar Jahre hierbleiben müssen«, sagte sie.

»Ja«, sagte er. »Fünf, sechs Jahre. Die gehen vorbei.« Nun heftete er unversehens den Blick auf sie. »Was willst du hier?« Er duzte sie zurück, als wäre es schon immer so gewesen.

»Ich wollte … Es tut mir sehr leid, dass alles so gekommen ist.« All die Sätze, die sie vorbereitet hatte, waren plötzlich aus ihrem Gedächtnis verschwunden.

»Ja?« Ein leichtes Lächeln glitt über sein Gesicht, eine Art Mundwinkelzucken, das völlig fehl am Platz war, es wirkte weder verlegen noch entschuldigend, eher abwehrend. Er krempelte umständlich die Ärmel seiner grobgewebten Anstaltsjacke zurück, atmete flach.

»Du hast jetzt ja Zeit, über das, was geschehen ist, nachzudenken«, sagte Margret. Sie kam sich lehrerinnenhaft vor, fuhr aber fort: »Ich auch. Ich hätte mich besser um dich kümmern sollen.«

Er schnaufte hastig, faltete die Hände auf dem Tisch, seine Fingerknöchel waren rot, teilweise aufgeschürft.

»Ich konnte nicht vor mir selbst davonrennen«, sagte er.

»Wir hätten dir vielleicht helfen können.«

»Ich glaube nicht. Und ich will jetzt auch nicht darüber reden.« Er schloss die Augen und schob die Unterlippe vor; starrsinnig sah er aus, in sich geduckt, obwohl er aufrecht dasaß.

»Ich wollte dir eigentlich sagen, dass du uns in große Schwierigkeiten gebracht hast. Aber ich gebe mir Mühe, dich nicht einfach in Grund und Boden zu verdammen …«

Er zuckte wieder die Achseln. Seine ostentative Gleichgültigkeit begann sie zu ärgern, der Ärger stieg in ihr hoch wie etwas Galliges und Heißes. »Das ist ja nicht nichts.

Es wäre einfacher für mich, jeden Kontakt mit dir zu meiden.«

»Ihnen« – er ging wieder zur Höflichkeitsform über – »habe ich ja nichts getan.«

»Wenn du wirklich bereust«, sagte sie, »ist das doch wie ein Neuanfang.«

»Was soll ich denn Ihnen gegenüber bereuen?«

Sein neuerliches Lächeln – ein deutlicheres jetzt – brachte sie noch stärker gegen ihn auf. »Das ist kein Grund für Spott.« Ihre Stimme wurde lauter, schärfer. »Du hast dir in unserem Studio diese widerwärtigen Filme angeschaut. Das ist einfach nur ekelhaft.« Darauf hatte sie die Rede gar nicht bringen wollen, und doch konnte sie sich nicht mehr bremsen. »All diese Misshandlungen. Diese Vergewaltigungen. Schämst du dich denn nicht? Du hast dich daran aufgegeilt, das ist … grauenhaft … unmenschlich!« Sie erschrak über die Wut, in die sie sich hineinredete, und konnte sich nicht bremsen.

Er saß unbeweglich da, die Hände lagen nun flach auf dem Tisch. Hinter ihm krabbelte eine Fliege über die Fensterscheibe. Margret sah ihr wie unter Zwang zu …

»Und deinetwegen …«, setzte sie neu an.

»Es sind ja bloß Filme«, murmelte er.

Sie stemmte sich an der Tischkante hoch. »Die Messerstiche auch, wie? Alles fiktiv?« Vor ihren Augen flimmerte es, sie hatte die größte Lust, ihn zu packen, zu schütteln, und konnte sich nur mit Mühe beherrschen.

Er senkte den Kopf, und ihr schien, sie höre plötzlich ein unterdrücktes Lachen, böse und hämisch. Etwas in ihr zerbarst: »Du Schwein! Du Schwein!« Das war nicht sie, die aufsprang, sich weit über den Tisch beugte, das war nicht sie, die ausholte, das war nicht sie, die ihm eine brutale Ohrfeige versetzte, es war nicht sie, die ihn am Jackenkragen packte und zu würgen begann, bis er sie mit einem Wehlaut zurückstieß, Kinobilder, verstörende, alles in beschleunigter Zeit, es war aber sie, unbestreitbar sie, die dann auf dem Stuhl zusammensackte, sie hörte ihr eigenes heiseres Schluchzen, das aus ihr kam, als hätte es lange in ihr gewartet, viel zu lange. Da war die Aufsichtsperson schon mit einem Zuruf bei ihr, umklammerte sie von hinten, Schweißgeruch, sie schrie, der Mann hatte offenbar auf einen Alarmknopf gedrückt, ein Trappeln näherte sich, jemand führte Beat weg, zwei, drei weitere Männer umringten sie, das sah sie alles nur noch halb, sie versuchte sich zu wehren, zu schlagen, zu beißen, musste sich den harten Griffen fügen. Ihr Weinen hörte nicht auf, auch als die Männer sie in einen Nebenraum führten, sie auf eine Pritsche legten und mit Riemen festbanden. Sie warf sich hin und her, etwas Gummiartiges wurde in ihren Mund gezwungen, das sie zum Röcheln brachte, etwas stach in ihren Arm, jemand redete auf sie ein, ein Arzt, ein Pfleger, sie konnte nicht mehr artikulieren, schrie bloß innerlich: »Was macht ihr da? Was macht ihr da?« Ihr unbändiges Schluchzen ermattete, eine Taubheit erfasste ihren Körper, alles, was sie denken konnte, schrumpfte auf einen Punkt, sie wollte die Augen offen halten, es ging nicht, sie sank in Schwärze, in Bewusstlosigkeit.

23

Gerhard

Schlechte Energien

Kam an diesem Abend nichtsahnend nach Hause, zur gewohnten Zeit. Margret war nicht da. Kein Zettel, keine SMS. Ich ging, nach ihr rufend, im Haus herum, in den Garten, über den gerade ein Gewitterregen niedergegangen war. Ihr Handy, das sie allerdings oft vergisst, blieb tot, als ich anzurufen versuchte. Valeria hingegen erreichte ich, sie wusste von nichts, war kurz angebunden, geradezu ruppig. Machte mir, mit unbestimmten Sorgen, ein Spiegelei, Toast dazu, ich tunkte gerade das Eigelb auf, hörte dabei die – wie immer – unerfreulichen Abendnachrichten, da klingelte das Telefon. Am Apparat war der stellvertretende Direktor der kantonalen Strafanstalt für verurteilte Ersttäter, eine angenehme, überaus sachliche Stimme. Ich verstand erst nach mehreren Nachfragen meinerseits und ebenso vielen Erklärungsversuchen seinerseits, worum es ging. Verfiel in eine Schockstarre, aus der mich der akzentuierte Bariton am anderen Ende Satz um Satz wieder herausholte. Margret hatte ohne mein Wissen unseren vormaligen Mieter im Gefängnis besucht, und dann war es offenbar zu einer Szene gekommen, die den Erfahrungen, die ich mit meiner Ehefrau über Jahre gemacht hatte, völlig widersprach. Margret hatte sich vom Häftling Beat S. provozieren lassen, sie hatte ihn von einem Moment auf den anderen körperlich attackiert und war danach zusammengebrochen. Der Anstaltsarzt hatte sie ruhigstellen müssen und mit einer Ambulanz in die nächstgelegene psychiatrische Klinik gebracht. Margret als Angreiferin, als Schlägerin? Ich konnte und wollte es nicht glauben. Leider doch, sagte der stellvertretende Direktor, meine Gattin sei, landläufig gesagt, völlig ausgerastet, totaler Kontrollverlust. Das komme vor, wenn jemand längere Zeit unter starkem psychischen Druck stehe. Ob das bei meiner Gattin der Fall sein könnte? In seinen Unterlagen habe er gesehen, dass der Häftling Beat S. längere Zeit bei uns gewohnt habe.

Der Druck sei enorm gewesen, gab ich zu, aber ich hätte geglaubt, sie sei darüber hinweg.

»Da haben Sie sich offenbar getäuscht«, sagte der Vizedirektor. Ob Margret schon einmal in psychiatrischer Behandlung gewesen sei.

Ich verneinte, das war jedenfalls die halbe Wahrheit, auch wenn Dr. Soltermann eindeutig von psychischen Störungen gesprochen hatte.

»Dann ist es jetzt umso notwendiger.« Er gab mir die Nummer des zuständigen Arztes in der Klinik, geschlossene Abteilung, er fragte nach Margrets Krankenkasse, da auch bei ihnen erhebliche Kosten angefallen seien. Dann erwähnte er in höflicher Reserviertheit, dass der Häftling Beat S., der ja die Besucherin provoziert habe, für drei Tage in Arrest gesetzt werde, das sei meist eine effiziente Erziehungsmaßnahme. Verletzt sei der Insasse, abgesehen von ein paar roten Striemen, übrigens nicht, da müsse ich mir keine Sorgen machen, auf eine Anzeige gegen meine Ehefrau würde die Anstalt verzichten. Ich hängte auf, eine

Kälte überkam mich, die mit dem Sommerabend draußen nichts zu tun hatte. Immer noch hatte ich größte Mühe, den Bericht des Anrufers für faktengetreu zu halten, sträubte mich dagegen, mir Margret so vorzustellen, wutgetrieben, aggressiv, rücksichtslos. Und doch machten diese Bilder sich breit in mir, und ich musste mir eingestehen, dass mich die Ahnung von etwas Zerstörerischem in ihr schon seit Monaten beunruhigt hatte.

Rief danach – ich hätte es wohl nicht tun sollen – Jolanda an, meine Ratgeberin, meine Vertrauensperson, sie beruhigte mich und forderte mich auf, Margret nicht im Stich zu lassen und sie gleich jetzt zu besuchen. Ich versprach es. Doch vorher musste ich Sebastian informieren, das war meine Pflicht. Er reagierte auf meinen kurzgefassten Bericht, wie nicht anders zu erwarten, mit Konsternation. Auch er wollte es nicht glauben, auch er fügte sich widerwillig den Fakten. Wenn ich heute noch hinführe, sagte er, werde er's morgen tun. Der Gedanke, sie zusammen zu besuchen, kam wohl beiden, doch das wollten wir nicht.

»Glaubst du, sie erholt sich bald wieder?«, fragte mich Sebastian am Schluss.

»Ich bin überzeugt davon«, erwiderte ich, ohne es zu sein. Hatten mein Sohn und ich einander, was unser Verhältnis zu Mutter und Ehefrau betrifft, je die nackte Wahrheit zugemutet?

Bin hingefahren, noch vor neun war ich beim roten Klinkerbau, die Sonne ging gerade unter. Ich hatte mich angemeldet, der Chefarzt hatte den Besuch erlaubt. Margret lag allein in einem Zweierzimmer, immer noch in tiefem Schlaf. Sie sah friedlich aus, atmete regelmäßig, ihre Wangen waren ungewöhnlich rot. Beugte mich über sie, gab ihr einen unmerklichen Kuss, sprach leise ihren Namen, ohne dass sie sich rührte. Kein Grund zu übertriebener Sorge, sagte mir die Schwester, ich solle sie schlafen lassen und frühestens morgen Mittag wiederkommen. Der Assistenzarzt, der noch Schicht bis zehn Uhr hatte, schaute in Straßenkleidung herein, er war bereit, mit mir zu reden, zehn Minuten höchstens, sagte er, dann müsse er die Runde im ersten Stock absolvieren. Er bat mich in sein winziges Büro, wir saßen einander unangenehm nahe gegenüber, beinahe berührten sich unsere Knie. Er redete mit erkennbar süddeutscher Färbung. Natürlich hatte er mit der schlafenden Margret noch nicht sprechen können. Was er von der Strafanstalt erfahren habe, könne ein einmaliges Ereignis sein, sich aber ebenso gut um den Beginn einer fortschreitenden Dissoziation mit schizoidem Charakter handeln. Ich hatte mich als Universitätslehrer vorgestellt. Er wollte mich mit seinem Fachvokabular offenbar beeindrucken, und er hatte Erfolg damit, obwohl ich mich gegen all diese Zuschreibungen innerlich sträubte.

Ob ich etwas in dieser Richtung bei meiner Frau schon früher festgestellt hätte, fragte er mit streng zusammengezogenen Augenbrauen.

Margret sei hochsensibel, sagte ich, schnell in Tränen, sie habe sich um unseren Sohn aufopfernd, vermutlich übertrieben gekümmert, und was in den letzten Monaten geschehen sei – das wusste er auch schon in groben Zügen –, habe sie überfordert. Ich fasste noch einmal zusammen, was ich meinerseits aus der Strafanstalt gehört hatte.

Er werde, sobald es möglich sei, eine gründliche Anamnese aufnehmen, den Bericht der Strafanstalt anfordern und im Team die möglichen Therapien besprechen, sagte der Arzt und klopfte mit dem Kugelschreiberende beharrlich auf seinen Notizblock. Seine Devise sei: so wenig Neuroleptika wie möglich, so viel wie nötig. Die wirkten ja, wie ich bestimmt wisse, dämpfend auf Erregungs- und Angstzustände. Ich solle damit rechnen, dass meine Frau mindestens drei Wochen auf der Station bleiben müsse. Dies als Richtwert, und damit ich erst mal die Angehörigen und den Arbeitgeber – sie habe doch einen Job? – benachrichtigen könne.

Wir gingen kühl auseinander, ohne uns um gegenseitige Sympathie zu bemühen. Dachte an das Hornbrillengesicht im Kurheim. Mit wie vielen Ärzten würde ich es, Margrets wegen, noch zu tun bekommen?

Eine quälende Nacht. Unser Haushalt, das sah ich am Morgen deutlich, war an der Grenze der Verwahrlosung; auch Margret hatte seit ihrer Rückkehr vom Kurheim kaum noch geputzt. Meine morgendlichen Besprechungen zu Seminararbeiten spulte ich roboterhaft ab, mir gefiel ohnehin kaum je eine dieser Fleißübungen, und ich gestehe, dass ich es beinahe genoss, wenn mich eines dieser wohlfrisierten Jüngelchen angesichts meiner scharfen Kritik beleidigt anstarrte. Nach zwölf fuhr ich wieder zur Klinik.

Margret war jetzt tatsächlich wach. Sie lag ruhig da, mit offenen Augen, die schmalen Hände auf der Decke übereinandergelegt; mir wurde bewusst, dass ihre Schläfen ergraut waren. Sie grüßte schwach. Die Stationsschwester hatte mir geraten, über das Vorgefallene gar nicht zu reden. Aber

Margret selbst griff das Thema auf. Sie äußerte sich ungewöhnlich langsam, ja schleppend, wohl eine Folge der Medikamente. Sie verstehe sich selber nicht, sagte sie, es sei ein Fehler gewesen, die Begegnung mit – da stockte sie – unserem ehemaligen Mieter zu erzwingen. Irgendwie habe sie sich plötzlich selbst verloren. Was sie genau gemacht habe, wisse sie nicht mehr, sie könne kaum glauben, was man ihr erzählt habe, unseren Sohn habe sie bloß ein einziges Mal geschlagen, sie bereue es noch heute.

Ihre Augen blieben erstaunlicherweise trocken bei diesem Bericht. Ein unvollständiger war es, mit einigen Gedächtnislücken. Ich nickte zu allem, es war sinnlos, ihr Vorwürfe zu machen. Zwischendurch versuchte sie zu lächeln. Hatte den Impuls, die mir fremd gewordene zarte Frau, die so lange an meiner Seite gelebt hatte, zu trösten, zu umarmen. Wusste indessen, dass ich ihr nicht wirklich beistehen konnte, dafür gab es jetzt Fachkräfte. Fühlte mich hilflos, *but that's life*, hätte Frank Sinatra gesungen. Auch wenn der Mann mir immer zu geschniegelt war, solche simplen Songs können einen ein wenig betäuben wie eine Injektion ins entzündete Zahnfleisch.

Bevor ich ging, bat Margret um Entschuldigung für die Umtriebe – das war ihr Wort –, die sie verursacht habe, sie werde jetzt die Geschichte mit dem Mieter *ad acta* legen. Die Entschuldigung rührte mich. Entschuldigte mich meinerseits, wofür genau, wusste ich nicht.

Es waren seltsame Tage, bis Margret in unser Haus zurückkehrte, vier Wochen insgesamt. An jedem zweiten oder dritten Abend besuchte ich sie kurz, im Wechsel mit Sebastian, mit dem ich mich absprach. Zwischen uns gab es kein überflüssiges Wort zu ihrem Zustand (zu meinem schon gar nicht). Sie hatte etliche andere Besucher, Valeria natürlich, das eine oder andere Mal Aleksandra in Begleitung Sebastians, auch Beats Mutter soll erschienen sein. Ich war nach neunzehn Uhr zum Glück immer allein mit ihr. Uns schien der Austausch von Alltagsbegebenheiten im Institutsbüro oder in der Klinik zu genügen; eine Viertelstunde konnte sehr lange dauern. Was, dachte ich manchmal, wenn sie noch Monate in der Klinik bleibt, keinerlei Fortschritte macht? Ich allein im Haus, aller eingefleischten Gewohnheiten beraubt, auf mich gestellt, dem Mitleid der Nachbarn überlassen. Nachts hatte ich Panikattacken, glaubte, Geräusche von Einbrechern im Haus zu hören. Einmal bewaffnete ich mich mit einem Tranchiermesser, ging auf den Zehenspitzen im Dunkeln herum und fürchtete, auf einen Unbekannten zu stoßen und zustechen zu müssen.

Etwa in der Mitte ihres Klinikaufenthalts – sie war schon in die offene Abteilung aufgerückt – weigerte sich Margret während einiger Tage, mich zu sehen. Gebe zu, dass es schwierig war, meinen Besuchsrhythmus zu unterbrechen. Die Dame am Empfang wies mich höflich ab: Die Patientin nehme sich das Recht auf ein Time-out. Der grantige Abteilungsarzt, mit dem ich am meisten zu tun hatte, beschied mir am Telefon, Frau Sandmaier wünsche im Moment keinen Kontakt mit mir, das möge ich bitte respektieren. Ich fragte nach den Gründen, der Arzt sagte, es gebe bei solchen Symptomverläufen immer wieder Phasen des Rückzugs, das werde sich bald wieder ändern. Natürlich grübelte ich darüber nach, was dies für unsere Ehe bedeutete. Zum ersten Mal ging mir durch den Kopf, dass es auf eine Trennung hinauslaufen könnte, die Vorstellung war zunächst ein Schock, aber tief in der Brust, rund ums Sonnengeflecht, breitete sich ein überraschendes Freiheitsgefühl aus, mit dem ich nicht gerechnet hatte. Angst und Sorge überwogen indessen, und ich war froh, sie zumindest bei einer Person abladen zu können: bei Jolanda. Auch eine Trennung, sagte sie mir am nächsten Morgen in der Frühe, bedeute keineswegs den Weltuntergang; ich dürfe nicht ausschließen, dass dies unter Umständen für beide das Beste wäre. Das könne ja, gerade in unserem Alter, den Weg freiräumen für einen Aufbruch zu Neuem. Auch sie selbst – das war mir völlig neu – verhandle mit ihrem Mann seit Wochen über eine einvernehmliche Trennung, es passiere doch einfach, dass eine Beziehung nach zwanzig, dreißig Jahren allmählich vertrockne. Dabei griff sie, auf ihrem Drehstuhl mir zugewandt, kurz nach meiner Hand; sie war angenehm warm, und obwohl ich das sanfte Prickeln, das von ihr ausging, nicht wahrnehmen wollte, war es eben doch da und verfolgte mich noch eine Weile an meinem Arbeitsplatz.

Das Wochenende verbrachte ich allein mit Lektüre und leichter Gartenarbeit, den Rasen mähen mochte ich nicht. Auf unbestimmte Weise hoffte ich, dass irgendein Zeichen von Sebastian käme, vielleicht eine spontane Einladung von einem Kollegen, ich wusste allerdings nur zu gut, dass mein Ruf nicht gerade der eines umgänglichen Menschen war. Als ich lesend am großen Fenster saß, hörte ich plötzlich einen dumpfen Knall, ein Vogel war mit Wucht gegen die Scheibe geprallt, deren Spiegelung offenbar freie Landschaft vorgetäuscht hatte. Das wurde mir erst klar, als ich den Schmierfleck auf dem Glas gesehen und durch die Terrassentür ins Freie gegangen war. Da lag reglos ein kleiner Federball, mit abgespreizten Füßchen, es war ein Distelfink, ich erkannte ihn an der roten Gesichtsmaske, dem gelben Flügelstreifen. Ein schöner Vogel, tot, das war in diesem Haus noch nie passiert. Ich bückte mich, nahm ihn sorgsam in die Hand (Margret hätte es nicht getan; Gefiedertes zu berühren lässt sie schaudern), der kleine Kadaver war noch warm. Was sollte ich jetzt mit ihm? Zuerst wollte ich ihn begraben, dann stellte ich mir vor, dass eine Katze ihn hervorscharren würde, und das gefiel mir nicht. So steckte ich ihn in einen Tiefkühlbeutel, verschloss ihn luftdicht, legte ihn zuunterst in den halbvollen Kehrichtsack, stopfte ihn mit zerknülltem Zeitungspapier voll, band ihn zusammen und stellte ihn in den Keller.

Wir hatten August, es war heiß, ich hoffte, dass bis zum nächsten Abfuhrtermin der Distelfink nicht zu riechen begänne; Verwesungsgeruch kann durch Verpackungen, sogar durch Wände dringen. Aß draußen am Gartentisch zu Abend, hörte Stimmen ringsum, Kinderlachen, Hundegebell. Die Nachbarin Angelika winkte mir zu und fragte angenehmerweise nicht nach Margrets Gesundheitszustand, und so fühlte ich mich, alles in allem, gar nicht unglücklich.

Der Abend war lang und lau, viele Mücken, ich zündete eine Kerze an, deren Schein im schwachen Wind leicht flackerte. Als es dunkel wurde, schrieb ich eine SMS an Jolanda und dankte mit angemessenen Worten für ihre Anteilnahme, drückte zudem die Hoffnung aus, sie werde ihre Beziehungsklippen mit Bravour umschiffen. Hatte auf eine sofortige Antwort gehofft; sie kam nicht. Schon von mir weggeschoben hatte ich das rituelle Sonntagsgespräch mit Maman. Eine Zehn-Minuten-Unterhaltung, die Mal für Mal nach dem gleichen Muster ablief. Sie klagte über ihr Gelenkrheuma, ich empfahl stärkere Medikamente, sie fragte nach Margret und Sebastian, ich gaukelte ihr ein zufriedenstellendes Familienleben vor (das sie selbst nie hatte). Sie beschwerte sich, dass Sebastian sie nicht besuche, ich begründete dies mit seinem Zeitmangel wegen des strengen Studiums. Dann ein paar Bemerkungen über das Wetter, zwei Minuten Tratsch über die Bewohnerinnen auf demselben Flur. Wir hängten auf, nachdem sie gesagt hatte, sie sei müde, jetzt komme gleich das Essen, hoffentlich ohne Kohl.

Margret kam Anfang September zurück, zum dritten Mal nun nach einer längeren Abwesenheit. Das erste Mal war es bloß ein Erholungsaufenthalt im Engadin gewesen, das zweite Mal dann die Heimkehr aus dem Kurheim, jetzt die Entlassung aus der psychiatrischen Klinik. Wo würde das noch enden?

Ich war freundlich zu ihr, sie hatte nicht gewollt, dass ich sie abhole, sondern darauf bestanden, ein Taxi zu nehmen. Sie trug lockere Sommerkleider, die ich, nach meiner Erinnerung, noch nie gesehen hatte, auffällig vor allem ein T-Shirt mit marineblauen Querstreifen. Woher sie das hatte, war mir ein Rätsel. Es ging gegen Mittag, ich hatte freigenommen und eine simple Gerstensuppe gekocht. Aus dem Garten hatte ich ein paar frühe Astern gepflückt und in einer Vase auf den Tisch gestellt. Margret dankte für meine Mühe. So wie alles an ihr gebremst und gedämpft schien, klang auch die Stimme irgendwie mädchenhafter als vorher. Sie sagte zwar, die Suppe schmecke ihr gut, aß aber nur ein paar Löffel davon; vom Wein – einer Flasche Barbaresco, die ich eigens für unser Wiedersehen geöffnet hatte – wollte sie gar nichts. Aus Frustration trank ich drei Gläser statt der üblichen zwei. Auch ein Espresso kam für sie nicht in Frage. Aber diese Woche noch, sagte sie, wolle sie den Wiedereinstieg in ihren Job wagen. Dann schaute sie mich geradezu kämpferisch an. Sie müsse mir zwei Sachen mitteilen: Erstens werde sie bei Doktor Prohaska eine Psychoanalyse absolvieren, dreimal wöchentlich, die ersten hundert Stunden übernehme die Krankenkasse. Und zweitens habe sie den dringenden Wunsch, in einem eigenen Zimmer zu schlafen, sie werde vorläufig eine Matratze in ihr Arbeitszimmer (das ehemalige Kinderzimmer) legen, das gehe für den Anfang schon. War wie vor den Kopf geschlagen, spürte zugleich, wie ernst es ihr war, und versuchte, ihre Absicht ins Komische zu wenden. Ob ich zu heftig schnarche, fragte ich. Darum gehe es nicht, sagte sie kühl, sie habe einfach das Bedürfnis, über Nacht für sich zu sein.

»Eine Idee von Doktor Prohaska?«, fragte ich.

»Meine eigene«, antwortete sie.

»Du könntest ja auch«, sagte ich, »das leere Studio übernehmen. Dann hätte es wenigstens wieder eine Funktion.« Mir fiel ein, dass ich es während Margrets Abwesenheit nie betreten hatte.

»Nein«, fuhr sie mich an; diese Lautstärke war ich nicht gewohnt.

»Es wäre aber eine ideale Lösung …«

Ihre Züge verhärteten sich, sie warf mit einer Bewegung, die mir neu war, ihre länger gewordenen Haare hinter die Schulter zurück. »Kommt nicht in Frage! Fehlt dir die

Phantasie, dir vorzustellen, warum ich dort nicht schlafen will?«

»Eigentlich nicht. Aber wir müssen doch diesen Raum wieder beleben, umgestalten, anders nutzen. Sonst …«

»Sonst?«

»Sonst bleibt er ein Fremdkörper in unserem, wie soll ich sagen, Raumprogramm.«

»Ich könnte ja ein Tanzstudio daraus machen«, sagte sie plötzlich.

Ich stutzte, das schien mir abstrus. »Wie stellst du dir das vor? Darin tanzen, aber nicht schlafen? Andere unterrichten, oder wie? Möchtest du mit Angelika gleichziehen?«

»Ein Studio nur für mich, da kann ich trainieren, wie ich will. Das tut mir gut.«

Ich staunte sie an wie ein fremdes Wesen. »Du willst tatsächlich nach dreißig Jahren wieder tanzen?«

»Warum nicht? Es vertreibt die schlechten Energien. Und sonst versuchen wir es eben doch mit Ausräuchern.« Sie lachte in sich hinein, und ich wusste nicht, ob sie es ernst meinte oder nicht.

»Das ist doch völlig daneben«, brauste ich auf. »Nutzlos und lachhaft!«

Sie schwieg. So kurz erst war sie zurück, und schon waren wir in Streit geraten.

»Lassen wir's gut sein«, sagte sie, und in diesem versöhnlichen Ton erkannte ich die mir vertraute Margret, die es mir selten schwergemacht hatte, mich durchzusetzen.

»Wir haben vermutlich noch eine Matratze im Keller«, wollte ich ihr entgegenkommen.

Gleich war die Schroffheit wieder da. »Nichts aus dem

Keller! Valeria bringt mir heute Abend einen Futon, den sie im Moment entbehren kann. Das genügt mir. Ich schlafe gerne hart.«

Valeria, damit hatte ich rechnen müssen. Sie tauchte in der Tat vor Sonnenuntergang auf. Den eng zusammengerollten Futon hatte sie im Kofferraum ihres alten Fiat verstaut und die Hecktür nicht ganz schließen können, so dass ein Teil der Rolle abenteuerlich herausragte. Ich half ihr, den Futon ins Haus und in Margrets Arbeitszimmer zu tragen, wir breiteten ihn, nach Margrets Anweisungen, zusammen auf dem Boden aus, sprachen dabei nur das Nötigste miteinander; die Abneigung zwischen uns war mit Händen zu greifen. Die Freundin hingegen hatte Valeria mit Überschwang begrüßt. Sie fragte zehnmal in abgestuften Variationen, wie es ihr gehe, was sie für sie noch tun könne. Eine Einladung zum Apéro schlug sie aus. »Wir sehen uns ja bestimmt sehr bald ausführlicher«, sagte sie zu Margret. »Und dann musst du mir ALLES erzählen.«

Sie verschwand ohne lange Umstände, Margret und ich waren allein.

24
Sebastian

Der Abbruch

Mein Vater hatte mich noch nie auf dem Handy angerufen. »Es ist wieder etwas passiert«, glaubte ich zu verstehen, erst nach einigen Anläufen reihte er zusammenhängende Sätze aneinander. Der stets gefasste Dozent am Rand eines Zusammenbruchs, so kam es mir vor, und Panik erfasste mich, denn ein Kind will nicht, dass sein Vater schwach und hilfsbedürftig ist. Er sei wie üblich heimgekommen, erzählte er, schon im Flur habe es nach Kräutern, nach Rauch gerochen, und im Wohnzimmer sei er so dicht gewesen, dass es ihm den Atem nahm, er habe nach Margret gerufen, die Tür zum Studio sei halb offen gewesen, von dort sei eine Rauchwolke herausgequollen. Er habe sich ein nasses Tuch umgebunden, im Studio habe Margret schon halb ohnmächtig auf dem Boden gelegen, neben ihr nasse Decken, ein umgestürzter Putzkessel, in dem eine Substanz schwelte, Tannenharz, auf dem, wie er jetzt wisse, Zweige von weißem Salbei und Minze glommen. Die hätten das Haushaltpapier in Brand gesetzt, mit dem Margret vermutlich das Parkett oder die Fenster gereinigt habe. Jedenfalls fehlte nicht viel, und es wäre zu einem Hausbrand gekommen, bald wären Scheiben geborsten.

Immer dieser Anbau, dachte ich, wie die Manifestation eines bösen Geistes.

Mein Vater hatte zuerst Margret ins Wohnzimmer, dann ins Freie halb gezogen, halb getragen, das Feuer mit den Decken, mit Mänteln und Hemden erstickt, über Glimmstellen Wasser gegossen, die Fenster aufgerissen. Danach hatte er eine Ambulanz alarmiert, und jetzt rief er vom Krankenhaus an.

Sie habe eine leichte Rauchvergiftung, sagte er, nichts Lebensbedrohliches, aber das ganze Drum und Dran sei unbegreiflich, man müsse Margret wohl wieder in die psychiatrische Klinik einweisen …

Er hätte seinen Bericht, halb stammelnd, halb überstürzt, endlos verlängert, aber ich unterbrach ihn, laut, mit einer furchtsamen Vorahnung: »Das ist schlimm. Ich komme gleich zu euch.«

»Warte bis morgen. Sie schläft schon, sie liegt am Tropf.«

»Okay. Aber was hat sie denn gewollt?«

Ich hörte ihn ungläubig lachen: »Sie wollte den Anbau ausräuchern, stell dir das vor, die schlechten Energien vertreiben, das Böse womöglich. Absurd, tiefstes Mittelalter. Und dann hat sie feuertechnisch so ungefähr alles falsch gemacht, viel zu viel Material verwendet und sich dazu in den Kopf gesetzt, sie müsse das im geschlossenen Raum tun, sonst wirke es nicht …« Er atmete tief durch. »Sie hätte das ganze Haus niederbrennen können. Zum Glück musste ich nicht auch noch die Feuerwehr rufen. Die Polizei hatten wir ja schon bei uns …« Er lachte wieder, leicht heiser, wiederholte: »Alles hat sie falsch angestellt, dieser Unglücksrabe.«

Ich überlegte, ob ich es sagen sollte, doch dann ging es mir wie von selbst über die Lippen, eher als Provokation denn als Geständnis: »Ich glaube, die Idee hat sie von mir. Aber nur als Idee. In der ganzen Geschichte der Religionen gab es solche Rituale gegen Dämonen, gegen unheilvolle Kräfte. Ich habe ja nicht damit gerechnet, dass sie …«

»Wie? Du hast …« Es verschlug ihm die Stimme.

»Ich habe ihr keine Anleitung weitergegeben. Die Sache mit dem weißen Salbei hat sie von jemand anderem. Oder aus dem Internet.« Ich merkte, dass ich mich zu rechtfertigen begann.

»Ausgerechnet du hast …?«

»Tut mir leid, Papa. Das ist dumm gelaufen. Hör mal, kann ich dich irgendwie unterstützen? Ich meine: Soll ich zu dir kommen, jetzt noch, und wir räumen gemeinsam auf?«

Er verschluckte ein Nein, dann schwieg er lange, und ich wartete, das Handy am glühenden Ohr, bis er sagte: »Ja, ist gut … Ich bin noch im Krankenhaus, Margret bleibt über Nacht auf jeden Fall hier, morgen wird sie in die Psychiatrie überstellt … Ich fahre jetzt zurück …« Seine Stimme begann zu zittern. »In einer halben Stunde bin ich zu Hause. Wenn man das noch Zuhause nennen kann.«

Ich fuhr auf meinem Elektrobike hin, nach halb zehn, bei leichtem Herbstregen, der Schein der Radlampe schwankte vor mir durch die Dunkelheit. Er war tatsächlich schon dort, er schien mir gealtert, grau im Gesicht. Ein Händedruck zwischen uns, zu mehr waren wir nicht fähig. Alle Fenster offen, der Rauchgeruch dennoch schwer erträglich, es war eine Schärfe darin, die in der Nase brannte, zugleich erweckte das Salbeiaroma, das sich hineinmischte, absurderweise den Eindruck, ein Stück Fleisch sei angebrannt. Vater, in seinem schlottrigen Allerweltspullover, führte mich gleich in den Anbau. Er hatte eine starke Leuchte mitten in den Raum gestellt, ein kaltes Licht, das erbarmungslos die Zerstörung zeigte. Das Parkett war angesengt, die Decke und eine Wand geschwärzt. Der improvisierte Räucherkessel lag noch da, mitten in einer Pfütze. Ich schaute mich um und dann zu Vater, der mit hängenden Armen dastand. Insekten flogen zu Hunderten herein, umkreisten die Lampe, taumelten zu Boden.

»Wir schließen doch besser die Fenster«, sagte ich. »Der Rauch ist abgezogen, und der Gestank bleibt ohnehin noch tagelang.«

Vater nickte, überließ das Handeln mir. »Die Nachbarn wollten helfen«, sagte er. »Angelika und Wilfried. Ich habe gesagt, dass du kommst.«

Es gab gar nicht so viel aufzuräumen. Ich wischte halbverbranntes Papier, verkohlte Kräuter zusammen, kippte alles in den Kessel, putzte, so gut es ging, die Fenster, an die nun ununterbrochen die Insekten prallten. Die Brandspuren im Parkett ließen sich nicht beseitigen, dazu brauchte es einen Schreiner. Wände und Decke mussten neu gestrichen werden, das konnte ich übernehmen, aber nicht mehr in dieser Nacht. Vater schaute mir einfach schweigend zu; offenbar war er unfähig, selbst etwas zu tun. Nach einiger Zeit setzte er sich auf den Boden und lehnte sich an die Wand. Er zog die Beine an, die Hosenbeine rutschten hoch und entblößten seine nackten Knöchel. Noch nie waren mir seine Hände, die er auf die Knie legte, so knochig und krumm erschienen. Er sah aus wie ein Obdachloser. Als drüben das

Telefon klingelte, regte er sich nicht. Ich fragte, ob er antworten wolle, er schüttelte den Kopf. Lange klingelte es weiter. »Und wenn es das Krankenhaus ist?«, fragte ich.

»Geh du ran«, murmelte er.

Ich fand den Apparat am Boden, neben dem Klubtisch, meldete mich mit meinem vollen Namen; sogleich wurde aufgelegt, nur noch der Summton drang an mein Ohr.

»Nichts«, sagte ich zum Vater. »Niemand.«

»Vermutlich diese Frau Schär«, erwiderte er. »Sie belästigt Margret Tag für Tag und lässt sich nicht abwimmeln.«

»Was will sie von ihr?«

»Keine Ahnung.« Er sank zurück in sein Schweigen. Meine Aufforderung, sich doch drüben aufs Sofa zu setzen, befolgte er nicht; vielleicht hörte er sie nicht einmal.

Ich holte den Staubsauger aus der Abstellkammer, ließ ihn aufheulen und unter Vaters Blicken die Aschepartikel, die kleinen Papierfetzen im Rohr verschwinden. Aus den Augen, aus dem Sinn.

Meine Uhr zeigte halb elf. »Mehr kann ich nicht tun«, sagte ich zu Vater. »Für alles Weitere benötigst du Handwerker.« Den Vorsatz, den Neuanstrich zu übernehmen, hatte ich bereits aufgegeben.

Vater nickte und erhob sich ungelenk. »Danke, da habe ich eine andere Idee.«

Ich rätselte, was er meinte. »Trinken wir noch etwas?«, fragte ich.

»In der Küche«, sagte er mit schiefem Lächeln, »da stinkt es am wenigsten.«

Ich kippte ein Fenster nach innen, zog den Stecker der Leuchte aus. Er schloss hinter uns die Studiotür ab, drehte sorgsam, aber ungeschickt den Schlüssel im Schloss und steckte ihn in die Hosentasche. Im Küchenschrank fand er eine beinahe leere Grappaflasche, er goss den Inhalt in zwei Gläser. Wie stießen verlegen an, tranken den ersten Schluck. Es war mir recht, dass wir auf anderen Plätzen saßen als den gewohnten.

Das Licht war gedämpfter hier, zum Glück, die Schärfe der Falten in Vaters Gesicht hatte ich vorhin fast nicht ertragen. Er schaute mich sorgenvoll an, nein, eher verschreckt und ratlos, er zwinkerte ununterbrochen. Der Grappa war bitter und viel zu stark, ich hätte ihn beinahe ausgespuckt.

Vater war es, der das Schweigen brach. »Was ist mit uns geschehen?«, fragte er völlig unvermutet. »Hast du eine Antwort?«

»Wie meinst du das?«

»Dieses ganze heillose Durcheinander. Was ist die Ursache dafür? Wie haben wir das auf uns gezogen?« Er begann zu husten. »Mich interessiert, was die Theologie dazu sagt.«

»Du kennst dich doch selbst aus mit all den Konzepten von Schuld, Sündhaftigkeit, Erlösung vom Bösen und so fort.«

»Nein. Ich kenne mich mit der Kirchengeschichte und ihren Abscheulichkeiten aus. Nicht mit der Theologie.«

»Da gibt es aber einen Zusammenhang.«

»Die Theologen sind größtenteils bei der Theorie geblieben, und ihrem Anspruch, die einzige Wahrheit zu verbreiten. Bekehrt, geköpft und gefoltert haben ihre Adlaten.«

»Das ist aber nicht mehr Religion, das ist pure Ideologie.«

»Der Unterschied«, sagte Vater sarkastisch, »war mir nie

wirklich klar.« Er wollte sich Schnaps nachgießen, doch die Flasche war leer.

Ich schwieg, wusste nicht, wohin diese Auseinandersetzung führen würde.

»Es ist doch«, fuhr Vater fort, »eine bodenlose Dummheit, das sogenannt Böse mit Rauch vertreiben zu wollen.« Er erschauerte, als habe er sich einem Schwall kalter Luft ausgesetzt.

Ich sammelte meine Gedanken. »Solche Rituale haben eine reinigende Kraft. Davon bin ich überzeugt. Zielgerichtete Psychohygiene, verstehst du? Glut und Rauch helfen mit, eigene Gewalt- und Rachephantasien zu vertreiben. Nicht nur bei Naturvölkern, solche Traditionen findest du auch im Christentum.«

»Ach ja. Bis hin zu den Hexenverbrennungen.«

Ich versuchte, meinen Ärger zurückzuhalten. »Nein. Das ist die größtmögliche Perversion der ursprünglichen Symbolik.«

»Mag sein.« Er griff sich zuerst an die Stirn, dann mit zwei Fingern an die Unterlippe, dehnte sie und schob sie zurück, bevor er sagte: »Aber wenn schon, reicht das alles nicht.«

»Da musst du schon deutlicher werden.«

»Mir macht es ja auch größte Mühe, wenn ich mir vorstelle, was da drüben« – er wies in die Richtung des Anbaus – »ausgebrütet wurde. Was dieser üble Mensch sich ansah. Was er tat und was er hier an geistigem Unrat deponierte. Sexuelle Quälereien von schlimmster Art. Vergewaltigung von Kindern bis zum Tod. Gefilmt von skrupellosen Ausbeutern und Geschäftemachern.« Er maß mich mit fahrigen Blicken. »Konsumiert da drüben, im Anbau, der für dich bestimmt war.«

»Wir können es nicht rückgängig machen«, sagte ich und fühlte mich sehr schwach dabei.

»Doch«, widersprach Vater. »Ein Stück weit schon. Wir können den Anbau abreißen lassen. Wir können den Auftrag geben, alles so wiederherzustellen, wie es vorher war.«

»Das meinst du doch nicht …« Ich glaube, mir blieb einen Moment der Mund offen, so abwegig und radikal erschien mir diese Vorstellung. Aber ich gebe es zu: Sie hatte auch etwas Verführerisches an sich; das war also die Idee, die Vater erwähnt hatte.

Er setzte sich gerade hin. »Der Abriss gäbe auch Margret wieder mehr Halt. So könnten wir uns von dem, was für sie das Böse ist, endgültig trennen, nicht nur sinnbildlich, auch ganz konkret. Was wollen wir denn mit diesem Anbau? Ihn neu streichen? Neu vermieten? Nein. Solange er steht, bleibt die Vergangenheit für Margret quälend präsent. Das ist mir seit heute endgültig klar. An den Effekt der Psychoanalyse glaube ich nicht. Das ist ein noch größerer Humbug als das Ausräuchern.«

»Das Böse, Vater«, sagte ich, »steckt immer auch in uns selbst.« Es klang pathetisch, aber ich meinte es so.

Er atmete geräuschvoll aus und ein, dieses Schnaufen, das eigentlich gar nicht zu ihm passte, hatte mich schon als Kind gestört. »Die dunkle Seite in uns können wir zähmen, zivilisieren, oft mit geringem Erfolg, ja. Aber wir können mindestens zeigen, dass wir gegen sie kämpfen.«

»Indem wir den Anbau gleichsam wegzaubern? Du glaubst also doch an Magie.«

»Nein. Aber an die Überzeugungskraft der Fakten. Wenn das verschwindet, was deine Mutter derart verstört hat, physisch verschwindet, ist sie zumindest ein Stück weit entlastet.«

»Das ist nicht so einfach, wie du meinst.«

»Gerade als Historiker, mein Lieber, ist mir klar, wie labil wir sind, wie komplex wir denken und fühlen. Ich bin nicht so einseitig rational, wie du mich sehen möchtest.«

Das Hin und Her ging weiter. Vaters Idee, den Anbau zu beseitigen, so zu tun, als habe es ihn nie gegeben, überzeugte mich immer mehr, obwohl ich noch eine Zeitlang heftig dagegen argumentierte. Vater öffnete eine Flasche sardischen Wein, das war für meinen Magen nach dem Grappa nicht von Vorteil. Aber wir tranken, wir lachten sogar, begannen, uns einig zu fühlen. Vor Mitternacht stießen wir auf den Abbruch an, und Vater versprach, gleich morgen alles Nötige in die Wege zu leiten und eine Firma, die er schon im Auge hatte, mit der Arbeit zu betrauen.

»Alles so schnell wie möglich«, sagte er mit schwerer Zunge.

»Und Mama?«, fragte ich. »Willst du sie einweihen?«

Er schüttelte verschmitzt den Kopf. »Nein, es soll eine Überraschung sein, eine große, wenn sie zurückkommt.«

»Und sie wird sich freuen? Glaubst du das im Ernst?«

Er pfiff eine kleine Melodie, ich glaube, es war etwas aus *Aida,* und sagte: »Es gibt uns die Möglichkeit, wieder beim Punkt null anzufangen. Sozusagen.« Er legte den Kopf in den Nacken, als erwarte er eine Eingebung von oben. »Und nützt es nichts, so schadet es nichts. Schlimmer kann es ja gar nicht werden.«

Wir stießen aufs Neue an. Nie hätte ich vorausgesehen, dass ich mit meinem Vater um Mitternacht ein Herz und eine Seele sein würde. Und noch weniger, dass wir uns zum Abschied umarmen würden, zwar nur flüchtig, aber es war doch ein körperlicher Kontakt, sogar eine Berührung von Lippen auf Wangen, ich hielt meinen Vater zwei, drei Sekunden ungeschickt an den Schultern fest, spürte seine Hand auf meinem Rücken, roch Seife und säuerlichen Schweiß. Ich erinnerte mich nicht, dass wir uns je so nah gewesen wären. Danach versetzte er mir einen aufmunternden Schubs, so dass ich einen Schritt zurücktaumelte, und wünschte mir eine gute Heimfahrt; er werde mich, sagte er, als ich schon unter der Tür stand, auf dem Laufenden halten. Ich lachte ein letztes Mal in dieser Nacht, trunken von unserem Mut.

In abenteuerlichen Kurven, immer wieder mein Gleichgewicht suchend, fuhr ich zu mir zurück. Das Hochgefühl verpuffte, zusammen mit dem Alkohol, überraschend schnell. Mein Mitbewohner war wieder mal nicht da. Ich rief Aleksandra an, sie war noch wach, ich fragte, ob sie über die Straße zu mir kommen wolle.

»Nein, du zu mir«, entschied sie.

Ich gab nach. Unser Honigmond lag schon einige Zeit hinter uns, wir rieben uns inzwischen an vielem, stritten weniger oft über Standpunkte als über Organisatorisches, ein ständiges Seilziehen, wer sich bei wem aufhalten, wer bei wem die Nacht – wenn überhaupt – verbringen solle. Aleksandra kam zur Tür, routinierte Begrüßung, sie fand, zwischen Tadel und Amüsement, dass ich doch sehr nach

Wein rieche. Wir setzten uns auf ihre unbequemen Hocker zwischen Bücherstapeln, ich erzählte von dem Abend mit meinem Vater, und sie war über das Vorhaben, den Anbau ohne Mamas Wissen abzureißen, rundweg entsetzt. Ihr Ton war scharf, verletzend: Wir seien zwei selbstherrliche Macker, Margret müsse doch in eine Entscheidung von dieser Tragweite einbezogen werden, es gehe um ihren privaten Lebensraum, darum, wie sie mit der jüngsten Vergangenheit umgehen wolle. Zack, einfach weg damit, das sei keine Lösung, das sei Krieg gegen lästige Zusammenhänge, die Hauruck-Methode einer Männerwelt. Sie hatte sich, ohne Aufwärmen, in Zorn geredet. Ich protestierte gegen ihre feministischen Unterstellungen, das Perpetuum mobile der gegenseitigen Anklagen kam in Gang: Ich, das Muttersöhnchen, das die Mutter eben doch und dazu mit Hilfe des Vaters dominieren wolle. Sie, die hinter männlicher Tatkraft stets eine Verschwörung gegen die Frauen wittere. Ich, der Entscheidungsunfähige, der sich nun an diesem abstrusen Abrissplan geradezu aufgeile. Sie, die ewig Aufbegehrende und Zukurzgekommene. Wir schrien uns an, und es fehlte wenig, dass wir uns geprügelt hätten. Aber plötzlich umarmten wir uns stattdessen, sie fiel vom Hocker, ich auf sie, wir waren in einem Stadium, wo wir diese Vorstufe von Zorn und Enttäuschung brauchten, um einander noch zu begehren. Wir wussten kein Mittel dagegen und waren doch in der Phase des Überschwangs so sicher gewesen, gegen alle Abnützungserscheinungen resistent zu sein. Ich blieb danach bei ihr. Es war zwei oder drei Uhr, als wir endlich einschliefen, irgendwann stellte ich fest, dass Aleksandras Arm auf meiner Brust lag und sein Gewicht von Minute zu Minute zunahm, auch war es viel zu heiß unter der Decke, ich schwitzte und machte mich behutsam los von ihr, sie seufzte, tastete nach mir, fiel wieder in Tiefschlaf, ich zog mich an, ging lautlos hinunter und hinaus und wechselte die Straßenseite.

Was für ein Rätsel die Liebe ist, gerade auch die körperliche! Darüber wusste der große Barth viel, der Mann, der fünfunddreißig Jahre lang mit zwei Frauen lebte, aber das meiste behielt er für sich. Ein Rätsel seien sich Mann und Frau gegenseitig, schreibt er. Der Mann sei durch die Frau, die Frau durch den Mann beunruhigt, und ohne Beunruhigung werde es, wo Mann und Frau sich begegnen, nicht abgehen. Warum, fragen beide, bist du so ganz anders als ich? Aufgehoben wird diese schmerzhafte Differenz, so habe ich's verstanden, in der Hingabe an das Gegenüber, ganz aber nur in der Begegnung mit Gott. Dich möchte ich erfahren, Aleksandra, noch und noch, und IHN möchte ich erfahren, das Göttliche, das mir leider, obwohl ersehnt, fern bleibt, stratosphärisch fern. Gedankenbrocken, unfertiges Zeug, manchmal denke ich, es wäre doch besser, Geigenbauer zu werden, schön gemasertes Holz glattzuschleifen, es sanft zu biegen und zum Klingen zu bringen.

Nach dem langen Abend mit Vater besuchte ich Mama einige Male in der Privatklinik. In ihrem Einzelzimmer – das hatte Vater so arrangiert – saß ich auf einem Stuhl neben dem technisch hochgerüsteten Bett, in dem sie ergeben lag, manchmal saß. Worüber wir redeten, ist mir entglitten.

Von der dritten oder vierten Woche an absolvierte sie Gruppentherapien, machte Spaziergänge im Park und unterhielt sich im Aufenthaltsraum mit anderen Patienten. Mamas Betreuungsteam rechnete damit, dass sie noch vor Weihnachten entlassen werden könne; sie mache, sagte mir eine Psychiatrieschwester, erstaunliche Fortschritte, sie werde von Tag zu Tag selbstbewusster, melde sich, nach einer langen Schweigephase, in den Gesprächsgruppen zu Wort und setze sich zunehmend durch, da sei ein erfreulicher Persönlichkeitswandel im Gang. Vater sagte ich nichts oder sehr wenig davon, er besuchte Mama seltener als ich, ließ sich aber vom Klinikchef regelmäßig ihren Zustand erläutern und fand, der Prozess der Wiedereingliederung laufe zu langsam ab. Dafür reichte dieser Zeitraum ohne weiteres, um den Um- und Rückbau, so nannte er das Ganze nun, mit der Baufirma zu planen. Er schickte mir eine Kopie des Terminplans, ich strich an, bei welchen Arbeiten ich dabei sein wollte, auf jeden Fall als Zuschauer, womöglich als Handlanger. Vater ging raffiniert vor, legte einen Zettel in die Briefkästen der Nachbarn, auf dem er sich für den Baulärm entschuldigte; der Grund sei eine notwendige Renovation nach einem Zimmerbrand, man müsse teilweise auch das Mauerwerk erneuern. Er entschied sich zudem, Margret die halbe Wahrheit zu sagen, nämlich, dass nun doch Baumaschinen auffahren müssten, um ein paar Schäden zu reparieren und das Haus gleich ein wenig aufzufrischen. Davon versprach er sich, dass Mutter keinen Verdacht schöpfen würde, wenn Besucherinnen wie zum Beispiel die unverwüstliche Angelika Plattner ihr gegenüber die Bauarbeiten erwähnten. Dennoch hatte ich plötzlich das Gefühl, dass Margret unser Vorhaben mit Leichtigkeit durchschauen würde.

Vater winkte bloß ab. »Dann fliegt es eben auf«, sagte er. »Schlimmstenfalls gibt es einen Riesenkrach. Bestenfalls ist sie erleichtert.«

Mein unpraktischer, sonst so auf Ehrlichkeit erpichter Vater kam erstaunlicherweise mit diesen Schwindeleien durch. Mama hörte über mehrere Kanäle von den Bauarbeiten, den Reparaturen, an denen sie ja selbst schuld war, sie fragte, vermutlich aus schlechtem Gewissen, auch bei Vater nicht genauer nach, und ich sah ihm an, dass er innerlich triumphierte. Die Überraschung, sagte er mehrmals, werde also glücken. Mit unwägbaren Folgen, fügte er an, doch genau dies – dass er nämlich ein hohes Risiko einging – schien ihm Flügel zu verleihen, so tatkräftig, so energiegeladen hatte ich ihn noch gar nie gesehen.

Ich ging hin, als der Bagger, umringt von Arbeitern, schon im Garten stand. Die kleine Abrissbirne, die an der Schaufel hing, schwang hin und her, bis sie erstmals mit dumpfem Knall auf die Quermauer des Anbaus traf, die schon beim zweiten Aufprall Risse aufwies, beim dritten, in einer Staubwolke, krachend einstürzte. Gebannt schaute ich zu, die zwei deutschen Kinder hielten sich, links und rechts von Ortrud, in sicherem Abstand und stimmten ein lautes Beifallsgeschrei an. Angelika stand am Fenster im ersten Stock, ich rief hinauf: »Das wird alles wie neu!« Mein Vater ging auf der Straße unruhig auf und ab, beschwichtigte den alten Heimgartner, der sich über irgendetwas beschwerte. Es dauerte bloß wenige Minuten, bis auch die beiden Seitenwände nicht mehr standen und dort, wo ich vier Jahre gelebt hatte, ein Trümmerhaufen lag. Vater erklärte den Zuschauern, die es wissen wollten, dass statische

Probleme nach dem Zimmerbrand einen Umbau nötig gemacht hätten. Ich half in meinen ältesten Kleidern mit, einzelne Brocken, Backsteine, Fensterrahmen zum Lastwagen zu tragen, der den Bauschutt abtransportieren würde. Ein Bauarbeiter hatte mir gefütterte Handschuhe überlassen. Was ich tat, war nicht besonders effizient, die Baggerschaufel und zwei Schubkarren fassten ein Mehrfaches von dem, was meine beiden Hände tragen konnten. Es war ein seltsames, aber befriedigendes Gefühl, das Niederreißen der Mauern, die mich jahrelang umgeben hatten, ganz konkret und nicht bloß metaphorisch in die Tat umzusetzen. Diese Mauern hatten mich zu lange eingesperrt, nein, ich selbst hatte mich zu lange darin eingesperrt. Die Arbeiter luden mich ein, die Zehnuhrpause mit ihnen im nächstgelegenen Restaurant zu verbringen, wir saßen zu fünft am runden Tisch, sie bestellten Milchkaffee oder ein kleines Bier, aßen eine Süßigkeit, ein klebriges Gebäck mit Mandelfüllung und Glasur, ich ahmte sie nach; auch wenn ich nicht war wie sie, kam ich mir für ein paar Minuten so vor. Da war sie wieder, meine Sehnsucht nach dem Handgreiflichen.

Am frühen Abend war ich hundemüde, meine Arme taten mir weh, trotz der Handschuhe hatte ich schmerzhafte Druckstellen an den Händen. Aleksandra verstand mich nicht. Was ich hier tue, sei ebenso dumm wie das Ausräuchern, das meine Mutter versucht habe. Ich widersprach, berief mich auf die Kraft des Irrationalen, die oft mehr bewege als jeder Vernunftentscheid. Und sie: Genau das, bloß dem Bauch zu folgen, verleite zu Übergriffen, zu Gewaltausbrüchen.

»Das sind Klischees!«, schrie ich sie an.

Und schon lagen wir wieder im Streit und hatten Mühe, uns zu versöhnen.

Am zweiten und dritten Tag des Umbaus, nein, des Abbruchs, wurde das Parkett herausgerissen, der Boden umgepflügt und eingeebnet; die Bauarbeiter brachten mir bei, mit einem Stemmeisen umzugehen, und dann hielt ich sogar ein paar Minuten den Motorstampfer in den Händen, der meinen ganzen Körper zum Vibrieren brachte. Grinsend schauten sie zu, wie sehr ich mich anstrengen musste, damit er mir nicht weghüpfte; es war mir egal. Am vierten Tag wurde die Türöffnung zugemauert. Ich reichte am Morgen dem Maurer die Backsteine, lernte den Mörtel anrühren. Nachmittags arbeitete ich im Archiv, die Vorlesungen schwänzte ich und hatte keine Ahnung mehr, ob ich das Studium fortsetzen würde. Bei der Isolation und dem Neuanstrich war ich nicht mehr dabei, ich fand, dass ich meinen Teil geleistet hatte.

Genau zu dieser Zeit, Ende Oktober, begann der langerwartete Prozess gegen Beat S. Die Medien griffen den Fall wieder groß auf, sie wurden aber, auf Antrag der Verteidigung, nur eingeschränkt zu den Verhandlungen zugelassen, auch Zuschauer, die sich nicht als Angehörige des Täters oder der Opfer ausweisen konnten, hatten draußen zu bleiben. Es gab kein Foto des Angeklagten oder höchstens eines aus früheren Sportreportagen mit verpixeltem Gesicht; auch dies hatte der Verteidiger erreicht. Ich verfolgte die Berichterstattung im Gratisblatt, das ich jeweils am Morgen früh aus dem Zeitungsständer bei der Tramhaltestelle holte. Die Vorgeschichte wurde aufgerollt, die vaterlose Kindheit des Angeklagten beschrieben, seine Mutter kam zu Wort – Mama kannte sie ja – und entschuldigte sich tränenreich für den Sohn, der sich ihrem Einfluss völlig entzogen habe. Die Geschädigten traten als Zeugen auf, sie schilderten die Überfälle detailliert, auch deren Nachwirkungen. Die junge Krankenschwester, die am schwersten verletzt worden war, litt an gravierenden Schlafstörungen, die Wunden im Brustbereich waren vernarbt, eine leichte Behinderung des Oberarms, dessen Muskeln das Messer durchstochen hatten, würde bleiben. Eine Zeugin war die ehemalige Freundin von Beat S., die die Polizei auf seine Spur gebracht hatte, Laura T. Sie sagte aus, die zwei Gesichter des Angeklagten, das harmlos-freundliche und das aggressive, wutverzerrte, hätten sie aus der Fassung gebracht und von ihm weggetrieben, er habe sie mehrmals brutal geschlagen, habe sie mit einem Brieföffner verletzt, das sei für sie der Bruch gewesen. Meine Eltern waren nicht vorgeladen, die Mutter aus Gesundheitsgründen ohnehin nicht; ihre Aussagen hätten vor Gericht keine Erkenntnisse von Belang beisteuern können. Ich auch nicht, ich war Beat S. gar nie begegnet, obwohl er so folgenreich in mein Leben eingegriffen hatte. Meine Neugier auf ihn wuchs jedoch von Tag zu Tag. Ich hatte das Bedürfnis, ihn zu sehen, ihn als Person wahrzunehmen. Aber ich hatte ja, als Normalsterblicher, keinen Zugang zum Gerichtssaal. Sollte ich es mit einem Trick versuchen? Einer meiner Studienkollegen war Mitarbeiter der Unizeitung, er hatte einen Journalistenausweis. Zögernd willigte er ein, ihn mir für kurze Zeit auszuleihen und sich für den Prozess akkreditieren zu lassen, meine Gegenleistung war, für ihn eine Seminararbeit über Barth, den er nicht mochte, zu korrigieren. Zum Glück glichen wir uns äußerlich ein wenig mit unseren länglichen Gesichtern und dem Kurzhaarschnitt. Das Ganze lief leichter ab, als ich befürchtet hatte. Bei der Eingangskontrolle vor dem Gerichtssaal sah sich der uniformierte Wachmann den Ausweis an, winkte mich dann nach einem Blick auf eine Namensliste hinein, ohne das Foto mit meinen Gesichtszügen zu vergleichen. So leicht ging es also, die Gerichtsbürokratie zu überlisten.

Der fensterlose Saal war nicht voll, es gab Lücken in den Sitzreihen. Die Protagonisten saßen an schräg ausgerichteten Pulten einander gegenüber wie in einem nüchternen Schulzimmer. Ich war nervös, es dauerte einige Zeit, bis ich die Funktionen der handelnden Personen auseinanderhalten konnte. Die Gerichtspräsidentin, leicht erhöht, mit zwei Beisitzern, der Staatsanwalt und der Verteidiger, links und rechts an eigenen Pulten. Am vorgelagerten Rednerpult stand gerade ein älterer Mann mit exzentrischer Krawatte, der vom Manuskript ablas; ihn identifizierte ich nach wenigen Sätzen als psychiatrischen Gutachter. Ein Pult war unbesetzt, dort fehlte offensichtlich jemand, der Angeklagte, nahm ich an, denn einen jüngeren Mann sah ich nicht. Keine Gerichtsroben, wie ich erwartet hatte, lauter zivile Anzüge. Im Publikum zwei mitschreibende Journalisten, die kaum je aufblickten, sonst Leute, die ab und zu miteinander flüsterten. Ich hörte nun genauer hin, der Gutachter bescheinigte auf umständliche Weise dem Angeklagten schwere psychische Störungen aufgrund traumatischer Erfahrungen in der frühen Kindheit, eine zu Perversionen neigende Sexualität; die Suizidgefahr sei, dank guter Betreuung, weitgehend abgeklungen, er neige zu einer mittelguten Prognose. Der Verteidiger, ein Mann mit unangenehm vorstehenden Zähnen, wollte wissen, ob sich die psychische Disposition seines Mandanten nicht strafmildernd auswirken müsste. Der Gutachter antwortete, er liefere lediglich die Grundlagen für Entscheidungen, mehr nicht. Keine weiteren Fragen. Offenbar war es das Ende der Verhandlungen, die Zeugen hatten bereits ausgesagt. Die Vorsitzende ordnete an, dass der Angeklagte für sein Schlusswort hereingeführt werde, er habe es vorgezogen, der Verlesung des Gutachtens fernzubleiben. Dann betrat er den Saal, ohne Handschellen, aber flankiert von zwei Polizisten. Er trug Jeans, ein kariertes Hemd mit offenem Kragen, keine Anstaltskleidung. Bleich wirkte er, seltsam gefasst, das Gesicht zeigte keine Regung, es glich, so schien mir, überhaupt nicht dem Phantombild und noch weniger den Fotos, die inzwischen aufgetaucht waren, Schulfotos, Schnappschüsse von Velorennen, Beat S. bei Siegerehrungen, lachend, mit offenem Mund, jetzt ohne Pixel abgedruckt. Nein, der hier war ein anderer, ich bildete mir ein, er könnte, vom Äußeren her, mein Bruder sein. Es war der Mann, den meine Eltern als passenden Mieter ausgewählt hatten, der Mann, auf den meine Mutter später losgegangen war, der Mann, der unser Familiensystem aus den Fugen gebracht hatte.

Die Vorsitzende wandte sich an den Angeklagten: Bevor sich das Gericht zur Beratung zurückziehe, habe er Gelegenheit, noch etwas Abschließendes zu sagen, falls er dies wünsche. Beat S. nickte beflissen, aber verlangsamt, so wie mir schon sein Gang unnatürlich schleppend erschienen war. Der Verteidiger wollte ihm ein Blatt reichen, doch er wies es zurück, auch das Mikrophon, das jemand vor ihn hinstellte, wollte er nicht. Er begann zu sprechen, merkwürdig verschliffen und so leise, dass ich ihn trotz größter Konzentration kaum verstand. Seine Hände waren unruhig, zeitweise schloss er die Augen und hatte dann absurderweise etwas von einem meditierenden Heiligen auf einem mittelalterlichen Altarbild. Was er getan habe, sagte er, bereue er tief, er könne sich nicht erklären, warum es mit ihm so weit gekommen sei. Er habe vergeblich dagegen gekämpft. Ich hörte eine ältere Frau vor mir tief aufseufzen, sie hatte im gefärbten Haar an ihrem Hinterkopf gelichtete Stellen; ich vermutete, dass es Beats Mutter war.

Beats Stimme wurde noch schwächer, die Leute im Saal saßen angespannt da, außer diesem eintönig dahinfließenden Schuldeingeständnis war kein Laut zu hören. Er bitte alle, denen er Unrecht zugefügt habe, um Verzeihung, fuhr er fort. Wenn er etwas gutmachen könne, werde er es tun. Überraschend hob er an diesem Punkt die Stimme, sein Blick schien jemanden im Publikum zu suchen. Er wolle es allen hier drin sagen: Er habe zum Glauben gefunden, das gebe ihm Halt, um ein besserer Mensch zu werden. Ein Zuhörer mit Dreitagebart, der zehn Jahre älter als ich sein mochte, nickte ihm aufmunternd zu, möglicherweise der Gefängnispfarrer, und Beat, der nun sogar lächelte, schloss mit dem Satz, er bitte das Gericht um eine gerechte Strafe, er werde sie akzeptieren. »Das können Sie doch …«, zischte der Verteidiger, für alle hörbar, ihm zu, verstummte aber gleich wieder, denn in der zweiten Reihe sagte eine junge Frau überlaut zu ihrer Nachbarin und ins aufkommende Raunen hinein: »Das ist doch alles erstunken und erlogen, nur damit …« War sie eines von Beats Opfern? Die Vorsitzende schlug mit dem Hammer warnend aufs Pult, es wurde augenblicklich still. Aber in mir war etwas so heftig aufgeglüht, dass es weh tat. Ich plante, die Theologie aufzugeben, und da stand einer vor mir, ein Sünder, ein Krimineller, und bekannte sich zum Glauben. Von einem Moment auf den anderen erfasste mich ein so unbändiger Durst, dass ich am liebsten hinausgelaufen und irgendwo in diesem schrecklichen Gebäude kaltes Wasser vom Hahn getrunken hätte. Wie ein halbverdurstetes Tier, dachte ich und hörte im Hintergrund ein Lachen, von dem ich nicht wusste, woher es kam. Die Vorsitzende, die immer wieder ihre blondierten Locken zurückwarf, verkündete eine Pause, in der das Gericht über das Strafmaß beraten werde. Ich drängte mich, an halblaut diskutierenden Gruppen vorbei, hinaus in den Gang, betrat mit Schwindelgefühlen die Herrentoilette im oberen Stock, drehte den Wasserhahn auf und hielt meinen weit geöffneten Mund darunter, ohne Rücksicht darauf, ob ich nass wurde. Ich wusste nicht, warum mich das alles derart aufgewühlt, ja aufgebracht hatte. Weg, nur weg!, befahl eine Stimme in mir. Dennoch kehrte ich ins untere Stockwerk zurück, in den langen Gang, in dem die Prozessbesucher auf die Urteilsverkündung warteten, ich wollte mit jemandem sprechen, unbedingt, und traute mich nicht. Beats Mutter, die einen verwahrlosten Eindruck machte, stand alleine da, lehnte sich mit verheulten Augen an die Brüstung der Treppe. In ihrer Nähe redete die aufsässige junge Frau erregt auf ein Paar ein, das ich für ihre Eltern hielt. Zwei, drei Gleichaltrige versuchten sie zu beruhigen.

Die Luft im Gang war stickig und erschwerte mir das Atmen. Ich hielt es nicht mehr aus. Ich gelangte ins Freie, rannte durch den kleinen Park zur Hauptstraße, merkte plötzlich, dass ich den Rucksack unter dem Stuhl vergessen hatte. Ich weiß nur noch verschwommen, wie ich zu ihm kam, vermutlich holte der Wachmann ihn für mich heraus.

In meinem Zimmer – ich war allein – legte ich mich hin. Schwärzeste Nachtgedanken. Wer war dieser Mann, den ich nicht kannte und der doch im Raum, der mein eigener gewesen war, seine Taten ausgebrütet hatte? Sieht ein potentieller Mörder so harmlos aus, so schmal, so unbedeutend? Ein Gesicht, das man gleich vergessen könnte. Wie meines? Nie sind wir bloß gut oder böse, stark oder schwach. Wir sind Mischwesen und manchmal austauschbar, und diese Idee lag wie ein Alb auf mir. Ich rief um zwei Uhr morgens Aleksandra an, sie antwortete verschlafen und unwillig, hörte mir eine Weile zu, als ich ihr klarmachen wollte, dass ich, unter andern Bedingungen, auch wie Beat hätte werden können. Dann unterbrach sie mich: »Hab doch um Gottes willen den Mumm, einen Täter Täter zu nennen!« – »Darum geht es gar nicht«, stotterte ich in mein Handy. Aber da hatte sie schon aufgelegt. Worum ging es denn? Ich glaubte in der Morgenfrühe einen Moment lang, es zu wissen, in aller Klarheit, aber die Einsicht entwischte mir gleich wieder.

Ich las am nächsten Tag den Bericht über das Prozessende. Beat S., mit verpixeltem Bild, war zu neun Jahren Zuchthaus verurteilt worden. Darüber hinaus zur Bezahlung einer beträchtlichen Genugtuungssumme an einige Geschädigte, die würde er, nach der Freilassung, über Jahre hinaus abstottern müssen. Die Verteidigung verzichtete auf den Weiterzug des Urteils.

Ich versuchte tagsüber zu arbeiten, ich las Barth, ohne ihn zu verstehen. Als Aleksandra anrief, schaltete ich das Handy aus. In der Nacht träumte ich, dass ich selbst vor Gericht stand. Ich wusste nicht, was ich verbrochen hatte, es musste etwas Schlimmes sein, die vielen Augen, die mich anstarrten, klagten mich an, nicht zu ihnen, nicht zur menschlichen Gemeinschaft zu gehören. Das kollektive Urteil saugte mir alle Energien ab, ich war von vornherein dazu verurteilt, ein Außenseiter zu sein, ein Zombie, lebensunwert. Erwachend dachte ich sogleich an Beat S. und tastete reflexhaft nach Aleksandra neben mir, aber sie war nicht da, und wieder fürchtete ich, dass unsere Liebe nicht von Dauer sein würde.

Mama, nunmehr in der siebenten Klinikwoche, las keine Zeitungen, schaute keine Nachrichten, die sie, wie sie sagte, nur belasten würden, hörte weg, wenn beim Essen oder im Aufenthaltsraum Unliebsames aus der Außenwelt zur Sprache kam. Das werde sie Schritt für Schritt wieder in den Alltag einbauen, sobald sie innerlich so weit sei. Sie verschloss sich auch gegenüber der Gerichtsverhandlung und dem Urteil. Ich sagte nichts über meinen Prozessbesuch, deutete hingegen an, zwischen mir und Aleksandra stehe es nicht zum Besten. Sie sagte bloß, in jeder Beziehung brauche man Ausdauer, Geduld, manchmal übermenschlich viel von beidem.

Zwei Tage, bevor sie entlassen wurde, zeigte mir Vater das renovierte Haus, er lud mich, ausdrücklich ohne Aleksandra (was mir recht war), zum Abendessen ein, servierte selbstgemachten Kartoffelsalat mit Würstchen und wollte dafür gelobt werden. Das tat ich, obwohl er die Sauce mit zu viel Essig angemacht hatte und die Würstchen im Kochwasser aufgeplatzt waren. Immerhin entkorkte er einen anständigen Rotwein. Es ging aber hauptsächlich darum, uns auf Mutters Ankunft vorzubereiten. Vater drängte darauf, dass wir sie gemeinsam abholten, das werde sie, meinte er, gewiss freuen (und ihn, dachte ich, entlasten). Das Wohnzimmer war tatsächlich wieder das alte. Vom Durchgang ins Studio gab es keine Spur mehr. Draußen allerdings sah es nach Provisorium aus, die fahl beleuchteten Rosenstöcke an der Hausmauer waren frisch gepflanzt und blühten im Spätherbst bloß noch vereinzelt, und der Rasen, den die Baggerraupen zerstört hatten, würde erst im nächsten Frühling nachwachsen. Es war aber auch hier erkennbar, dass alles sein sollte wie zuvor, und genau das schien mir plötzlich unpassend, ein Willkürakt, eine hirnverbrannte Idee. Warum bloß hatten wir uns das Recht herausgenommen, das Rad der Zeit zurückzudrehen? Wie wollte Vater in diesem abgenutzten Rahmen Neues entstehen lassen? Ich fragte ihn danach, er schaute mich gequält an: »Irgendwas musste ich doch versuchen.«

»Wie soll es denn jetzt zwischen euch beiden weitergehen?«

»Das werden wir sehen.« Er schluckte verlegen. »Die Institutssekretärin … ich meine, ich rede bisweilen mit ihr … hat mit ihrem Mann Ähnliches durchlebt. Und auch sie meint, es sei nötig, nach einem Klinikaufenthalt zunächst, auch rein äußerlich, Vertrauen zu schaffen …« Er strich fahrig sein Schläfenhaar glatt. »Du warst ja auch dafür, spring jetzt nicht ab, das wäre fatal. Wir ziehen das jetzt durch.« Und er versuchte, die Tatkraft aufleben zu lassen, die mich an ihm so verblüfft hatte. Valeria wisse übrigens auch nichts, sagte er, um ihre inquisitorischen Fragen am Telefon sei er herumgekurvt wie beim Slalom, sie hätte bestimmt Himmel und Hölle in Bewegung gesetzt, um ihn, um uns – er verbeugte sich leicht gegen mich – zu stoppen.

25
Sebastian

Hagebuttenbrote

Seit Jahren verzichteten meine Eltern auf ein eigenes Auto, damit hatte ich früher gehadert, auf ein Cabriolet wäre ich stolz gewesen. So holten wir Mama am Samstag im Taxi ab. Sie war schon bereit, saß im offenen Mantel unten in der Eingangshalle, neben sich zwei volle Koffer, denn im Lauf der sieben Wochen hatten sich viele Dinge angesammelt, Kleider, Schuhe, Bücher, die wir ihr gebracht hatten, Geschenke. Wir begrüßten uns mit vorsichtigen Umarmungen. Beim Ausgang erschien ihr Psychiater, Doktor Prohaska, ein kahlköpfiger Mann mittleren Alters, er wünschte Mutter alles Gute. Gerhard und mir nickte er lediglich zu, vielleicht lag es daran, dass Vater, wie ich später erfuhr, die vorgeschlagene Paartherapie kategorisch abgelehnt hatte.

Die Eltern saßen hinten, ich vorne neben dem schweigsamen Fahrer. Das Gemurmel auf dem Rücksitz verstand ich nur in Fragmenten. Wir fuhren an entblätterten Bäumen vorbei, an Reihen von geparkten Autos, auf deren Dächern nasses Laub lag, ich sah heimkehrende Schulkinder mit Tornistern, die einander Kastanien zukickten. Als Junge hatte ich das glänzende Braun der Kastanien – und deshalb den Herbst – über alles geliebt. Ich hatte sie gesammelt, aber nicht, wie Gleichaltrige, daraus Tiere oder Männchen mit Streichhölzern als Beinen und Armen gebastelt, sondern sie in eine Plastiktüte gesteckt, ich hatte den ganzen Inhalt manchmal vor mir auf den Boden geschüttet, hatte die Kastanien, auf deren Oberfläche sich Helles und Dunkles spiegelte, mit den Händen durchwühlt, sie übereinanderkollern lassen, fasziniert vom Spiel der Farben und Formen. Mein Unbehagen wuchs nun von Minute zu Minute. Ich war inzwischen sicher, dass es richtig gewesen wäre, Mama auf das, was sie vorfinden würde, vorzubereiten. Wir stiegen aus, Mama als Letzte, sehr zögernd, sie schaute sich um, hatte etwas von einem witternden Wild an sich. Wir gingen, Vater und ich mit je einem Koffer in der Hand, die Eingangstreppe hoch, da eilte vom Nachbarhaus – hinter ihr bellte der Labrador – schon Angelika mit federnden Schritten herbei, um Mama einen Herbststrauß zu überreichen, Dahlien in allen Farben, offenbar hatte sie am Fenster gewartet, Vater musste sie über den Zeitpunkt unserer Ankunft informiert haben. Mama ließ sich die Willkommensgrüße, die Wangenküsse gefallen, reagierte kaum auf Angelikas Ausrufe: »Du siehst ja gut aus!«, »Wie schön, dass du wieder da bist!« Das lockte auch Ortrud samt sich sträubenden Kindern herbei, hinter ihr der alte Heimgartner, der ein Glas Blütenhonig übergab, zuletzt erschien auch Wilfried im Trainingsanzug, mit Lesebrille, die auf der Nase hinuntergerutscht war. Es war eine richtige Nachbarschaftsversammlung. Und ein ums andere Mal hörte ich den Satz: »Aber wir wollen dich jetzt nicht stören.«

Ich hielt die ganze Zeit den Koffer am Griff, ohne ihn abzusetzen. Von der Straßenseite sah sie nicht, dass der Anbau verschwunden war, und ich nahm an, dass alle hier dachten, sie wisse Bescheid. Vater war mit seinem Koffer bereits hineingegangen, kam jetzt wieder heraus, sagte, er bitte um Rücksichtnahme, es sei sonst wirklich zu viel für Margret, und die Versammlung löste sich gehorsam auf, sie würden sich, rief Angelika, schon fast bei ihrem Haus, hoffentlich bald wiedersehen.

Mama betrat mit Vorsicht das Entrée. Sie ließ sich den ockerfarbenen Mantel abnehmen, wand sich ungeschickt aus den Ärmeln, sie hängte den Schal über den Bügel, die norwegische Wollmütze an einen Haken, zog die halbhohen Stiefel aus, all dies sehr langsam: »Ich muss mich erst wieder an das Haus gewöhnen.« Sie wollte in bloßen Strümpfen weitergehen, ich stellte die Hausschuhe mit Pelzbesatz vor ihre Füße, sie nickte – »Ach ja« – und schlüpfte hinein. Sie ging aber nicht in den oberen Stock, sondern in die Küche, wo sie den tropfenden Blumenstrauß auf den Tisch legte, dann geradeaus durch die Zwischentür ins Wohnzimmer. Ich folgte ihr, Gerhard war schon dort. Alles okay, dachte ich, alles okay, und das Okay kreiste immer schneller in meinem Kopf.

Mama schaute sich um, nickte: »Das ist ja alles blitzblank. Und das von zwei Männern!« Sie gähnte plötzlich, »Mein Gott, bin ich müde«, ließ sich aufs Sofa fallen, hörte aber nicht auf, den Raum zu mustern.

Ich sah – und Vater sah es auch –, dass ihr Blick an der Stelle haften blieb, wo die Tür zum Anbau eingepasst gewesen war. Sie runzelte die Stirn, sie strich sich durchs Haar.

»Möchtest du etwas trinken?«, fragte Gerhard.

Sie schüttelte den Kopf. »Hört mal«, sagte sie. »Da ist doch etwas … Oder täusche ich mich? …« Sie stand auf, ging über den Berberteppich zur leeren Wand, berührte sie mit beiden Handflächen. »Da war doch die Tür … genau, die Tür.« Sie drehte sich um und fasste Gerhard ins Auge: »Jetzt sag mir … Hast du … habt ihr …«

Er senkte den Kopf, antwortete leise, aber präzise, als habe er es auswendig gelernt: »Wir haben gedacht, es sei das Beste für uns, für dich.«

Das Misstrauen und gleich darauf die Erkenntnis, dass ihre Ahnung stimmte, schienen sie mit physischer Gewalt zu erfassen. Wie weggeblasen ihre Müdigkeit. Sie sprang auf die Füße, eilte mit langen Schritten zum Fenster an der Querwand, sie riss die beiden Flügel auf, lehnte sich weit hinaus. »Das ist ja alles weg!«, rief sie und wäre vielleicht hinausgefallen, wenn nicht Vater sie von hinten gepackt und vom Fenster weggezogen hätte. Sie drehte sich um, blieb in seinen Armen, funkelte ihn an: »Ich bin doch nicht übergeschnappt, oder? Der Anbau ist weg. Das sieht aus wie vor sechs Jahren.«

»Ja«, sagte Vater mit einer seltsam gequetschten Stimme. »Wie damals. Das wollten wir so, Sebastian und ich.«

Nun wehrte sie sich, drängte weg von ihm, doch er hielt sie fest. Sie wandte sich mir zu: »Stimmt das? Das wolltest du auch?« Ohne auf mein Ja zu achten, sagte sie mit lauter, sich überschlagender Stimme: »Und das habt ihr gemacht, ohne mich zu fragen? Darin wollte ich doch üben.« Sie versetzte Vater einen Schubs, der ihn zum Taumeln brachte, sie riss sich los, stampfte, während ich das Fenster schloss, zur anderen Wand hinüber, stellte sich mit gekreuzten Armen hin. »Einfach die Vergangenheit ausradieren? Und ihr glaubt, das sei so einfach?«

Vater und ich schauten einander an; wir fanden eine Weile keine Antwort; dann sagte ich: »Einfach ist gar nichts, Mama, das wissen wir doch. Aber dass der Anbau weg ist, entlastet uns doch, oder nicht? Du hast ja selbst gesagt, die schlechte Energie dort drinnen …«

Sie unterbrach mich: »Aus den Augen, aus dem Sinn, ja? Ihr wollt *euch* entlasten, nicht mich. So ist es doch.« Ich bemerkte bestürzt, dass Tränen über ihr Gesicht liefen, ohne dass ihre Mimik sich veränderte, sie wirkte versteinert, aber sie sprach weiter: »Ich bin ein Problemfall für euch, oder nicht? Und Probleme merzt ihr am besten aus.« Mit aller Kraft versuchte sie, ihr aufsteigendes Schluchzen zu unterdrücken.

»Wir wollten dir helfen«, sagte Vater, der seine Stirnnarbe betastete.

Sie erschauerte, bedeckte mit der Hand ihre Augen. »So helft ihr mir nicht.«

Ich sah, dass sie einzuknicken drohte, eilte zu ihr, um sie zu halten. »Mama …«

Aber auch mich stieß sie weg. »Lass mich. Und nenn mich nicht dauernd Mama.« Ihr Weinen brach sich Bahn in hohen gedehnten Tönen, ich stand mit hängenden Armen vor ihr, hätte mich am liebsten unsichtbar gemacht. Sie beugte den Oberkörper vor und zurück, doch ehe sie das Gleichgewicht verlor, drehte sie sich um, fing ihr Stolpern auf und lief von uns weg, hinaus in den Flur und dann, wie die Geräusche verrieten, hinauf in den ersten Stock, eine Tür fiel ins Schloss. Was jetzt? Vater und ich wussten nicht weiter.

»Vielleicht sollten wir …«, setzte ich an, hatte aber keine

Ahnung, was ich sagen wollte. Vater nickte mehrmals, als hätte ich einen Vorschlag gemacht. Dann gab er sich einen Ruck. »Ich gehe zu ihr.« Zögernd, ein gebrechlicher Mann, ging er an mir vorbei, auch ihn hörte ich die Treppe hochsteigen, vernahm sein Murmeln an der Tür oben, und lange dauerte es, bis sie sich öffnete und wieder schloss und Vaters Stimme verstummte. Von Mutter war nichts zu hören gewesen. Redeten sie miteinander? Was wohl? Es war wie vor langer Zeit, als ich sie belauschen wollte, aber es doch nicht wirklich wagte. Ich blieb stehen, wo ich war, lehnte mich an die Wand, setzte mich schließlich auf den Boden, sah, wie das Licht im Wohnzimmer sich veränderte, stand wieder auf, schaute aus dem großen Fenster zur Terrasse. Es gab Sträucher da draußen mit flammend roten Blättern, einen kannte ich, wilde Rosen, Hagebutten hingen zu Hunderten an ihm, ebenfalls rot. Das Leben, dachte ich, ist nicht rot, nicht gelb, nicht blau, es ist ein großes Durcheinander. Und ich dachte daran, dass meine Mutter, als sie noch Mama war, aus diesen Früchten meine Lieblingskonfitüre gemacht hatte. Das war ein komplizierter Prozess, ich half mit, die gekochten Hagebutten durchs Sieb zu streichen, um das Fruchtfleisch von Kernen und Härchen zu trennen. Die Härchen juckten auf der Haut, meine Hände bekamen rote Flecken, ein willkommener Grund, nur noch zuzuschauen. Das leuchtende Orangerot in den Gläsern mit Schraubverschluss, die schönste Farbe meiner Kindheit, und noch schöner das Butterbrot, auf das ich die Konfitüre löffelte, um hineinzubeißen, zu kauen, danach die Lippen zu lecken und darauf zu warten, dass Mama behutsam mit einem Serviettenzipfel meine Mundwinkel säuberte.

Im ersten Stock rührte sich nichts. Ich überlegte, ob ich in den Garten gehen und die Hagebutten pflücken sollte. Ich hätte Aleksandra gefragt, ob sie mit mir, nach Mutters Rezept, Konfitüre machen würde, und ich bin ziemlich sicher, sie hätte mitgeholfen, und wir hätten über unsere juckenden Hände gelacht. Aber ich ließ die Früchte am Strauch; stattdessen ging ich aus dem Haus, fuhr weg, ohne Abschied. Die beiden hatten genug miteinander auszutragen, ich wollte nicht stören, und meine Vermittlung brauchten sie nicht. Sie waren in einem Maß aufeinander angewiesen, dass es gar nicht in Frage kam, an ihrer Beziehung zu rütteln. In diesem Stadium einer Ehe, die vor allem aus Gewohnheiten besteht, hält man sich in Zuneigung und Befremden aneinander fest; das Urteil lautet auf lebenslänglich: bis dass der Tod euch scheidet.

Leichter Regen setzte auf der Heimfahrt ein, das Rot der Hagebutten verblasste viel zu rasch vor meinem inneren Auge. Mein Mitbewohner war nicht da, Aleksandra auch nicht. Ich schaute mir ein Foto von ihr an, das ich zuoberst auf einem Stapel Notizen in eine hellblaue Sichtmappe geschoben hatte: Aleksandra auf einer Wanderung, mit Schirmmütze, in Dreiviertelhosen, schweren Schuhen, ein wenig verkniffen, im Hintergrund Felsbrocken, kleine, teils verkrüppelte Tannen. Das Bild hatte ich gemocht, gerade auch wegen seines Ernstes. Ich zog es aus der Mappe und stellte fest, dass ich Aleksandras stämmige Figur, ihre breiten Hüften weit weniger attraktiv fand als noch vor einem Jahr. Ich drehte das Bild um, schob es zurück in die Mappe. So war das also, wir drifteten auseinander, es gab bloß die

Hoffnung, von Zeit zu Zeit wenigstens zurückkehren zu können zum Punkt, an dem wir einander maßlos begehrt hatten. Ich legte den Kopf auf den Schreibtisch, spürte die Kühle der lackierten Holzplatte an meiner Stirn. Sie lag so lange darauf, bis mein ganzes Gesicht nass war. Ich weinte nicht bloß wegen meiner erlöschenden Liebe, ich weinte über meinen geschrumpften Vater, über meine verwirrte Mutter, ich weinte über die Verlorenheit des Straftäters Beat S., ich weinte über den Theologen Barth, der gegen die Nazis auftrat, aber seine Frauen verriet. Darüber auch, dass ich mein Studium aufgeben würde, ohne zu wissen, was ich wirklich wollte.

Ich trocknete das Gesicht mit Papiertaschentüchern, versuchte Aleksandra anzurufen, auf einmal glaubte ich doch wieder, dass sie von allen Sterblichen am meisten Verständnis für meine Lage und meinen Weltschmerz haben würde. Ich sprach ein paar Worte auf den Beantworter und wartete vergeblich auf ihren Rückruf.

Kurz vor Mitternacht erst kam Christoph, der Kunstgeschichtler, angetrunken nach Hause, ein Mann eigentlich nach Gerhards Gusto, groß, mager und streng, nur selten erlaubte er sich, seine allgemeine Mäßigung zu durchbrechen. Ich saß noch am Schreibtisch, seit Stunden in beinahe unveränderter Stellung, als er nach mehrmaligem Klopfen mein Zimmer betrat.

»Du hast Liebeskummer«, stellte Christoph mit schwerer Zunge fest, er wusste, dass es zwischen mir und Aleksandra nicht zum Besten stand.

»Lebenskummer«, erwiderte ich und hatte keine Lust, mich ihm zuzuwenden.

»Das ist ja beinahe das Gleiche, mein Lieber. Hat dich das die Theologie nicht gelehrt?«

Ich suchte nach einem halbvergessenen Vers. »Grau ... ist alle Theorie ... es geht irgendwie noch weiter.«

Er lachte kurz und bellend, mit einem Unterton von Kummer, das war eine seiner Eigenarten. »Siehst du, es ist eben doch besser, Single zu sein. Erspart dir eine Menge Herzschmerz.«

Jetzt drehte ich mich zu ihm um. »Was meint denn Mick Jagger dazu?«

Christoph war, und das passte überhaupt nicht zu ihm, ein Fan der Rolling Stones, verteidigte die lyrischen Qualitäten ihrer Songs gegen alle Schmähungen. Statt zu lachen, knurrte er jetzt. »Sieben Kinder von vier Frauen. Single zu bleiben hätte ihm vieles erspart.«

»Zumindest ein paar Millionen an Alimenten.«

»Einen Hang zum Mönchischen hat er jedenfalls nicht.«

»Du eher.«

Er zuckte mit den Schultern. »Mangelndes Selbstbewusstsein. Dann beschäftigt man sich halt mit der Kunst.«

Er war, das hatte er einmal gestanden, bis über beide Ohren verliebt gewesen in eine Kommilitonin, hatte alles versucht, um sie für sich zu gewinnen; aber die intellektuelle Ebene, auf der er um sie warb, war ihr weniger wichtig als der Tangokurs, zu dem sie ein Konkurrent einlud. Christoph war, wie er selber sagte, nicht geeignet fürs Schlenkern von Extremitäten. Er schrieb zurzeit konzentriert an einer Seminararbeit über Egon Schiele, dessen verdrehte Körper ihm auch nicht weiterhalfen. Es tat ihm offenbar gut, mich bedrückt zu sehen.

»Ich gehe jetzt«, sagte er, ging aber noch nicht. »Irgendwann am Nachmittag wollte Aleksandra zu dir. Wo warst du denn?«

»Irgendwo«, erwiderte ich.

»Siehst du? Zuverlässig ist niemand.« Dann schloss er, sehr sanft, die Tür hinter sich.

Um halb zwei weckte mich das Zwitschern meines Handys, eine SMS war angekommen. »Ich bin da, erwarte dich«, hatte Aleksandra geschrieben.

»Der Weg zu mir ist gleich weit«, antwortete ich, aber ich drückte nicht auf *Senden,* sondern stand auf, zog mich an, schlich auf die andere Straßenseite, zu ihr.

26
Margret

Alles Verpasste

Sie versuchte, irgendwie durch die Tage zu kommen, und Dr. Prohaska stand ihr bei, so dass es nicht nötig war, die Dosis der Medikamente zu erhöhen. Die vertrugen sich außerdem schlecht mit Alkohol, und das war gut so. Sie hatte ohnehin Grappa und Liköre weggeschüttet, nur den rauchigen Whisky, den sie nicht mochte, für Gerhard übrig gelassen. Sie nahm einen Teil ihres Arbeitspensums wieder auf.

Die meisten hielten sie für geheilt, das hieß: wiederhergestellt, sie traf Valeria, in Abständen Konstanze, sie trank Tee bei Angelika. Sebastian rief täglich an. Mit Gerhard tauschte sie Sätze, die auf Anstands- und Gewohnheitswellen hin und her trieben wie halbtote Fische. Dass Gerhard und Sebastian eigenmächtig, hinter ihrem Rücken, das Haus gleichsam amputiert hatten, angeblich zu ihrem Besten, brannte sich immer tiefer in sie ein, erst unter die Haut, dann ins Gewebe. Was da unablässig in ihr weiterglomm und -flackerte, war Wut. Sie durfte sich ihr nicht überlassen, einmal hatte sie es getan, ein einziges Mal, und sie hatte in ein Gesicht hineingeschlagen, das keine Regung zeigte.

Von Beat wollte sie nichts Näheres hören, aber Konstanze sagte, es gehe ihm besser, dank der Gespräche mit dem neuen Anstaltspfarrer, er habe sich sogar ihr gegenüber einen Spaltbreit geöffnet, ein mittleres Wunder. Dass er zu neun Jahren Zuchthaus verurteilt war, erfuhr Margret beiläufig, sie nahm es zur Kenntnis. Dieser junge, scheinbar unberührbare Mann mit den schlaksigen Gliedern, der Mann, der Lust mit Gewalt koppelte, hatte ihre Krise ausgelöst, doch als Person war er weit entfernt. Ihr Elend hatte nicht so sehr mit ihm oder mit Sebastian zu tun, sondern mit all dem, was ihr abhandengekommen war. Oder was sie selbst nie zugelassen hatte.

Wenn sie allein war, drehte sie im Wohnzimmer manchmal die Musik laut auf, Verdi, Duette mit Pavarotti und der Netrebko, die Stimmen schnitten ihr ins Herz, und das wollte sie, sie wollte Tränen in den Augen spüren, aber bloß begrenzt, in Arienlänge. Sie fand unter den CDs, die Sebastian dagelassen hatte, eine von den Einstürzenden Neubauten, *Haus der Lüge,* der Titel zog sie an, und obwohl sie weder den Text verstand noch die Musik mochte, ließ sie sich von den pochenden Bässen bedrängen, bis ein fiebriges Gefühl von Auflehnung sie erfasste.

Sie schlief auf Valerias Futon, nach wie vor. Gerhard fragte mehrmals, eher andeutend und immer mit einer Spur von Verlegenheit, ob sie nicht doch wieder ins Doppelbett zurückkehren wolle. Sie wich aus, oder sie sagte, die Zeit sei noch nicht reif dafür, sie müsse hart an sich arbeiten, und es würde ihm nicht schaden, wenn er das auch täte. Worauf er verstummte und den Arm, den er auf dem Sofa nach ihr ausgestreckt hatte, zurückzog. Er kam oft spät nach Hause, machte Jahresendbesprechungen dafür verantwortlich, die gefräßige Bürokratie. Margret hatte den Verdacht, dass er in eine Affäre mit der Institutssekretärin verwickelt war, sie hatte keine Beweise dafür, suchte auch nicht nach ihnen, es wäre ihr erniedrigend vorgekommen, wenn sie heimlich seinen Schreibtisch durchschnüffelt, seine Vestontaschen durchsucht hätte. Über die Zugangsdaten zu seinem Mail-Account verfügte sie ohnehin nicht, und sein Handy trug er immer bei sich. Sie staunte selbst, wie egal es ihr war, ob er mit der anderen real angebändelt hatte oder nicht. Was sie noch zusammenhielt, waren letztlich Gewohnheiten und die Bequemlichkeit der mittleren Jahre, in denen man sich gegen tiefgreifende Veränderungen sträubt. Sie war deswegen nicht einmal besonders traurig.

Etwas durchschaut zu haben, sagte Dr. Prohaska ein wenig gönnerhaft, heiße noch lange nicht, dass man die Kraft habe, es zu verändern. Er war der Erste, dem sie den zaghaften Gedanken (oder war es schon eine Absicht?) anvertraute, sich von ihrem Mann zu trennen. Er sagte nichts dazu, ließ sie reden, über sich selbst erschrecken, in Pläne hineinstolpern, die sie sogleich verwarf. Neu anfangen? Unmöglich nach sechsundzwanzig Jahren. Eine kindische Utopie.

Valeria war die Zweite, die ihr zuhörte. Sie tranken ihren wöchentlichen Apéro seit Margrets Klinikaufenthalt immer am späten Mittwochnachmittag. Es hatte sich eingespielt, dass Valeria zu ihr kam. Sie saßen vor dem Terrassenfenster, das allmählich nachtdunkel wurde, Margret zündete eine Kerze an. Valeria bekam ihren Campari samt Salznüsschen, Margret hielt sich an Holunderblütensirup, früher hatte sie ihn mit Prosecco gemischt, nun mit Sodawasser, damit der Drink auf der Zunge immer noch etwas prickelte. Vor etwas mehr als einem Jahr waren sie im Engadin gewesen, das ließen sie bisweilen aufleben, mit einer selektiven Vertrautheit, die einiges ausschloss, vor allem die Momente tiefster Verzweiflung und die Nähe zweier Frauenkörper.

Die Hemmung ließ Margret stottern, als sie sagte: »Weißt du, was mir dauernd durch den Kopf geht?«

Valeria, die Beine in den grünen Samthosen weit von sich gestreckt, richtete sich auf: »Endlich. Ich ahne es. Du willst dich von Gerhard trennen.«

Margret legte die Hand auf den Mund, als wolle sie den Satz, den sie gar nicht ausgesprochen hatte, zurücknehmen. »Wie kommst du darauf?«

Valeria schlürfte vom Campari, eine theatralische Pause, gefolgt von einem trockenen Lachen. »Das liegt ja schon lange in der Luft, oder nicht?«

»Dann hast du es früher gemerkt als ich.« Margret stand auf, zog fahrig die Vorhänge des Terrassenfensters zu, setzte sich wieder. »Es ist ja erst eine Idee. Aber eine, die mich nicht mehr loslässt, das stimmt.«

Valeria deutete auf das verhängte Fenster. »Und wenn du darüber sprichst, darf dich niemand sehen, und hören schon gar nicht.«

»Doch, du. Und du behältst es für dich, ja?«

»Versprochen.« Valerias Vollmondgesicht wurde ernst. »Ich kann dir nur raten: Tu es, geh weg von hier, geh weg von Gerhard. Du bleibst sonst eine Gefangene. Allein dieser Abbruch. Das war ein radikaler Versuch deiner Männer, dich aufzuhalten. Die Frau, die Mutter soll bleiben, wo sie war und wer sie ist. Punkt. Aufbruch ist ebenso radikal wie Abbruch, verstehst du? Und du brichst jetzt auf.«

»Wohin denn?« Margret erschauerte, schob ihre Hände

zwischen die Knie. »Kalt hier drin. Eine richtige Ansprache war das. Hast du die vorbereitet?«

»Nein.« Valeria schaute missvergnügt ins leere Glas. »Ich habe einfach lange genug über dich nachgedacht. Wohin?, fragst du. In eine eigene Wohnung zuerst. Und dann finde heraus, was mit dir geschieht. Klingt alles platt und nach Ratgeberliteratur, ich weiß. Aber für dich ist es das Richtige.«

Margret hauchte ihre kalten Hände an. »Du versuchst dich wieder mal als Prophetin.«

Valeria patschte auf ihren Bauch. »Hier drin steckt das Wissen.«

»Nur bei dir selbst kannst du dich nicht darauf verlassen.«

Ein tiefer Seufzer von Valeria. »Du hast ja recht. Es braucht den Blick von außen. Manuel meldet sich nicht mehr. Ich hätte zu hohe Ansprüche, hat er gesimst. Dann Funkstille. Betrüblich, ja.« Sie hielt ein paar Sekunden den Atem an. »Aber lenk jetzt nicht ab. Du bist dran, nicht ich.«

»Wenn ich den Schritt tue«, sagte Margret, »ist es ein totaler Schock für Gerhard.«

»Bist du sicher? Ich schließe nicht aus, dass auch Gerhard aufblühen würde. Ihr habt euch ja in euren Entwicklungsmöglichkeiten jahrelang gegenseitig gehemmt. Und dann hat Beat S. eben seine Lunte gelegt. Bumm!« Sie lachte laut auf. »Buchstäblich kein Stein mehr auf dem andern.«

Margret stimmte halbwegs in ihr Lachen ein. »Immerhin wurde die Wand wieder zugemauert.« Sie schenkte Valeria einen Fingerbreit Campari nach, der sich mit dem geschmolzenen Eis vermischte.

»Genau. Zugemauert. Und in den Männerhirnen die Illusion verfestigt, dass sich im Grunde nichts geändert hat.«

»Das Schwierige ist bloß, dass Gerhard ohne mich ziemlich hilflos wäre. Er würde ja nicht einmal die Bouillonwürfel finden. Und die Waschmaschine falsch bedienen.«

»Hör auf mit deinem Konjunktiv! Dann muss er sich eben selbst helfen. Vielleicht legt er ja endlich seine Grämlichkeit ab. Und er lacht sich eine Neue an, die hoffentlich nicht für ihn putzt.«

»Ich vermute, die Neue hat er schon, die Institutssekretärin. Sie denke so klar, hat er kürzlich gesagt. Wohl im Gegensatz zu mir.«

»Wenn es so ist, hast du einen überzeugenden Grund, ihn zu verlassen. Und er wird in diesem Fall bluten müssen. Ein paar Tausender monatlich für dich.«

Margret schloss für ein paar Sekunden die Augen, als wolle sie diese Möglichkeit gar nicht erwägen. »Sei nicht so streng. Er unterstützt ja auch noch Sebastian. Und ihn würde eine Trennung ebenfalls schockieren. Eigentlich will ich ihm das nicht auch noch zumuten. Er hat es mit sich und seiner Freundin schon schwer genug.«

»Ach, der Arme!« Valeria stemmte sich vom Sessel hoch. »Du gibst ihm ja nicht mehr die Flasche, oder?« Sie begann, hin und her zu gehen, die Kerzenflamme flackerte heftig vom Luftzug. »Dein Sohn ist erwachsen, Margret. Aber du möchtest dich ja gar nicht so sehr um ihn kümmern, sondern umgekehrt: Er soll sich um dich kümmern, um dich und niemand anderen. Oder etwa nicht?« Sie blieb vor Margret stehen; diese schwieg, beugte sich seitwärts zum

Boden und drückte auf den Schalter für die Leuchte. Das helle Licht ließ den Raum nüchterner erscheinen.

Valeria setzte sich wieder. »Ich kann bloß sagen: Wage es, wage es jetzt, es ist der richtige Moment. Du drehst dich im Kreis.«

Margret spürte, wie gequält sie aussah, alles in ihrem Gesicht war verkrampft. »Ich habe Angst, ich habe einfach Angst. Verstehst du das nicht?«

»Doch.« Valeria ließ sich schwerfällig auf den Boden gleiten, rutschte zu Margret und legte den Arm um sie. »Wir wollen doch nie verlieren, was wir haben.«

Eine Zeitlang verharrten sie in einer Art Umarmung.

Valeria blickte plötzlich auf ihre Uhr. »Oh, ich muss gehen.« Sie stand ächzend auf und stieß dabei mit einem Bein an den niedrigen Glastisch, so dass er fast kippte. Die zwei Gläser fielen herunter, und ihr Inhalt rann auf den Teppich. Valeria rieb sich das Knie und begann zu lachen. »Reinster Slapstick. Tut mir leid.«

»Der Teppich ist leider ziemlich hell«, murmelte Margret. Sie tupfte mit einem Papiertaschentuch den verschütteten Campari auf, brachte die Gläser in die Küche. Sie half Valeria in ihren Mantel mit den weiten Ärmeln. Noch einmal waren sie einander beim Abschied nahe. Margret sagte sehr leise: »Ich glaube, ich bringe es nicht über mich.« Sie wollte Valeria an sich drücken, aber die war schon einen Schritt weiter.

»Es ist deine Entscheidung«, sagte sie und öffnete die Tür. »Tschüss.«

Margret kehrte mit einem Lappen, Putzmittel und Wasserbecken ins Wohnzimmer zurück und versuchte auf den

Knien, die Flecken im Wollgewebe auszuwaschen. Was ihr, wie sie wusste, nicht vollständig gelingen würde.

Die Festtage rückten näher. Hinterher gesehen, im frühen Januar, schien es Margret, sie seien vorübergegangen wie in einem seltsam unwirklichen Traum, gerade, weil alle sich bemühten, so zu tun, als habe sich nichts verändert. Dabei stand sie auf der Schwelle, ihr altes Leben aufzugeben, ging innerlich einen Schritt voran, einen halben zurück.

Wieder gab es ein Weihnachtsessen beim Ehepaar Sandmaier, wieder kam Gerhards Mutter mit dem Taxi, noch ein wenig greller geschminkt, noch ein wenig gebrechlicher und schwerhöriger als im Vorjahr, was ihre Rechthaberei zu verstärken schien. Tante Alma war da, auf ihre Weise alterslos. Sebastian und Aleksandra erschienen eine halbe Stunde zu spät, sie hatten sich, vermutete Margret, vorher gestritten, aber nicht Aleksandra wirkte verheult, sondern Sebastian. Seine Freundin überspielte die Spannung zwischen ihnen mit Scherzen und Neckereien, auf die Gerhard dankbar, mit geradezu wieherndem Gelächter reagierte. Auf den Tannenbaum hatte Margret erstmals verzichtet, sie begnügte sich mit Zweigen, die sie mit Silberfäden und weißen Kerzen dekoriert hatte. Es sah weniger festlich aus als sonst; aber Silber schien ihr nach diesem schwierigen Jahr angemessener zu sein als Gold. Um Gerhards Meinung hatte sie sich nicht gekümmert, er war ohnehin bis Mittag im Institutsbüro gewesen. Seine Mutter fragte aufgebracht, ob man die Geschenke jetzt nicht mehr unter den Baum legen könne, ihre waren die üblichen, eine Schachtel dunkler Pralinés für Gerhard, eine mit hellen für Margret (obwohl die

Vorlieben umgekehrt waren) und eine Agenda samt Büchergutschein für Sebastian. Dass auch eine Aleksandra vorhanden war, hatte sie seit letzter Weihnacht vergessen. Die vermögende Tante Alma hingegen verteilte, zu den Klängen aus Bachs Weihnachtsoratorium, enggerollte, von einer Goldschnur zusammengehaltene Hundertfrankenscheine an alle. Die Kernfamilie hatte sich auf symbolische Geschenke geeinigt, handgefertigte Seifen, Kerzen, und dafür Hilfswerke mit Spenden bedacht. Irgendwann deutete Tante Alma auf die Außenwand und wollte wissen, ob da nicht mal eine Tür gewesen sei. Doch, sagte Gerhard, wieder mit übertriebenem Lachen, sie hätten das Haus nicht vergrößert, sondern verkleinert, ein Paar allein brauche weniger Wohnfläche. Ganz abgesehen von den geringeren Heizkosten.

»Ach so«, sagte Tante Alma, »dieser komische Anbau war euch zu viel. Aber ihr hättet ihn doch vermieten können.«

Die Runde überging ihre Bemerkung, Margret allerdings stockte der Atem, und eine Weile brachte sie kein Wort mehr heraus.

Später bat sie zu Tisch. Dieses Mal hatte sie auf Aleksandras Vegetarismus keine Rücksicht mehr genommen. Es gab Kartoffelsalat und einen kleinen, mit Honig glasierten Rollschinken. Die Unterhaltung war lebhaft, verworren, nach dem zweiten Glas Wein sogar aufgedreht, auch Margret plapperte, zu ihrer eigenen Überraschung, scheinbar fröhlich mit. Manchmal brachte die Großmutter mit einem unzusammenhängenden, überlauten Satz die anderen zum Verstummen; plötzlich wollte sie von allen Irene genannt werden und keinesfalls Grandmaman. Nach kurzem Schweigen lief die Unterhaltung weiter. Niemand hörte wirklich zu, es ging, so empfand es Margret, um das Beruhigende einer leicht gewellten Oberflächlichkeit. Am wenigsten redete Sebastian. Er schaute verdrossen vor sich hin, schien sich von der Umgebung abzukoppeln, und Margret hätte gerne ihre Hand auf seine gelegt und gefragt: Was ist denn? Ihr fiel auf, dass er und Aleksandra, die sich vor einem Jahr noch ständig berührt hatten, nun Distanz hielten, es gab auch keine zärtlichen Blicke mehr. Wie schnell sich doch die Liebe verwandelt, dachte Margret. Und sie schaute zu Gerhard, den sie verlassen wollte, Gerhard, der, animiert vom Wein, abwechselnd auf seine schwerhörige Mutter und die Freundin seines Sohns einredete, Gerhard, der in jedem Gefühlszustand nach der Narbe auf seiner Stirn tastete, als hoffte er, dass sie plötzlich verschwunden sei. Sie kannte ihn schlecht nach so vielen Jahren, und sie wollte ihn nicht mehr besser kennenlernen. Es war genug. Sie würde ihm nie mehr seine widerspenstigen Schläfenhaare stutzen.

Sie holte die Schüssel mit dem Fruchtsalat, frische Ananas, Birnen, Orangen, mit Cognac parfümiert. Sebastian hatte früher wegen der langen Transportwege ökologische Einwände erhoben, jetzt blieb er stumm, kaute die Fruchtstücke, löffelte den Saft in sich hinein, lächelte Margret plötzlich an: »Sehr fein, Mama.« Es war wie ein kleiner Wärmestrom, der von ihm her kam.

Sie erinnerte sich, während das Stimmengewirr ringsum wieder zunahm, an die Weihnachtsessen mit ihren Eltern, als sie noch lebten, und an ihre eigene Bedrücktheit damals. Der Vater Jurist, ein sparsamer Beamter, aber die gefüllte

Gans zu Weihnachten musste sein. Sie brachte als Mädchen kaum einen Bissen herunter, schlimmer war bloß noch Spanferkel, da weigerte sie sich standhaft, und schlimm war nicht, dass der Vater ihren Ungehorsam mit einer Ohrfeige bestrafte, schlimm war die Enttäuschung in seinem Gesicht, es nützte auch nichts, ihm, dem treuen Kirchgänger, alle Strophen von *O du fröhliche* vorzusingen.

Um halb neun läutete die Türglocke. Margret ging öffnen, vor ihr stand Konstanze mit verweinten Augen, sie hatte einen in durchsichtige Folie gewickelten Blumenstrauß in der Hand.

»Ich wollte dir bloß etwas Kleines bringen«, sagte sie mit Mühe. »Als Dank für deine Freundschaft.«

Margret nahm den Strauß entgegen. Freundschaft, schoss ihr durch den Kopf, ist wohl nicht das richtige Wort. »Wir haben Besuch«, sagte sie.

»Das habe ich mir schon gedacht«, erwiderte Konstanze, die in ihrer Strickmütze mit herunterhängenden Zotteln irgendwie würdelos, geradezu kindisch aussah. Sie blieb stehen, erwartete offenbar, hereingebeten zu werden.

Das Außenlicht erlosch, Margret fuchtelte mit dem Arm, damit es wieder anging. »Bist du allein?«, fragte sie, die Abwehr in ihrer Stimme war nicht zu überhören.

Konstanze nickte. »Urlaub bekommt er erst ab nächstem Jahr.«

»Aber du fährst hin?«

»Er möchte lieber nicht, hat er geschrieben.« Konstanze kämpfte mit den Tränen, und Margret schämte sich, dass sie diesen Gast nicht an ihrem Weihnachtstisch wollte.

»Ich werde dich besuchen«, sagte sie. »Aber du verstehst doch, die Familie möchte unter sich bleiben.«

Konstanze nickte. »Tschüss.« Sie drehte sich schwerfällig um und stolperte die Treppe hinunter.

Margret deponierte den Strauß in der Küche, es waren gelbe Rosen, deren Blüten schon welkten, und ging zurück zu den anderen.

Gerhard schaute sie fragend an: »Wer war das?«

»Ach, eine Bekannte, die rasch grüßen wollte.«

Er legte die Hand ans Ohr, und sie wiederholte den Satz lauter. Margret spürte ihren beschleunigten Puls, die Hitze im Kopf. Sie musste Konstanze klarmachen, dass es nicht anging, sie nachts so zu überfallen und auf Freundschaft zu pochen, wo es keine gab. Nun war alles, was sie weggeschoben hatte, wieder greifbar, sie sah das Studio vor sich, sie erinnerte sich, wie sie auf Konstanzes Sohn eingeschlagen hatte. Wie lange war das her? Vier, fünf Monate? Und konnte es danach je wieder so etwas wie Normalität geben? Ihr schwindelte auf ihrem Stuhl, sie hielt sich mit beiden Händen an der Tischkante fest. Gerhard ihr gegenüber hatte sie schon eine Weile besorgt angeschaut, jetzt fragte er, ob ihr nicht gut sei, und schenkte ihr das Wasserglas voll.

»Es geht«, sagte sie, »es geht.«

Nein, so geht es nicht mehr länger, dachte sie, definitiv nicht.

Sebastian und Aleksandra, die als Letzte gekommen waren, gingen als Erste wieder. Es war ein hastiger und liebloser Aufbruch. Sebastian wollte der Freundin in den Mantel helfen, sie sträubte sich dagegen, wand sich aus dem falschen

Ärmel hinaus, in den sie geraten war, und zog den Mantel allein an, routiniert und rasch. Margret, die sie zur Tür begleitet hatte, glaubte, eine Art widerspenstiges Knurren von Aleksandra zu hören, bekam dann doch Wangenküsse von beiden, etwas Kaltes streifte flüchtig ihre Haut, es musste Aleksandras Piercing sein, dann stellte sie fest, dass es gar nicht mehr da war.

Wenig später verabschiedeten sich auch Gerhards Mutter und Tante Alma, sie hatten ein Taxi bestellt. Von Abschied konnte bei Irene eigentlich nicht die Rede sein, eher von gezielter Unhöflichkeit. Sie riss Gerhard rigoros den Gehstock, den er ihr reichte, aus der Hand. »Zurück in die Alterszelle«, bellte sie, nachdem der Taxifahrer geklingelt hatte. Dass Gerhard sie auf der Vortreppe stützte, musste sie allerdings ertragen, auch dass es nicht so leicht war, sie ins Auto zu bugsieren. Alma schwenkte das Ende ihres überlangen Seidenschals und lachte plötzlich, bevor die Autotür ins Schloss fiel, laut auf, das erste Mal an diesem Abend.

Dann waren Margret und Gerhard allein, ein alterndes Paar, bei dem sich, von außen gesehen, nichts mehr verändern würde, und doch hatte sich in einer Kettenreaktion so viel verändert, dass Margret den Anschein von Harmlosigkeit in diesem degradierten Haus nicht mehr aushielt. Sie würde es Gerhard sagen müssen, und danach würde sie eine Wohnung suchen, vielleicht sogar in Sebastians Viertel. Sie hatte auf ihrem Konto Geld, das für mindestens ein Jahr reichte, auch ohne Gerhards Alimente. Alles Übrige, der Gang zum Anwalt, das Aufsetzen der Trennungsvereinbarung, würde später erfolgen. Sie überlegte sich, ob sie Gerhard ihre Entscheidung schon jetzt, am Weihnachtsabend, eröffnen sollte. Doch das fand sie herzlos, sie würde warten, zwischen den Jahren wollte sie es ihm sagen oder besser am Berchtoldstag, wenn das neue Jahr schon begonnen hatte und noch hoffnungsvoll jung war.

Gerhard half beim Aufräumen und trocknete die Weingläser ab, die Margret nicht der Geschirrspülmaschine überlassen wollte. Das hatte er so beflissen noch nie gemacht, es schien fast, als erahne er Margrets Verfassung und wolle sich bei ihr einschmeicheln. Sie ließ sich nichts anmerken, nahm das Parlando auf, das er vorgab. Sie spekulierten über Sebastians offenbar erkaltetes Verhältnis zu seiner Freundin. Sie waren sich einig darin, wie schwierig es Irenes Schwerhörigkeit machte, sich mit ihr auch nur rudimentär zu verständigen, und Gerhard versprach, er werde sie beim nächsten Besuch zu einem Hörgerät überreden; doch Margret nahm an, dass er letztlich wieder einmal – es war ihr oft genug lächerlich erschienen – den Wutausbrüchen seiner neunzigjährigen Mutter ausweichen würde. Die Geschichte dahinter war, dass sie, früh verwitwet, den Jungen bisweilen geschlagen oder, was er mit Ingrimm erzählte, an der Nase herumgezogen hatte. Er wollte deswegen immer noch bemitleidet werden. Irgendwann muss er das doch überwinden, sagte sie sich, und heute war sie nahe daran, es ihm vorzuhalten. Gerhard fragte noch einmal, wer denn geklingelt habe. Margret flunkerte, es sei eine Kollegin aus der Buchhandlung gewesen, die ein paar Rosen vorbeigebracht habe. Die standen inzwischen in einer unpassenden Keramikvase auf dem Küchentisch und ließen die Köpfe hängen.

»Weshalb denn ausgerechnet heute?«, fragte Gerhard. »Gehört sich das?«

»Sie war gerade in der Nähe«, log Margret. »Ich habe sie letzte Woche, als sie krank war, zwei Stunden vertreten, da wollte sie sich dankbar zeigen.«

Gerhard schüttelte den Kopf. »Aber halbverwelkte Rosen. Das ist irgendwie ...«

»Ach, lass sie doch, sie war halt lange unterwegs. Ich finde jedenfalls, dass es eine nette Geste ist.«

Um Mitternacht – Gerhard hatte sich bereits zurückgezogen – war die Wohnung, aus Margrets Sicht, wieder »in Schuss«. Wohnraum und Küche waren tadellos aufgeräumt und geputzt, niemand hätte vermutet, dass hier noch vor kurzer Zeit sechs Leute geschlemmt und gefeiert hatten. Aber warum denn strebte sie, belächelt von Valeria, immerzu nach diesem Blitzblanken, nach dieser umfassenden Poliertheit, nach sauber zusammengefalteten Zeitungen? Was gab ihr das? Eigentlich nichts. Beinahe genoss sie den Zorn auf sich selbst, der bei solchen Gedanken in ihr wuchs. Als sie oben in ihr Zimmer ging, hörte sie Gerhard von nebenan durch die offene Tür fragen, ob sie sich noch ein wenig zu ihm legen würde, er friere. Sie wies ihn ab, schon wieder. Und sie genoss auch diesen kleinen Triumph, obwohl sie ihn, wie üblich, mit Gewissensbissen bezahlte.

27

Margret und Gerhard

Silvester und Jüngstes Gericht

Am Sechsundzwanzigsten fuhren sie ins Berner Oberland, nach Adelboden. Gerhard bevorzugte seit Jahren dasselbe Mittelklassehotel mit dezent verblichenem Mobiliar. Sie bekamen das ihnen vertraute Eckzimmer mit Bergsicht, auf den Bettkissen lagen die Lindt-Schokolädchen, beim ersten Abendessen bestellten sie Gerstensuppe und danach Hobelkäse und eine Flasche St. Saphorin, die sie erst am nächsten Abend leeren würden. An einigen Tischen ringsum saßen Gäste, die sie kannten; sie nickten einander zu, sie würden irgendwann einen Aperitif zusammen trinken und von den Großtaten der erwachsenen Kinder erzählen.

Schon beim Käse hielt Margret das Gesetzte und Biedere des Speisesaals, das sie zuvor nie gestört hatte, kaum mehr aus. Den Stuhl mit seinem dünnen Sitzpolster fand sie unbequem, die Streicherklänge aus den Lautsprechern schrecklich, das ganze Ambiente schlug ihr auf den Magen. Halbherzig machte sie beim Tischgespräch mit, in das Gerhard sie verwickelte; es ging um ein neues Forschungsprojekt, schichtspezifische Sterberituale im 16. Jahrhundert. Statt die *crème brûlée* zu löffeln, trank sie ihr Glas Wein aus und schenkte sich nach; dieses Mal wurde die Flasche schon am ersten Abend leer.

»Warum«, fragte sie plötzlich scharf, »sind dir Gewohnheiten eigentlich so wichtig?«

Gerhard schaute sie verblüfft an und ließ beinahe seinen Dessertlöffel fallen. »Warum denn nicht?«

»Gib mir doch eine Antwort«, sagte Margret.

Es kam aber eine weitere Gerhard-Frage: »Kannst du dir denn ein Leben ohne Gewohnheiten denken?« Die Antwort gab er gleich selbst: »Sie strukturieren den Alltag. Sie geben Halt.«

Sie setzte das Glas ab. »Ich habe bloß gedacht, wir könnten ja einmal über die Festtage nach Costa Rica fahren, in die Wärme. Oder nach Norwegen. Schlittenfahrten in der Polarnacht.«

Er tastete rasch nach seiner Stirnnarbe, lachte dann, mit flackerndem Blick. »Wirst du auf einmal rebellisch?«

Es war sein Verlegenheitslachen, sie stimmte nicht mit ein. »Kein Wunder, nach allem, was geschehen ist. Du glaubst ja, es sei alles wieder wie früher, inklusive Ferien. Anbau weg, Probleme weg.«

Er beugte sich vor, sichtlich gekränkt, dämpfte die Stimme. »Was du mir bloß alles unterstellst! Aber wir brauchen einfach wieder ein Stück Normalität. Und es schadet auch nicht, sie uns eine Weile vorzuspielen.«

Das war es ja. Das war genau das, was sie nicht wollte: dieses Weggleiten über alle Untiefen. Doch es war nutzlos, jetzt zu widersprechen.

»Lassen wir's«, sagte sie. »Ich gehe schon mal hoch.«

Sie schob die Dessertschale von sich weg, ging an den Nachbartischen vorbei, jemand wollte wissen, ob ihr nicht gut sei. »Ja«, sagte sie, tippte sich, den Mund verziehend, leicht auf die Magengegend und schämte sich gleichzeitig für diese Geste. Sie hatte einfach dem obligatorischen Zusammensitzen an der Bar entfliehen wollen und, ja, Gerhards Gesellschaft.

Er kam viel später angeheitert ins Zimmer, sie tat so, als habe er sie geweckt. Er entschuldigte sich, erzählte vom Paar aus Balsthal, mit dem er gebechert habe. Er spielte mit keinem Wort auf ihren kleinen Streit an, legte sich dann, nach kurzem Toilettengang, in Unterhosen auf die andere Seite des Doppelbetts und machte keine Anstalten, zu ihr – sie trug ihr hellblaues Seidennachthemd – herüberzurutschen. War es besser so?

In Morgenträumen war irgendjemand hinter ihr her, ein Clown, als Kind hielt sie Clowns für böse. Sie schlug ihm mit einem Ast ins Gesicht, er begann zu bluten. Getanzt im Traum hatte sie schon lange nicht mehr.

Am nächsten Tag gingen sie bei bedecktem Himmel spazieren. Das Wetter war für die Jahreszeit zu warm. Gerhard hatte vorgeschlagen, Schneeschuhe zu mieten, das wollte sie nicht, so folgten sie den Wegweisern für Winterwanderer und stapften über gespurte Pfade, auf denen sie immer wieder bis zu den Knöcheln im weichen Schnee einsanken. Gerhard schimpfte, dass sein linker Schuh zu schlecht imprägniert sei. Sie gingen zwischen Tannen, auf denen nur noch wenig Schnee lag; die Verzauberung eines winterlichen Walds wollte sich nicht einstellen. Sie redeten wenig, Gerhard verhielt sich vorsichtig, beinahe gehemmt.

Sie kamen an einer Vogelfütterungsstelle vorbei, wo ein Automat gegen Münzeinwurf eine Handvoll Körner hergab, und beide stellten sich mit ausgestrecktem Arm hin und warteten. Lange geschah nichts. Dann landeten doch, kurz nacheinander, zwei Buchfinken auf Gerhards Hand, pickten ein paar Körner, flogen gleich wieder weg. »Ich wusste gar nicht, dass Vögel einen kitzeln können«, sagte Gerhard. Margret ärgerte sich, dass das Vogelpärchen ihn vorgezogen hatte, den Noch-Ehemann, und fand sich dabei ziemlich kindisch.

Sie wollte schon am dritten Tag wieder abreisen, Silvester in der Stadt verbringen, die Hotelatmosphäre langweile sie. Gerhard war enttäuscht, sie hätten doch bis Neujahr gebucht. Sie beharrte auf ihrem Wunsch und schlug vor, sich für die paar Tage – übungshalber, dachte sie – zu trennen. Das wolle er nicht, er komme mit, sagte er, immerhin ohne aufzubrausen, und das war neu. Wahrscheinlich hatte er sich bloß vorgemacht, dass es ihm hier nach wie vor gefalle, und war im Grunde froh über die Ferienverkürzung. Noch wahrscheinlicher war, dass es ihn, bei der anhaltenden Funkstille zwischen ihnen, an seinen Schreibtisch zurückzog.

Ein paar Stunden später waren sie zurück in ihrem Haus, sie mieden einander so weit wie möglich. Nur zu den Mahlzeiten saßen sie frostig, aber höflich zusammen, und Margret überlegte, während er ihren Kartoffelgratin aß, auf welche Weise sie ihm ihren Entschluss mitteilen sollte.

An Silvester hatten sie vor, sich gegen Mitternacht zu Fuß, mit einer Flasche Prosecco und Gläsern in der Tasche, zum Münsterplatz zu begeben, mitten in der Menge aufs Geläut zu warten und dann zum Schlagen der Stundenglocke aufs neue Jahr anzustoßen, vermutlich würden sie dort auch ein paar Bekannte antreffen. Vor einem guten Jahrzehnt hatten sie das zum letzten Mal gemacht, daran erinnerte Margret sich lieber als an die Besäufnisse an der Hotelbar in den letzten Jahren, von denen der sonst so zurückhaltende Gerhard jedes Mal zu spät weggegangen war. Margret kontaktierte Sebastian per SMS, fragte, was seine Pläne seien, sie würde sich freuen, ihn auf dem Münsterplatz anzutreffen. Er schrieb erstaunlicherweise umgehend zurück: »weiß im moment nichts genaueres über verlauf des abends, werde mich allenfalls melden, lg Sebastian.«

Gerhard, dem sie die Botschaft zeigte, lachte kurz und bitter: »So sind sie heute. Keine Verbindlichkeiten. Immerhin ein Fortschritt, dass er nun Kommas setzt.«

»Sei doch froh, dass er uns schreibt«, erwiderte sie.

Die Nacht war deutlich kälter als an den Vortagen, dafür stand der Himmel voller Sterne. Den Weg in die Altstadt waren sie in ihrer ersten Zeit oft Hand in Hand gegangen, und eigentlich verwunderte es Margret nicht, dass sich ihre Hände für eine kleine Strecke wie von selbst fanden, behandschuht allerdings, aber es war doch, als würden sich die Körper ans Vergangene erinnern.

Gleichmütig empfingen sie die Altstadtgassen mit den Laubengängen, die alten Mauern zu beiden Seiten. Bald bewegten sie sich in einem Strom von Menschen, die dem gleichen Ziel zustrebten. Der gepflasterte Platz war schon fast voll, ein paar Fackeln gaben Licht, Taschenlampen hier und dort, der Münsterturm, aus den unteren Fenstern leuchtend, wurde gegen oben zur im Dunkeln spitz zulaufenden Silhouette. Gemurmel ringsum, leises und lauteres Lachen, hohe Kinderstimmen, jemand sang. Gerhard war auf einen ehemaligen Doktoranden gestoßen, unterhielt sich intensiv mit ihm, während Margret fast ununterbrochen auf ihr Handy schaute, das dunkel blieb bis zehn vor zwölf, dann leuchtete das Display auf, und sie las: »warte am gitter vor dem jüngsten gericht.«

»Er ist da«, sagte sie zu Gerhard, der irritiert sein Gespräch unterbrach. »Ich weiß, wo.« Sie deutete zur Fassade, zum Eingang mit den drei Toren, der umlagert war von Leuten.

»Wer denn?«, fragte Gerhard, obwohl er es ahnen musste.

»Sebastian«, sagte sie lauter als nötig und wunderte sich über das kleine Glück, das in ihr aufstieg. Ohne weiter auf Gerhard zu achten, näherte sie sich dem Mittelgitter, drängte Wartende, die ihr den Weg versperrten, ungeduldig zur Seite. Und dort stand er wirklich, ihr Sohn, sie erkannte ihn auch im schlechten Licht sofort an seiner Statur, an der Kopfhaltung. Er trug eine gesteppte dunkle Jacke, eine Wollmütze mit Ohrenklappen, und er hielt, das war unübersehbar, Ausschau nach ihr. Von der Seite stupste sie ihn an, und das Lächeln, das über sein Gesicht ging, war ihr schon lange nicht mehr so erfreut vorgekommen. Aber er sah durchfroren aus, und das sagte sie ihm auch nach der Umarmung.

»Ach nein, mir ist warm genug.« Und er drehte sich um, deutete auf das große Schnitzwerk unter der Rosette des Spitzbogens. »Das Höllenfeuer heizt doch gewaltig ein.« Er verzog ironisch den Mund. Schon lange hatte Margret nicht mehr auf die aneinandergeketteten, nackten Verdammten geachtet, denen, hoch über ihr, der Höllensturz bevorstand.

»Siehst du, wie gekonnt die Teufel sie piesacken?«, fragte Sebastian. »Aber ehrlich, möchtest du auf der anderen Seite bei den Engeln stehen?«

»Die Frage ist ja«, sagte Margret, »ob wir daran glauben.«

»Ich nicht, du nicht, obwohl Millionen jahrhundertelang daran geglaubt haben.« Sebastian machte mit der flachen Hand eine rasche horizontale Bewegung, als würde er die letzten Glaubensreste wegwischen. »Und darum darf ich's bei den Engeln sterbenslangweilig finden.«

Das brachte Margret zum Lächeln. »Und so einer studiert Theologie?«

Sebastians Gesicht wurde augenblicklich abweisend. »Nicht mehr. Ich gebe das Studium auf.«

»Ja, aber …« Margret wusste nicht weiter und stellte sich vor, wie spöttisch Gerhard darauf reagieren würde.

»Ich habe eine Praktikumsstelle gefunden«, sagte Sebastian. »Bei einem Möbelschreiner.«

Sie versuchte, ihren Schock zu verbergen. »Das meinst du ernst?«

»Ja, ich habe schon ein paar Halbtage dort verbracht.«

Jetzt setzte das Vormitternachtsgeläut ein, das Stimmengewirr ringsum nahm zu, sie mussten lauter reden.

»Aber du hast doch noch nie mit Holz gearbeitet.« Nur Modellflugzeuge gebastelt, dachte sie, mit Gerhards Hilfe, und die sind immer abgestürzt.

»Ich werde es lernen«, sagte Sebastian. »Kannst du dir ein schöneres Material als Holz vorstellen?«

»Es ist dein Leben. Komm jetzt, wir gehen zu Papa. Ich habe Prosecco dabei, zum Anstoßen.« Gleich bereute sie,

»Papa« gesagt zu haben, aber sie ging schon voran, er folgte ihr. Sie hätte nach Aleksandra fragen sollen, und sie nahm sich vor, es nachzuholen. Doch mitten in der Menge, auf halbem Weg zu Gerhard, drehte sie sich um, ließ Sebastian ganz nahe an sich herankommen und sagte ihm ins Ohr: »Ich werde mich von Gerhard trennen.«

»Wie bitte?« Er wich einen halben Schritt zurück, als habe sie ihn geschlagen, aber sie trat gleich wieder näher zu ihm.

»Es geht nicht mehr weiter so. Es ist einfach zu viel passiert … verstehst du? Das hat uns auseinandergetrieben.«

Sebastian atmete rascher, sie hörte den anklagenden Ton in seiner Stimme.

»Du willst ausziehen? Du willst ihn im Stich lassen?«

»Wir werden die Trennung aushandeln, er kommt schon zurecht.«

»Aber wohin denn … Das ist doch …«

Sie legte die Hand auf seinen wattierten Arm. »Nimm es nicht so schwer. Ich werde es dir erklären, wenn du willst.« Merkwürdig, in den wenigen Sekunden hatte sich ihr Zögern in Gewissheit verwandelt. Ihn einzubeziehen war keine Absicht gewesen; aber jetzt wusste er's, und sie würde ihn in die Lage versetzen, sie zu verstehen. Sie lächelte ihn an. »Sei nicht so schockiert. Der Prosecco wartet.«

Sie schlängelte sich zwischen Menschengruppen zu Gerhard und ihrem Einkaufskorb, der neben ihm am Boden stand. Immer noch redete er mit dem ehemaligen Doktoranden. Das Geläut endete, es wurde still auf dem Platz. Dann setzten die zwölf hallenden Schläge ein, Jubel brandete auf, Feuerwerk wurde abgebrannt, es gab Applaus, in den hinein die Posaunisten oben auf der Turmgalerie eine alte Melodie spielten. Erst jetzt bemerkte Gerhard den Sohn, der stumm dazugetreten war, er streckte die Hand aus, sie begrüßten sich förmlich. Margret holte den Prosecco und die Kelchgläser aus dem Korb, sie gab Gerhard die Flasche, er entkorkte sie so ungeschickt, dass der übersprudelnde Schaum auf seine Hand floss. Margret goss die Gläser voll, sie stießen zu dritt an, wünschten sich alles Gute, und Margret entschuldigte sich bei Gerhards Bekannten, dass sie nicht mehr Gläser mitgenommen habe. Der nickte freundlich und verlor sich unter den Leuten, während hoch über sie hinweg Raketen zischten und goldene Funkenbahnen in die Schwärze zogen.

Gerhard war es, der sich nach Aleksandra erkundigte. Sebastian druckste herum, sie habe Freundinnen treffen wollen, sagte er. Margret ahnte, dass es gelogen war, sie wunderte sich, dass die zwei Männer, die doch den Abbruch zusammen ausgeheckt hatten, wieder auf kühle Distanz gegangen waren.

»Arbeitet sie immer noch als Bardame?«, fragte Gerhard.

Sebastian schüttelte entschieden, beinahe entrüstet den Kopf. »Schon lange nicht mehr.« Er hatte seine Jacke halb aufgeknöpft, offenbar war ihm im Gedränge warm geworden.

»Wir sehen sie selten«, mischte sich Margret ein. »Da sind wir nicht immer auf dem neusten Stand.«

»Sie gibt Nachhilfestunden«, sagte er. »Wie du.«

»In welchem Fach?«

»Hebräisch für erste Semester in Theologie.«

»Da bleibe ich lieber beim Deutschen«, sagte Margret.

»Woher kann sie denn so gut Hebräisch?«, fragte Gerhard.

»Sie war ein Jahr in Israel, als Au-pair.«

»Aber in der Theologie geht es doch ums Alt-Hebräische.« Schon drohte zwischen ihnen wieder ein intellektueller Besserwisser-Konflikt.

»Davon verstehst du wohl doch zu wenig«, wandte sich Margret an ihren Mann; der presste die Lippen zusammen und schwieg auf seine störrische Weise, die sie zur Genüge kannte. Der Lärm hatte noch einmal zugenommen, die Seitenpforte des Münsters war nun geöffnet, aus dem Innern drangen Orgelklänge und vermischten sich mit der Turmmusik. Viele drängten hinein, um dem Mitternachtsgottesdienst beizuwohnen.

Sebastian teilte mit, er müsse nun gehen, und verabschiedete sich von den Eltern; die Umarmung war flüchtiger als bei der Begrüßung.

Zur Mutter sagte er leise: »Du weißt doch, was du tust?« Sie nickte, und er fügte hinzu: »Du sagst ihm noch nichts von meinem Praktikum, ja?«

Sie nickte wieder und zwang sich, ihm nicht nachzuschauen. Sie packte die leere Proseccoflasche und die Gläser in den Korb, Gerhard stand tatenlos daneben.

Den Berchtoldstag, den 2. Januar, hatte sie vorgesehen, um Gerhard ihre Entscheidung zu eröffnen. Von Sebastians Studienabbruch hatte sie ihm noch nichts gesagt, das hatte sie auf später verschoben. Das Wetter war wieder schön und kalt, schneefrei, sie fragte Gerhard am späten Nachmittag, ob er mit ihr spazieren komme. Er schaute erstaunt von seinen engbeschriebenen Notizen auf. »Du könntest doch auch allein ... Ich meine, ich bewege mich genug.« Das stimmte. Seit einem Jahr machte er regelmäßig Krafttraining im Fitnessraum der Uni, das hatte sie ihm erst gar nicht zugetraut. Doch die Sportkleider, die er zum Waschen heimbrachte, waren verschwitzt, er schwindelte ihr das Training also nicht vor.

Sie blieb, sehr aufrecht, vor seinem Schreibtisch stehen. »Ich will mit dir sprechen.«

Er stutzte, griff sich an die Stirn. »Kann das nicht warten?«

»Es geht um uns.«

Ein paar Sekunden Schweigen, dann legte er seine Lesebrille ab (er würde sie nachher bestimmt suchen). »Na gut.« Er hustete und bedeckte mit der Hand seinen Mund.

»Ich ziehe mich schon mal an.« Sie wählte den Wintermantel, quälte sich in die gefütterten Stiefel und wartete draußen, dem auffrischenden Wind ausgesetzt. Es dauerte lange, bis er, in seiner alten Windjacke und dem breitkrempigen schwarzen Hut, endlich erschien. Die Handschuhe hatte er vergessen, er hatte es plötzlich doch eilig gehabt. Sie folgten am Waldrand dem Fahrsträßchen, das sie früher oft auf ihren Abendspaziergängen eingeschlagen hatten. Der gefrorene Boden erlaubte ein rasches Gehen. Die Wolkenbänke im Westen waren bereits rötlich angehaucht, es würde nun rasch dämmern.

»Also«, sagte Gerhard nach den ersten hundert Schritten, die sie schweigend, mit Atemwölkchen vor dem Mund, zurückgelegt hatten, und rieb seine Hände aneinander. »Worum geht es?«

»Um unser Leben«, antwortete Margret, der gepresste Klang ließ ahnen, wie angespannt sie war. »Ich will mich von dir trennen.«

Gerhard blieb abrupt stehen. »Trennen? Habe ich dich richtig verstanden?«

Sie hielt ebenfalls an, wandte sich ihm zu. »Du hast es gehört. So geht es zwischen uns nicht weiter.«

Ein Mann mit umgebundenem Halstuch, der zwei Hunde an der Leine führte, kam ihnen entgegen, sie machten ihm, zu beiden Seiten des Wegs, Platz. Der Hundehalter, der von den Tieren beinahe mitgerissen wurde, schaute sie neugierig an, erwiderte ihren Gruß aber nicht.

»Wie meinst du das genau?«, fragte Gerhard. »Was geht nicht mehr zwischen uns?«

»Das weißt du doch. Wir haben uns kaum noch etwas zu sagen. Das ist ja in den letzten Monaten überdeutlich geworden. Euer famoses Abbruchprojekt hat mir endgültig klargemacht, wie oft du dich über mich hinweggesetzt hast. Ich habe mich zu wenig gewehrt, ja, aber jetzt tue ich's. Ich will für mich einen Neuanfang. Und ich glaube, es ist nie zu spät dafür.«

Sie erwartete, dass er nun aufbrausen, vielleicht davonlaufen würde, dass es jetzt oder später zu einem lauten Streit käme.

Aber er machte eine lange Pause, leckte sich die trockenen Lippen, dann nickte er, und Margret staunte, dass sein Reflex, die Narbe zu berühren, ausblieb.

Von hinten kam eine weitere Hundehalterin, und sie mussten erneut ausweichen. Es wurde dunkler, die Straßenlampen weiter unten gingen an.

»Ich könnte es salopp sagen«, ergriff er das Wort. »Der Ofen ist aus, seit uns die gemeinsame Aufgabe abhandengekommen ist. Und du hast ja recht, ich empfinde es auch so. Schwindendes Verständnis füreinander. Schwindende Anziehung. Wachsende Missverständnisse, oder nicht?«

Sie nickte nun auch, sprachlos, dass er ihr zustimmte.

»Du willst also ausziehen?«, fragte er, und sie merkte, wie sehr er sich um Sachlichkeit bemühte.

»So habe ich es mir gedacht«, überwand sie sich zu sagen. »Ich will mir eine Wohnung suchen.«

»Das ist in diesem Fall wohl das Beste.« Er holte ein Taschentuch hervor, um sich zu schneuzen. Immer noch standen sie an derselben Stelle.

»Und du bist nicht dagegen?« Sie hätte den Satz gerne zurückgenommen, aber jetzt war er ihr entschlüpft.

»Nein. Das hat ja keinen Sinn. Wir schauen mal, wie es uns dabei geht. Und wenn wir uns einig sind, setzen wir über einen Anwalt eine faire Trennungsvereinbarung auf. Du wirst schon nicht darben müssen. Das Umgekehrte hast du dir nicht überlegt?«

»Was denn?« Sie versuchte, gefasst zu klingen, aber ihr maßloses Erstaunen ließ die Stimme heiser werden.

»Du könntest im Haus bleiben, und ich würde ausziehen. Ginge das auch?«

»Nein!« Jetzt entglitt ihr die Stimme, wurde hoch und penetrant. »Ich will weg, ich halte es in diesen Räumen nicht mehr aus. Dir macht das ja offenbar weniger Schwierigkeiten.«

»Ich kann mir beides vorstellen.«

Seine Miene konnte sie im abnehmenden Licht nicht

deuten, ihr schien, sie zeige eine unerklärliche Heiterkeit. Hatte er also auch mit dem Gedanken an eine Trennung gespielt? Und wie schlecht kannte sie ihn nach all den Jahren, dass sie davon nichts, aber auch gar nichts gemerkt hatte?

»Wir gehen am besten zurück«, sagte er. »Es wird noch kälter.« Und er blies zum Beweis, fast wie ein Schuljunge, eine große Atemwolke in die Luft.

Sie hielten sich im Gehen dicht nebeneinander, sie sträubte sich nicht, als er, ohne um Erlaubnis zu bitten, seine Hand in ihre Manteltasche gleiten ließ. »Sonst friert sie noch ab«, sagte er entschuldigend. Beinahe hätte sie die Geste umgestimmt oder zumindest wankend gemacht. Aber sie musste endlich Festigkeit beweisen. Sie kamen zum Parkplatz vor den Häusern, in den Schein der Straßenlampe. Das Küchenfenster bei Plattners war hell erleuchtet, eine hin- und hergehende Silhouette zeichnete sich dahinter ab. Als hätte sie die herankommenden Nachbarn gesehen, öffnete Angelika das Fenster, winkte und wünschte ein gutes neues Jahr. Es wäre unhöflich gewesen, ihr nicht auf gleiche Weise zu antworten.

28
Sebastian

Trennungen

Es war schon verrückt, als Mama mir gestand, sie wolle sich von Vater trennen. An Silvester, um Mitternacht, vor diesem gotischen Turm, der für mich zwei zusammengelegten betenden Händen gleicht. Was heißt schon »gestehen«? Sie platzte, wenn auch halblaut, damit heraus, sie warf es mir an den Kopf. Ich konnte, ich wollte es erst nicht glauben. Mir schien es beinahe wie eine Revanche auf mein Bekenntnis ein paar Minuten zuvor: dass ich die Theologie aufgeben wolle. Mein Sohn, ein Versager, las ich auf ihrem Gesicht. Alles lässt er sausen, der Bub, die Medizin, die Theologie. Was will er denn? Sein Geld selbst verdienen, das will er. Für mich ist es jeden Monat eine Kränkung, auf dem Kontoauszug der Bank den Betrag vorzufinden, den mein Vater, trotz gelegentlichen Feilschens, immer noch zahlt. Ohne ihn, nur mit dem Lohn vom Sozialarchiv, käme ich nicht über die Runden. Und mit dem wenigen, was mir das Praktikum beim Möbelschreiner einbringen wird, noch weniger. Ich habe noch nicht angefangen, aber ich mache jetzt ernst mit dem Hand-Werk, es soll nach Holz riechen in meiner Arbeitswelt, und Anselm in seinem Dreimannbetrieb will es mit mir versuchen. Also muss Papa weiter zahlen, laut Gesetz bis zum Ausbildungsende. Und wenn sie sich wirklich trennen, wird er auch für Frau Margret

Sandmaier etwas von seinem Professorengehalt abzweigen müssen.

Aber wer plärrt da in mir? Eltern dürfen sich doch nicht trennen! Sie können sich streiten, tagelang kein Wort miteinander reden. Egal, bloß zusammen sollen sie bleiben, die große Eltern-Einheit, die Kuscheldecke, unter der das Kind gedeiht und glücklich wird. Mamas Geständnis hat mich tiefer aufgewühlt, nein, verstört, als ich je geglaubt hätte. Und mir zugleich bewusst gemacht, wie labil auch meine Beziehung mit Aleksandra ist, die im Übrigen über weit mehr Geld verfügt als ich. Bardame ist sie immer noch an den Wochenenden und heimst bei genügend tiefem Dekolleté eine Menge Trinkgeld ein. Ich habe gelogen, als Vater mich in der Silvesternacht danach fragte, ich habe Hebräischstunden erfunden, die Aleksandra gebe, das wäre ja gar nicht möglich, sie spricht die Sprache kaum, war nur einmal für drei Wochen in Israel. Wann ist man ehrlich gegenüber sich selbst? Gegenüber den Nächsten? Absolute Ehrlichkeit zu fordern, wie Barth das tut, ist unmenschlich, das ist mein vorläufiges Fazit zu seiner Dogmatik.

Aber warum denn will sie sich trennen, meine Mama? Hat diese unsägliche Valeria sie aufgehetzt? Hat ein spätfeministisches Fieber sie befallen? Wird sie weggetrieben vom Gespenst des Anbaus und von dem, was darin geschah, von Vaters mürrischer Hilflosigkeit? Und ist es die Aufgabe des Sohns, auseinanderdriftende Eltern wieder zusammenzuführen? Merkwürdigerweise bedaure ich den Vater, diesen oft so kühlen Mann, inzwischen mehr als Mama in ihrer Verranntheit. Er wird, wenn sie ihn tatsächlich verlässt, dahinserbeln, seine Wäsche vergammeln, die Fertigpizza im

Backofen verkohlen lassen, er wird vor dem Fernseher einschlafen, bei seinen Vorlesungen dauernd den Faden verlieren. Eine Trennung in einem so späten Stadium der Ehe schafft bloß Leid und Verwicklungen. Und irgendwas davon landet bei mir, zwangsläufig.

Ich ging hinüber zu Aleksandra, sie will umziehen, will mehr Helligkeit, einen Balkon. Mich fragt sie nicht, was ich davon halte. Ich saß ihr gegenüber auf dem Sitzkissen, sie im abgewetzten Bauhaus-Sessel, in dem ich Rückenweh bekomme. Ich trank von ihrem stark gesüßten Pfefferminztee, in winzigen Schlucken, ich erzählte von der Silvesternacht, von Mamas Trennungsabsicht, von meinem Impuls, zu vermitteln, zu versöhnen, diese Ehe zu kitten. Was Aleksandra an meiner Stelle tun würde, fragte ich.

»Nichts«, sagte sie streng, ohne langes Überlegen. »Misch dich nicht ein. Das ist nicht deine Aufgabe.«

»Aber … ich finde, es wäre richtig, den Eltern beizustehen, wenn sie in Not geraten.«

»Müssen sie Hunger leiden? Müssen sie flüchten? Sie ordnen ihr Leben neu. Das ist ihre Sache.«

»Aber sie sind doch beide dieser Veränderung gar nicht gewachsen.«

»Wie willst du das wissen?«

»Die Geschichte mit Beat S.« – wir hatten uns angewöhnt, ihn so zu nennen – »hat sie total aus der Bahn geworfen, und das greift auf ihre Ehe über.«

»Und das erreicht auch dich. Ach, du Armer!« Sie führte ihr Tässchen zum Mund und trank es mit einem provokativen Schlürfen aus.

»Hör auf damit! Es gibt so etwas wie ein Minimum an Einfühlung. Soll ich meine Eltern einfach im Dreck stecken lassen?«

Sie stieß einen unwilligen Seufzer aus. »Es gibt auch so etwas wie ein Minimum an Abgrenzung. Hätte ich mich verantwortlich für meine Mutter gefühlt, wäre ich nie von ihr weggegangen.« Aleksandras Vater, ein Mazedonier, hatte die Familie verlassen, als sie ein kleines Mädchen war, die Mutter hatte sich allein durchgeschlagen, der älteren Tochter sogar das Studium ermöglicht (wie, war mir, dem Spross aus ziemlich wohlhabender Familie, ein Rätsel).

»Du hast dir einfach eine dicke Haut wachsen lassen. Klar, das musstest du. Aber jetzt verallgemeinerst du deine eigene Geschichte, mit meiner hat sie wenig zu tun.«

»Außer«, antwortete sie überlaut, »dass wir mit Abhängigkeiten verschieden umgehen. Außer dass du in deiner Kinderrolle bleibst. Und ich mich entschieden habe, sie hinter mir zu lassen.«

Wenn ich mich nicht täuschte, hatte sie Tränen in den Augen. Aber so oder so schlitterten wir in einen üblen Streit hinein, in dem wir uns vorrechneten, was sie oder ich alles falsch gemacht hätten, und weder sie noch ich war kaltblütig genug, damit aufzuhören.

Sie warf mir Schimpfwörter an den Kopf, wenigstens das vermied ich, ich trieb sie in die Enge mit dummen Anschuldigungen wegen ihrer Bardamen-Flirts, sie warf ein Tässchen nach mir, das am Boden zerschellte, ich stürmte hinaus, kam noch einmal zurück und bat halbwegs um Entschuldigung. Sie aber saß erstarrt da und sagte gar nichts mehr. Wenn wir uns nach einer zweijährigen Beziehung schon so völlig entkräftet, so leer, so enttäuscht fühlen können, wie wäre es denn nach fünfundzwanzig Jahren? Wieder dachte ich an meine Eltern und fand es absurd, dass das scheinbar unausweichliche Auseinanderdriften von Aleksandra und mir sich gleichsam spiegelte in der Trennung, die Margret wollte. Ja, auch zwischen mir und Aleksandra würde es nicht mehr lange dauern, wir würden uns oberflächlich versöhnen wie schon einige Male, wir würden die körperliche Nähe suchen als Heil- und Friedensmittel, wir würden uns erneut verletzen und vor lauter Angst, die Beziehung zu beenden, ihr die x-te Chance geben.

Karl Barth, mit seiner riesigen Brille und der Pfeife im Mundwinkel, ein Eulengesicht: Er wäre, das weiß ich jetzt, nicht der Vater gewesen, den ich mir wünsche. Der junge Mann muss sich irgendwann auch von Ersatzvätern trennen. Deshalb das Holz (Geigenbau zu schwierig, das sehe ich ein). Ich bin minderbegabt fürs Hobeln und Sägen, und doch will ich das, werde es erzwingen. Kein Kopfberuf, Herr Vater, dein Sohn kann ein simpler Handwerker sein. Die Befriedigung, einen schönen Tisch aus rötlichem Kirschbaumholz zu schreinern, abseits abstrakter Gedankengänge. Tischplatte, vier Beine, das ist verständlich. Gott lässt sich nicht verstehen, sagt Barth, wir wissen nichts über ihn, aber er manifestiert sich doch in allem, was ist, auch in der Maserung einer feingeschliffenen Tischplatte. Heidnisch sei das, sagen die Oberen aller christlichen Richtungen, indianisch, sagen die Ethnologen, dann bin ich eben ein Indianer. Hallo, Pa, ich Winnetou, du Old Shatterhand.

Schon Ende Januar hatte Mama eine Wohnung gefunden. Sie zog das Ganze durch, irgendwie bewundernswert, begnügte sich in einem Hochhaus am Stadtrand mit einer Zweieinhalbzimmerwohnung, neunter Stock, Westseite mit Abendsonne immerhin. Ich wollte ihr beim Umzug helfen, auch Aleksandra hätte mitgemacht, trotz unserer Differenzen. Mama schlug das Angebot aus, vermutlich halfen ihr die Halbhexe Valeria und die Eltern ihrer Deutschschüler oder kräftige Kerle aus deren Clan. Keine Ahnung. Aufdrängen wollte ich mich nicht, aber ich sorgte mich um Mamas psychische Gesundheit. SMS-Austausch: »Bin zufrieden mit diesem Schritt. Finde viel Unterstützung.« Bei wem?, fragte ich mich und hatte den Verdacht, dass die Mutter von Beat S., neben Valeria, eine größere Rolle spielte, als Mama zugeben wollte. Man fühlt sich stärker, wenn man jemand Schwachen betreut.

Ich rief Vater an, gegen Aleksandras Rat. Wie er denn so lebe als Single?, fragte ich.

Das sei ja provisorisch, sagte er, ob es zu einer Scheidung komme, wüssten sie noch nicht. Er holte aus zu langen Erklärungen, in denen er den Großzügigen gab. Plötzlich schwieg er, lud mich dann übergangslos zum Essen ein, er koche schon leidlich, Schinkenomeletten zum Beispiel. Von Aleksandra sagte er nichts, er wollte mich wohl allein sehen, mich für sich und seinen Standpunkt gewinnen, nahm ich an. Irgendwas von der Stimmung war wieder da, in der wir ein paar Monate vorher beschlossen hatten, den Anbau verschwinden zu lassen. Ich sagte für den nächsten Abend zu. Mitleid mit dem Erzeuger, Groll auf ihn, zu gleichen Teilen.

Er stand in der Küche, die Schürze umgebunden, schlug mit dem Schwingbesen den Omelettenteig. Das Haus wirkte kaum leerer als vorher, roch aber anders. Und es war keineswegs verwahrlost, im Gegenteil, mir schien es blank geputzt, er hatte mich auch gebeten, die Schuhe im Flur auszuziehen. Meine Pantoffeln waren verschwunden, er hatte den Schuhschrank geräumt, gab mir ein paar Wintersocken, damit ich nicht friere. Die Omelette ließ er leicht anbrennen, sie war aber durchaus essbar, gut gewürzt, dazu Karottensalat, selbst geraffelt, wie er versicherte. Doch seine forciert gute Stimmung hielt nicht lange an, er trank Wein, als wäre es Wasser, er bekannte, dass er Margret nicht verstehe, dass ihr Weggehen ihn zutiefst verletzt habe, er könne kaum noch schlafen. Er habe sich wohl zu wenig um sie gekümmert, aber wie sie nun mit ihm umgehe, sei grausam.

Ich schaute ihn an, ich sah sein Dauerzwinkern, immer häufiger stockte er, und plötzlich kamen seltsame Töne aus seinem Mund, ich merkte, dass er zu weinen begann, dass er dieses Weinen kontrollieren wollte und nicht konnte, ich streckte die Hand aus, fasste über den Tisch hinweg nach seiner, da brach ein gequältes Schluchzen aus ihm heraus. »Nicht, nicht«, sagte ich hilflos. Ich hatte meinen Vater noch nie weinen sehen, er senkte den Kopf, legte ihn schluchzend auf den Tisch, hob ihn wieder, schlug mit der Stirn aufs polierte Holz, und ich sagte: »Hör auf, hör auf!«, ging um den Tisch herum, hielt von hinten mit beiden Händen seinen Kopf fest, den Vaterkopf mit dem schütteren Haar, denn ich wollte nicht, dass er sich weh tat, und dann drehte er sich um, legte den Kopf an meine Brust, ich umarmte ihn, so gut es ging, mein Pullover wurde nass. Ein seltsames Paar in verdrehter Stellung, mit diesen Geräuschen, die nun auch von mir kamen, ich hatte Angst, dass er als Nächstes Mama verwünschen würde, das tat er aber nicht, und ich drückte den Vaterkopf so heftig an meine Brust, dass er einen Schmerzenslaut von sich gab und sich mit einem Ruck von mir befreite. Ich schämte mich, ich schämte mich über uns beide, mit hängenden Armen stand ich da, er war auf dem Stuhl zusammengesackt, und wir beruhigten uns allmählich. Nach einer Weile ließen wir alles stehen, gingen hinüber ins Wohnzimmer, nahmen nebeneinander Platz auf dem Sofa, fanden lange keine Worte, bis er schweigend aufstand, den Whisky holte, seinen besten, und uns beiden einschenkte. Was das alles bedeutete, weiß ich immer noch nicht. Es war schlimm, und es war erlösend. Ja, nebeneinander saßen wir, wie Schüler auf einer Schulbank. Ich schaute ihn von der Seite an, was für ein gramvolles, zerknittertes Gesicht im Lampenschein, und ich, ältlich schon mit dreiundzwanzig, meiner Freundin nicht gewachsen, dem Leben nicht gewachsen. Hier war wenigstens ein Unterschlupf.

»Diesen Anfall vorhin«, sagte Vater mit brüchiger Stimme, »den vergessen wir besser gleich wieder, ja?«

Ich nickte.

»Es muss ja irgendwie weitergehen. Das schaffen wir schon, ja?«

»Was denn sonst«, sagte ich, um einen klaren Ton bemüht.

Wir tranken. Er begann über seine Forschungen zu sprechen, da war er auf sicherem Terrain, nur zuweilen noch ein flehender Blick von ihm. Ich verließ ihn vor elf Uhr. Darf der Sohn den verzweifelten Vater verlassen? Danach: Sebastian allein zu Hause. Christoph war weg, Aleksandra war weg, vielleicht bei einem andern Mann, oder hatte sie Bardienst? Sie sagte mir längst nicht mehr alles, ich ihr auch nicht. In der Bar, wo sie servierte, war ich ein einziges Mal gewesen, Raucher-Lounge, ich hatte Atemnot, fühlte mit allen Fasern, dass ich zu diesem ausgelassenen Partyvolk nicht gehörte, mochte es auch nicht, wenn sie bei der Heimkehr nach Rauch stank. Das Unbekannte, das Geheimnisvolle an ihr, samt ihrem Piercing, hatte mich am Anfang in Bann gezogen. Und jetzt: eine Menge Kummer. Was allerdings, hielt sie mir vor, ein Klacks sei im Vergleich zu einem Gleichaltrigen aus Somalia, der übers Mittelmeer flüchte. »Du wirst nicht ersaufen, auch in deinem Kummer nicht.«

»Und du?«, gab ich zurück. »Spielst dich plötzlich als Moraltante auf? Was tust du denn? Du drehst deinen Kunden überteuerten Rum an, verdienst prima damit und denkst keinen Moment an die Hungerlöhne auf den Zuckerrohrplantagen.«

Worauf sie mich anschrie, der Heuchler sei ich, sie stehe voll zu ihrem Nebenjob, und was sie davon für andere abzweige, gehe niemanden etwas an, auch mich nicht.

»Du solltest die Dinge manchmal lassen, wie sie sind«, hat mir Anselm geraten. Seit zwei Wochen bin ich bei ihm. Er lässt auch dem Holz manchmal seinen Willen, er findet, meine ungeübten Hände müssten viel lernen. Ich hatte in der Altstadt wieder einmal in sein Schaufenster geschaut, in dem höchstens zwei, drei Möbel stehen. Dieses Mal ging ich hinein, nach hinten in die Werkstatt, wo es um Dingliches geht, Sägemehl am Boden liegt, ich fragte den Schreinermeister (das stand ja an der Tür: dipl. Schreinermeister), ob er es probeweise mit mir versuchen würde. Eigentlich nicht, sagte er, und dann machte er trotzdem eine Ausnahme, vielleicht weil er meine Enttäuschung schlecht ertrug, bei solchen Gelegenheiten wirke ich, das weiß ich, wie ein Kind.

Anselm, etwas über fünfzig, ich mag das feine Faltennetz in seinem Gesicht, er war Versicherungsmathematiker, Mitte dreißig, als er eine Schreinerlehre nachholte. Er wolle kein Vorbild sein, sagte er, ein Leben als Selbständiger sei am Anfang knüppelhart, und er riet mir, zunächst doch einen Uni-Abschluss zu machen, vielleicht sogar zur Medizin zurückzukehren, irgendetwas müsse ich in meinem Alter unbedingt durchziehen. Ein solcher Spruch könnte auch von meinem Vater stammen, aber von Anselm ertrage ich ihn besser.

Christoph, mein Wohnpartner, sagte mir, er ziehe im Frühling weg, er werde in Freiburg im Breisgau weiterstudieren. Er war der offizielle Mieter, das hieß, dass ich die Wohnung übernehmen und sie, wenn ich keinen neuen Mitbewohner fand, ganz bezahlen müsste, was meine prekären Finanzen in keiner Weise erlaubten. Denkbar war, dass Aleksandra zu mir zog, aber das schloss ich unterdessen aus, die Straße zwischen unseren Behausungen ließ immerhin ein wenig Luft zwischen uns. Ich fragte sie dennoch. Sie lachte ungläubig. Ob ich das ernst meine? Sie habe mir übrigens mitzuteilen, dass sie übernächste Woche ebenfalls wegziehe, in eine Altstadt-Mansarde, kein Platz für mich, sie schlage vor, dass wir unsere Beziehung vorerst auf Eis legten.

»Du meinst, das ist das Ende?«, fragte ich, einigermaßen gefasst, ich hatte seit einigen Wochen auf diese Eröffnung gewartet, vielleicht hatte ich sie sogar herbeigewünscht.

Sie zuckte mit den Achseln und ließ ihre Fingerknöchel knacken, eine neue Angewohnheit von ihr, die ich nicht mochte. »Ehrlich gesagt: ja.«

»Es ist absurd«, sagte ich, »meine Eltern haben sich getrennt, und nun ahmen wir sie nach.«

»Weltweit«, sagte sie kühl, »trennen sich täglich Hunderttausende von Paaren, und ebenso viele kommen zusammen. Meine Eltern haben sich getrennt, als ich fünf war. Und meinen Vater habe ich seither nie mehr gesehen.«

»Du willst also nicht mehr?«

»Sagen wir es so: Wir beide können nicht mehr. Haben wir doch Mitleid mit uns, lassen wir einander gehen!« Ihre Miene war verschlossen, ein Wangenmuskel zuckte, es machte ihr mehr aus, als sie zeigen wollte.

»Es war ja zwischendurch sehr schön«, sagte ich.

Jetzt erlaubte sie sich ein Lächeln. »Es war manchmal himmelhoch jauchzend. Aber wir sind nicht dafür geschaffen, mehr als zwei Jahre miteinander zu verbringen.«

Wir saßen bei ihr, in ihrer Engnis, Zeit der Dämmerung, ich trat auf sie zu, wollte sie nostalgisch umarmen, vielleicht hoffte ich auch, dass wir noch einmal im Bett landen würden, in ihrem schmalen Bett, das nur ein Ineinander-Verschlungensein zulässt. Aber sie duldete keine Annäherung mehr.

»Was tun wir, wenn wir uns auf der Straße begegnen?«

»Wir grüßen einander, wechseln ein paar Worte, was sonst?«

Es fiel mir schwer, in dieser Stimmung weiterzusprechen. »Ich glaube, das kann ich nicht.«

Sie lächelte erneut, beinahe herzlich. »Du wirst es lernen.«

Ich wusste, dass sie schon drei längere Beziehungen hinter sich hatte, ich war die vierte, für mich war sie die erste richtige, Rebekka zählte nicht.

Ein beinahe sachlicher Abschied. Aber die nächsten Tage waren die Hölle. Glücklicherweise war Christoph nicht da. Ich weinte so viel, dass ich Angst hatte, einfach auszufließen und zu vertrocknen. Ich schrie nach ihr, ich verfluchte sie. Ich las die Briefe, die ich aufbewahrt, die SMS, die ich gespeichert hatte, ich las sie nachts um zwei oder um vier. Ich vergaß zu essen. Die zweite Nacht war die schlimmste, ich kotzte mir die Seele aus dem Leib, mit nichts im Magen. Ich war allein, ich hatte Aleksandra verloren. Ich kämpfte mit Karl Barth, ich verachtete ihn, ich verachtete mich. Was ist Liebe, Herr Barth, irdische Liebe? Warum geht sie zu Ende? Mit Mühe und Not schaffte ich es, Anselm mitzuteilen, dass ich krank sei und die nächsten Tage ausfalle. Er schickte eine seltsame SMS zurück: »Magst du dich bessern?« Das wusste ich in der Tat nicht. Lauter zerstobene Illusionen.

Am dritten Tag versuchte ich mit Aleksandra Kontakt aufzunehmen, sie antwortete nicht, war in ihrer Sphäre von Geheimnissen verschwunden. Am vierten Tag kämpfte ich mich aus dem Bett, ging in Trainingshose und den ausgelatschten Hausschuhen bei Regen hinüber zu ihrem Haus, es war mir egal, wie ich aussah, die Augen waren ohnehin rot geschwollen, ich klingelte bei ihr, ich wollte, dass sie uns eine letzte Chance gab, wollte es erzwingen, ich klingelte so lange, bis jemand das Fenster aufriss und mich wegscheuchte. Sie war nicht da. Fort, einfach fort. Wohin? Zu wem? Ich hielt es nicht mehr aus in meinem Zimmer, überall Spuren von ihr. Wann hatten wir zum letzten Mal miteinander geschlafen? Vor zwei oder drei Wochen? Es war stürmisch gewesen, beinahe gewaltsam, wir hatten uns herumgewälzt, sie hatte mich in die Schulter gebissen, ein kleiner roter Striemen war noch zu sehen. Nie mehr, sagte ich mir. Vorbei. Ich war trostlos allein und konnte nicht allein sein. Freunde, die mich aufgenommen hätten, fielen mir keine ein. Ich stellte mir vor, mich bei der Notfallpforte der psychiatrischen Klinik zu melden. Wie die Mutter, so der Sohn. Auch das ging nicht. Und beim Vater Zuflucht suchen, beim anderen verlassenen Mann? Nein.

Am fünften Tag rief ich Mama an, es war idiotisch, ein Rückfall in reinste Kindlichkeit. Ich machte ihr in mehreren Anläufen verständlich, dass Aleksandra und ich uns – da schwächte ich ab – vermutlich nicht mehr sehen würden, und fügte hinzu, weil das irgendwie ein solideres Argument war, dass Christoph die Wohnung aufgeben müsse und ich bis auf weiteres keine Bleibe hätte. Und ob es bei ihr vielleicht provisorisch Platz für eine Luftmatratze gäbe, damit wäre ich zufrieden. Es klang keine Begeisterung aus ihrer zögernden Antwort, ich hatte etwas anderes erwartet, aufwallende Mutterliebe, Fürsorglichkeit. Aber nach ein paar rhetorischen Schlaufen sagte sie: »Gut, dann komm. Wie das geht, werden wir ja sehen.«

29

Sebastian

Die Rückkehr

So zog ich bei meiner Mutter ein. Das ist nun auch schon wieder fünf Wochen her. Oder sechs? Ein Provisorium, da sind wir uns einig. Eigentlich ein unhaltbarer Zustand in dieser karg eingerichteten Liliput-Wohnung. Sie empfing mich, als ich mit schwerbeladenem Rucksack und der zusammengerollten Luftmatratze bei ihr auftauchte, nicht überschwenglich und doch freundlich. Sie sah vergrämter aus, als ich erwartet hatte. Ihr Auszug von zu Hause, ob nun endgültig oder nicht, hatte mich anfänglich schockiert, aber dann dachte ich mir, für eine Frau in ihrem Alter könne ein solcher Schritt belebend sein, eine Art Verjüngungskur, umso mehr, als sie ja keine finanziellen Sorgen hatte.

Spaghetti alla Bolognese am ersten Abend, ein Lieblingsmenü aus meiner Kinderzeit, dazu Salat an einer mit Zucker gesüßten Sauce. Aber keine Nostalgie, das verbat sie sich, sie wolle jetzt endgültig nicht mehr Mama genannt werden, ich könne wählen zwischen Margret und Mutter, allenfalls Ma (so wurde, ich erinnere mich, die Nachbarin Angelika von ihren beiden halbwüchsigen Kindern gerufen: Hallo, Ma, wir bleiben noch draußen …). Ich versuchte es mit Margret, natürlich entschlüpfte mir in den ersten Tagen häufig doch das vertraute »Mama«. Oft merkte ich es nicht einmal, dann korrigierte sie mich mit einem nachsichtigen

Lächeln, was mir den Eindruck gab, dass sie »Mama« eigentlich doch vorgezogen hätte. Unsere gegenseitigen Fragen blieben an diesem ersten Abend vorsichtig. Sie offenbarte wenig von ihren Schwierigkeiten mit Gerhard, ließ durchblicken, dass eine Ehe auch zum Gefängnis werden könne. Manchmal müsse man den Notausgang nehmen, um sich selbst zu retten, und Gerhard habe es strikte abgelehnt, mit ihr in eine Beratung zu gehen. Ich versuchte, meinen Vater in Schutz zu nehmen, strapazierte, ziemlich einfallslos, das Bild des weichen Kerns in der harten Schale, worauf sie mir ins Wort fiel: Nach diesem Kern habe sie verzweifelt gesucht, er habe ihn ihr fünfundzwanzig Jahre lang vorenthalten. Da war sie den Tränen nahe. Ich horchte auf, als sie mutmaßte, er finde ja wohl Trost bei der Institutssekretärin, das habe sie gar nicht sagen wollen, aber jetzt sei es heraus. Der Gedanke, dass Gerhard eine Geliebte hatte, wäre mir bisher absurd erschienen, ich habe größte Mühe, mir den eigenen Vater als Liebhaber und Ehebrecher vorzustellen, den Vater, dessen Kopf ich tröstend zwischen den Händen gehalten hatte. Ich lenkte ab, indem ich etwas zum aufgegebenen Studium und zu meiner unsicheren beruflichen Zukunft sagte, sie ging kaum darauf ein. »Das ist doch im Wesentlichen deine Sache«, meinte sie und fragte plötzlich, was denn zwischen mir und Aleksandra so schwierig sei. Ich geriet in Verlegenheit. Unsere Interessengebiete seien nicht unbedingt kompatibel, sagte ich und ärgerte mich über meine hochtrabende Formulierung. Ihr angedeutetes Lächeln ärgerte mich noch mehr, als wolle sie mir zu verstehen geben, dass sie über mich womöglich mehr wisse als ich selbst.

Wir wichen einander aus, versuchten dennoch, die alte Vertrautheit, die vielleicht gar keine gewesen war, wiederherzustellen. Ich dozierte auf einmal über Karl Barth und was mir an ihm missfiel, ich erzählte von Anselm und seiner Geduld mit mir. Sie verstand, dass ich nun etwas ganz anderes versuchen wollte, erlaubte sich aber Zweifel an meiner Eignung fürs Handwerkliche. Wir lachten ein wenig über ihre Erinnerung an meine Modellflugzeuge, die nicht fliegen wollten.

Ich glaube, an diesem ersten Abend, auch an manchem weiteren, verstanden wir uns nur halb und in einigen Belangen überhaupt nicht, trotz so vieler vertrauten Gesten und kleiner Marotten, trotz des Sprachklangs, der eine Stimme am Telefon nach zwei Silben erkennbar macht. Die Nabelschnur schon lange zerschnitten, ja, und dennoch von unsichtbaren Mutterfäden gefesselt wie Gulliver im Land der Riesen.

Nach langer Unterbrechung nahm sie, zweimal wöchentlich, den Deutschunterricht für die Flüchtlingskinder wieder auf, und zwar bei sich zu Hause, nicht mehr im Kirchgemeindehaus. Sie gab mir die genauen Zeiten an. Ich hätte die Kinder, von denen sie gelegentlich erzählte, gerne mal gesehen, hätte mir sogar vorstellen können, beim Unterricht mitzuwirken. Aber sie wollte mich offensichtlich nicht als Zeugen dabeihaben, und so kam ich dienstags und donnerstags jeweils erst nach sieben Uhr zurück, verlängerte deswegen mein Feierabendbier in der Kneipe, ging hin und wieder ins Kino.

Mutter gab sich aufgeräumt nach ihren Lektionen, lachte mehr als sonst, ahmte den Akzent des kongolesischen Jungen nach und rühmte die rasche Auffassungsgabe seiner Schwester. Über die Arbeit in der Buchhandlung, die sie ebenfalls wiederaufgenommen hatte, schwieg sie sich aus; bloß ein einziges Mal zog sie mit überraschend scharfer Ironie über eine Kollegin her, die von Büchern keine Ahnung habe und sie verkaufen wolle wie Seife oder Shampoo.

Ich trat in diesen Wochen manchmal mitten in der Nacht ans Fenster, schaute von hoch oben auf die Stadt hinunter. Ein unentwirrbares Muster von Lichtern, Schatten, beleuchteten Flächen, die Bänder der Straßen, über die Insekten mit Leuchtaugen glitten, in der Ferne der Viadukt der Autobahn, der endlose Zug der Geister in schummrigem Licht. Die Menschen aus dieser Höhe: unsichtbar. Ich öffnete das Fenster, kalte Luft, die schmerzhaft die Lungen füllte, undefinierbare Gerüche, im Rauschen des Verkehrs Hundegebell, entferntes Stampfen eines Basses aus einem Klub. Oder war es der eigene Herzschlag, den ich hörte? Ich hatte Lust, mir eine Zigarette anzuzünden, obwohl ich seit Jahren nicht mehr geraucht hatte. Irgendwo, fern oder nah, Aleksandra, mein einsamer Vater in Waldesnähe (der Wald als schwarzer Fleck) und die Mutter nur durch eine dünne Wand von mir getrennt.

Eines Nachts kam sie zu mir herein, sie hatte mein Herumtappen gehört, das Hantieren am Fenster. Das Licht von ihrem Zimmer her machte sie sichtbar.

»Du wirst dich erkälten«, sagte sie und blieb mit gekreuzten Armen in der Tür stehen, sie war in ihren alten Morgenmantel geschlüpft, den ich schon als Kind nicht gemocht hatte, lieber war mir das knielange seidene Nachthemd mit den fließenden Falten gewesen, hellblau, die Farbe passte zu ihr.

Ich schloss mit instinktivem Gehorsam, der mich nachträglich ärgerte, das Fenster, schaute sie im Halbdunkel fragend an.

»Du kannst nicht schlafen«, sagte sie, »ich auch nicht. Ich möchte mit dir reden. Leg dich doch hin.«

Die Luftmatratze – ich hatte keine andere gewollt – quietschte leicht, als ich mich auf ihr ausstreckte und die Decke über mich zog. Ich rückte zur Seite, damit sie Platz fand, sich zu mir zu setzen, neben meine Hüfte. Sie hatte sich geduscht, roch leicht nach der Granatapfel-Lotion, die sie seit Jahren benutzte, und ich genierte mich plötzlich, dass ich nur Gesicht und Hände gewaschen hatte, erinnerte mich daran, wie oft ich als Kind wegen mangelhafter Hygiene getadelt worden war; erst Aleksandra hatte mich dazu gebracht, meine Haut zärtlicher zu behandeln.

»Ist das jetzt endgültig vorbei mit Aleksandra?«, fragte sie ohne Umschweife.

»Ich glaube schon«, sagte ich.

Ihr Gesicht wirkte im Schein, der aus dem anderen Zimmer kam, fahl und ungesund.

»Ich muss dir gestehen, dass ich darüber froh bin.«

Sogleich sträubte sich etwas in mir gegen diese mütterliche Wertung. »Warum, bitte sehr? Du könntest es ja auch bedauern.«

Einen kleinen Moment zögerte sie. »Ich finde, ihr habt nicht zusammengepasst.«

Vergangenheitsform, dachte ich, auch sie gibt dieser Liebe keine Chance mehr.

»Noch einmal: Warum?«

»Sie war, wie soll ich's sagen, zu stark für dich.« Sie suchte nach Worten. »Zu wenig anschmiegsam vielleicht.«

Ich drehte mich auf die Seite, stützte mich auf den Ellbogen und versuchte, den aufsteigenden Ärger zu mildern. »Anschmiegsam? Mein Gott, was sind das für Rollenklischees!«

»Sie geht ihren Weg geradeaus, unbeirrt. Das ist gut für sie. Aber nicht für dich. Du brauchst jemanden, mit dem du auch Kurven gehen kannst, Umwege, verstehst du?«

»Und jetzt willst du mir bei der Suche nach einer geeigneteren Partnerin helfen, oder wie?« Meine Ironie mischte sich mit Befremden.

»Sei nicht gleich beleidigt. Ich schildere dir einfach meinen Eindruck.«

»Und Aleksandra? Kennst du die auch so gut?«

»Schlecht, sie hat meine Nähe nicht gesucht.«

»Dann bist ja vielleicht du beleidigt.«

»Weiß ich nicht. Du brauchst mich nicht anzugreifen. Ich hätte dir einfach eine Partnerin gegönnt, mit der du dich entwickeln kannst.«

»Ach ja. So wie du mit Gerhard?«

Das machte sie für einen Moment mundtot. »Du magst es nicht, wenn ich mich einmische.«

Ich legte mich wieder auf den Rücken und starrte zur Decke. »Nein, das mag ich nicht.«

»Und jetzt drischst du einfach auf mich ein.« Ihre Stimme stockte. »Vielleicht wirst du mir irgendwann nachfühlen können, wie sehr man den eigenen Kindern ein gutes Leben wünscht.«

»Das lass sie gefälligst selber suchen, Ma.«

»In Indien werden noch heute die meisten Ehen arrangiert. Und die Statistik zeigt, dass sie im Durchschnitt glücklicher sind als die frei gewählten.«

»Woher hast du das jetzt bloß?« Ich drehte mich wieder zu ihr um. »Meinst du im Ernst, du könntest für mich die richtige Frau aussuchen?«

»Nein, wir leben nicht in Indien. Aber ich erlaube mir, deine Wahl zu kommentieren.«

»Und ich erlaube mir, deine eigene Wahl anzuzweifeln. Sonst wärst du ja bei Gerhard geblieben.«

Sie stand auf, wandte sich dem Fenster zu, es klang nun, als rede sie zur Scheibe oder zur nächtlichen Welt dahinter. »Das ist keine echte Partnerschaft, war nie eine. Nach fünfundzwanzig Jahren will er immer noch nicht mit mir auf Augenhöhe sein, spielt dauernd seine intellektuelle Überlegenheit aus. Er hat alles getan, um mir zu beweisen, wie gestört ich bin, wie überängstlich, dabei hatte ich recht, was Beat betraf. Und dann der Abbruch. Ich wieder in meinen Grenzen, den altvertrauten. Ihr habt definiert, was mir zusteht, was nicht.«

Ich schob die Decke weg, setzte mich auf, schwang die Beine dorthin, wo sie ihre Füße vorhin abgestellt hatte. »Wir dachten … es würde dir Halt geben …«

»Ausgerechnet!« Immer noch sprach sie zur Scheibe. Dann drehte sie sich um, spuckte die Wörter förmlich aus. »Ihr wollt doch beide nur, dass ich spure, eure Erwartungen erfülle. Oder sonst noch was?«

Ihr Zorn erschreckte mich, plötzlich konnte ich mir vorstellen, wie sie in der Strafanstalt auf Beat losgegangen war.

»Das siehst du falsch«, widersprach ich. »Dich schonen, das war die Absicht. Ich meine, nach deinem Klinikaufenthalt …«

Sie schnitt mir das Wort ab: »Genau, die Verrückte, die Psychopathin müsst ihr schonen, sie herumdirigieren, damit sie sich nicht selber schadet.«

»Es wäre mir nicht im Traum eingefallen, dich als verrückt zu bezeichnen. Warum unterstellst du mir das?«

»Weil es wahr ist.« Sie begann, haltlos zu schluchzen.

»Bitte nicht.« Ich rappelte mich auf, trat neben sie, legte den Arm um sie. Erst stieß sie mich weg, dann zog sie mich heftig an sich und ließ mich lange nicht los. Vertraute Gerüche, süße und herbe, ihr Haar an meiner Wange, Kindheitsgefühle. Sie weinte, die ruckende Bewegung ihrer Schultern übertrug sich auf mich.

»Die Krise«, sagte ich, »ist doch erst wegen eurem Mieter ausgebrochen, wegen …«

»Du kannst ihn dämonisieren, wie du willst. Er ist ein Mensch, ein fehlbarer, er sitzt seine Strafe ab. Und er hat die Krise ausgelöst, ja, aber untergründig war sie schon lange da.«

Ich machte mich los von ihr, sie stand mit hängenden Armen da in ihrem Morgenmantel, der in diesem schwachen Licht geisterhaft wirkte.

»Den Mieter hast ja du ausgewählt, oder nicht?«, sagte ich. »Das behauptet jedenfalls Gerhard.«

»Was meinst du denn?« Jetzt wurde sie wieder lauter. »Wie hätte ich ahnen sollen, in was für Gewaltphantasien er lebt? Hätte ich das Studio durchsuchen und diese Pornos vernichten sollen? Hätte ich die Polizei alarmieren müssen?

Ist es das, was du von mir verlangst?« Sie fuchtelte plötzlich vor meinem Gesicht herum, so dass ich einen Moment dachte, sie wolle mich schlagen, und vor ihr zurückwich.

»Nein, überhaupt nicht. Beruhige dich, bitte.« Ich suchte verzweifelt nach angemessenen Worten. »Ich versuche doch bloß, die Kausalkette der Ereignisse einigermaßen objektiv ...«

Schon wieder unterbrach sie mich, schneidend: »Du bist ein Klugscheißer, genau wie dein Vater. Wenn schon, kannst du deine Kausalkette auch bei dir festmachen, zum Beispiel bei deiner pubertären Verstocktheit.«

»Mama, das ist lange her ...«

»Nenn mich nicht Mama!«, schrie sie. »Und geh doch zurück zu deiner Aleksandra, die hält dir wenigstens stand.«

»Vielleicht«, nun ließ ich meinem Zorn auch freien Lauf, »weil sie nicht so anschmiegsam ist wie du ...«

Sie starrte mich sprachlos an, dann stapfte sie an mir vorbei in ihr Zimmer, warf krachend die Tür ins Schloss. Ich wartete ein paar Sekunden. Einer Übelkeit nahe, wollte ich ihr zuerst folgen, ließ es aber sein. Ich hörte nichts mehr von drüben, ich hatte ein schlechtes Gewissen und fragte mich seltsamerweise, was Karl Barth, der Eulenmann, zu dieser Mutter-Sohn-Szene gesagt hätte.

Wir wichen einander in den nächsten Tagen aus. Ich verließ die Wohnung nach sieben, fuhr zur Schreinerwerkstatt, ich ließ mir von Anselm ein Werkstück geben, eine Tischplatte, einen Stuhl, schliff, sägte, schraubte unter seiner kritischen Anleitung, beargwöhnt von seinem Gehilfen, der weit geschickter war als ich. Es roch nach Hobelspänen, manchmal nach glimmenden Bohrlöchern, nach Leim, nach Männerschweiß, denn Anselm verwendete – das war einer seiner Grundsätze – kein Deodorant. Auch ich begann, nach Arbeit zu riechen, nach körperlicher Anstrengung. Über Mittag picknickten wir eine halbe Stunde draußen am Fluss, ich hatte unterwegs Brot gekauft, eine Trockenwurst, eine Cola. Von Mutter wollte ich mir nichts mitgeben lassen, während ich andere Dienstleistungen (Socken waschen, Geschirr spülen) gerne annahm. Hingegen beharrte sie darauf, dass ich die Schuhe selber putzte. Das schien mir unlogisch, und ich ärgerte mich über meinen Ärger. Bevor ich nach fünf Uhr zu ihr zurückkehrte (»heimfuhr« wäre das falsche Wort), schüttelte und bürstete ich Staub und Sägemehl von meinem blauen Overall. Wenn ich etwas davon einatmete, nieste ich heftig, und Anselm rief jedes Mal vernehmlich »Gesundheit!« zu mir herüber. Dann zog ich mich im Nebenraum um, trank in der nahen Wirtschaft mein Bier, und dienstags und donnerstags war mir der Zwang, länger dort sitzen zu bleiben, gar nicht unangenehm. Ich wollte auch sonst nicht vor der Mutter in der Wohnung sein. So fiel es mir leichter, mich als Gast zu fühlen, denn sehr bald wusste ich: dass ich diese Wohngemeinschaft so bald wie möglich verlassen musste und dass mir die Schreinerarbeit weniger gut gefiel, als ich gewünscht hätte. Nicht nur wegen meiner ungeschickten Hände, sondern weil ich in den langen Stunden der Handarbeit etwas vermisste. Was denn? Erst in der dritten oder vierten Praktikumswoche ging mir auf, was es war: das Denken, die sorgsame und systematische, zuweilen assoziative Verknüpfung von Begriffen. Ich dachte auch bei der Arbeit nach, aber ich dachte ins Leere, ich schweifte ab, meine Gedanken kreisten oft genug um Aleksandra, ich hatte keinen Anlass, die Wortknäuel aufzuknoten und zu ordnen. Mit Anselm versuchte ich, darüber zu sprechen; er verstand mich nur halb, empfahl aber mit Nachdruck, in diesem Fall besser das Studium wiederaufzunehmen, statt mich mit dem widerspenstigen Material Holz abzumühen. Er sagte es väterlich, und ich ahnte, dass er sagen wollte: Du bist hier am falschen Platz.

Mutter und ich aßen immerhin meist gemeinsam zu Abend, sie bestand darauf zu kochen. Es falle ihr leichter als mir, sagte sie, mein Argument, ich hätte mir inzwischen einiges an Kochfertigkeiten angeeignet, verfing nicht. Ich wusste, dass ich zu schnell klein beigab und mich willig alten Bequemlichkeiten überließ. Wir sprachen wenig über uns, der schlimme Streit saß uns in den Knochen. Einmal noch fragte ich sie beim zweiten Glas Rotwein, ob die Beziehung zu Gerhard wirklich nicht mehr zu retten sei. Augenblicklich verhärtete sie sich; nein, da gebe es nichts zu retten, es laufe unvermeidlich auf die Scheidung zu, sie habe sich einen Anwalt genommen, und damit basta. Und als ich hartnäckig blieb und wissen wollte, ob sie die Schuld an der Zerrüttung nur bei Vater sehe, stand sie auf und flüchtete, ohne Antwort, in ihr Zimmer. Das kannte ich schon. Doch sie streckte den Kopf noch einmal zur Tür heraus: »Und du? Wäre die Beziehung mit Aleksandra nicht auch noch zu retten? Mit etwas gutem Willen vielleicht?« Bei den letzten Worten zog sie unsanft die Tür hinter sich zu.

»Nein!«, rief ich ihr hinterher.

Es blieb still, sie zeigte sich den ganzen Abend nicht mehr. Irgendwann erklang Musik, ein stürmisches Klavierstück, Beethoven vielleicht. Manchmal glaubte ich, eine ganz andere Frau vor mir zu haben als die Mutter meiner Kindheits- und Jugendjahre.

Eines Abends, als ich die Wohnung betrat, saß am kleinen Küchentisch, vis-à-vis von Mutter, eine Besucherin. Die beiden hatten halbvolle Sherrygläser und eine Schale mit Erdnüssen vor sich.

Sie stellte mir die fremde Frau vor, die mich beunruhigt musterte. »Das ist Frau Schär, die Mutter von Beat. Wir sehen uns manchmal. – Mein Sohn, Sebastian.«

Ich verbarg meinen Schreck, grüßte höflich, aber ohne Händedruck. Was suchte die Mutter des Beinahe-Mörders bei uns? Sie hatte ein flaches, nichtssagendes Gesicht mit zusammengekniffenen Augen, eine Fransenfrisur, die ihr überhaupt nicht stand.

»Setz dich doch zu uns«, sagte Mutter.

Zu dritt war es eng am kleinen Tisch. Mutter holte ein neues Glas, schenkte mir ein, füllte auch die zwei anderen Gläser.

»Ich bin übrigens Konstanze«, sagte Frau Schär kumpelhaft. »Weißt du, dass du fast gleich alt bist wie mein Sohn?«

»Nein«, sagte ich wider besseres Wissen. »Ich habe Ihren Sohn bloß einmal gesehen.« Wann und wo, verschwieg ich.

»Ich finde«, fuhr sie unbeeindruckt fort, »dass ihr einander sogar ein bisschen gleicht. Meinst du nicht auch?«, wandte sie sich an meine Mutter, die vage nickte.

»Wie geht es ihm denn im Gefängnis?«, fragte ich und bemerkte, wie sie leicht zusammenzuckte.

»Er macht Fortschritte«, erwiderte sie mit einem Räuspern. Sie hatte ihr Glas schon wieder halb ausgetrunken.

»Fortschritte?« Ich ließ das Wort in der Schwebe.

»Sein Betreuer sagt, er habe sich in den Betrieb eingefügt. Und der ist streng, wissen Sie.«

»Es ist ja eine Strafanstalt.«

»Für Ersttäter«, sagte Frau Schär. »Ich glaube, er hält sich jetzt gut. Vielleicht erlässt man ihm das letzte Strafdrittel. Das hat mir der Anstaltspfarrer gesagt.«

Mir war immer unbehaglicher zumute. Ich dachte an die Gewaltpornos, ich dachte daran, dass meine Mutter außer sich geraten und auf den Sträfling losgegangen war. Sie schaute verlegen vor sich nieder, vergaß das Nachschenken.

Frau Schär richtete sich auf, ihre Stimme verriet nun sogar Stolz: »Er arbeitet in der mechanischen Werkstatt. Sie sind sehr zufrieden mit ihm.«

»Schön«, sagte ich und wusste nicht, wie ich diesem bizarren Gespräch entfliehen konnte.

Mutter schätzte meine Gefühlslage richtig ein. »Du brauchst Sebastian ja nicht alles unter die Nase zu reiben«, sagte sie.

Frau Schär sank ein wenig in sich zusammen. »O weh, ich bin manchmal ein bisschen geschwätzig.« Sie lachte heftig, und meine Mutter stimmte verhalten mit ein.

»Ich glaube, Sebastian hat noch zu tun«, sagte sie. Zitterte ihre Stimme des Sherrys wegen, oder war ihr auch so unwohl wie mir?

Ich stand auf, entschuldigte mich und ging nach einem

knappen Gruß in mein Achtquadratmeter-Zimmerchen hinüber, legte mich auf die Luftmatratze, die wir noch immer nicht ersetzt hatten, und zwang mich zu regelmäßigem Atmen.

Als ich hörte, dass Frau Schär nicht mehr da war, ging ich wieder zu Mutter hinüber. Sie saß, das leere Sherryglas vor sich, zusammengesunken am Tisch.

»Was soll das eigentlich?«, fragte ich. »Was hast du mit dieser Frau zu schaffen.«

Sie blickte auf, maß mich mit verschwommenem Blick. »Du warst nicht sehr nett zu ihr.«

Ich stützte mich mit beiden Händen auf dem Tisch ab. »Was sucht sie hier?«

Ein Lächeln ging über ihr Gesicht. »Ach, wir tauschen uns aus.«

»Worüber? Über eure Söhne?«

»Auch. Sie ist manchmal sehr deprimiert. Dann sucht sie ein bisschen Trost, wo sie ihn bekommt. Immerhin ist Beat jetzt wieder bereit, sie zu sehen. Selten zwar, aber er hat ja monatelang ihre Besuche abgelehnt. Du kannst dir vorstellen, wie schwer das eine Mutter trifft.« Sie griff nach dem Glas und stellte es wieder ab. »Weißt du was? Ich glaube, du hättest dich mit Beat anfreunden sollen. Dann wäre es nicht so weit gekommen.«

»Wie bitte? Das meinst du ernst?«

»Ja. Du hättest einen guten Einfluss auf ihn ausgeübt, da bin ich sicher.«

»Das ist ja hirnrissig. Mein Gott, warum hast denn nicht du ihn umerzogen?«

Sie rückte mit dem Stuhl vom Tisch weg. »Er ließ mich

nicht an sich heran. Ich glaube, du hättest das besser gemacht. Er hatte ja gar keine richtigen Freunde. Und Konstanze hat erzählt, wie sehr er gegen das Chaos in sich kämpfte. Ohne Unterstützung konnte er den Kampf nicht gewinnen.«

Chaos? Ich war froh, dass sie nicht mehr vom »Bösen« sprach. Ich kam ja selbst mit diesem Begriff nicht zurecht, und ich dachte ungern daran, dass ich meine Mutter dazu inspiriert hatte, die »schlechten Energien« auszuräuchern.

Ich wollte sie auf eine andere Fährte bringen. »Ich glaube nicht, dass das irgendetwas geändert hätte. Es ist sinnlos, dass du irgendeine Schuld auf dich nimmst.«

»Wie du meinst.« Sie deutete auf den freien Stuhl, dann auf die Sherryflasche. »Seien wir doch friedlich miteinander. Willst du noch einen Schluck?«

»Ich glaube nicht.«

»Das ist manchmal ein Trost«, sagte sie, rührte aber die Flasche nicht mehr an.

Ich ging zurück zu meiner Matratze. Was war das wieder für ein seltsamer Dialog gewesen? Barth, daran erinnerte ich mich, hatte sich mit dem Dämonischen, dem Teuflischen auseinandergesetzt, es dem »Nichtigen« zugeordnet, und ich hatte nicht begriffen, was er damit meinte. Das »Vernichtende« oder das »Nichtige« als das letztlich Unwirksame gegenüber Gott? Mein Mangel an Verständnis – nicht nur bei dieser Frage – war mit ein Grund gewesen, das Theologiestudium abzubrechen und mich dem Konkreten zuzuwenden, dem Holz, dem Gewachsenen, dem Bearbeitbaren. Und das erwies sich ja nun auch wieder als Irrweg.

Ich musste hinaus. Keine Frühlingsgefühle draußen, Nacht, ein leichter Regen, ich ging durch die Straßen, das Rauschen der Pneus im Ohr, überquerte sie bei Rot, zwang Autos zu Bremsmanövern. Es war mir egal, in mir schien etwas erblindet zu sein. Meine Füße führten mich wie von selbst in die Nähe unseres Hauses am Hang, drinnen war Licht. Ich hätte mich bei Gerhard melden können, aber ich schaute bloß eine Weile hinein, sah ihn nicht, kehrte um, ging zurück, fand zuerst das Hochhaus nicht mehr – es standen fünf in einer Reihe –, es war eine Erlösung, als ich auf dem Klingelschild Mutters Namen las und der Türöffner summte.

Ein paar Tage danach zeigte mir Mutter einen handgeschriebenen Brief, er stammte von Beat S. Steile, leicht unbeholfene und übergroße Buchstaben auf dünnem Gefängnispapier:

Sehr geehrte Frau Sandmaier, Sie und Ihre Familie mussten meinetwegen viel erdulden. Ich entschuldige mich von ganzem Herzen und hoffe auf Ihre Vergebung! Ich war wie gelähmt, als Sie mich besuchten. Ich verstehe inzwischen, dass Sie die Fassung verloren haben, und bin Ihnen deswegen nicht böse. Ich habe zu Jesus gefunden, und seither geht es mir besser. Ich bitte und bete darum, dass auch alle anderen mir verzeihen, denen ich unrecht getan habe. Bei Pfarrer Grütter bin ich in guten Händen, er besucht mich jede Woche, immer am Mittwoch, und zeigt mir den Weg, den ich gehen muss.

Mit lieben Grüßen, Ihr Beat Schär

Der Text war fehlerfrei, vermutlich hatte der Pfarrer den Entwurf korrigiert. Mir wurde beinahe übel, als ich ihn las, ich hatte den Impuls, ihn zu zerreißen, und gab ihn dann Margret zurück.

»Ich weiß nicht«, sagte sie und legte den Brief, mit der beschriebenen Seite nach unten, auf den Tisch. »Was soll ich damit?«

»Mag sein, dass ihm dieser Mann wirklich hilft«, sagte ich ohne Überzeugung.

Ich erledige nun alles Administrative, um mich fürs Sommersemester einzuschreiben. Ob ich wieder ins Medizinstudium einsteige, wird sich zeigen. Sonst Pharmazie, warum nicht? Oder Mikrobiologie. In naturwissenschaftlichen Fächern war ich nicht schlecht. Forstwirtschaft, hatte Aleksandra halb im Scherz vorgeschlagen, da hätte ich ja auch mit Holz zu tun, zumindest auf dem Papier. Sie gab mir, lange vor Anselm, deutlich zu verstehen, ich sei ein Sehnsuchtshandwerker mit zwei linken Händen. Handwerk als illusionäre Sinnstiftung. Mit ihrer guten Figur Männer zum Trinken zu verleiten, sagte sie, sei immerhin ein faires Geschäft, Augenlust gegen sattes Trinkgeld. Ach, wie oft hatten wir uns in letzter Zeit gestritten! Über alles und nichts. Aber drei Dinge sind mir klar: Ich muss weg von hier, ich werde Aleksandra schreiben, und ich will mein eigenes Geld verdienen.

Gestern betrat ich, von der Stadt kommend, früher als üblich die Wohnung meiner Mutter. Ich habe ja einen eigenen Schlüssel, und schon beim Öffnen der Tür hörte ich laute

Musik, klassische, etwas aus einer Oper, schien mir. Die Tür zu Margrets Zimmer war halb offen, sie hatte Tisch und Stühle an die Wand geschoben, das Bett hochgekippt, so dass eine freie Fläche entstanden war. Meine Mutter, in Leggings und T-Shirt, wandte mir den Rücken zu. Wie schlank sie war, wie fit für ihr Alter; das hatte ich noch gar nie richtig wahrgenommen. Sie hatte die Arme ausgebreitet, ein Bein angezogen, streckte es, beugte sich in die eine und andere Richtung. Waren das Turnübungen? Nein, sie machte abgezirkelte Schritte, drehte sich um sich selbst, ohne mich zu sehen. Ja, sie tanzte, hochkonzentriert, zu dieser Musik, die aus den Lautsprechern ihrer kleinen Stereoanlage kam. Sie hatte also wieder angefangen damit. Ich blieb stehen und staunte. Ich hatte sie noch nie so gesehen.

Lukas Hartmann im Diogenes Verlag

Lukas Hartmann, geboren 1944 in Bern, studierte Germanistik und Psychologie. Er war Lehrer, Jugendberater, Redakteur bei Radio DRS, Leiter von Schreibwerkstätten und Medienberater. Heute lebt er als freier Schriftsteller in Spiegel bei Bern und schreibt Romane für Erwachsene und für Kinder.

»Lukas Hartmann kann das: Geschichte so erzählen, dass sie uns die Gegenwart in anderem Licht sehen lässt.« *Augsburger Allgemeine*

»Lukas Hartmann entfaltet eine große poetische Kraft, voller Sensibilität und beredter Stille.«
Neue Zürcher Zeitung

Pestalozzis Berg
Roman

Die Seuche
Roman

Bis ans Ende der Meere
Die Reise des Malers John Webber mit Captain Cook. Roman

Finsteres Glück
Roman

Räuberleben
Roman

Der Konvoi
Roman

Abschied von Sansibar
Roman

Auf beiden Seiten
Roman

Ein passender Mieter
Roman

Kinder- und Jugendbücher:

Anna annA
Roman

So eine lange Nase
Roman

All die verschwundenen Dinge
Eine Geschichte von Lukas Hartmann. Mit Bildern von Tatjana Hauptmann

Mein Dschinn
Abenteuerroman

Die wilde Sophie
Roman. Mit Illustrationen von Susann Opel-Götz

Lukas Hartmann

Finsteres Glück

Roman

11. August 1999, totale Sonnenfinsternis. Eine fünfköpfige Familie fährt wie Tausende andere ins Elsass, wo das Naturschauspiel besonders gut zu sehen ist. Doch nur Yves, der jüngste Sohn, kehrt lebend von diesem Ausflug zurück.

In der Nacht wird Eliane Hess, Psychologin und alleinerziehende Mutter, ins Krankenhaus gerufen: Der achtjährige Yves, wie durch ein Wunder unverletzt, steht unter Schock. In nervöser Hast erzählt er und erzählt – nur vom Wesentlichen nicht. Was hat er vom Unfall mitbekommen? Ist sein Vater mit Absicht in die Tunnelwand gerast?

Stück für Stück setzt sich für Eliane das Bild einer Familie zusammen, die mit offenen Augen auf die Katastrophe zusteuerte. Und immer schwieriger wird es für sie, professionelle Distanz zu wahren. Yves' Schicksal erschüttert und fasziniert sie – ähnlich wie seit ihrer Jugend der Isenheimer Altar, von dem es heißt, dass auf seiner ersten Tafel eine Sonnenfinsternis dargestellt ist. Als zwischen den Verwandten des Jungen ein Tauziehen um Yves' Zukunft beginnt, trifft Eliane eine unorthodoxe Entscheidung, die ihr eigenes Leben und das ihrer beiden Töchter aus der Bahn wirft.

»Wenn unser Dasein aus vergänglichen Stoffen wie Sehnsucht, Liebe, Angst besteht, bietet dieser Familienthriller unvergängliche Bilder dazu.«
Evelyn Finger / Die Zeit, Hamburg

Martin Suter im Diogenes Verlag

»Martin Suter erreicht mit seinen Romanen ein Riesenpublikum.«
Wolfgang Höbel / Der Spiegel, Hamburg

Die Romane:

Small World
Auch als Diogenes Hörbuch

Die dunkle Seite des Mondes
Auch als Diogenes Hörbuch

Ein perfekter Freund

Lila, Lila
Auch als Diogenes Hörbuch

Der Teufel von Mailand
Auch als Diogenes Hörbuch

Der letzte Weynfeldt
Auch als Diogenes Hörbuch

Der Koch
Auch als Diogenes Hörbuch

Die Zeit, die Zeit
Auch als Diogenes Hörbuch

Montecristo
Auch als Diogenes Hörbuch

Elefant
Auch als Diogenes Hörbuch

Die *Allmen*-Krimiserie:

Allmen und die Libellen
Roman
Auch als Diogenes Hörbuch

Allmen und der rosa Diamant
Roman
Auch als Diogenes Hörbuch

Allmen und die Dahlien
Roman
Auch als Diogenes Hörbuch

Allmen und die verschwundene María
Roman
Auch als Diogenes Hörbuch

Außerdem erschienen:

Richtig leben mit Geri Weibel
Sämtliche Folgen

Business Class
Geschichten aus der Welt des Managements

Business Class
Neue Geschichten aus der Welt des Managements

Huber spannt aus
und andere Geschichten aus der Business Class

Unter Freunden
und andere Geschichten aus der Business Class

Das Bonus-Geheimnis
und andere Geschichten aus der Business Class

Abschalten
Die Business Class macht Ferien

Alles im Griff
Eine Business Soap
Auch als Diogenes Hörbuch

Cheers
Ferien mit der Business Class
Auch als Diogenes Hörbuch

Business Class
Geschichten aus der Welt des Managements
Diogenes Hörbuch, 1 CD, live gelesen von Martin Suter

Urs Widmer im Diogenes Verlag

Vom Fenster meines Hauses aus
Prosa

Schweizer Geschichten

Liebesnacht
Eine Erzählung

Die gestohlene Schöpfung
Ein Märchen

Das Paradies des Vergessens
Erzählung

Der blaue Siphon
Erzählung

Die sechste Puppe im Bauch der fünften Puppe im Bauch der vierten
und andere Überlegungen zur Literatur. Grazer Vorlesungen 1991

Im Kongo
Roman

Vor uns die Sintflut
Geschichten

Der Geliebte der Mutter
Roman
Auch als Diogenes Hörbuch erschienen, gelesen von Urs Widmer

Das Geld, die Arbeit, die Angst, das Glück.

Das Buch des Vaters
Roman
Auch als Diogenes Hörbuch erschienen, gelesen von Urs Widmer

Ein Leben als Zwerg

Vom Leben, vom Tod und vom Übrigen auch dies und das
Frankfurter Poetikvorlesungen

Herr Adamson
Roman

Stille Post
Kleine Prosa

Gesammelte Erzählungen

Reise an den Rand des Universums
Autobiographie

Außerdem erschienen:

Shakespeares Königsdramen
Nacherzählt und mit einem Vorwort von Urs Widmer. Mit Zeichnungen von Paul Flora

Valentin Lustigs Pilgerreise
Bericht eines Spaziergangs durch 33 seiner Gemälde. Mit Briefen des Malers an den Verfasser

Das Schreiben ist das Ziel, nicht das Buch
Urs Widmer zum 70. Geburtstag. Herausgegeben von Daniel Keel und Winfried Stephan

Die schönsten Geschichten aus Tausendundeiner Nacht
Erzählt von Urs Widmer. Mit vielen Bildern von Tatjana Hauptmann

Liebesbrief für Mary
Erzählung
Diogenes Hörbuch, 3 CD, ungekürzt gelesen von Wolfram Berger